TOGAWA MASAKO
KUSAKA SANZO

竹書房文庫

くらげ色の蜜月

目次

隕石の焔《ほのお》

1

雨戸の小さな節穴から朝の光線が真直《まっす》ぐにのびて、いかにも旧家らしい鶯色《うぐいすいろ》の土壁に、まるいかたちをくまどっていた。

綾瀬川の若い躰《からだ》を、眠りの欲求が相変らずとらえていたが、今朝のスケジュールを予定表どおりに行いたいという強い気持のほうがかっていた。

綾瀬川は、床の上にあぐらをかいて大きく伸びをした。

彼は起きあがったあと、いつも床の中で三十分ほどぼんやりしていることにしていた。理論物理学の分野では、いつでもこうしたぼんやりしているときの思いつきが、大きな学問上の業績と結びつくことが多いのだった。綾瀬川は、日本の物理学界では次代のノーベル賞を目されるほどの、優秀な頭脳の持ち主として、人々から期待されていた。

もっとも彼自身にはそれほどの野心はなく、むしろ純粋に研究生活が大好きだというタイプだった。

といっても、もっさりとした学究タイプではなく、身長も一メートル七十以上もあったし、新劇俳優にしてもおかしくないほど輪郭のはっきりした、個性的ないいマスクをしていた。体格もがっしりしていて、まさに健康な肉体に、優秀な頭脳が宿ったという感じであった。

綾瀬川は、その朝はいつもの起床後のぼんやりとした時間を持たず、勢いよく起きあがると自分で雨戸をくった。

雨戸をくるということ自体が、滞米生活の多かった綾瀬川にとって、新鮮な感動であった。雨戸をくると、すぐ目の前の渓谷越しに、標高五百メートルほどの岩山がせまっていた。秋の紅葉《もみじ》時には、見事な紅葉のつづれ織りが見られるとのことだったが、今はこの谷間におおいかぶさってくる厚い壁のように見えた。

朝の太陽がもう少し移動すれば、この谷間の村が目隠しになるとは綾瀬川にも見当がついた。

なぜ、このような生活環境の悪い場所に住むのだろうかという疑問が湧いたが、すぐに忘れてしまった。

彼の関心は、もっと他のものに占められていたからだった。

雨戸をくる音が、母屋のほうに伝わったとみえて、色の浅黒い女中が、砂糖をそえた梅干とお茶とを運んできた。

この村長の家の離れが、村ではただ一軒の旅館の役目を果《はた》すのだとみえて、寝具類も食器類も客用のがそろっていた。朝起きるとすぐに運ばれてくる梅干の接待も、いかにも日本の旅館風であった。

「お早うございます。朝風呂にお入りやすか」

小柄な若い女中は、恥《はず》かしそうに綾瀬川に尋ねた。綾瀬川が、週刊誌のグラビアで騒がれたこともある著名な物理学者だということを知らないようであった。

「朝風呂など用意してくれたのかね。でも、今朝は山に登るから、そのあとにしてもらおうか……沢田にそう伝えてくれたまえ」

「でも、坊ちゃまがぜひお風呂に入られるようにって言わはりましたん。二日酔いが残っとると、今日のご研究にさしつかえるですって……」

「よし、それじゃ一風呂浴びるかな」

綾瀬川は、相変らず気のまわる友人だと沢田のことを思いながら、女中に案内されて風呂場に行った。女中の言葉は、関西弁とも名古屋弁ともつかない、妙な訛《なま》りがまじっていた。

綾瀬川がここに来て気がついたことの一つは、村にテレビのアンテナが一つもないことであった。この村長の家にも、古い型のラジオが置いてあるだけだった。

ごえもん風呂のような鉄製の湯船に、すのこを浮かべて、こわごわ躰を沈めながら、綾瀬川は窓の外を眺めた。

その窓からも、朝の光りを浴びた黒い衝立《ついたて》のような岩山が見えていた。

「旦那さん、湯加減はどうな」

先程の色の浅黒い女中が、浴室の中まで顔を出して尋ねる。

アメリカ人の女と結婚していて、外国式の生活様式にやっと馴染《なじ》みかけている綾瀬川には、こんなところも何か懐かしい、子供の頃のお祭りを思い出させるような日本的な風景だった。

「やあ、早いね」

湯殿のガラス戸がきゅうに開いて、もうもうと立ちのぼる白い湯気の中をくぐるように、小柄な男が入って来た。沢田だった。

よく陽に灼《や》けて、スポーツで鍛《きた》えられた筋肉質のいい躰をしていたが、こころなしか左足を引きずるようにしていた。

綾瀬川は、沢田のこの不自由な脚を高校時代から見馴れていたが、こうして三十代の半ばになってみても、相変らず気の毒で、正視出来ないような気持になるのだった。

「こんな風流な朝風呂に入れてもらえるとは、夢にも思っていなかったよ」

「ここは、朝のうちのこの時間が一番いいんだよ。あとは夕方までまるで陽が射《さ》さない。どうだい、きみ、そこの湯船の中から、屛風岩《びょうぶいわ》の頂上が見えるだろう」

沢田が湯船に近づくと、窓の外を指さした。

「屛風岩というのかね」

どこでも同じような名前をつけるものだと思いながら、綾瀬川は、沢田の指さした岩山の頂上を見た。

「頂上のこちら側に、つぶのようなものが見えるだろう。あれが例の隕石《いんせき》だ」

「あんなところに落ちたのか」

「そうだよ。すさまじい音がして、あの上が燃えあがったらしい。三メートルほどの穴をあけて止まったのが、二ヵ月ほど前の地震で岩壁のこちら側に出てきたのだ」

「地震で出てきたのかね」

綾瀬川は沢田の説明にうなずきながら、岩壁のこちら側に、小さな子供の頭ほどの姿を見せている隕石を眺めた。

綾瀬川が、帰国したばかりの忙しい日程をさいて、わざわざ名古屋から、さらにローカル・バスで四時間もかかるS村に来たのは、この隕石が目的であった。

「しかし、よくこの村の上に落ちてこなかったね。村は以前からここにあったのだろう」

「そうさ。この村長の家が一番古いのだが、母屋の古い部分は、建ってもう二百年も経《た》っている。村の記録書によれば、空から焔《ほのお》の柱が落ちてきたのは、母屋の造築式があって一ヵ月目のことだというのだがね……そのとき、その焔の柱が飛び火して、建てたばかりの母屋の一部が焼けたというのだが、これはどこまで信憑性《しんぴょうせい》のあることか……こういう村史というのは伝説と同じで、だんだん粉飾《ふんしょく》されるからね。それにしても一歩間違えば、この家にまともに落ちてきただろうから、ぼくなんか生まれてこずにすんだわけさ」

沢田が、懐疑的な微笑を口の端に浮かべてみせた。

綾瀬川は、べつに無神論者というわけではなかったが、こんな寒村の因縁話には何の興味もなかった。

興味があるのは、宇宙の現実を確実に伝えてくれるはずの隕石だけだった。

「出発は何時にするんだね」

綾瀬川は、すこしお湯にのぼせて沢田に尋ねた。

「軽い腹ごしらえをして、あと一時間もしたら出発しよう。午前中に調査をすませたいからね。強力《ごうりき》の経験のある男をひとり連れて行こうと思ったんだが、あいにくアルプスに出かけていて、来週でないと戻らない。しかし、一応の調査だけならば、ぼくら二人でも大丈夫だろう」

「うん、ザイルを一本持って行ったほうがいいかもしれないがね」

高校時代に、しばらく登山の経験がある綾瀬川は、何気なくザイルのことを口にした。しかし考えてみると、沢田のあの不自由な脚でザイルが支えきれるだろうか。綾瀬川は、なに岡のような山ではないか、ザイルなどとは大袈裟《おおげさ》だと、すぐに思い直した。

「あそこまで登ると、握り飯がうまくなるのだ。ザイルは忘れても、握り飯だけは持ってゆくよ」

沢田は、いつもの、躰に似合わない豪傑笑いをしてみせると風呂場から出て行った。

綾瀬川が浴室を出ると、乱れ籠《かご》に入れておいた寝巻が見当《みあた》らなかった。

タオルを腰に巻いたまま困惑していると、仕切りの戸が開いて、和服を着た若い女が新しい寝巻と丹前とを持って入って来た。

「お待たせして、申訳《もうしわけ》ありません……」

訛りのない、はきはきした言葉づかいだった。

寝巻を乱れ籠に入れると、視線を伏せたまま三つ指をついて挨拶し、また静かに出て行った。

綾瀬川は、ショックをともなった新鮮な対象物に触れたようで、しばらくぼんやりしていた。日本に帰ってから、もう三週間も経つのに、初めて美しい女に出会ったという気持だった。

綾瀬川は、若い女の年を当てるのが苦手だったが、だいたい二十二、三に思えた。綾瀬川が驚いたのは、この村にそぐわないような女の美しさではなくて、隕石以外のことに強い感銘を受けた自分の心の動きのほうにであった。

綾瀬川はしばらくぼんやりしていたが、すぐに習慣になっている乾布摩擦をし、それから丹前を羽織った。

綾瀬川の妻のアメリカ人の女は、いつもこの乾布摩擦を見て、おかしいと言って笑うのだった。

2

ほとんど道のついていない岩山を登りはじめて、綾瀬川はすぐに胸を圧迫されるような感じになった。

下のほうはまだ、灌木《ブッシュ》の根が足がかりになって登りよかったのだが、それが途切れると沢の水で足が滑るようになったのだった。

「やっぱり運動不足なのかね。学生時代なら、このくらいの距離は呼吸をとめずに登ってみせたものだが……」

綾瀬川は、最近すこし出てきた下腹を撫《な》でながら、てれかくしに言った。内心は、朝風呂のせいで体調を崩してしまったのではないかと思っていたが、それは相手に対する遠慮で口には出さなかった。

沢田は何も聞こえないのか、肩にサブリュックとザイルをかついだ恰好《かっこう》でどんどんと先に登ってゆく。

ときどき、沢田の足で蹴られた砂利が、綾瀬川の目の前まで転がってくる。

登山のいろはも知らないのに、妙な男だと綾瀬川はあらためて思った。

考えてみれば、沢田というのは妙な男であった。大学時代の同級生でなければ、こんなところまで連れてこられなかったはずだった。

同じ物理学を専攻したといっても、綾瀬川のほうが華やかな理論物理学の最先端にあるアメリカの大学の研究室に入ったのにくらべ、沢田は大学を中退している。

学生運動などに首を突込《つっこ》んだりしていたが、数年前に綾瀬川に送ってきた年賀状では、東京の民放局の教育番組のプロデューサーになっていた。

〝子供向けの科学番組ですが、意外と広い知識を必要とします。子供なりに、根本的な問題を出してくるので、こちらが勉強をしなおさなければなりません。こういう啓蒙《けいもう》活動も、案外と面白いものです。

それにしても、貴兄の、子供たちのアイドルぶりは大変なものですね。頑張ってください。元旦〟

そんな文面が年賀状のすみに書かれてあったのを、綾瀬川は思い出していた。

こんど綾瀬川が帰国したとき沢田が差し出したのは、ある大きな財団が出資している、奨学金や学術団体の後援活動の期間報告をしている会報の編集者の名刺であった。

「テレビのほうは、やめたのかね」

「ああ、番組の基礎づくりが終ったので、若い連中に委《まか》せて、ぼくは手を引いたよ。管理職になれという話もあったが、ぼくは現場にいないと気がすまない性質なんだ。なんでも最初に開拓してしまうと、また新天地に移ってそこを開拓したくなってしまう。損な性格でね……」

そう言いながら、また豪傑笑いをする。学生時代には、こういう笑い方はしなかったのにと、綾瀬川は、沢田の、壁にはねかえってくるような大きな笑い声を聞きながら妙な気持になった。

そのとき沢田の持ってきた話というのは、彼の属しているその財団から、若干の資金を綾瀬川の研究活動に与えたいということであった。

「いやなに、雀《すずめ》の涙で何の役にも立ちやしない。財団のほうでは、きみの研究も資金面で援助しているということで箔《はく》をつけたいんだ。もし迷惑なら断ってくれてもいいが、別にヒモつきじゃない金《かね》だ。貰《もら》っておいてもいいだろう」

そう言って、また笑う。

綾瀬川は、自分の国の大学の研究室あてなら、幾らでも援助してもらうよと言って、沢田の申し出を受け入れたのだった。

「まあ、かたちはどうでもいいんだ。それよりも、きみにもう一つ耳に入れておきたいことがある。これはちょっと他言してもらいたくないんだが、……いいかね」

「なんだい、いやに勿体《もったい》ぶるじゃないか」

「そりゃ、そうだ。見ればきみだって驚くよ」

沢田は、今までのどちらかというと調子づいた態度をふいに改めると、重そうに膝の上に置いたブリーフ・ケースの蓋《ふた》をあけた。

沢田の膝の上のブリーフ・ケースだけは、まるで新調の品のように輝き、綾瀬川はふと最近ニューヨークで見たスパイ映画の主人公が膝の上に乗せていた重要物件入りのブリーフ・ケースを思い出したほどであった。

「なんなのだい」

「隕石のかけらだ。一立方センチ、一キログラムという異常な密度の物質で出来ている」

「まさか……信じられない」

綾瀬川は思わず、坐《すわ》っていたデスクから腰を浮かしかけた。

重力場の分野を専門にしている綾瀬川には、相手の言葉の意味の重大さがあまりにも大きく響きすぎたのだった。

金鉱の専門家に、純度の高い金鉱脈からとれた鉱石を、河原の石のように見せているのと同じことだったからだ。

「とにかく、見せてくれたまえ」

綾瀬川は、沢田のあけたブリーフ・ケースの中に、四センチほどの、宝石のように白い布の上に固定された隕石を見た。綾瀬川は手を触れてみたが、もちろん動かなかった。

一立方センチの密度が一キログラムというのは、普通の隕石としてはちょっと信じられない重さである。

簡単に言うと、地球が太陽の周《まわ》りを廻《まわ》っているのは、太陽に強い重力場があるからで、たとえば〝シリウスの伴星〟として知られている奇妙な星の周りには、強力な重力場がある。

この白色矮星《わいせい》は、地上から測定すると、一立方センチ百キログラムという異常な密度の物質で出来ていて、この物凄《ものすご》い重さのために、大きさといえば地球の三倍ほどしかない小さな星が、その七十倍もの大きさのあるシリウスの動きを変化させるだけの力を持っているのだ。

これほどではなくても、一立方センチ一キログラムの密度を持つ小天体が、地球の上に隕石を落《お》としたというのは、ちょっと信じられないことであった。

彼は、信じられない重力場を生むと考えられる、この密度の高い隕石に惹《ひ》きつけられた。

「きみは、一体どこでこんなものを手に入れたのだ」

「他言しないと約束してくれるか」

「それは約束してもいいが、これだけの学術的な発見を、なぜ、きみは隠そうとするのだ。きみならば、当然、ことの重大さに気づくはずではないか」

「わかっている。それだからこそ、きみに相談しに来たのだ」

沢田はきゅうにしんみりとした口調になった。そして大切そうに布をかけると、ブリーフ・ケースの蓋をそっと閉じた。

「この石には、あまり触れていないほうがいい」

「まさか、放射能があるわけでもあるまい」

「そりゃ、ガイガー計器には反応しないがね」

沢田は押し黙った。それから、彼が考え考え喋《しゃべ》りはじめたのが、この隕石の由来であった。

「じつは、この隕石はぼくの村にあるのだ」

「きみの村といえば、S県だったね」

綾瀬川は、沢田の村が名古屋からローカル・バスで更に四時間も奥まったところにあるのを思い出していた。ひどく辺鄙《へんぴ》なところにあるという話だったし、大学時代にも彼は出身地のことを滅多に口にしようとしなかった。

「ところが、ぼくの村は旧弊な村でね、他国者に入られることを極端に嫌うんだ。未《いま》だにテレビも置かないくらいだ。もっとも山あいにあって、まるで映らないせいもあるがね……それで、こんな隕石があるという話がマスコミに伝わったりすると、今の平和な生活を目茶目茶にされてしまうのだ。ぼく自身がテレビ局にいた人間だから、マスコミの野次馬根性というものをよく心得ている。あの外界に対する免疫性のない寒村など、それこそひとたまりもなく押しつぶされてしまうだろう。なにしろ、きみ、二百年前に先祖が建てた家にまだ住み、農業に従事している村人の九十八パーセントまでが、今までに一度も村を出たことがないという閉鎖ぶりだ。生活様式だって、未だに明治以来のランプを使っているところがあるくらいだよ。ぼくが悩むのもよくわかるだろう。この隕石が発見されて、ちょっとした観光地になり、土地の人間の生活が目茶目茶にされた例を、ぼくは幾つも見聞きしているからね……」

沢田は、深刻な皺《しわ》を額に刻んで喋り続けた。

「その隕石は、村のどのあたりにあるのだい」

「ぼくの家のすぐ前の、それほど高くはない岩山のすぐ上にある。下から、その一部が見えるほどだ」

「最近、落ちたものかね」

「いや、もう百年ほど前になるそうだ」

なんだという失望の色が、綾瀬川の表情に浮かんだ。百年前に落ちた隕石ならば、今更、地球にどうこうの影響を与えるという心配はない。三日前に、これだけの重力場を持った隕石が落ちたとなると、それこそ大袈裟に言って、問題が人類の滅亡にかかってくる。

「そうか、百年前の隕石なのか」

「ああ、多分そうだろうと思う。村の古文書に、百年前に火の柱が村を囲んでいる岩山の一つ、屛風岩の頂上に落ちたと記録が残っている」

「そうすると、隕石はその山にかなりの穴をあけて、埋まったはずだね」

「もちろん、これだけの重さを持った隕石だ。大地が二つに裂けたと記録に残っている。そのまま掘り出すことも不可能だったにちがいない……ところが、二ヵ月ばかり前に地震があった。そして、あの屛風岩の岩脈《がんみゃく》が裂けて、今まで見られなかった子供の頭ほどの新しい岩石が顔を出した。ぼくの部屋から、朝、雨戸を繰《く》ると、目の前にこの屛風岩がそそり立っていて太陽の光りを浴び、はっきりとわかるのだ」

沢田の説明によると、久々に郷里の村に泊《とま》って一夜を明かしたあと、この異変に気づいたというのである。

「あの岩のイボは、いつから出たんだと家の者に聞くとね、この前の地震のとき以来だという。ご存知のとおり、ぼくは好奇心の強い男でね……子供向けの科学番組をやっていた頃の経験からも、絶えず新鮮な好奇心を持ち続けていなければならないという信念を持っているんだ。すぐに近所の若い男を相手に、縄とつるはしを背負って、屛風岩に登ったのだ。けれども足場が悪くて、どうしても目的の石まで届かない。竹竿《たけざお》の先につるはしをつけて、やっとそぎ落《おと》したのがこのかけらだ。下まで転がり落ちたのを、やっと拾ったのだよ。こいつをN大の地質学者に分析させたら、地球上の物質じゃないというのだ。ぼくはすぐに、村の古文書にある火の柱の出来事を思い出した。隕石だと思ったのだよ。しかし、村の人たちのことを思うと、喜んで発表も出来ない。それからの毎日は、苦悩の連続だったよ。そして思い出したのがきみのことだ。きみがこの隕石を如何に見て、どう扱うべきか判断してくれたまえ、きみを、日本でも有数の学者と思って頼むのだよ。大学時代の友人としても、相談にのって欲しいのだ。ただでさえ忙しいきみを、交通辺鄙なぼくの村まで連れて行くのは、正直いって申訳ないのだがね……」

「いや、そんなことはない。喜んで行かせてもらう」

そのとき綾瀬川は、べつに古くさい友情にとらわれていたわけではなかった。

彼は本当に、その密度の異常に大きい隕石の存在を、この目で確かめたいと思っていたのだ。

「どうした！　もう少しだ、頑張れよ！」

上から沢田の呼び声が聞こえてきた。相変らず、沢田の靴がけずる岩の破片が、まるで綾瀬川をめがけるように落ちてくる。

「大丈夫だ。今すぐにあがる」

そう叫びながら、綾瀬川は奇妙な苛立《いらだ》ちを覚えていた。それは、彼の心臓がきゅうに覚えた圧迫感のせいばかりではないようだった。

やっと頂上まで登ると、北の斜面から冷たい強い風が吹きあげてきて、かなり厳しい寒さである。こんな小さな岩山と、たかをくくっていたのが、ここまで来て緊張の度を強めた。

沢田はズボンの裾をはしょって、ザイルを腰に巻きつけている。すべて自己流だが、臆せず、ごく当《あた》り前のようにやるところが、この男の性質らしい。

「きみを危い目に会わせるわけにはいかないからな。ザイルの端を確保していてくれたまえ。こいつはきみの専門だろう。ぼくは少し隕石のまわりを掘って、きみが降りても大丈夫なだけの足場を作ってくる」

沢田は意気込んで、ピッケルとシャベルを手にして降りて行ったが、二十分と経たないうちに音をあげた。岩壁が鋭角にそそり立っているので、体を持ちこたえるのが難しく、隕石のまわりに足場を掘るどころではないのである。

上でザイルを確保している綾瀬川にも、作業の難しさが実感となって伝わってくる。

「沢田くん、無理だ、やめたまえ。ただ、ついでだから、もう一つ隕石の破片をけずり取ってきてくれないか」

「よしきた、ＯＫ……」

沢田の威勢のいい返事が戻ってきた。

けれども、綾瀬川があらためて、今度は自分が隕石のところまで降りると言うと、沢田が強硬に反対した。

「無茶を言うなよ。きみは、ぼくの足が悪いのを承知じゃないか。ぼくは登山の経験もないし、重要人物のきみを安全に支えている自信がない。そうだろう、きみはかけがえのない人物なのだ」

吹きさらしの岩の頂上で言い争っていても仕方がないと、綾瀬川は考えなおし、沢田の言うとおり下山を承知した。

降りるときは、綾瀬川のほうが先だった。また沢田の足もとから、崩れ落ちる岩石の破片が綾瀬川を悩ませた。

「あと二日待ってくれたまえ、そうすればこの村の強力を電話で呼び戻す。ぼくとしては、この村以外の人間を使いたくないのだ。この気持はわかってくれるだろう」

「わかるが、なにも強力なんて大袈裟なことじゃなくてもいいんじゃないかね。若い男を二、三人集めて丸太を組み立てれば、あの隕石まで足場をのばせると思うよ」

「きみは、この土地の事情を何も知らないのだ。ここで若い男を三人も集めるのは、東京で一万人の屈強な若者を集めるよりもまだ難しい」

そう言うと沢田は、あとは貝のように口をつぐんだ。

3

綾瀬川は、沢田の意見にしたがって、S村にあと二日逗留《とうりゆう》することにした。あわただしい日々から逃れて、こういう日本の鄙《ひな》びた風土の中で数日間を送るのも、まんざら悪くもないと自分を慰めたのだった。

綾瀬川は、ただ妻のことが心配だった。

彼の妻はアメリカ人なので、たいていの場合、夫婦同伴に馴れている。今度も来たがっていたのを、無理に置いてきたのだ。

電報を打ってもらうように頼むと、あとは綾瀬川は、宿になっている旧家の窓から表をぼんやり眺めて暮した。

最初に気づいたことは、この村には男の数が目立って少ないことであった。

更《さら》に気をつけて見ていると、四十歳から上の男はまだ見かけるのだが、若者の姿が実に少ない。沢田が、ここで若者を集めるのは……と言った言葉が、不思議な余韻《よいん》をもって甦《よみがえ》ってくる。

それに比べて、女の数は多かった。若い女がこの村の労働力になっているとみえて、地味な黒地の野良着をつけた化粧っ気もない女たちが、たくさん目につく。目の部分だけを出して、顔は手拭いでおおっているので、綾瀬川にはどの女も質素なりに非常に美しい存在に見える。

そういう意味では、この若い物理学者はけっこう愉《たの》しんでいた。

しかし、ただ一つだけ、綾瀬川の心を刺すような光景にぶつかったのである。朝の十時頃だったろうか、彼が何気なく窓際に寄りかかりぼんやり外を見ていると、四歳くらいの破れた汚ない紺絣《こんがすり》を着た男の子が道端に出て来た。

綾瀬川の注意を惹いたのは、その男の子の不自然な歩き方だった。全身で一生懸命に前へ進もうとしているのに、体が前のめりになるだけで脚がそれにともなわない。綾瀬川にはそれが、脚の筋肉の退化作用を現している医学的な徴候だということはわからなかった。彼はたんに、オリンピックのときの競歩の選手の歩き方を頭に思い浮かべただけだった。脚を地面にぺったりとつけ、頭を突き出し、全身を前に引きずられるようにして歩いている競歩の選手を……。

「あっ、危《あぶな》い……」

綾瀬川が思わず叫んだとき、男の子は両手を地面につき、ぱったり前に倒れていた。次の瞬間、火のつくような泣き声を予想したのに、男の子はまたよろめくように立ちあがると、ふたたび前に歩こうとする。額から、小石の角ででも切ったのか、ほそく血が流れていた。男の子は、なおも全身で前へ進もうという意志を示したが、数歩、歩いただけでまた倒れた。それを何度も繰り返しているうちに、三十過ぎの女が、子供の名前を呼びながら駆け寄って来た。

女の身なりは、それほど悪くはなかった。この村では、中流というところか。それにひきかえ、子供のほうの恰好はひどいものだった。紺絣の胸のあたりがどろどろに汚れて固まっている。

女は子供を抱きあげると、綾瀬川の視線にやっと気づき、泣きそうな表情を浮かべた。いかにも狼狽《ろうばい》し、困惑しきったという顔であった。

綾瀬川は夕食のとき、さっそくこのことを話題にした。

「今朝、脚の悪い子を見たが、この村の子供は負けじ魂が強いね。いくら転んでも泣かないで歩こうとした」

綾瀬川がわざと陽気な調子で言うと、沢田がふっと顔をそむけた。食卓には、この村でとれたのであろう、山菜と里芋の煮物、蕗《ふき》の吸物《すいもの》、それに山鳥が多くいるのであろう、あらゆる料理にその肉が上手に使ってあった。

「もう、見たのか」

沢田が鳥の骨を思案げに突つきながら言った。綾瀬川がハッとして顔をあげたほど暗い声だった。

「見たって……なんのことだね」

「男の子のことだよ。あれは負けじ魂で泣かないのじゃない。もう転ぶことに慣れているのだ。あの子が歩くということは、転ぶことなんだ」

「それは、一体どういう意味なんだね」

「そのうちに、わかるさ」

沢田はまた、貝のように沈黙に戻ってしまった。この男が学生のころから時折見せた暗い表情はそのままだった。

沢田の悪いほうの脚と結びつけて、綾瀬川はそれ以上、質問するのは遠慮してしまった。沢田の家系には、脚の悪くなる病気があるのかもしれないと、ふと想像したのだった。先程の男の子も、沢田の身内なのかもしれないと考えたりした。

「そう言えば、きみはまだ独身だったね」

「一度、東京の女と結婚したが、別れた。女医をしていた女だが、子供も出来なかったし、なにしろ自尊心の強い女だったので、別れるのは簡単だったよ」

沢田はそう言うと、自嘲めいた笑いを浮かべた。綾瀬川には、昔の同級生のこういう暗い表情や喋り方がどうしても好きになれなかった。

綾瀬川はどちらかというと、物事を率直に、明るく受けとる性質だったのである。

「アメリカで離婚しようものなら、慰謝料で大変だ」

綾瀬川はそんな冗談を言って、その場をとりつくろった。その晩は沢田と碁盤を囲んで十二時近くまで過《すご》し、自分の客用の寝室に戻った。

十二畳敷きほどの広間なので、炬燵《こたつ》が寝床に入れてあるものの、どうにも薄ら寒い感じである。ベッドに毛布一枚という、暖房のよくきいた部屋で眠りつけている綾瀬川には、田舎の重い綿の蒲団は圧迫感があって、よく眠れなかった。昼間の転んだ男の子のことなどが頭に浮かび、目が冴《さ》えて眠れないのである。

一時過ぎに、襖《ふすま》がすっと開く気配がした。誰かが部屋の中に入ってくる。畳をするゆっくりとした静かな足さばきが聞こえた。

枕もとのあんどんを消しているので、真暗《まっくら》なのだ。

綾瀬川は、べつに身の危険を覚えたわけではないが、一種の淡い恐怖は感じた。

向《むこ》うは、こちらの寝床の位置がわかっているのか、そろそろと近づいてくる気配である。

彼は躰を固くして息をのんだ。

相手はもう枕もとまで来ていた。少しのあいだ躊躇《ためら》っている様子であったが、しばらくしておずおずと手を伸ばすと、綾瀬川の蒲団の肩口のあたりをさぐり、彼が息をのんでいるあいだに、するすると蒲団の中に躰を滑らせてきた。

だいぶ廊下に佇《たたず》んでいたのか、躰が冷えきっていたが、柔《やわ》らかい女の肌であることはすぐにわかる。ぷんと昔懐しい椿油《つばきあぶら》の匂いがした。

綾瀬川は、女性に対してはどちらかというと潔癖なほうであった。いわゆる女遊びをした経験もない。けれども、夫婦のあいだでセックスをおろそかにしたことはなかった。相手が外国人の女のせいもあって、愛撫《あいぶ》は丹念で、女性の反応を確かめながら長い時間をかけるほうなのである。

女は遠慮がちに、綾瀬川のかたわらで躰を硬くしていた。当惑して綾瀬川が動かずにいると、そっと唇を彼の胸のあたりに近づけてきた。柔かく暖かい唇の感触と、熱い、ちょっと生ぐさいような吐息がはっきりと感じられる。

それでも、綾瀬川は反応を示さずにいた。わざと眠ったふりをしているより仕方がなかったのだ。相手の女にどういう意図があるのかわからなかったからである。それに、騒ぎ立てれば女に気の毒だったし、綾瀬川のほうにも相手がこれからどう出てくるのか好奇心があった。

女はそろそろと手を伸ばして、綾瀬川の寝巻の下の肌に直接掌《てのひら》を触れた。それだけで、本人はひどく興奮するらしく、躰が熱っぽく汗ばんで震えているのがわかった。

綾瀬川は、その掌を思いきり握ってやりたい衝動に駆られた。その欲望をおさえていると、女が今度は脚をからませてきた。すでに腿《もも》の内側が硬直し、はっきりと愛撫を求めているのが充分に感じられる。

女は綾瀬川に躰をぴったりと押しつけるようにして、微《かす》かに動いていた。そのうち、吐息とも叫びともつかない声が女の唇から洩《も》れ、綾瀬川の胸もとに伝わった。

女は、よほど長いあいだ、欲望を内側に秘めていたようであった。それが一どきに爆発し、熱い焔が噴きあがったという感じだった。

綾瀬川はとうとう自分の躰を大きくゆさぶるような衝動にしたがった。彼は躰の位置を動かすと、女の熱い唇を塞《ふさ》ぎ、すでに充分うるおっている場所にそっと触れた。女の歯は、熱病患者のようにカチカチ鳴っていた。

綾瀬川が直接交わるまでもなく、女は彼に触れられただけで何度も昂《たか》まっていた。綾瀬川はむしろ、その迸《ほとばし》るような熱情と貪欲《どんよく》な欲望にただ驚かされ、圧倒されていた。

一時間ほどして、女は沈黙を守り続けたまま、そっと部屋を出て行った。綾瀬川は、悪夢を見ているような気持《きもち》だった。

他人のめくるめく欲望の火照《ほて》りをまざまざと見せられたあとでは、容易に眠れるものではなかった。

綾瀬川が蒲団の中で輾転《てんてん》としていると、また襖の外で人の気配がした。今度は慣れていないとみえて、襖をあけて部屋の中に入ったあとでも、綾瀬川の枕もとに来るまでにだいぶ時間がかかった。

二番目の女も綾瀬川の所在をさぐり当てると、あとはするすると前の女と同じように蒲団の中に躰を滑りこませた。蒲団の外で、すでに着ているものを脱ぎ捨てたとみえて、冷えきった肌には何もつけていなかった。きりっとしまった肉が、また綾瀬川の脚にからんだ。今度の女ははっきりと、綾瀬川の唇と躰を求めていた。綾瀬川の内部で、次第に理性が溶解しはじめた。すべてが夢の中で行われているような気持だった。

綾瀬川が荒々しい動作で女を抱くと、女はすぐに激しく昂まった。けれども、それは動作だけであった。唇をしっかりと自分の手で抑えて、声一つ洩らさなかった。

綾瀬川は、そのあとで泥のように眠った。

4

翌日は、東向きの窓にきらきらと輝く朝の太陽が一杯に当っていた。

綾瀬川は雨戸を繰ってから、新鮮な空気を一杯に吸った。昨夜の出来事は、悪夢だったにちがいないと思った。どちらにしても終《おわ》ったことではないか、今更くよくよ考えるのはやめようと思ったのだ。

　朝風呂に入りに行くと、到着した日から綾瀬川の世話をしている若い女中が、彼の視線を避けて顔を赧《あか》らめたような気がした。

　向うはすべてを承知していて、こちらは何も知らないのは妙な気持のするものだった。

　板を沈める湯船に入って、屏風岩のこぶし大の隕石を眺めていると、沢田が自分も裸になって入って来た。

「どうだね、背中を流そうか。女どもに流させてもいいのだが、村の女たちの人気の的になっているらしい。騒動が起こっても困るので、おれが背中を流すよ」

「背中は自分で流すが……それよりきみは、この村で若い男を集めるのは難しいと言ったね。人口比は、若い女性のほうが多いのかね」

「九対一くらいで、女のほうが多い。この村の労働人口は全部女さ」

「どうしてだい。若い男たちはみんな都会に出て行ってしまうのだろうか。この頃は出稼ぎの風潮があって、農村の人はひどく困っているらしいね」

「うちの村の場合はちょっと違う。これは戦争中の話だが、この村から戦死者が一人も出なかったのを知っているかね」

「それはまた、ずいぶんと運がよかったんだね」

「そうじゃない。戦死者が一人も出なかったのは、召集令状の来た男がたった三人だったからさ」

「…………」

「この村じゃ、男の子は育たないのだ。昨日きみは、転がっている男の子を見ただろう。生《う》まれてくる男の子供の七割があぁなって、十歳頃までにはほとんど死んでしまう」

「まさか……そんなことは信じられない」

「しかし、本当のことさ。この病気を研究して医学論文を書いた医者もいる。前のおれの女房もこの病気の研究をしていた。病名は、進行性筋萎縮症というのだそうだ。病状は二歳から七歳くらいまでに、脚の筋肉に麻痺《まひ》と萎縮が起こり、次第に躰中の筋肉にまで拡《ひろ》がり、遂《つい》にその萎縮が心臓の筋肉にまで及んで死ぬのだ。ほとんどが寝たきりだろう。家族からも見放され、世話もしてもらえないから床ずれがあちこちに出て躰から悪臭を放つようになる。実に悲惨《ひさん》だ。誰とも話さないから言葉のコミュニケーションが無くなり、一種の精薄状態にもなる。そして、みんなが忘れ果てていると、ある日、七歳の頃から着せられているどろどろに汚れて悪臭を放つ着物のまま死んでいるんだ。十歳から十二、三歳までの死亡率が一番多い。死ぬと、家族たちはむしろほっとして、さっそく裏の墓地に埋葬する。男の役目を果さなかった厄介ものに憎しみをこめて……」

「馬鹿な！　そんな非人道的なことが許されるわけがない。医者たちが、その病気の原因を追究すべきだ」

綾瀬川は、思わず興奮した声になっていた。

「医者たちは、とっくに病気の原因を解明したさ。近親結婚が原因だというのだ。われわれは誰もそんなことを信じちゃいないがね」

「しかし、医者がそう言うのならば、本当なのじゃないかね。近親結婚を避けて結果を見てみればいいじゃないか」

「だから、きみも現状を知らなさすぎるというのだ。それは空論だよ。誰もこの村の女と結婚する人間なんかいやしない。この村の女と結婚すれば、足萎《あしな》えの子供が生れると、みんなに知られてしまっている。なかには村を捨てて、東京で身元を隠して結婚する女もいるが、うまくいったためしがない。かならず足萎えの男の子を生んで帰ってくる。そうかといって、貧しい農家がほとんどだから人手が欲しい。次には女の子が生れてくれることを祈って、やはり子供を生んでしまうのだな。男の子ばかりの四人兄弟の家族がいたが、全部筋萎縮症で死んだ」

「しかし、全体の二、三十パーセントの男の子は健康に育つのだろう」

「健康かどうかは知らんがね、七、八十パーセントの劣性遺伝のおかげで、優秀なのが生れてくることもたまにある。おれみたいな優秀なのがね……」

沢田は、また自嘲めいた笑いを唇の端に浮かべた。

「それならば、この村の男だけでも他の村から嫁をとればいいじゃないか」

「それが空論というんだ。結婚出来ない女が、この村にいったい何人いると思うのだ。花嫁衣裳《いしょう》を着て、幸せそうな顔で他《よそ》から女が入ってきてみたまえ。すぐにノイローゼになってしまうよ。今までにも一人いたがね、夫婦の寝間は、何人もの女たちに覗《のぞ》き見される、夫は一日に何人もの村の女たちと寝にゆくという始末で、とうとう頭がおかしくなって逃げ出してしまった。この村にいようと思うかぎり、この村の女と結婚しなければならない。村が成立《なりた》つためには、そうすることが必要なのだ。それが嫌だったら、この村から逃げ出すことだがね、なかなかそうはいかない。それに、男にだって劣性因子がある……」

「きみは逃げ出したいのだろう」

「逃げ出したが、帰ってこざるを得なかった。ぼくは村長の息子だからね」

「わからないね……とにかく、この二十世紀に恐ろしい話を聞くものだ」

「きみたちが無知なだけさ。日本の僻地《へきち》の農村に行けば、多かれ少なかれ、ここに似た村がいくらでも存在するんだ。この村が他と違うのは、あの隕石があることさ。ぼくは今、大胆《だいたん》な仮説をたてている。ぼくは、この村の筋萎縮症の原因が、じつは近親結婚にあるのではなくて、この隕石に原因があると思うのだがね……」

沢田はこう言いながら、目を光らせた。

綾瀬川は、沢田の説があまり信じられなかった。といって、ことが隕石だけに、そのまま聞き流してしまうわけにもいかなかった。

「そうだとすると、よけい慎重な調査が必要なわけだね」

「そうだよ。だからきみに、わざわざここまで来てもらったんだ」

朝食のあとで、沢田は今までと違った積極さで、綾瀬川を村のあちこちに案内してまわった。

綾瀬川の言ったとおり、どの家にも男の子の捨て部屋があって、紺絣を着た同じような痴《ち》呆《ほう》じみた表情の男の子が蒲団の上に転がっていた。

「こんな子供が生れるとわかっていて、なぜ、結婚するんだね」

「ふん……」

沢田は、肩をすくめてみせただけだった。

「じつは、おれも結婚しなくちゃならないのだ。相手は神主の娘だがね、会ってくれるかね」

そう言うと、綾瀬川が返事をしないうちにすたすた歩いて、村の最西端に位置している小さな社務所の中へ入った。

白い神主服を着、榊《さかき》を手に持った五十過ぎの男が、祭壇の前で祝詞《のりと》をあげている。髪をのばし、目のまわりは酒やけで赤茶色に変色していた。

「これが、おれの従兄《いとこ》だ。村の有力者だ。屏風岩の隕石が凶兆じゃないかといって、毎日、こうして祝詞をあげている。臆病な男さ。あんなものは百年も前からあったのだ。今更、顔を見せたからといって驚くにはあたらん」

沢田が豪傑笑いをしてみせた。神主は知らん顔をして、祝詞をあげ続けている。

神主の妻らしい四十過ぎの女が、御神酒《おみき》を運んでくると、綾瀬川に流し目をくれた。なんとなく、男に飢えているといった顔であった。

「この夫婦の娘と結婚するのだ。今のところ、こいつらは女の子ばかり生んで、したがって足萎えは一人も家族の中にいない。娘は親に似ず器量よしだ」

沢田は親愛感を示すつもりか、わざと粗野な素振りである。母親が出て行ったあと、今度は娘が入って来た。まだ十九歳だというが、躰の線はすでに成熟した女の豊かさを見せている。

昼食の雑炊を客にすすめると、頬に血をのぼらせて、顔をあげようともしなかった。

「まだ純情なのだ。亭主にする男の顔もよく見ようとしない。まあ、この村の女は、初めはみなそうだがね。結婚して半年も経たないうちに、さかりのついた猫のようになる」

沢田は憎まれ口をたたきながらも、機嫌よさそうに御神酒徳利《どっくり》に入った地酒を口に運んでいた。

「どうだ、花嫁の印象は……」

社務所を出ると、沢田が綾瀬川の顔を覗きこんだ。

「健康そうなお嬢さんじゃないか」

「学校の成績もいいんだ」

「学校もあるのかね」

「分校がある。今度、おれが校長になるのだがね……まあ、この村じゃ、あの娘が一番ましだろうな」

沢田はそう言いながら、なにか考え深そうな顔をしていた。

「きみは、月の終《おわ》りに京都で講演する予定があったね」

「スケジュール表を見てみないと、わからないんだがね」

綾瀬川が講演の日程を見ていると、沢田がよこからそれを写しとった。

「きみの講演は、だいぶ方々から期待されているらしいね。どこかで大きなポスターを見たよ。二十三、二十四か……その頃、おれも新婚旅行で京都まで行くよ。その節は、一緒に飯でもくおうじゃないか」

もう勝手に決めてしまったといわんばかりの、押しつけがましい顔だった。

そして、夕方になると強力がアルプスから戻れないので明日のスケジュールは取りやめたと言ってきた。

「とにかく隕石をじかに見てもらったのだから、第一回目の訪問は成功さ。今度来てもらうときは、ちゃんと足場を組んで、きみに満足してもらえるようにしておくよ。ところで今夜も泊って行くかね、きっと女たちには悩まされるだろうが……バスは明日にならなければないよ」

沢田は、妙な微笑を浮かべていた。

5

半月後に綾瀬川は、京都にアメリカ人の妻と同伴で講演に出かけた。沢田に案内された隕石のことを忘れていたわけではないが、東京に戻ってしまうとどうしても毎日の忙しい生活に追われてしまうのだった。

講演が終って、京都のホテルで外人の学者たちと会食をしていると、モーニング姿でクリーム色のスーツを着た花嫁を連れた沢田が挨拶に来た。

「今日、新婚旅行に来たばかりなのだ。あとでちょっと頼みがある。例の石のこともあるしね……」

思わせぶりに耳打ちをすると、足早に去って行った。夜十時過ぎになって、沢田から綾瀬川の部屋に電話がかかってきた。

「ちょっと大事な話があるのだがね、下のバーまで降りて来てくれないか。それとも外人の奥さんはうるさいかな」

「そんなことはない。ぼくの家内はおとなしい女だよ。そんなことまで干渉したりはしない」

「日本語は、わかるのかね」

「ほとんどわからない、お早うと今晩はぐらいだ」

「そりゃ、都合がいい。あんまり奥さんに聞かせたくない話なんだ。男だけの相談だよ」

沢田は酔っているのか、食堂で会ったときにくらべて浮き浮きした感じだった。

けれども、階下のバーのカウンターに行くと、沢田の陽気な語調が表向きのもので、内心は苛々としているのがすぐにわかった。

「カクテルでも飲むかね、おれはこれだ……」

沢田はウオツカをがぶ飲みしているようだった。

「そんなに飲んでも大丈夫なのかね。今夜は、きみの新婚旅行の晩なのだろう」

「それも最初の晩さ。おごそかに夫婦の契《ちぎ》りをしなければならない」

「それならば、早く奥さんのところに帰ってあげたほうがいいのじゃないかね。ひとりにしておくなんて残酷だよ」

「おれは、初めての結婚じゃない。新婚の晩に女をどう扱えばよいのかくらい、ちゃんと心得ているさ」

沢田はうるさそうに言うと、またウオツカをあけた。

「あんたの結婚式のときは、奥さんは処女《バージン》だったかね」

「そういうプライベイトな質問には答えないことにしている」

「怒るなよ。これは真剣な質問だ。われわれの村では、初めての女は大切にされる。今、おれの部屋で待っている新妻も、処女だ。男を知らん。処女の女が最初に男と寝るときは、子供をつくることが目的でなくてはいけない。これが、おれの村の不文律だ。おれといえども従わないわけにはいかない」

「きみは子供をつくるのが怖くなったのだね」

「そうじゃない、ちっとも怖くない、ただし、つくれないだけだ」

「どういう意味だね」

「前の女房との結婚の条件に、断種手術を約束させられた。女房はおれの手術に立ち会ったのだ。だから、おれはもう子供をつくれない。これは、村の人間には秘密だがね……もしも断種手術をしたなどということがわかれば、村から追放されてしまう。たとえ七、八割の筋萎縮症の子供が生れても、あとの二、三割の男の子と村の労働人口の女の子をつくるために、われわれは男女の営みをしなければならないのだ」

「…………」

「これで、おれの言おうとしていることがわかっただろう。今夜、おれは新しい妻と新婚の儀式を挙げることが出来ないのだ。昔の友人の誼《よし》みだ。おれに代《かわ》って、新郎の義務を果してくれないかね」

「冗談は困るよ。家内もすぐそばにいる。そんなことは出来ないね」

「この前、村では、女たちと寝たじゃないか。あれと同じことだ。今さら断わることはないだろう」

沢田の目がすわっていた。頭がおかしくなっているると、綾瀬川は思った。適当にあしらって立ちあがろうとすると、沢田が綾瀬川の背広の裾をおさえた。

「きみは、もう断われない。きみが断われば、おれはあの隕石を爆破する。あれだけの異常な密度を持った石だ。村人の中には死者も出るだろう。きみの重力場の絶好の研究材料も、滅茶苦茶にする。きみはおれのことを狂っていると思っているだろうが、甘い観測だ。おれはすべてを冷静に計算している。とにかく、この部屋の鍵《かぎ》をあんたに預けておく。一時間もあれば充分だろう。おれは街を歩いて、またここに戻ってくるよ。念のために言いそえておくが、おれの村の女たちは、男と交わるときは絶対に目を開かない。とくに処女の場合は、しっかりと目を閉じて、どんなことがあっても相手を確かめたりしない習性になっている。これは、寝ている相手が父親や兄弟だということがよくあるからだ。何十年も前から、無用なトラブルを避けるために、こういう生活の知恵が生れたのだ。もし、お望みとあらば、寝室の明《あか》りをつけて、花嫁の表情を愉《たの》しみながら抱いてやってもかまわない。今は、明りは消してあるがね……きみに面倒な責任が及ぶなどということは絶対にない。どっちにしても、新婚生活の一番おいしい果実を進呈しようというのだ。男性ならば文句はあるまい。きみはかならず、花嫁の部屋に行くよ」

沢田は、にやりと自嘲めいた例の微笑を浮かべると、部屋の鍵を綾瀬川の前のカウンターに投げ出し、ホテルの外に出て行った。

綾瀬川は、呪縛にあったように、ホテルの鍵を見つめていた。

なにも深刻に考えることはないと、彼は自分に言い聞かせた。沢田が、隕石を爆破すると脅しの長広舌をふるったのも、べつに信用していなかった。

学生時代から、ああいうふうに理屈を言うのが好きな男だったのだ。

綾瀬川は、ブランデーを注文した。それを一口飲むと、気持が落ち着いてきた。男としてアバンチュールを愉しめばいいのだ。それだけのことじゃないか。久しぶりに会ったので友人と話しこんでいたと言えば、妻も疑ったりはしないだろう。

綾瀬川は立ちあがってエレベーターに乗った。その途中、ふと種馬という言葉が頭に浮かんだ。それよりも、人工授精の提供者ぐらいに軽く考えればいいのだ。

沢田の部屋をあけると、入口の洗面所のところに、バラの花束が新婚旅行らしくリボンを結んだまま飾ってあった。綾瀬川は、自分の新婚旅行のときを思い出した。けれども、今はそのときとは違う好奇心に内側からゆさぶられるのを感じていた。

寝室の電気は、枕もとの小さなフット・ランプだけで暗かった。

綾瀬川は少し躊躇っていたが、結局、ネクタイを取った。

女はすでに新婚の儀式がはじめられるのを覚悟してか、話しかけてくる様子もなく、ベッドの上でじっとしていた。

綾瀬川はしばらく、女のかたわらで横になっていた。自分の内部に、果して男としての欲望が起こるかどうか自信がなかった。しかし、女の柔かい胸のふくらみに手を置くと、すぐに衝動が昂まってきた。

女は乳房や乳首に触れられても、頰や唇のあたりに綾瀬川が愛撫の手をのばしても、ぴくりともしなかった。乳首の下あたりでしっかりと両手を組み合わせ、沢田の言っていたように、固く目を閉じている様子だった。

綾瀬川は半ば躰を起こすと、仰向《あおむ》けたままの女の乳首を唇にふくんだ。こういう愛撫が、男の経験のない新婦に通用するのかどうか、彼は自信がなかった。

それでも十分ほど、自分の妻に試みるときのように唇を動かし、丹念に愛撫していた。無意識のうちに右手が女の躰の深みに伸びてゆく。正直なところ、彼は触れることが恐ろしかった。暴力じみた性衝動が起こるまでは、この儀式は営めないと思った。

彼はゆっくりと、気を使いながら指先で触れた。しめった温《ぬく》もりがあった。女が、今度はぴくりと躰を動かすのがわかった。

綾瀬川の内部に、じょじょに原始的な衝動が昂まってきた。彼は硬直した自分の躰が、男を初めて迎え入れる若い女の躰のあたたかみの中で、確実に押しすすんでいくのをはっきりと感じていた。

綾瀬川は枕もとの小さいほうの明りをつけた。沢田の言ったとおり、まだ子供子供した表情の女はしっかりと目を閉じていた。綾瀬川の躰の動きにつれて、その白い額とほそい眉のあいだに、かすかな皺が刻み込まれていった。

6

綾瀬川が、ふたたび沢田の村を訪れたのは三ヵ月後であった。渡米を半月後にひかえて、あわただしいスケジュールを消化している綾瀬川のところに、沢田から鄭重《ていちょう》な招待状が届いたのだった。

〝渡米の予定を新聞で拝見したが、その前にぜひ隕石の蒐集《しゅうしゅう》にお立ち寄りください。研究設備の調《ととの》ったアメリカにお持ちになったほうが、自分たちにとっても望ましいことです〟と書いてある。

隕石のことが気になっていただけに、綾瀬川はすぐに二日間の余裕をとって沢田の村に向った。

内心、日本としばらくのあいだ別れるにあたって、沢田の村で、あの闇の中の悦楽をもう一度味わいたいという気持がないわけではなかった。

遅いバスで沢田の村に着くと、彼自身が迎えに出ていた。

「今度は、おれの新居に案内するよ。女たちに襲われるのは気の毒だからな」

「いや、この前の村長の家で結構だよ。あの岩山の見える風流な風呂場が懐かしい」

「まあ、そう言わずにおれのところに来いよ。女房は身重で、たいしたもてなしは出来ないが、女房の妹たちが料理くらいは作るさ。昨日とれた山鯨《やまくじら》のいい肉がある。地酒で鍋でも食おう」

沢田は愉快そうに、食物の話をしていた。沢田の妻が身重と聞いて綾瀬川は思わずぎくりとした。

あの晩の子供かもしれないと思うと、平静でいられなかった。

綾瀬川夫妻には子供がいない。妻のほうの躰に問題があって、子供が出来なかったのだ。

「きみの奥さんにも来てもらいたかったのだが、こんな辺鄙な場所ではね……」

沢田は愛想をふりまきながら、村長の家から百メートル離れた旧家の裏庭に連れて行った。

造りは昔どおりで藁《わら》ぶき屋根だが、まだ木の香も新しい棟が一つ出来ていた。

「ここは、将来この村の中心になる場所だからな、少しはりこんで新築した」

そう言うと、馬鹿広い座敷に通した。まわりが全部襖なので、綾瀬川には、いかにも日本家屋という気がする。

沢田の妻の妹だという、あらい紺絣に赤い襷《たすき》をかけた若々しい女の子たちが、猪鍋《ししなべ》の仕度をはじめた。

三つ子の姉妹だということで、なるほどどれも白い同じような顔をしている。

「女房の家系は、繁殖力が強いのだ。この三つ子のあとに、また双生児が生れている」

沢田は相変らず機嫌よく盃をすすめはじめた。

「屏風岩の上には足場が組んであるから、いつでも隕石のところへ降りられる。明日は、早朝に出かけて、ゆっくりと採集してくれたまえ」

沢田は食欲も旺盛だとみえて、猪鍋の肉をひとりで半分ほどたいらげる。女たちは給仕をするだけで、ひとりも手を出さなかった。

「奥さんは元気なのかね」

「ああ、元気な女で表へ出たがったり、洗濯物をしたがったりするが、全部やめさせている。せっかく妊娠したのだ、子供が生れるまでは大切な躰だからね。転んで流産でもしたりしては事だ。だから、おれも夫婦生活は慎んでいる。他に相手をしてやらなければならない女は、村に沢山いるからな……ここじゃ健全な男は、義務として女と寝なければいけない」

そう言うと、わざと綾瀬川と視線を合わさずに、鍋の肉をつついてみせる。

綾瀬川は、沢田の妻に会えないことで軽い失望を覚えた。沢田は、すぐそれと察したのか、

「女房は、あとでちょっと挨拶に出てくるそうだ。お茶をたてたいと言っている。この辺は、お茶のいいのもとれるのだ」

沢田の言葉どおり、猪鍋がさげられると、沢田の妻が茶器を持って入ってきた。

心なしか、幾分やつれた感じだが、それがかえって子供っぽさをなくして、美しい落着いた人妻ぶりだった。女は妊娠すると、こんなにも感じが変るものなのかと、綾瀬川はあらためて感心した。

沢田の妻は視線を畳の上に落したまま、落着いた手つきで茶をたてると一礼し、退がってしまった。

綾瀬川は、じっと熱い視線を沢田の妻の肩のあたりに注《そそ》いでいたが、向うは一度も彼のことを見ようとはしなかった。

「それじゃ、ゆっくり寝《やす》んでくれたまえ。明日の朝が早いからな」

沢田はそう言うと、その広い座敷に床をとらせ、綾瀬川をひとりにした。

綾瀬川は床の中に入っても、沢田の妻のことが目に浮かんでまんじりとも出来ない。一時間が過ぎ、二時間が過ぎた。

実に静かだった。なんの物音も聞こえない。離れた部屋で、柱時計が三時を打った。襖がそろそろと開く気配がしたのは、そのときだった。

人の気配がそっと近づくと、躊躇わずに綾瀬川の床の中にするすると躰を滑らせてきた。すでに裸だったが、肌が燃えるように熱かった。綾瀬川にしがみつくようにすると、彼の耳朶《じだ》に熱い吐息を吹きかけた。

「お願いです。声を出さないでください。見つかったら殺されます」

「あなたは……」

綾瀬川は、女の背中に手を廻しながら、すぐに沢田の妻であることを悟った。淡い体臭と躰の感触に記憶があった。

「沢田の妻です。あのひとは狂っていますわ。どうか、あたしを連れて逃げてください。ずいぶん考えあぐねたすえですわ。あなたの子供が、毎日、あたしのお腹の中で育っています……」

綾瀬川は、沢田の妻がすべてを知っていたことに打ちのめされた。

子供が自分とのあいだの結実であることもわかっているのだ。

沢田の妻は急《せ》きこむようにそれだけ呟《つぶや》くと、いきなり熱っぽい唇を押しつけてきた。やはり燃え上るような熱い二つの脚が、綾瀬川の腿をはさみこむようにからむ。新婚旅行の晩のあの固い蕾《つぼみ》のような躰からは信じられない成熟ぶりだった。あのあと、沢田がここまでこの女を変えたのだろうかと、綾瀬川はふと思った。

沢田の妻の密着した躰が、大きく波うちはじめたときであった。襖が開くと、蠟燭《ろうそく》の火が近づいて来た。

目を血走らせ、頬を震わせた沢田の顔がゆらめく蠟燭の明りに一瞬うかびあがったかと思うと、次にはもう妻を床の中から引きずり出し肩をこづき平手で力いっぱいに叩《たた》いていた。

あとは何も言わずに、泣き声をあげる女の手首を摑《つか》むと畳の上を引きずって行った。

翌朝、沢田はけろりとした顔で現れた。

朝食の味噌汁の実の山菜の由来などを、のんきに説明しながら、何気ない素振りで昨夜のことに触れた。

「昨夜は失礼したな。女房がとんだ迷惑をかけて……女は妊娠すると手がつけられなくなる。悪阻《つわり》がひどくて、すぐにヒステリーを起こすのだ。ちょっと甘やかすとつけあがっていかん。まあ、われわれ男の仕事には関係のない話だ。午後から天候が崩れるらしいから、早いうちに屛風岩に登ろう」

綾瀬川は何の相槌《あいづち》も打たずに、食事が終ると屛風岩に登る仕度をした。この前と同じように村人が編んだ草鞋《わらじ》をはいて、つるはしと採集箱を持った。

沢田のほうは、妻の妹たちが用意したおにぎりと魔法瓶をリュックの中に入れている。

今度は綾瀬川のほうが先に立った。登山部時代の経験を思い出して、後続者に土砂を浴びせないように鋭角に蛇行《だこう》してゆく。

今日は息が切れなかった。沢田の妻の、昨夜のことがしこりになっているせいか、頂上にあがって気がつくと、沢田はまだ遙《はる》か下のほうにいた。苦しそうに喘《あえ》ぎ喘ぎ登ってくる。

「今日は馬鹿に脚が早いな。元気そうだから、隕石の採集も自分でやってもらおうか。おれはここで滑車を動かしている」

沢田が頂上に組み立てられた足場の上の滑車を指さした。滑車には太いロープが巻いてあり、その先には人がひとり乗れるもっこがついていた。

「このもっこに乗るのかね」

「あ、何度も使っているから安心していて大丈夫だ」

沢田は、綾瀬川がもっこに乗るのを手伝った。

採集箱とピッケルと、その他に鑿岩《さくがん》用の杭《くい》と金槌を入れる。

「採集するのは、十センチ四方のを二つぐらいにしたほうがいい。それ以上は持ち運びが大変だぞ」

沢田が注意を与えながら、もっこを降ろした。綾瀬川の躰がゆらゆらと揺れながら降りてゆく。

はるか下方に、村の家々が点のように見える。綾瀬川は目のくらむ思いで、もっこの綱をしっかりと握った。

もっこの揺れがとまると、目の前に茶褐色の隕石が現れた。

ごく傍《そば》で見ると、十年ほど前にアリゾナの博物館で見た平凡な石鉄隕石とあまり変らないような気がした。

隕石が落下したとき、屏風岩の頂上には当然大きな隕石孔《いんせきこう》がうがたれたはずであった。この隕石の重さから推定すると、十メートル以上の隕石孔が出来たはずである。それ以来、地震や豪雨などで隕石孔が埋められ、隕石自体がここまで移動したのであろう。地球の上に置かれてからの時間が長いので、表面だけはこんな平凡な石鉄隕石の肌合《はだあい》に似た色に変化したのかもしれない。

綾瀬川はそんなことを考えながら、最初のつるはしの一撃を隕石に当てた。隕石を割るのは難しいのではないかと思っていたのに、意外ともろい岩のようにかなりの部分が砕け飛んだ。

地球の上で、表面がなんらかの変化を起こしているのかもしれないと思いながら、綾瀬川は破片の一つを手にとった。

五センチほどのものであったが、この異常な物質の密度から推定すると、相当の重さがあるはずであった。それなのに、その破片は軽々と紙のような重量感で綾瀬川の掌に乗った。

おかしいと思ったとき、綾瀬川の乗っているもっこがぐらっと大きく揺れた。

「おい、もっこが落ちるぞ。そんなに隕石を採集しちゃ駄目だ。何キロの重さになると思っているのだ」

上から、沢田の嬉《うれ》しそうな声が聞こえた。

「冗談はいい加減にしろ。これはただの石鉄隕石じゃないか。一体どういうつもりなんだ！」

綾瀬川は怒りに躰を震わせて、十メートルほど上の沢田に向って叫んだ。

「おかしいのはおまえのほうだぞ。それは確かに異常密度の物質で出来た隕石だ。おまえが欲張りすぎたために、もっこが落ちるのだぞ！」

もっこがもう一度大きく揺れると、ずるずると下にさがりはじめた。

「やめろ！　気が狂ったのか」

「気が狂っているのはおまえのほうだ。この村の者は、みんなおれの証言に賛成する。たとえ警察が来ても、落ちたのはおまえ自身のせいだと口をそろえて証言するだろう。それから、おまえが死んでも心配はいらないぞ。おまえ同様の優秀な頭脳を持った物理学者の卵が、おれの女房の腹の中で育っている。この村から、とうとう優秀な人間が誕生するんだ！」

綾瀬川はもう、沢田の妙に愉しそうなリズムをおびた叫び声を聞いてはいなかった。彼の躰が、物理的な不気味な振動の中で揺れはじめていたからだった。

ああ、確実に落ちてゆくと綾瀬川は思った。そのくせ、その目の前の出来事が信じられなかった。なんの脈絡もなく、昨夜の沢田の妻の燃えるような躰のことが頭に浮かんだ。

それから急に、馬鹿だ、馬鹿だ……と綾瀬川は墜落してゆく意識の中で叫んでいた。

宇宙の果ての、何万光年先の惑星の重力場のことまでも考えることの出来る人間が、なぜこんなに馬鹿げた簡単なことで死んでゆくのだろうか。なぜ、こんなに弱い葦《あし》なのだろうか。

彼は真剣にそのことばかりに思いを走らせていたので、沢田が最初に綾瀬川のところに持って来た隕石の標本が、鉄製のブリーフ・ケースの底に貼《は》りつけてあったことも、狂った人間の頭の中で種馬にされていた馬鹿げた事情についても、何も考えなかった。

谷間の村に向《むか》うもっこの墜落の速度は確実に速くなり、彼の意識もそれにつれて薄れていった。

鴎《かもめ》が呼ぶ

1

八月のアメリカ西海岸のS市は霧が深く、日本でいえば冬の沈鬱《ちんうつ》な季節である。

土地のアメリカ人は、人目を忍ぶアベックの他はほとんど、この鷗《かもめ》たちの巣くっている海豹《あざらし》島の見える波の荒々しい太平洋岸の展望台にはやってこなかった。

展望台には、海豹や海猫、鷗といった類《たぐい》の、入場料十五セントの博物館と、軽食を出すスナックと、土産用の海豹や鷗の玩具を売っている店とがあるだけだった。

博物館の中には、二十五セントを入れると占いカードの出てくる、自動占いの人形などがあった。

日本でいえばおみくじのようなものであろうか、ガラス・ケースの中に等身大の蒼《あお》ざめた占い師の老婆《ろうば》の蠟人形《ろうにんぎょう》がいて、コインを入れると、おもむろに手を動かす。カードを切って、首を左に傾け、最後にふいに視線をあげると、ケースの前の人間を不吉な青白い瞳で見つめるのである。

この瞬間に、見つめられたほうの人間はたいてい吃驚《びっくり》しゾッとして、思わずこの蠟人形が本物ではないかという錯覚におちいるのであった。

この展望台に来る愉《たの》しみといえば、これくらいしかなかったが、S市に来る日本人の観光客は、かならずここを訪れるのだった。

長いアメリカ大陸縦断の旅を終《おわ》って、やっとこの太平洋岸に着き、あの荒海の向《むこ》うがいよいよ日本ですと言って郷愁を呼びさます効果もあった。

東々商事の佐原が、鬱陶しい霧雨のけぶる日だったにもかかわらず、妹の岩城夫妻にこの展望台に行くようにすすめたのは、他にこれといった観光の場所がなかったからだった。

「展望台にいって、ぼんやり立っていらっしゃいよ。あの灰色の海を見ていると、不思議と心が落ち着きますよ。終戦後、日本人の留学生で、ホーム・シックにかかった人間は、毎日あそこに立って海を見つめていたそうですよ。それから、あそこのホット・ドッグは芥子《からし》がきいて美味《うま》いとかいう話だったな。ああ、そうそう、それから自動占い機の薄気味悪い女占い師の蠟人形がありますよ。こいつに睨《にら》まれると、たいていの人間は飛《あた》びあがってね……二十五セント投資する価値はあります。この占いが馬鹿によく当るという話です。ぼくもニューヨークに行く前の日に、ここに寄って占いカードを貰《もら》ったんですけれどね、金銭上の損失ありというのは、次の日、財布を落《おと》して当りましたしね、女性関係に禍福ありというのもずばり当りましたよ。ニューヨークのアパートの隣の部屋にいたのが、西ドイツから来たデザイナーの若い女でね、これとすぐに仲良くなりました」

佐原が独身の気易《きやす》さで、隣室のドイツ人の女と親しくなったのは事実だった。けれども展望台のことを、さも興味ありげな場所のように話したのは、一日中退屈しそうな妹夫妻をよろこばせるためであった。

ニューヨークから日本に直行するはずだった妹夫妻を、むりやり転勤に決《きま》ったこの西海岸の小都市におりるようにすすめたのは佐原だったのである。けれどもS市に着いてみると、すぐに仕事が待っていて、妹夫妻の案内どころではなくなってしまったのだった。

「ぼくはもう一度展望台で占いカードをひいていますからね……一度ひいた人間がいると、当らなくなるそうなんですよ。一回目だと、かならず当るという訳です」

佐原は、二人の気をひきながらタクシーを拾って、二人だけ先に展望台にやったのだった。

佐原の妹の岩城夫妻は、かなり名の売れた映画スターであった。両方とも俳優で、恋愛結婚をしてもう一年近くになる。妹の主人の岩城哲のほうが、テレビ映画の活劇スターで、渋い男性的なマスクと筋肉質の素晴《すば》らしい体格をして、人気も高く有名だった。けれども結婚直後に、佐原の妹のほうが、テレビの連続ドラマに主演するようになり、最近では彼女のほうが人気者になり、収入もふえていた。

岩城哲のほうが、佐原奈津のご主人ですと紹介されるようになっていた。在米生活の多い佐原が、ときどき日本から送られてくる週刊誌を見て、妹のグラビア写真や記事の多くなったことに吃驚したくらいだった。

その妹夫妻が、半年間のテレビの連続ドラマが終ったのを機会に、航空会社の招待ということがあって、新婚旅行がわりの世界一周旅行にやってきたのだった。

「おまえは、いい亭主を見つけたものだ。あとは子供を作るだけだ。もっとも、毎日ブラウン管に顔を出していたんじゃ、なかなか子供も作れないな」

ニューヨークで妹夫妻を出迎えた晩に、妹と二人だけになった機会をみて、そう祝福したものだった。

「テレビに出てたって、子供くらい作れてよ。だって臨月の半月前になっても、まだテレビの司会をやっていたという立派な女優さんだっているくらいだもの」

「そりゃ、大変だな」

「でも、あたしは子供を作らないわ」

「どうしてだね」

「あたしね、兄さん……離婚しようと思っているの」

「馬鹿を言え。結婚して、まだ一年と経《た》っていないじゃないか」

「半年一緒にいれば、もう充分だわ。他人にはわからないだろうけれど、そりゃ毎日が地獄の生活なのよ。こんど日本を離れて、二週間ばかり二人だけでいるけれど、これでよけい離婚の決心を固めたわ」

「冗談も休み休みに言え、おまえたちは仲睦《なかむつ》まじいおしどり夫婦だって、週刊誌に出ていたじゃないか。なにか事情があるのかい、まさか岩城くんに、隠し妻でもいたんじゃないだろうね」

佐原は他に理由が見つからなくて、そう尋ねた。

「そんなことじゃないの。あんまり他人には言えないことなのよ。お兄さんに相談したって、わかってもらえるものですか」

「気を揉《も》ませるようなことを言わずに、はっきり言えよ。なにもなきゃ、ぼくはそんな軽々しい離婚には賛成出来ないからな」

佐原が問いつめたが、そのときは妹の奈津は何も言わなかった。

奈津のほうから、離婚の本当の事情らしいものを打ち明けたのは、翌日になってからであった。

「あたし、本当のことを言うと……欲求不満《フラストレーション》なのよ。哲ったら、あんなふうに精力的《エネルギッシュ》に見えるけれど、ベッドの中じゃとても淡泊な性質なの。恥《はず》かしいけど、あたしはどちらかというと、いつも主人にかまってもらいたいほうなのよ。結婚する前は、哲はうるさいくらいあたしの側《そば》に付ききりで面倒をみていてくれたでしょう。結婚しても、そうだと思っていたのよ。それがとんでもない期待はずれだったわ」

「当《あた》り前さ。結婚したら、どんな男だって横暴になるし、女房をちやほやしなくなるさ」

「そうじゃないのよ。哲は相変《あいかわ》らずあたしの世話をしてくれているわ。何から何まで……でも……やっぱり、あたしの欲求不満は解消しないわ」

「贅沢《ぜいたく》言うな」

「でも、ベッドの中で主人に満足させてもらうのは人間の権利よ」

「くだらん婦人雑誌の医学記事などを読むから、そんなことを言い出すのだ。どんな夫婦にだって個人差というものはあるのさ。隣の庭の芝生は青く見えるものだよ」

佐原はようやく、妹が夫婦の夜の生活のことを言っているのだと気がついて、説教らしい口調になった。

「そんなんじゃないのよ。あたしたち、結婚してから、まだ五、六回しかそれらしいことをしていないのよ」

「二人とも仕事が忙しいからじゃないかね、それとも岩城のほうに女がいるのかな」

どちらかというと女好きの佐原には、妹の主人の淡泊な夜の生活が信じられなかったのだ。

「だから、あたし、今度の旅行ではっきり試して決心しようと思っていたのよ。日本を発《た》ってからもう二週間にもなるのに、哲は、あたしの躰《からだ》に触れようともしないわ」

「ふん……そうか、それは深刻な話だな。しかし、離婚を考える前に、夫婦の性生活に関して、ベテランの医師のところに相談に行くべきじゃないかね。アメリカには、そういう専門医が沢山いるよ。だが日本人とは生活環境が違うから、回答は難しいだろうがね……」

「あたし……人気に影響するかもしれないけれど、思いきって離婚するわ。今度の二週間、あたしなりに考えに考え続けた結果ですもの。決心は変らないわ」

「そうかね。しかし、そんなことなしでも、理解し合って愛し合っている夫婦は世の中にいくらでもいるものだよ」

「ひとのことだったら何でも言えるのよ」

佐原は、義弟の哲に好感を持っていただけに一応の弁護はしたものの、なぜか妹の顔を直視することが出来なかった。

妹が不運に見舞われたのだという実感が濃くなってきたのと同時に、色の浅黒い、どちらかというと小柄で、無駄な贅肉のない引きしまった妹の躰つきを見ながら、肉親の肉欲が、なぜかひどく重たいものに感じられて仕方がなかったのだ。

妹夫妻を、展望台に行くタクシーに乗せながら、あの荒涼たる海を背景にするのが、この夫婦には一番似つかわしいことだと思っていたのは事実だった。

そのあと、市の中心街にある東々商事の事務所で、佐原は仕事の引きつぎをしていた。大きな取り引きを、急に帰国することになった前任者から引きついでいたのだった。

展望台から電話がかかってきたのは、やっと仕事の区切りをつけて、昼食にステーキでも食べに行こうかと思っていたときであった。

「お義兄《にい》さん、大変なことになりました。すぐに来てもらえませんか」

「どうしたんです」

妹の離婚話を聞いていた矢先だけに、佐原は展望台のある、太平洋の荒波に向ってそそり立った断崖を頭に浮かべて、どきっとした。

「それが……よくわからないんですが、奈津と展望台のテラスに坐《すわ》っていたんです。そしたら、突然、奈津が鷗に襲われて……」

「なに、もう一度言ってください。何に襲われたと言ったんです」

「鷗ですよ。空を飛んでいる鷗です」

哲の声は、かなり興奮していた。

佐原は、展望台から海にかけて絶えず舞っている、黒や、だんだら模様や、白や、灰色の冬の海の鷗を思い浮かべた。

「しかし、鷗に襲われるなんて……そんな話は聞いたことがありませんよ」

「いや、ぼくの目の前で襲われたんだから、嘘《うそ》じゃありません。もしかしたら奈津は失明するかもしれませんよ。目を、ひどくやられたんです」

哲の声は、興奮の極に達していた。

2

妹が鷗に襲われたと聞いても、展望台に着くまでは素直に信じられなかった。展望台のテラスに行くと、ベンチの上に、顔にハンカチを当てた妹が横たわっていた。

顔の上の白いハンカチに、血が大きく赤く滲《にじ》んでいるのを見て、佐原は事態が深刻なのを悟ったのだった。

「ひどいじゃないですか。なにはともあれ、早く医者を呼ばなくては……一体どうしてこんなことになったんです」

佐原は、大声で呼びとめたタクシーに妹夫妻を乗せながら、改めて事情を聞いた。医師のところに行きつくまでに、狼狽《ろうばい》しきった岩城哲から聞き出した事情は次のようなものであった。

岩城夫妻は、佐原に教えられた展望台の行き先をタクシーの運転手に示して、三時間ほど前に展望台に着いた。

佐原に教えられたとおり、まず最初、展望台の自動占いの蠟人形のところへ行って、おみくじをひいた。

《近い将来、あなたの人生を二分するような不幸がおこる。けれども、あなたはそれに耐えてゆく強い性格を持っている。金銭的には恵まれるが、家庭の中は淋《さび》しく、孤独であるかもしれない……》

そういう意味の英文が、ハートやダイヤのついた安っぽいカードに印刷してある。

哲はそのカードを佐原のほうに差し出した。カードにまで、血がべったりとついていた。

「これを引いたのは、誰なんです」

「奈津のほうなんです。それから彼女、すっかり深刻な顔になってしまいましてね、きゅうに離婚したいと言い出したんです」

「離婚を希望するわけは、聞きましたか」

「いや、はっきり言わないものですから、ぼくのほうでも苛々《いらいら》しましてね……好きな男でも出来たのかと問いただしました」

哲は、離婚の本当の理由を心得ているとみえて、なんとなく、もじもじしながら答えた。

「それで一時間ほど、二人で言い争っていました。展望台のテラスには誰もいなかったものですからね、割合に大きな声で喋っていました。すると……」

テラスにもう一人の日本人の男が現われたというのである。五十過ぎの一見、画家のような男で、はじめのうちは日本人かどうかもわからなかったくらいであった。

「それが、きゅうに、ぼくたちのところに近づいて来ましてね、奈津に双眼鏡を貸してくれるというのです。それも、持主同様、薄汚ない古い双眼鏡でしてね、ぼくはすぐに、ああ、こいつはたかりだなと思いました」

「双眼鏡というと、海豹島に巣くっている鷗の大群を見るためですか」

「ええ、ぼくは最初、不機嫌だったせいもあって、テラスに大型の望遠鏡もあることだし、いらないと断ったのです。ところが、望遠鏡では速いスピードで飛んでいる海豹島の鷗を追うことが出来ない。この双眼鏡なら鳥の生態がよくわかるなどと、もっともらしく言うのです。ぼくが断り続けると家内のほうが意地になって、借りると言い出しました。家内が双眼鏡を目に当てて見はじめますと、やはり思ったとおり貸料を請求してきました。それも、三ドルも寄越《よこ》せと言うじゃありませんか。旅行者だと思って足もとを見るな、三ドルも一体どうするつもりだとぼくは怒鳴《どな》りました。すると、昨日から何も食事をしていない、自分は画家で、芸術の女神に奉仕しているのだから、そのくらいの寄進は当然のことじゃないかと居直るんです。あんたたちは、どうせ金《かね》があまって観光旅行をしているんだろうと、無礼なことまで言い出す始末なんです。性質《たち》の悪いたかりだと思いましたが、面倒くさいので二ドルだけやりました。そうすると、それをひっ摑むようにして軽食堂の中へ入って行くのです。本当にお腹をすかしてサンドイッチを食べに行くのかと思いましてね、もしそうだったら、少し侮辱するような言葉を吐きすぎたかなと可哀想《かわいそう》になって、ぼくもあとをついて行ったのです。そのまま、家内のそばについていてやればよかったんですがね……軽食堂に入ると、男はカウンターにわたしのやった二ドルを投げ出して、ウイスキーを注文しているのが目に入りました。それもウイスキー・グラスをわし摑みにして、中身を喉の奥に放り投げるようにするのです。これはひどいアル中なのだなと、ぼくにもわかりました」

哲は物好きにも、カウンターの男のそばに近寄って、自分もウイスキーを注文したというのである。

「ぼくも家内から、きゅうに離婚のことを持ち出され混乱してましたので、強い酒でも飲みたい心境だったのです。それに今になって考えてみますと、男の、喉の奥にウイスキーを放りこむような飲み方が凄《すご》く鮮烈だったのです。ふと酒はああやって飲むものだなと思いました。ああいうふうにアルコールを飲みたくなるときが、誰にでもあるものなのだと思いました。あの男に、妙な親近感を覚えたんです。ぼくは男に、かわりのウイスキーをおごってやりました。自分でも、知らず知らずのうちに何杯も杯を重ねたようです」

　さっきから哲が強いアルコールの匂いをさせていた理由が、佐原にもやっとのみこめた。男たちが二人、軽食堂のカウンターで飲みはじめた光景が、それらしいものとして、佐原の目の前に浮かんだのである。そのあいだ、妹の奈津は、灰色の冷たい霧にけぶるテラスに、一人で置いておかれてたに違いなかった。

「そのあいだ、奈津はどうしてたんです」

「独《ひと》りにしておいてほしいと、本人のほうから言い出したんです。ぼくを無視するように、わざと双眼鏡を熱心にのぞきこんでいました。三十分ほど、家内ひとりでテラスにいたでしょうか……そのあいだ、ぼくは男と喋っていたので、家内のことを忘れていました。男は……」

と哲は言いかけてから、苦しそうにワイシャツの襟に指先を入れてネクタイをゆるめた。

「ぼくたちが、テラスで言い争っていたのを聞いていたらしいのです。ウイスキーを十杯近くも飲むと、きゅうに饒舌《じょうぜつ》になりました。おまえは、女房にふられて可哀想な男だというのです。そんなことで、女の心をつなぎとめておけるかと、しまいには説教をしはじめました。自分は、逃げようとした女を、とうとう一人殺してしまったのだと、得意そうに言うのです。

ぼくはどうせ、酔払《よっぱら》いのたわごとだろうと思って聞き流していました」

そこでまた哲は言葉を切った。

「ところが、だんだんと妙なことを言い出すのです。おまえは女を愛していても、夜、ベッドの中で満足させてやることが出来なかったのだろう。だから、女に逃げられたのだ。逃げられるのが嫌だったら殺してしまえばいいのだというようなことを、くどくどと繰り返すのです。不思議なもので、ぼくもウイスキーを飲んでいたせいもあって、だんだんと奈津を殺せばいいのだと思うようになりました。自分のところから逃げて行くくらいなら、いっそ殺してしまおう……日本に帰る前に殺して……などと、酔った頭で考えはじめたのです。あの展望台のテラスの下は絶壁ですよね。海豹島を双眼鏡で見ている家内を、うしろから突き落してしまおう。そうすれば、誰にもわからないのではないだろうか。自分の妻を断崖から突き落す映画が、どこかにあったななどと思ったりしました。日本に帰って、〝女房に棄てられて離婚した岩城哲〟などと週刊誌で騒ぎたてられることを思うと、よけいそんな気になったのです」

佐原は、哲が酒に酔った顔で、一時は本気でそんなことを考えたにちがいないと思いながら、黙って話を聞いていた。

「ぼくは酔った勢いで、自分のほうから、家内を海に突き落してやるくらいのことを言ったようです。すると、男はニヤリと笑いました。おまえに、そんなことが出来るものか……しかし、心配しなくてもいい、ここの展望台のテラスは、男を裏切ろうとした女が絶対に生きて帰れない場所だというのです。鷗が空から舞いおりてきて、裏切り女の心臓を鋭いくちばしでえぐり出すというのです。ぼくは、なかなかロマンチックな話だと思いました。日本に帰って、そんなミュージカルを作ったら面白いなと思ったくらいです。そのとき、テラスのほうで、鋭い悲鳴が聞こえました。わたしは、テラスに通じるコンクリートの階段を駆けのぼったのですが、まだ、その悲鳴と家内の遭難とが結びつきませんでした。テラスの階段をのぼりきったところで、ぼくは恐ろしい光景を目撃しました。デッキ・チェアーに坐って双眼鏡を覗いていた家内の上に、羽根を一杯にひろげた鷗が舞い降り、何度もその鋭いくちばしを突き立てているではありませんか……」

タクシーが、市内のモダンな綜合《そうごう》病院の前に着いたので、哲は話を中断した。

3

鷗の鋭いくちばしは、正確に佐原の妹の左眼をえぐっていた。診察した医師が、最初は鷗が原因の傷だとは、どうしても信じなかったくらいであった。

哲の証言があったあとでも、佐原は本当に哲の言っていることが事実かどうか疑ったくらいであった。

「間違いなく、鷗にやられたのだね」

佐原自身、妹に尋ねてみたが、痛みと、目を失った衝撃《ショック》と絶望とで口もきけない奈津は、ただ泣くだけだった。佐原は、展望台にいたというアル中の日本人を探すことにした。鷗が、裏切り女の心臓をえぐり出すといった、その日本人の言葉が聞きずてならなかったからだ。その日本人に会えば、真相がわかるような気がしていたのだ。

妹が病院で、手術後の経過のよくなるのを待っているあいだ、佐原は毎日、展望台に出かけていった。三日ばかり無駄足をふんだが、四日目に、その中年の日本人を見つけた。

いかにもアル中らしく、うらぶれ果てた感じだった。手入れをしない艶《つや》のない髪を長く垂らし、よれよれのコール天のコートを着て、長いこと風呂にも入っていない様子だった。佐原の姿を見つけると、何気なく近づいてきた。

「日本からいらっしゃったのですか」

と、観光客かどうかのさぐりを入れてくる。佐原は滞米期間の長いのを隠して、つい二日前に、仕事で生《うま》れてはじめてS市に来たのだと説明した。

「そうですか。わたしは日本を離れて、もう二十年近くなりますよ。ずっとメキシコで絵を描いていましてね。今度、こちらで展覧会があるんでやってきたんです。ところがあなた、実は財布を盗まれましてね……わたしの絵は一号十万円もするんですが、展覧会が終《おわ》るまでは、絵を買ってくれた人からお金を貰《もら》うわけにもいきませんでね……こっちは日本と違って、えらく不便なんですよ。今度の絵は、もう一万ドルで買い手がついてましてね。一万ドル持っているのに、今日のサンドイッチも食べられない始末なんです」

　ちゃんと聞いていれば、すぐに嘘とわかる話なのだが、いかにももっともらしく喋るのである。しまいには、思ったとおりポケットからハンカチに包んだ安っぽいガラス玉を出してみせた。

「これは、最高級品のメキシコオパールですよ。死んだ家内の形見でしたが、いつもこうやってお守りがわりに持ち歩いているんです」

　ローマあたりで、日本人の観光客を相手に、寸借詐欺をする手口とまったく同じである。

「奥さんが亡くなられたのですか」

　佐原は、サンドイッチをご馳走《ちそう》するからと言って、軽食堂の中へ男を誘った。

　ウイスキーをすすめると、飛びつくようにして喉に流しこんだ。イサム・野口《ノグチ》や北川民次《きたがわたみじ》は自分の親友だなどと、ひとしきり自慢しただけで、死んだ妻のことに関しては話をしようとしない。

「実は、ぼくはこちらに来てから家内に逃げられましてね……いつも仕事が忙しいものですから、ついかまわないで放っておいたら、アメリカ人のボーイ・フレンドを作っちまいましてね……」

「アメリカ人の男なんて、どうってことないですよ。彼等は、最初はサービスがいいですがね、所詮《しょせん》は文明に衰弱しきった連中です。あんたから逃げた奥さんを満足させることなんか出来やしませんよ。わたしも女房に逃げられそうになりましたからね、その場でお仕置きしてやりました。そのくらいのことをやらなくちゃ駄目なんです。わたしは、欲求不満の女を見るとすぐにわかるんですよ。どこか遠くを見るような目つきをしてましてね……機会さえあれば男を裏切ろうと、虎視たんたんとしているんです。わたしの女房はモデルでしてね……」

男の、だんだんと呂律《ろれつ》のまわらなくなる聞き取りにくい話を綜合すると、彼等が西ドイツのハンブルクにいた時のことらしい。冬のあいだ、雪に閉じこめられて日本に帰れなくなったというのである。

「あたしたちはハンブルクまで来て、ここから日本行きの船に乗る予定だったんですがね、旅費のことなんかがいろいろとありましてね……そのうち女房が、泊《と》まっている下宿の若い男と出来てしまったんですよ。むろん、わたしはお仕置きをしましたよ。女なんて、ぶったり叩《たた》いたりしなくちゃ駄目な動物です」

「それが、亡くなられた奥さんのことですか」

「ええ、そうですよ。わたしは日本に帰るのが遅れると思いましたからね、ハンブルクの港町でもう一つ、大作に取り組むことにしたんですよ。モデルは女房だけなんだから、簡単なものです。仕事をしていれば、無駄な金だって使わなくてすみますからね」

「どんな大作に取りかかったのです」

「娼婦《しょうふ》像ですよ。わたしはそのころ生活費を稼ぐために、外人向きのあぶな絵を描いていましたが……これも、女房をモデルにして、縄でしばったり、火責めにしたりして描くんです」

「奥さんは、そんな仕事の相手をしていて、それでもなお不満だったのですか。ドイツ人の男を恋人にしたりして……」

「本当のことを言いますとね、わたしはあっちのほうが全然、駄目なんですよ。若いころ、酔っ払って市電から転げ落ちたことがありましてね……それ以来、そっちのほうの能力がなくなってしまったんです。しかし、わたしは、女を愉《よろこ》ばすことでは人後におちませんよ。わたしの女房になった女だって、あっさり終ってしまう他の男より、わたしのたっぷりした献身的なサービスのほうが、よっぽどいいと最初は愉《たの》しんでいたものです。わたしは、その気になれば女を一晩中、寝かしゃしませんからね。そのうち、わたしの女房も、普通の刺戟《しげき》では満足しなくなりましてね。わたしがあぶな絵を描きはじめたのも、女房がそういう絵のモデルになるのを好んだからなんですよ。あたしも、半分は女房を愉《よろこ》ばせるつもりで描いていました。ところが女って奴は、これだけやっても満足しないんですな。今度は若い男を欲しがるんです。一体、どういうつもりだと思います……わたしは怒りましたね。そのくせ女房に対する愛情は残っているんです。憎しみと愛情が交互に燃えあがるとでもいうんでしょうかね。わたしは、女房を一歩も表に出さない決心をしました。あぶな絵のモデルにするといって縄をかけたまま、とうとう一度もほどいてやらなかったのです。下の世話まで、全部わたしがしてやりました。そのときは、これでやっと女房を独占出来たのだと思いましたね。冬のハンブルクは、普通の寒さじゃありません。ここで船に乗れば日本に帰れるのにと思うと、よけい侘《わび》しくなります。窓をあけると、凍りついた空気が部屋に入ってきて、あっというまに女房の唇が真蒼《まつさお》になります。女房のほうは裸なんですからね。わたしは、それを見ていると、また絵を描きたいという衝動に駆られるんですね。すぐ近くの港から気怠《けだる》い汽笛の音が聞こえてくると、灰色の鷗が、何羽も窓の外をよぎるんです。すとんと、まるで空から落ちてくるように……または狂ったように弧を描きながら……ある日、わたしは酒に酔って、窓をあけたまま寝こんでしまいました。それが原因で、女房は肺炎を起こしたのです。ひどい熱だったんですが、わたしは裸のままにして放してやりませんでした。死ぬまで放っておいたんです」

男は、妻が死んだ当時のことをこまかに語りはじめたが、佐原は聞いていなかった。話の内容があまりに暗すぎるのと、自分の妹の結婚生活とこの男の妻とのあいだに何か類似点が感じられて、気味の悪い思いをしたからであった。

けれども男が、妻の死体の処理法を話しはじめると、聞き流すわけにはいかなくなった。

「女房が死んだあと、わたしは可哀想で火葬にする気にはなれませんでした。もともと医者にも見せなかったんだし、部屋の中に置いておいても誰も文句を言う人間はいやしません。

窓さえあけておけば、女房の死体はかちんかちんに凍って、生きているときと同じですわ。わたしは泣きながら、春がくるまで、死んだ女房をモデルにして絵を描き続けようと決心しました。ところが或《あ》る晩、恐ろしい羽音で目を覚《さま》しました。夜のうちに、鷗のやつが窓から入ってきて、女房を食っているじゃありませんか。冬で、港に餌が欠乏しているので、やつらは人間の死体を食う気になったんです。もともと鷗というのは、獰猛《どうもう》で意地汚ない動物でしてね、人間の死体を食うくらい平気なんですよ。外国では昔から、鷗は水夫の生れ変りだなどというでしょう。あれは長い航海の途中で水夫が死ぬと、その死体を海の中へ棄てたんです。魂は鷗にのりうつり、彼等は悲しげに鳴きながら、灰色の海の上を飛んで、自分の亡《なき》骸《がら》を捜しているなどというシャンソンがありますが、水夫の死体は鷗の大群がみんなついばんでしまうんですよ。そういうぐあいに、話にはいろいろと聞いていましたが、そのとき実際に、目のあたりに人間が鳥に襲われているのを見たときは、わたしはもう肝がつぶれてしまいました。しかし、よく考えてみると、こうやって女房を葬ってやるのが一番いい方法ではないかと、ふと、思い直したのです。鷗が、わたしの代《かわ》りになって女房を食っているのだという気がしてきたんですよ。それに、女房が死んだというのを、あとになって届け出るというのも面倒くさいですからね。女房の躰ときたら、わたしが縄でしばったり叩いたりした痕が、沢山残っていましたからね」

男は、昔のことを懐かしそうに話し続けていた。佐原は、昨日、鷗がなぜ突然、自分の妹を襲ったのか、おぼろげながらわかってくるような気がした。

「鷗は毎日来て、奥さんの遺体を食べ続けたのですか」

「白骨になるまで、一週間とかかりませんでしたよ。本当に獰猛で貪欲《どんよく》な鳥ですよ。それでも毎日、窓から飛んでくると何となく情が移りましてね……女房の魂が乗りうつっているのかもしれないなどとも考えました。わたしは苦心して、二羽、籠《かご》の中に生け捕りにしましたよ。女房の白骨は、頭蓋骨《ずがいこつ》のところだけトランクの中にしまいました。わたしの家は親父が坊主でしてね、生れたところは寺で、裏の墓からよく白骨が出てきたりしたものです。だから、骨を持っていても何とも感じないんですよ。あとで、あたしの下宿に来てくだされば、女房の頭蓋骨をお見せしますよ」

そう言うと、男は、さも親しげに佐原の肩を叩いた。

「他の骨は、どうされたんですか」

「ハンブルクの港のエルベ河に投げ棄てましたよ。鷗のほうも、しばらく飼ってから剝製《はくせい》にしました。これはメキシコで盗まれてしまいましたがね……考えてみりゃ、わたしが女房を殺したようなものですわ。でも、もう時効になった話ですし、なんの証拠も残っていませんしね。今になってみると、女房も、老いさらばえるよりも、若く美しいうちに鷗になってしまったほうが仕合《しあわ》せだったかもしれませんや。なにせ、この世は住みづらいですからな」

男は佐原に媚《こ》びるようにすると、またウイスキーのお代りを注文した。

「二、三日前に、このテラスで日本人の女が鷗に襲われましたね。あなたもここにいたはずですよ」

「ああ、あの女のひとね、怪我《けが》はどうしましたか」

「失明しましたよ。女優ですからね、致命的な傷です。あの鷗のことを、あなたはどう考えますか。この辺の鷗が、ふいに女性の観光客を襲ったりするでしょうか」

「いや、鷗はなんでもよく知っているんですよ。男を裏切ろうとしている女性、特に亭主を棄てようとしている女のことは容赦しないんです。わたしの女房のときと同じですよ。裏切った肉体と魂を、一片残らず、ついばもうとするんですな」

「なるほど、いいご意見だと思いますよ。ところで、あなたはあのとき、あの女性に双眼鏡を貸しましたね。あれは、あなたがあの女性の主人と話をする前でしたか、その……つまり、あなたが、この軽食堂の中でウイスキーをおごられてから、お礼に双眼鏡を貸すことにしたのですか」

　佐原の質問に、男が顔色を変えた。飲みかけていたウイスキーのグラスを、思わずカウンターに置いたほどだった。

「あんたはまさか、警察の人間じゃないだろうね」

「警察の人間じゃありませんよ。あの鷗に襲われた女性の兄です。本当のことが知りたいだけです。妹は偶然に鷗に襲われたのか、それとも……あなた方が……」

「そこまでわかっているのじゃ隠しても仕方がないね。あのとき、わたしが展望台に行くと、あの二人が凄い勢いで怒鳴り合っていたのだ。奥さんのほうも、ひどい言葉を使っていた。『あんたなんか男の資格もないし、俳優としての人気だって落ち目じゃないの。自分に自信があったら離婚したらどうなの。それが出来ないのは、わたしを利用しようと思っているからじゃないの』そんなふうなことを言ってましたね。男のほうは、そう言われると何の口応えもせずに軽食堂の中へ入ってきました。顔色が真青《まっさお》だったね。殺してやると呟《つぶや》いているんですよ。それで、わたしは、こりゃ声をかけてやらなければいけないなと思いましたね。わたしは、さっきの鷗の話をしてやったんです。あの男はすっかり感激していましたよ。そこで、あんたの女房も間違いなくひとりでに鷗に食われちまうさって、慰めたんですよ。そしたら、その通りになってしまったんで……」

「そうじゃないでしょう。あなたは鷗を飼っているんでしょう」

佐原の口を、突然、ついて出た実感だった。なんの根拠もなかったが、妙な確信があった。

「へ、へ、見破られましたか。鷗を一人前に育てるのには、半年はたっぷりかかるんだよ」

男はがらりと態度を変えると、卑屈な、そのくせ開き直った顔になった。

「あなたのほうから、鷗を使うって言ったんですか」

「いや、わたしは酒の勢いで、女の一人ぐらい簡単に殺せる鷗を飼っているって言ったんですよ。本当は、そんな獰猛な鷗じゃないんです。わたしが、ちょっと芸を仕込んだだけでしてね、空から舞いおりてきて、女性のお客さんを驚かすだけなんですよ」

「どういう芸を仕込んであるのですか」

「双眼鏡ですよ。わたしの双眼鏡をお客に貸すと、この双眼鏡に鷗にだけわかる匂いがしみこんでいるんですな。しばらくして、鷗が双眼鏡にとまろうとして舞いおりてきます。この芸を仕込むのには、えらい苦労をしました。そのかわり吃驚して双眼鏡を落して安物のレンズを割っちまったお客さんには、百ドル近く弁償してもらいますからね。当分、遊んで暮《くら》せるんですよ。この双眼鏡は戦時中、死んだ父親の形見で二度と買えないのにとかなんとかいえば、たいていの客は金を出しますよ」

「そんな大人しい鷗なのに、なぜ、妹の目を突いたんですか」

「そりゃ、わたしにもわかりませんよ。実は、わたしも吃驚して怖くなって、二、三日ここに来なかったくらいですからね。あんなことになるなんて、女房の霊が乗り移ったとしか考えられませんよ。今更《いまさら》そんなことをしても仕方がないでしょうが、お詫《わ》びのしるしに、わたしはうちの鷗を殺すつもりでいますがね……なにしろ、男のひとのほうから、今度のことは何も言うなと口留めされているものですから」

　佐原は、もう一度、鷗が妹の目を突いたのは、本当にアクシデントだということを確かめた。これ以上、このアル中の男を追及する気持はなかったのだった。

「あなたが、どうやって生活の糧《かて》を得ようと自由ですがね。今後、また他の御婦人を怪我させるといけませんからね。その鷗は海に逃がしてやったほうがいいでしょう」

そう言い残すと、ウイスキーの代金を置いて、展望台の軽食堂を出てきた。何か、頭に重い霧がかかっているような気がしていた。

結局、妹が鷗に目を突かれたのは、事故だという気持が強くなっていたのだった。

哲のほうは、このまま日本に帰れば、自分の意志で妻の目を奪ったと信じこんでいるだろう。それが、夫婦のあいだでどういうかたちの絆《きずな》になるのか、佐原には考える気持がなかった。

妹が失明したら、おそらく離婚は思いとどまるだろう、そうすれば、かえって二人のためにはいい結果が生れるのだという気がしていた。病めるときも、健《すこ》やかなるときも、一緒にいるのが夫婦ではないか。

佐原は思いついて、展望台の下の博物館に入ると、自動占い機の老婆の蠟人形のおみくじを引いた。

《近い将来、良縁あり、他人のことで苦労する日なり》と書いてあった。

彼は展望台を出ると、占いカードを細かくちぎって海の上に飛ばした。彼はなぜか、ふいに、鷗に肉を食わせたくなるほど愛したり憎んだりすることの出来る妻が欲しくなっていたのだ。

霧にけぶった灰色の海の中にそそり立つ海豹島のまわりでは、憂鬱な色の無数の鷗たちが、鋭角に飛び交い、弧を描いては舞い踊っていた。

くらげ色の蜜月

1

東京駅十八番ホームの新幹線ひかり号が滑るように動き出すと、波多野《はたの》建一は見送り人に向けていたにこやかな視線を、ゆっくりと隣の席に坐っている新婦の敦子《あつこ》のほうへ向けた。波多野建一は三十二歳、二度目の結婚である。彼は見合いの席を含めて、花嫁になる敦子と三度しか会っていなかった。

花嫁の横顔は初々しい恥らいを見せて、今しがた披露宴の食卓《メインテーブル》を飾っていた大輪の菊を彼に思い起《おこ》させた。

花嫁は式のあいだも、色なおしを終えた披露宴のあいだにも、一度も波多野と視線を合《あわ》せようとはしなかった。それは悪い徴候だと彼は思った。

最初の結婚式のときもそうだったのだ。あの女も、やはりまともに波多野の顔を見ようとしなかった。どこか、心が遠くに行ってしまっているようなところがあった。

しかし波多野は、そういう思いを振り払った。彼等はこれから新婚旅行に向《むか》うのだ。なにも無理して悪く考えることはないではないか。

彼は最初に花嫁に語りかける言葉をさがした。するとまた、はじめての結婚式のときの記憶が浮かびあがってきて、彼の舌を硬《こわ》ばらせてしまった。

あのときは、彼はさりげなく労《いた》わりをこめて、「疲れましたか」と言ったのだった。女は彼の胸のあたりを見て微笑を浮かべながら頷《うなず》いた。あれも、半分は上の空だったのだ。

彼はまた裏切りの苦い重みを、胸の底で結晶させた。

もう三年も前のことなのに、とっくに忘れ果てたと思っていたことなのに、なぜまだこんなしこりになって残っているのだろうか。

波多野は、隣の席の花嫁に声をかけるかわりに、黙って右手をのばすとその柔《やわら》かい手を握った。

躰《からだ》を接触させることが、先《ま》ず一番大切なことに思われたのだった。あのときは、遠慮しすぎたのがいけなかったのだと思う。なぜ、あんなに紳士ぶったのだろうか。打擲《ちょうちゃく》してまでもむりやり花嫁の躰を開き、かたちだけでも自分のものにしてしまったほうがよかったのではなかったか。

彼は、いつも自分の寝室の壁にかけていたローマ時代の花嫁強奪像の版画を思い出した。掠奪者《りゃくだつしゃ》は逞《たくま》しい腕に、純白の衣装から薄桃色の肌を見せた花嫁をしっかりと抱えていた。抗《あらが》ってのけぞりながらも、豊饒《ほうじょう》な乳房の美しいふくらみを見せた処女の表情には、恐怖よりも喜悦に近いものが仄《ほの》見えていた。

今度こそ間違ってはいけない。遠慮も駄目だ。波多野は自分に言いきかせてから花嫁の手を軽く握り直し、自分の膝のほうへ引き寄せようとした。

女の手がびくっと痙攣《けいれん》し、ついで硬直するような感じがあった。女が恐れている――波多野はそう思った。

またも、悪い徴候だった。彼は女の手をそっと離した。

今夜、花嫁の躰に触れることが出来ないのではないか。彼は意識の底で、花嫁に語りはじめた。

《それは三年前のことだったのだよ。そのころ私は、Tという商事会社に勤めていた。平凡なサラリーマンだったが、前途に希望を持ち、上役からもよく働く活気のある人間だと信頼されていた。

そして、ある日、私は上役から呼ばれたのだった。上役は非常によい結婚話があると言った。相手は上役の血縁関係のある二十三歳になる娘だということだった。

見合いの写真を見ると、整った顔立ちの、豊かな髪を肩のあたりまでのばした美しい女だった。ただ一つ気になることは、その女が大学の英文科出だということだった。私は高校しか出ていなかった。出来たら同じ程度の学歴の、気立てのよい娘と結婚したいと思っていた。

しかし、相手の係累がよいということが、まず私の頭を占めた。出世と、美しい妻が私のものになるという計算が働いたのだ。私は、この縁談を宜《よろ》しくお願い致しますと、丁寧《ていねい》に頭をさげたのだ。

そのころ、私には女関係はなかった。恋人らしきものや女友だちさえもつくらずに、堅い男だと思われてきたのだ。実際に私は堅物だった。男性雑誌の折り込みのヌードに胸をときめかす程度で、トルコ風呂のようないかがわしい場所には、会社の同僚に誘われたときでさえ、足を踏み入れたことがなかった。

そこのところを上役にも見込まれたに違いない。あなたなら泰子《やすこ》を――その女の名前は久《ひさ》方《かた》泰子というのだったが――仕《し》合《あわ》せにしてやることが出来ると、先方の親たちも涙を流さんばかりなのだ。

私は、先方が私の将来と人物を買ってくれているのだろうと、単純に考えていた。いわくのある女を私に押しつけようと思っているなどとは、夢にも考えていなかった。

私たちは帝国劇場のロビーで見合いをした。久方泰子は枯草色のスーツを着て、かたちのいい脚を、短めのスカートの裾からすらりと伸ばしていた。柔《やわら》かそうな髪が肩のところで揺れており、大きな二重の目、ちょっと上を向いた愛くるしい鼻、表情豊かな少し厚目の情熱的な唇――と、どれをとっても女優のように整っていて、私には常に遠い世界のことと思われていたようなものばかりだった。

あの折り込みヌードの金髪の女たちは別として、私には信じられない手の届かない女性の一人だった。私は眩《まぶ》しくて、久方泰子の顔をまともに見ていることが出来なかった。躰が熱く火照《ほて》ってくるのだった。

私は否も応もなく結婚を承諾した。先方も異存はなかった。とんとん拍子に話がすすんで結納が交され、挙式の日取りが決まった。

私は有頂天だった。あんなに美しい女性が自分のものになる。生涯の伴侶《はんりょ》になる。いつでも自分の隣に寝ていて、自由に手をのばして愛撫《あいぶ》することが出来る。私の肌着を洗ってくれる。私の出勤前に味噌汁や漬け物を用意してくれる。そう思っただけで頭の芯が熱く燃えあがってくるのだった。

あの一月間は、私の人生にとって一番期待に満ちた日々だった。人生がばら色に輝いていた。毎朝、起きあがると、自然に歌が唇からこぼれてきたし、まったく足が地につかないというのはこのことだと思えた。躰がふわふわ浮いているようなのだ。

私は大変なのぼせようだった。しかし、あの段階で私に冷静な判断をしろと誰が言えるだろう。あとで家裁の調停員も私に同情して、交通事故に遭ったのだと思いなさい、悪い札をひいたのだと思いなさい、こんなことにくよくよしてはいけませんよ、人生には前向きの姿勢が必要です、悪夢は忘れなさいと何度も言った。

そう悪夢だったのだ。

私は式の前夜は、それこそ一睡も出来なかった。郷里から父や母が出て来たこともあったが、新居のための小さなマンションの一室を、先方の親もとの好意で買ってもらい、それこそ三国一の花婿《はなむこ》だと同僚たちからも羨《うらやま》しがられ、興奮が極に達していたのだった。けれども本当のことを言うと、私が眠られなかったのは結婚の準備に忙殺されたことだけではなかった。じつは私は、久方泰子を妻として彼女の躰と結ばれ、一つになるときの情景を考えると、ただただ目が冴《さ》えてきてどうしようもなかったのだ。

私は、それまで自分を平凡な男だと思って来た。結婚式を前にしても、招待客の席次に頭を悩ますような凡庸なサラリーマンだと思っていたのだ。それがどうだろう、高校生か痴漢のように、自分の妻になる女の躰のことしか考えられなくなっていたのだ。

私は自分を恥じたり、そんな状態に陥っている自分を反省したりする余裕は、まるでなかった。それこそ首のところまでどっぷりと、結婚の最初の夜の期待にひたってしまっていたのだった。

三年も前のことなのに、私は今でもはっきりと思い出すことが出来る。私は式場で花嫁の顔をまともに見ることが出来ず、三三九度の盃《さかずき》を交《かわ》すときには、恥《はずか》しいことだが盃を持つ手が震え、内容《なかみ》を半分ほどこぼしてしまったほどだった。披露宴に出た料理のこともまるで覚えていないし、あとでの同僚の話に依《よ》ると、けっこうフランス料理を口もとに運んではいたそうだが、自分では何も覚えていない。それほどアガっていたのだ。いや、すでに一種のノイローゼの状態に近かったのかもしれない。

やっと東京駅から汽車に乗って新婚旅行に旅立ち、二人だけになったあとも、新婦に向ってろくに話しかけることも出来なかった。

京都のホテルに着いたときも、躰が霧に包まれているような状態だった。私たちは食事もろくにとらず——彼女も食欲をみせなかったし、私もこれからのことを考えると、まるで食事が喉を越さなかったのだ——風呂をとると、そうそうに新婚の床に入ったのだった。

風呂には私のほうが先に入り、久方泰子のほうがあとで入った。彼女はバス・ルームに三十分も入っていただろうか。私は寝床で待っているあいだが、一年にも二年にも感じられた。歯がカチカチと鳴って、躰が震えてくるのだった。

やがて久方泰子は、寝巻姿で私の隣に横になった。けれども私が手をのばすと、彼女はその手をそっと押し返すのだ。「あたし、とても疲れてしまって……今夜だけは許してください」と言った。

実を言うと、私もその言葉を聞いてほっとしたのだ。あとで、あのとき、ちゃんと夫婦の契《ちぎ》りを結んでおけばと後悔する破目になろうなどとは、夢にも思っていなかった。

私は寝巻の上からほんの一瞬だけ、新妻の腿《もも》の量感に触れ、額にそっと唇を当てると、それまでの異常な緊張が突然くずれたせいか、泥のようにその晩は眠ってしまったのだった》

2

新幹線が京都駅のホームに滑りこんだ。波多野建一はそのあいだ、新妻の敦子と一度も口を利いていないことに気がついた。

相手も沈黙を守り、二時間近くをほとんど窓外に目をやって過していた。

波多野はずっと頭の中で、新妻に向って話しかけていた。もし、こんなことを実際に告白していたら、彼女にきっと軽蔑されたにちがいないと思った。

花嫁のスーツ・ケースを波多野は持った。旅館はすでに旅行社の手で予約してあった。

《この旅館はね、三年前の最初の結婚式のときに泊《とま》った旅館なんだよ。なぜ、また同じ旅館に来る気になったのか。自分でもわからないのだ。なにか運命の手に引き寄せられるような気《き》持《もち》だ。きみは運命なんて信じられないだろうけれどね……》

波多野は、また無言のうちに花嫁に向って話しかけた。

花嫁は躊躇《ためら》うようにしてから、波多野の腕に指先をかけていた。二十三歳の女だった。

〈茨城県出身、水戸のデパートに三年間勤務、一年間家事手伝い、性格温厚、父親（死亡）妹一人、高校在学中〉

見合い用の履歴書に書きこまれていた文字を、波多野は思い出していた。見合いの話は、波多野の伯母《おば》が持って来たものだった。

波多野は、相手の女が平凡なことが気に入っていた。

一見素晴《すばら》しく見える女性は、一回目のときでこりごりしていた。彼はあつものに懲《こ》りて、なますをふいても構わない心境だった。

この新妻は、まだ男を知らないに違いない。波多野はふと、そんなことを考えた。新妻の、羞《はじ》らうような裸身が目蓋《まぶた》の裏に浮かんだ。それは白いはまゆうの花に似ていた。

《そうだ、あの頃は新幹線がなかったのだ。私たちは特急に乗り、最初の晩は京都に泊った。その晩のことは話したね。私たちは何もせずに、――夫婦の契りをという意味だけれど――翌日、女中が蒲団《ふとん》をあげて朝食を運んで来たときも、別にそれほど気不味《きまず》い思いをせずに顔を合せたのだった。

観光バスで、金閣寺と銀閣寺を見た。昼間、観光客にかこまれた妻の姿を見ると、その中で一きわ輝いており、ますます美しい誇らしげな女性に思えてきたのだった。

今夜こそ、私は妻と一つになれると思っていた。観光見物はけっこう疲れる。私たちは早目に宿に引き返すと、風呂をとり、夕食をとってから寝床に入った。

風呂は私が先に入り、妻のほうがあとだった。妻はまた風呂に三十分以上かけた。私は待ちくたびれ、運ばれた膳の上のものが冷えてしまったほどだった。

私はビールを一本飲み、空元気をつけた。

二日目だから、今夜こそ私は妻と交わりを持たなければならないと思いつめていた。

枕もとの明《あか》りで見ると、久方泰子は胸の上で手を組み、しっかりと目を閉じていた。どんなことがあっても開くまいという姿勢だった。私のほうに伝わってくる柔かさというものが、みじんもなかった。

新婚の晩に、女性はこんなにも冷たいものなのだろうかと、私はしばらくじっと自分の妻になった女の顔を見つめていた。

それから、妻の額に唇をつけた。妻はじっとしていた。それに勇気づけられて、私は妻の唇に私の乾いた唇を重ねた。私はそれまでに、接吻の経験といえば、水商売の女と数回あるだけだった。たいていい湿った柔かい吸引力のある舌が、私の唇の中にひろがるはずだった。

それが、泰子の場合にはなかった。

彼女は相変《あいかわ》らず、じっと唇をとざしたままだった。薄いアイシャドーで陰りをつけた目蓋が、二、三度ピクッと震えただけだった。

私は失望を感じて、両手を組み合わせた胸の上に顔を寄せた。胸もとの寝巻の合わせ目を、静かにおし開いたのだった。

この段階でも、妻はまだじっとしていた。義務感のようなものに駆られて、躰を固くしていた。私は妻の乳房をやっとさぐり当てると、その固いふくらみを舌の先で軽く愛撫した。

私は数多くの女との経験も、技巧の知識もなかったが、こういうことをすれば、女が愉《よろこ》びを感じはじめて躰をひらくのではないかと、漠然と考えていたのだった。

私は三十分近く、妻の乳房を愛撫し続けていた。私は、こうして神聖な夫婦の営みがスムーズにはじまったと信じていたのだった。

私は右手をのばした。妻の躰をそろそろとひらくために、自然にそうしたのだった。そのとき、私は愕然《がくぜん》とし、頭に血をのぼらせた。妻の手が、厳しく私の手を払いのけたのだった。それは、ほとんど反射的な動作だった。

「ごめんなさい。今夜だけはどうしても……許してください。怒らないで……」

妻はしっかりと膝を閉じ、泣き声で私に哀願した。

私は妻が、こういうことをまだ恐れているのだろうと思った。今夜は乳房だけにしておこう。明日、もっと深い関係にすすめばいい。焦って無理をすることはないのだ。どうせ長い一生を共にする女ではないか。徐々に、お互いの愛情に慣れていけばよいのだと私は思った。私は寛大な夫になったつもりで妻を慰め、彼女の頭の下に腕を差しこみ、肩をさすりながら寝《やす》んだのだった。

次の日、私たちの新婚旅行は京都の予定を終えて、次の目的地の大阪に向ったのだった。昼間、妻は浮かない顔をしていた。それに引きかえ、私は浮き浮きとしていた。

今夜こそ、妻の躰が私のものになる。この美しい女のすべてを征服し、名実ともに夫婦になれるのだと、心が自然に弾んでいたからだった。

観光バスで大阪城や天満宮などを一巡し、新婚夫婦らしく二、三葉の写真を撮ったあとで、私たちは五時頃宿に帰って来た。

宿の女中がすぐに夜の食膳を運んで来たので、私たちは箸をとったが、妻はほとんど食欲らしいものを見せなかった。

そのとき、すでに病いのように蒼《あお》い顔をしていたのだった。

「泰子さん、どうかしたのですか」

「いいえ、大丈夫、ごめんなさいね……」

私が顔を覗きこんで優しく言うと、彼女は本当に体中で詫《わ》びるようにして答えた。それは私に、かえって愛《いと》おしさを燃えつのらせるものだった。

私は薄物の寝巻の下で息づいている妻の躰を見つめ、抱きすくめたいという衝動に駆られた。けれども私はその衝動と闘《たたか》い、やっと押さえると、また他人行儀に振舞《ふるま》いはじめた。

妻が――いや、まだ私の本当の妻にはなっていないのだから、そうは呼べないのだが――泰子が私の前から姿を消したのは、その晩のことであった。

食後、一緒に風呂に入ろうと思って誘ったが、泰子はやはり泣きそうな表情で首を横に振った。

私は仕方なく、その晩も先に風呂に入り、期待に燃えて出て来たのだった。

先程まで、窓越しに大阪の繁華街のイルミネーションの瞬《また》きを見ていた泰子の姿は、そのときすでに消えていた。私がそれとなく女中に確かめてみると、妻が履物を出させて宿を出たということがわかった。

そのとき妻の持って出たのはハンドバッグだけで、中にはかなりのお金が入っていたようだが、正確なことはわからなかった。

私は、その晩、世間体を考えて騒ぎたてるのはやめた。そして、あれだけ上司から期待され、皆から祝福された結婚だったのに、なぜこんな結末になってしまったのだろうかと、一晩中、考え悩んだのであった。

私の、妻に対する態度がいけなかったのだろうか。瞬間的にだったが、動物的に振舞ったのが妻に嫌われる原因になったのだろうか。もっと優しくしなければいけなかったのだろうかと、自分のことばかりを責めたてたのだった。

妻が新婚の床から姿を消してしまったと知ると、私の目の前に、寝巻の胸もとのはだけた妻の寝姿が執《しつ》こく浮《うか》び、私は激しい欲情にさいなまれた。一晩中まんじりともせずに、私は妻の帰るのを待ったのだった》

波多野は、新しい妻の腕をとった。車が旅館の前に着いたのだった。番頭と女中が、この新婚のカップルを出迎えるために、走り寄って来た。

波多野は、二度と三年前のあの失敗を繰り返すまいと思った。宿に入ったら、すぐに妻と躰の契りを結ばなければならない。そう思いつめて、新妻の敦子の項《うなじ》のあたりを見つめた。

敦子は旅館の玄関にあがるあいだ、羞かしそうに波多野に横顔を見せ、じっと下を向き続けていた。

3

敦子は、女中の案内で新夫の波多野建一と共に座敷に通されると、急に胸の鼓動が昂《たか》まるのを感じた。

敦子は、建一とちがって新婚旅行の経験がなかった。羞恥と一種の恐怖で、ずっと建一の顔を直視することが出来なかった。

新幹線の座席で二人きりになったとはいえ、まだ周囲に他人の目があった。それに夫のほうからあまり喋べりかけてこなかった。無口なひとだと敦子は思っていた。

前の夫が、最初から弁のたつほうだっただけに、よけい静かで、怖く見えたのだった。

敦子は、夫に話しかける機会をさがしていた。

二人だけになったら、やはり正直に言ってしまおうか。それとも永久に黙っていたほうがよいのだろうか。

敦子は、夫と二人だけになるのが怖かった。

今度、波多野との見合い話をすすめたのは、茨城の郷里の親戚だった。母を含めたすべての人間が、前のことは絶対に黙っていなくてはいけないと言った。

「子供が出来たわけじゃなし、たった二十日間一緒に暮《くら》しただけじゃないか。籍も入っていなかったんだから、なにも再婚だなんて言う必要はないんだよ。生娘《きむすめ》じゃなくて結婚する人間はいくらでもいるんだし、先方は気立てのいい大人しい娘を欲しがっているだけなんだから、黙っていればなにもわかりゃしない。だから、どんなことがあっても打ちあけたりするんじゃないよ。こんないい結婚のくちを逃したら、もう二度と嫁になんかいけやしないんだからね」

周囲の人間が、よってたかって敦子に言いふくめた言葉が、今だに彼女の頭の中で蜂の群のように、ぶんぶんと唸《うな》り続けていた。

先方は、写真を見て気に入ってくれたのだし、自分の過去のことをことさら言う必要はないのかもしれない。敦子はそう思いながらも、新夫の波多野がむっつりと黙っているのを見ると、もしかしたら何もかも知られているのではないだろうかという不安に駆られるのであった。

《あたしは……本当は……すでに一度結婚したことのある女なんです。でも騙《だま》されたんですわ。お願いだから話を聞いてください。

一年前のことでした。母の妹の同級生だという女が、縁談を持って来ました。黒部律子という三十八になる女です。生命保険の勧誘で、あたしの家に来るようになっていたのです。お喋べりな女で、あたしはどうしても好きになれませんでした。でも、とても世話好きで、敦子ちゃんにもいい旦那さまを見つけてあげなけりゃねと、口癖に言っていました。

あたしは高校を出たあと、水戸のデパートに三年間つとめ、これといった結婚の約束をする相手も見つからず、内心、いい縁談があったらと思っていたところでしたので、黒部律子の言葉を有難《ありがた》いものに思いました。

母なんかも、あたしが片親のせいか、すっかり律子おばさんに頼っていたのです。あたしも縁談をさがしてもらいたい一心で、律子おばさんの生命保険にも入りました。

あたしはデパートに勤めていた頃も、素直な、よく働く気立てのいい娘だと言われました。顔も、まあまあのほうです。ときどき鏡を見ながら、もう少し鼻が高かったら——などと思うことがありますが、そんなにみっともない器量だとは思いません。

律子おばさんも、あたしのお見合いの写真を見ながら、あんたはとても感じのいい娘だから、見合いのあと、きっと、とんとん拍子に話がまとまるわよと言ってくれました。

一ヵ月ほどして、律子おばさんから、いい縁談があるから、すぐに家に帰って来るようにと、勤め先のデパートに電話がありました。

あたしが、その晩いそいで帰ると、律子おばさんが二十七、八の男のひとを連れて、座敷で母と喋べっていました。

「敦ちゃん、このひとがぜひあんたに会いたいって言うので、一緒に連れて来ましたよ。宮島さんといって、D新聞の記者をしているの。以前、うちに下宿していたこともあるし、本当にいいひとだから安心してお世話出来るんですよ」

律子おばさんは、そう達者に口を動かして、宮島をあたしに紹介しました。こんなかたちで突然お見合いをするのは、あたしにとっては不本意なことでした。

あたしは、会社に着て行ったままの普段着でしたし、髪だって、そうとわかっていたらちゃんとセットに行っておきたかったんです。でも、贅沢《ぜいたく》は言えません。

一流新聞記者と聞いただけで、あたしの心は踊りました。よくテレビで見る、あの活動的で素敵な新聞記者の妻に、あたしのような田舎娘がなれるというのです。そう思っただけで、胸が熱くなりました。

翌朝まで、自分はそのひとに気に入られただろうかどうだろうかという気がかりで、ほとんど眠れませんでした。宮島は、あたしのことを短かい時間ちらっと見たきりだったのです。

宮島に関して、ただ一つ気になったことは、彼がお茶を飲もうとして茶碗《ちゃわん》を持ったときに、指の爪のあいだが黒く汚れていたことでした。それが、なぜか重たくあたしの心に残りました。ひどく不潔な気がして、気になったのです。

でも、そんなことを考えるのは生意気だと思いました。

律子おばさんは宮島のことを、自分の息子同様の人間だからと言って、その晩、同じ座敷に泊りました。同じ座敷といっても、あたしのところは小さな家なので、客用の寝室はそこしかなかったのですけれど……。

翌日、律子おばさんと宮島は、あたしの家で食事をして帰って行きました。帰りぎわにも、宮島はあたしのことをちらっと見ただけでした。

返事が来るまでの一週間、あたしは一体どうなったのかとやきもきし、食事も喉を越さないくらいでした。

出来ることなら新聞記者と結婚して、高校時代の同級生やデパートの同僚をあっと言わせてみたいと思っていたのでした。

一週間後に、律子おばさんが返事を持って訪ねて来ました。先方は、結婚を非常に急いでいると言うのです。あたしは、もう少し交際する期間が欲しいと思いましたが、そんな我儘《わがまま》も言っておられませんでした。

十日ほどのあいだに、勤め先に辞表を出し、あわただしく結婚の仕度《したく》をしなければならなかったのです。そのあいだ、律子おばさんが先方との連絡を受け持ってくれました。あたしは、結婚する相手の宮島とゆっくり話をする機会も与えられなかったのです。

間違いのない人だし、あたしがよく知っているのだから心配はない。敦ちゃんはただ躰一つ持っていけばいいんだからと、なにかというと律子おばさんは簡単にそう言うのです。

それでも、母の願いで、式だけは水戸のあたしの家のほうですることになり、近くの神社の結婚式場でひっそりと三三九度の盃を交しました。

式の前の日に、宮島はモーニングを一つだけ持って律子おばさんに連れられ、見合いの日と同じようにあたしの家の座敷に泊ったのです。あとでわかりましたが、それは友人のモーニングの借り着だったのです。

あたしは前から白いベールをかぶった結婚衣装で式を挙げるのが夢だったのですが、急な話でそれも叶えられず、ありふれた振り袖を近くの貸衣装屋で借りました。

自分のほうだけが貸衣装なのかと思い、とても肩身のせまい思いをしましたが、宮島だってそうだったのですから、隠さずに言ってくれれば、もっと愉《たの》しい気持で式を挙げられたのにと思います。あたしたちは律子おばさんの言いなりでしたから、いくら嘘《うそ》でかためられていても何もわからなかったのです。

それでも式を挙げるまでは、あたしにとってそれこそ晴れがましく、天にも昇るような毎日でした。

大きな一流新聞社の肩書きのついた主人の名刺を見ても、夢ではないかと胸を震わせて溜《ため》息《いき》をついたものでした。

でも式の最中に、また一つ嫌なことがありました。

三三九度の盃を交しながらふと見ると、主人の爪のあいだがまた黒く汚れていたのです。見合いのときは急いでいたから仕方がないとしても、一生に一度の結婚式の日に、爪も切ってこない男の人というのは、どういうつもりなのだろうかと、ひどく気持を傷つけられたのでした。

けれども新聞記者の妻になるからには、相手の大ざっぱな性格も受け入れなければならないのだと、自分に言いきかせたのです。

水戸で式を挙げると、その晩、すぐにあたしたち夫婦は、東京の夫の家に戻りました。せめて一泊でよいから、近くの温泉あたりへ新婚旅行をしたかったのに、夫が仕事の都合で休めないのだと言われれば、従うほかはありませんでした。

それでも東京は、はじめての土地のようなものだったので、あたしは結構、期待と希望に胸をふくらませて、夫と一緒に見知らぬ土地で一歩を踏み出したのだという、新妻らしい気持を味わったものでした。

ですから、夫の家というのが六畳にキッチンがついただけの、トイレも共同の古いアパートの一室だとわかったときも、それほど失望しませんでした。

来年あたり、無抽選の公団住宅が当《あた》る順番になるのだという、律子おばさんの言葉があったからなのです。

けれども、その新婚の初めての夜の夫との営みは、どうにも耐えられないものでした。あたしは式の準備でよく睡眠をとっていませんでしたが、緊張のせいか目が冴えて、夫のアパートの一室に落ちついても眠るどころではありませんでした。

一組しかない寝具は、シーツも使いかけのもので、独身男の脂《あぶら》くさい体臭のしみこんだ、長いこと陽にも当てたことのないようなものでした。

それも我慢出来ましたが、夫のあの晩の行為だけは、どうしても耐えられませんでした。

あの爪のあいだに黒いものが溜った穢《きたな》らしい指で、あたしの躰を愛撫し、遂にはそれをあたしの躰の中に入れようとしたからです。

あたしは、その精神的な苦痛にも耐えました。そのうえ宮島は、そのあたしのもっとも苦痛に感じていた行為を繰り返すだけで、朝になるまで、世間の普通の新婚夫婦が持つような営みをしようとはしませんでした。

そのあと夫はビールを飲むと大鼾《おおいびき》をかいて、あんなに仕事が忙しいと言っていたのに出勤もせずに、昼過ぎまで眠っていたのです。

そんなわけで、あたしの結婚最初の晩は、世にも惨《みじ》めなものでした。けれども、そのあとで受けた地獄のような仕打ちにくらべれば、まだ我慢が出来たのです》

4

波多野建一は食事をすませると、新妻の敦子を風呂に誘った。

二度とこの前のような失敗を繰り返したくないという気持が強かったのだ。

「すみません……お先に入っていただけますか。あたしはあとから……」

「それじゃ、あとからすぐにおいで」

波多野は先にバス・ルームのドアをあけた。真白《まつしろ》な湯気が、裸の彼を押し返すように厚く流れ出した。

ひとりで湯槽《ゆぶね》に躰を沈めているると、また風呂に入っているあいだに新妻に逃げられてしまうのではないかという不安にとらわれる。自分でもいささかノイローゼ気味だとわかっていても、どうにもならない心の動きなのであった。

前の結婚から、すでに三年経《た》ち、痛手は薄れているはずである。やはり、この前と同じコースなどを選ばなければよかったのかもしれない。なまじ自分を試してみたいなどと考えたのは失敗だったのだろうか。

そんなことをくよくよと考えながら、湯槽から溢《あふ》れ出している湯を意味もなく掻《か》きまわした。

新妻の敦子が、普通の食欲を示していたことだけが、波多野の心に安心感を与えていた。この前の泰子は、ほとんど食事もとろうとしなかったのだ。

今度の妻は、ごく普通の平凡な女にちがいない。逃げたりするはずはないのだと、強く自分に言いきかせた。

間もなく敦子は風呂場に入って来るだろう。そうすれば、夫婦のあいだの羞恥心が自然に取り除かれる——そんなことを考えながら躰を洗い、敦子を待ったが、いつまで経っても彼女は入ってこなかった。

バス・ルームの外はしんと静まり返っていて、コトリとも音がしなかった。波多野は急に不安に駆られると、バス・タオルを腰に巻いて浴室を飛び出した。

敦子は旅館の寝巻に着替えて、女中がのべていった二枚重ねの蒲団の上に、両手を膝の上に置いてぽつんと坐っていた。

「どうして、風呂に入らないのだ」

「すみません、怖かったんです……」

敦子が顔に両手を当てると、わっと泣き伏した。

「別に怖がることはないんだよ。ぼくたちは、もう正式に結婚した夫婦じゃないか」

波多野はそう言いながら、部屋の明りを消した。

早く夫婦の契りを持たなければと、それだけが頭にあった。

闇の中で敦子を抱き寄せると、唇を重ねた。しばらく、甘美な陶酔が口の中に拡がっていった。

それからふいに、頭から水を浴びせかけられたように感じた。次の行為にすすもうとして敦子の寝巻の下をまさぐろうとしたとき、彼女が波多野の胸を押し返すようにしたからだった。

《前の妻のときと同じではないか。また拒まれるのだろうか。……しかし、なぜだ、なぜなのだ！》

波多野の躰に、急に凶暴な血が走った。

彼は強い力で敦子の寝巻を剝《は》ぎ取り、心ゆくまで新妻の中に猛り狂った欲望を吐き出したいという衝動に駆られた。そして、やっとそれをおさえた。

何も起こらないままに時間が過ぎて行った。

《あのときは、どうしたのだったろうか。そうだ、結局、妻は帰らなかったのだ。朝までのあの耐えがたかった長い時間。翌朝、妻からなんの連絡もないまま、私は大阪の街をさまよった。東京の実家に戻ったのかもしれないと思って長距離電話をかけたが、やはり妻は帰ってはいなかった。

完全に、新婚旅行の旅先から蒸発したのだ。ただひとり残された私がどんなに惨めだったか。きみには到底わかるまい。出世につながる素晴しい結婚をしたと嫉《そね》まれた私は、その後、会社の同僚からも蔑《さげす》まれ、嘲笑され、ざまを見ろと思われるようになってしまった。私のまわりで、わざとらしい同情の言葉が氾濫《はんらん》した。

妻が戻らないまま、一ヵ月が過ぎた。私は平静を装って会社に出勤していたが、遂に耐えられなくなった。

私と、妻の家族の連名で警察に捜査願いを出した。しかし、なんの捜査のめどもつかなかった。

実家のほうでは心当りがあったにもかかわらず、私になにも教えようとはしなかった。ただ私を気の毒がって、まだ籍も入っていないのだから、そのまま何もなかったことにしようと言っただけだった。

私は、先方の好意を受け入れて結納を返してもらい、金一封の慰謝料をもらった。しかし、そんなことで私が救われるというものではなかった。

私は六年間勤めた会社をやめた。興信所の調査員になった。就職しやすかったし、妻の行方を捜すのにはこれしかないと思ったからなのだ。

一年近くかかって、私は妻の失踪の原因らしいものを突きとめることが出来た。

妻には、結婚前にすでに男がいたのだ。よくある話だが……。

私は妻の通っていた大学の同級生を訪ねて、妻が交際していたのはYという貿易会社の男だということをつきとめた。

そのYという男には、すでに妻子がいたのだ。これもよくある話だった。

ただ、私にとって不運だったことは、この男が大阪に転勤になったことだ。このYの転勤を機会に、泰子とYとは、今までの交際をすべて清算することにした。

泰子はYと別れて、私と見合結婚をすることに決めたのだ。彼女にとって、もうどの男も同じことだった。誰でもよかった。

私こそいい面の皮だった。しかし私自身にしても、打算に動かされてこの結婚に飛びついたのだから、妻や妻の家族を責めるわけにはいかなかった。

もう一つ不運だったことは、私が新婚旅行のコースを関西にとったことだ。

今になれば、私は妻が失踪した理由を、不可思議だった謎を、克明に説明することが出来る。

私たちが不運だっただけなのだ。私たちの新婚旅行のコースに、転勤したYの住んでいる大阪という土地があったからいけなかったのだ。

しかし、一番悔まれるのは、最初の宿泊地の京都で、妻の哀願を受け入れて指一本触れなかったことだ。もう少し勇気があったら——いや、なにがなんでも、たとえ暴力に訴えてでも、妻の躰を押し開いて征服すべきだった。そうすれば、事情はいくらか変っていたかもしれないのだ。

それにしても妻は、新婚旅行の晩に失踪するほど相手の男を愛していたのだろうか。私は嫉妬のためにずたずたにさいなまれながら、ふたたび大阪までYを捜しに行った。妻の泰子も一緒に見つかるかもしれないと思ったからだ——》

波多野はそろそろと右手をおろして、今度は新しい妻の細帯に手をかけた。もう一度、逆らうかどうか、試してみたのだった。

妻は躰をよじるようにすると、波多野の手を避けた。

なぜなのだろう。波多野は怒るよりも少し気味が悪くなった。最初の妻が失踪した日と同じ、三年後の一月二十一日を二度目の新婚旅行の日に選んだのは、波多野にちゃんと計画があったからであった。

けれども、新しく見合いした平凡なはずの妻が、最初の妻と同じように初夜を嫌がるということは予定していなかったのだ。

波多野は、新妻の肩に手をかけながら、なぜなのか考えていた。

5

闇の中で夫が立ちあがる気配がした。やっぱり怒らしてしまったのだ。どうして、夫婦の契りを結ぼうという一番大切なときに、夫の手を反射的に払いのけたりしてしまったのだろうか。

敦子は、夫の建一が寝巻の上に丹前を着て出て行く物音に、立ちあがろうか引きとめようかと躊躇いながら、悶々《もんもん》としていた。

結局、夫の出て行ってしまうドアのしまる音がした。その音は、敦子の過去の傷口を思いきり打擲する音に似ていた。彼女は下腹部に痛みを感じ、息のつまりそうな圧迫感を覚えた。

新婚用の静かで大きな部屋の中で一人になると、急に心細さがつのってきた。

《あなた、帰って来てください。やっぱりみんな告白しますわ。あなたを騙《だま》したまま、一生結婚生活を続けて行くことなんか出来ません。

最初の結婚のときのことを聞いてください。

初夜の翌朝あたしは、もっと惨めでした。

昼過ぎに、水戸にいるはずの律子おばさんが、もう訪ねて来たのです。

近所に保険の大口の勧誘の仕事があって、訪ねて来たのだと言いました。

「本当に縁起がいいわ。とてもいいお客さんがついたのよ。あなたたちの結婚祝いに、なんでも好きなものをあげるわよ。どう、あなたたち、いいハネムーンを迎えられて」

律子おばさんは、ハネムーンなどという言葉をつかって、楽しそうにあたしの顔を覗き込みました。

夫の穢《よご》れた爪のことを思うと、なぜかあたしは不吉なものを感じるのです。夫の宮島は、会社に出がてら送って行くのだと言って、律子おばさんと一緒に出て行きました。

その晩、宮島は夜遅く酒気をおびて帰って来ると、また昨夜のように穢れた爪であたしの躰をまさぐりました。あたしは苦痛と嫌悪感で身をよじりましたが、夫は一時間近くもあたしを責めつけたのです。そのくせ最初の晩と同様、決して交わろうとはしなかったのです。

そして翌日になると、十一時頃ぐずぐずと起き出して出て行きます。

あたしは、新聞記者なのだから生活が不規則なのだろうと思っていましたが、四日目には出張だと言って三日も帰って来ませんでした。

夜中も不安に脅かされてまんじりともせず、遂《つい》にたまりかねて夫の新聞社に電話をかけました。しばらく待たされたあげく、そんな記者はいないという返事が返って来たのです。そのときの失墜感は、今だに忘れることが出来ません。

あたしは真青な顔をし、夫の名刺を握りしめて、その新聞社に駆けつけました。夫は新聞社で出している本の販売員で、セールスしやすいように、新聞社の社名を使っているのだということがわかりました。

新聞記者の妻だという夢は、もろくも崩れ去りました。そのとき、あたしの脳裡《のうり》に、夫のずんぐりした指と穢れた爪とが、不吉なしるしのように、よぎったのです。

あたしは、夫が新聞記者でないのを知ったことは黙っていようと思いました。そのときは、まだ我慢するつもりでいたのです。女が一度結婚したら、そんな簡単に帰れるものではありませんもの。

その週の日曜日、夫が仕事を休んでいるのを知ってか、また律子おばさんが訪ねて来ました。

「今晩のすき焼きはあたしがおごるから、敦ちゃん買物に行ってきて」と言いつけられ、あたしは籠《かご》を持って出かけましたが、途中で財布を忘れたことに気がついたのです。知り合いの店もないので後払いというわけにもいかず、歩いて十五分もある商店街から、またアパートまで戻って来ました。

すると部屋には内側から鍵《かぎ》がかかっていて、部屋の中から律子おばさんのすすり泣くような声が聞こえてきたのです。

あたしは夢中でドアを叩《たた》きました。律子おばさんが着物の裾をおさえながら、上気した顔でドアをあけました。

宮島はそっぽを向き、不貞腐《ふてくさ》れた表情で煙草《たばこ》の煙を吐き出していました。あたしの留守になにが起こっていたのか、あたしは一瞬のうちに悟りました。

思わず、律子おばさんをなじる言葉を口にしますと、向うのほうが威丈高《いたけだか》になって怒鳴《どな》り返したのです。

村祭りの晩、近所の若者にいたずらされたことを知っていて、「あんただって傷もののくせに、偉そうな口をきくんじゃないよ」と得意そうに嘲笑《あざわら》ったのでした。

律子おばさんと宮島は、彼が学生時代、おばさんの家に下宿していた頃から出来ていたのに違いありません。二人の関係が律子おばさんの主人に知られそうになり、なんとか繕《つくろ》うために慌ててあたしと結婚させることにしたのです。

それにしても、律子おばさんのような悪い女に利用されたなんて、あたしもよくよく不運な女だと思います。でも幸い、宮島と肉体上の交わりがなかったことだけが救いでした。宮島は律子おばさんから、あたしの躰には絶対に手を触れないという約束をさせられていたのです。

あたしにわかってしまったことで、かえって開き直ったのか、宮島が仕事に出ない日には必ず律子おばさんがアパートに来て、狭い六畳の部屋に三人で過《す》ごすという日が続きました。

奇妙な、息苦しくなるような雰囲気でした。

その中で、あたしは無視されました。

「あんた、そんなに汚れた爪をして敦ちゃんを抱いてたら、今に嫌われるわよ」

律子おばさんは、今までに見せたこともないような色っぽい仕科《しぐさ》で宮島の手をとると、丹念に爪を切ってやったりしました。

宮島はおばさんの膝枕でごろりと転がり、爪を切ってもらいながら、おばさんの膝のあいだに空いているほうの手を差し込んだりして戯《たわむ》れるのです。

「敦ちゃん、そんな怖い顔をするのはおよしなさいよ。夜の夫婦生活のことでわからないことがあったら、実演つきであたしが教えてあげるわ」

律子おばさんは、猫が鼠《ねずみ》をいたぶるように、あたしの反応を確かめながら、宮島の膝の上に坐ってそんなことも言うのでした。

これが、結婚式を挙げて半月も経たない新婚生活だったのです。

あたしは二十日目に、遂にたまりかねて水戸の実家に帰りました。皆に尋ねられても、ただ泣くだけで本当のことは喋べりませんでした。自分が傷つくだけだったからです。

近所の人々は、あたしの躰に欠陥があって帰されたのだろうと噂《うわさ》していたようです。律子おばさんが手廻《てまわ》しよく、近所の人にそう思いこませたということもあったのでしょう。

あたしは、母や親戚の人間から何を言われても、牡蠣《かき》のように黙っていました。本当は口いていた白い腿と膝頭が目蓋の裏に浮かんできます。

そして、宮島の穢れた爪。

一ヵ月ほど、あたしは家から一歩も表へ出ませんでした。そのくらい衝撃《ショック》がひどかったのです。

近所の人も、嫁入りして一ヵ月足らずで戻って来たあたしのことを次第に忘れたのか、噂もしなくなりました。

けれども、あたしは忘れたわけではありません。むしろ反対に、律子おばさんに対する怨《うら》みと憎しみは、大きくふくれあがるばかりでした。殺してやりたいとさえ思いました。それも一番残酷な方法で……。

でも、そんな機会はめったにあるものではありません。

二ヵ月近く過ぎて、あたしは律子おばさんの主人に匿名で手紙を出すことを思いつきました。律子おばさんと宮島の薄汚ない関係を、詳しく書き送ってやったのです。

そして――。

それから間もなく、A町の自分の家の庭先で、律子おばさんが、夫に鉈《なた》で殺されるという事件がありました。夫婦喧嘩《げんか》のすえに殺されたのですが、原因は宮島とのことに違いありません。

　あたしは、自分の手紙があんなに早く利き目をあらわすとは思っていませんでしたが、律子おばさんの殺された新聞記事と、凶器に使われた鉈の写真とを見て、それまで重く澱《よど》んでいた心のしこりが一度になくなったのを感じました。

　あたしはまた、水戸市の小さな洋品店に職を見つけ、働くようになりました。二度と結婚なんかすまいと思っていたのですが、母の親戚からあなたとの見合いの話があり、そちらさまが熱心に言ってくださるので、お受けする気持ちになったのです。

　母も親戚の者も、最初の結婚のことを言う必要はないと言います。それどころか、打ち明けてはいけないとさえ言うのです。あたしも、あなたに黙っているつもりでしたが、やはり駄目でした。

　あなたが、あたしの躰に触れてくださろうとすると、急に目の前に、宮島の爪のあいだの黒ずんだ、穢ならしいずんぐりした指が浮かぶのです。あのときの嫌悪感がよみがえり、どうしても躰を固くしてあなたの手を避けてしまいます。

　でも、とうとうあなたを怒らせてしまいました。もしかしたら、あなたは、あたしの一回目の結婚のことをご存じなのかもしれませんね。さっき、あたしのことを見つめていたあなたの目の光りで、急にそんな気がしたのです。あなたは、あたしを憎んで殺そうとしているような目でしたわ。

でも……でも、あたしが悪いのじゃありません。みんな最初の結婚のときの、宮島の汚れた爪がいけないのです。

このまま放り出されたら、あたし、どうしてよいかわかりません。お願いですから怒らないで、またあたしのところに帰ってきてください……》

6

波多野は、京都の静かな街並みを歩いていた。それが、いつのまにか大阪の賑《にぎ》やかな飲食街に変った。

彼はピストルを片手に持って、〝青い部屋〟と書かれた一軒の店に入って行った。

三年前の新婚旅行の晩に、波多野を置き去りにしたまま失踪した泰子が、小さなスタンドのついた深夜スナックを、経営しているのだった。

そこの資金を、泰子の男が出していることも、興信所の波多野はすでに調査していた。

スナックのドアを押すと、スタンドの中にいた女が波多野を見た。

間違いなく泰子だった。

三年前にくらべて少し痩せたせいか、いくぶん老けた感じだった。化粧が濃くなり、波多野の目にはまるで別人のように映った。

あの新婚旅行の晩に、思いつめた顔をしていた人間と同じなのだろうかと思ったほどだった。

泰子は、ピストルを持って入って来た波多野を見ると、一瞬、顔を硬ばらせた。

波多野はゆっくりと歩いて、スタンドの前に腰をおろした。

彼は前から決めていた、この瞬間に言うべき言葉を口に出そうと思ったが、舌が引きつって何も出てこなかった。

「何になさいますか」

「ビールを貰おうか」

泰子が注文を尋ねたので、波多野はやっと言葉らしいものを口にした。波多野は、じっと、泰子の顔を見つめた。

「本当に……お久しぶりですのね……吃驚《びっくり》しましたわ。一度、あなたにお会いしてお詫びしなければと思っていたんですけれど……なんだか、あんまり……」

泰子が言葉に迷いながら、硬い顔のまま言った。

「やっと、きみを捜し当てたんだ。今日がどういう日だか覚えているか」

波多野が、ずっと前から言おうと思っていた言葉だった。

「さあ」

泰子が、戸惑った表情を見せた。

「三年前の今日、われわれは式を挙げて、新婚旅行に出かけたんだ」

泰子は、かがみこんで冷蔵庫の中に新しいビール瓶を補充していた。波多野は、なるべく小さな声で言った。

「わかりましたわ。あなたは復讐《ふくしゅう》に来たのね。でも、あたしの話を聞いてください」

泰子は、店のシャッターをおろすと、波多野の前に跪《ひざま》ずいた。

「こうやって、ゆっくり話しを聞いていただきますわ。一度、あたしのほうからお詫びに行かなければと思っていたんですけれど、その機会がなかったんです。父にも誰にも会わずに自分の人生を変えようと思っていたものですから……今、どうしていらっしゃいますの。結婚なさって、お仕合せになっていてくださるんだと嬉《うれ》しいんですけれど……」

「その前に、あの晩、きみが逃げたのはなぜなのか、それを言いなさい」

女の口からなにもかも言わせるのだ。

「ごめんなさい。あたし、好きだったひとがいたんです」

「M商事のYだね」

「ご存知なの」

泰子の顔に、驚きの色が走った。

「私は、きみに逃げられたあと、会社をやめて興信所の調査員になったのだ。きみのことが知りたかったし、どこにいるのか突きとめたかったから……三年かかって、やっと見つけることが出来た」

「会社をおやめになったの」

「新婚の晩に妻を失った男が、他になにをすればいいのだ」

「すみません。そのことはもう仰言《おっしゃ》らないでください」

「私は、あの晩、なぜきみが逃げたか、私は知りたいんだ。それを知るために、この三年間を無駄にしたのだから」

「簡単なことですわ。大阪にYが住んでいたから……この近くにあのひとが住んでいるのだと思ったら、無性に恋しくなったんです。せめて声だけでも聞きたいと思いました。そう思いはじめると、もういてもたってもいられなくなり、ハンドバッグだけ持って旅館を飛び出してしまったのです。そして、公衆電話に入りました。十円玉を入れてダイヤルを廻すと、あのひとがすぐに出て来ました。向うの『もし、もし』という声を聞きながら、あたしは思わず泣き出してしまいました。そして一言も言わずに電話を切ってしまったんです。それだけは信じてください。このまま見知らぬひとの奥さんになって暮すより、少しでもあのひとのそばで生きていけたらそれだけでいいと思いました。あたし、そのときは気が狂っていたんです」

「でも、Yは、この店の資金も出しているじゃないか」

「Yに会ったのは、あたしが失踪してから一年も過ぎてからですわ。あたしは自分ひとりで生活していくために、まずキャバレーに勤めました。そこへ偶然にYが客で来たんです。あたしのほうで会おうとしたのじゃありませんわ。あたしは自分の知っている総《すべ》てのひとの前から、姿を消したかっただけなんです」

「それだったら、なぜ式を挙げる前にしなかったのだ」

波多野は、泰子の胸にピストルを向けた。泰子のほっそりとした指は、絶えず痙攣していた。

「さあ、そんなことは自分でもわかりません。でも、本当にあなたには申訳《もうしわけ》ないことをしたと今だに思ってますのよ」

「そのために、ひとりの男の人生は滅茶苦茶になってしまったのだ」

「どんなにでも、お詫びしますわ」

「詫びてもらったからって、今更《いまさら》どうなるわけでもない」

波多野は立ち上《あが》ると、完全にシャッターがおり、ドアの門鍵がかかっていることを確めた。ふたたび泰子の顔を、不安な表情がよぎった。波多野が何しに来たのか、真意をはかりかねている顔だった。

「あなたの気のすむようになさって結構ですわ。三年前のことをあたしに思い知らせるために、ここにわざわざいらっしゃったんでしょう」

「ちがう。今日、結婚式を挙げてきた。実は今、新婚旅行の最中なのだ。相手は見合いをした女だ」

「からかっていらっしゃるのね」

「いや、本当の話だ。旅館は千草、あの、きみと一緒に泊ったところだ」

「なぜ、そんなことをなさるの。わざわざ同じ日を選んで結婚式を挙げて……同じコースで新婚旅行をするなんて……」

「新婚の妻に逃げられた理由を知りたいから」

「そんな……馬鹿馬鹿しいことですわ。この前は、みんなあたしが悪かったんです。原因はあたしだけですわ」

「いや、私はそうは考えなかったんだ。二晩、きみは私を拒み続けた。ぼくは理解のある新郎のような顔をして、きみと躰の契りを持とうとしなかった。あのとき、無理矢理きみを私のものにしていたら、きみは逃げなかったのではないだろうか」

「そんなこと、わかりません。あたしは、あのひと以外の男をどうしても受け入れることが出来なかったんです」

「私は、そのことだけが気にかかって、どうしても次の結婚をすることが出来なかったのだ。三年経って、やっと次の結婚に踏みきる勇気が出て来た。それが今夜の新婚旅行だ。今から四時間前に旅館に着いて、新しい妻と一緒に初夜の床に入った」

波多野はそこで言葉を切って、ビールのコップをあけた。

泰子が真剣な眼差《まなざ》しを波多野に向けた。

「それで、どうなさったの」

「また、新しい妻にも拒絶されたよ。私を拒んだのだ」

「そんなことが……」

泰子は、信じられないという顔をした。

「嘘じゃない。本当のことだ。つい今しがた、ぼくは拒み続けている妻の首をしめた」

「…………」

「信じられないほど、あっけなく死んだよ」

泰子が、またなにも言わなくなった。その場に凍りついてしまったかのように、身動きもしなかった。

「べつに、きみのせいだと言っているわけじゃない。殺したあとで、きみがここにいることを思い出したのだ。ぼくは、これから警察に自首する。その前に、ぼくはきみから取り戻すものがあることに気づいたのだ」

波多野は立ちあがると、カウンターのくぐりをあけて中に入った。

肩を掴《つか》むと、女はまるで無抵抗だった。

よほど怖いのか、唇を震わせ、歯の音をかちかちと鳴らしていた。

波多野はカウンターの上のコップや小皿を払いのけた。そこを、寝台のかわりにするつもりだった。

波多野は、カウンターの中のスイッチを切って、スナックの中を暗くした。

表のネオンサインの点滅が、部屋の中の彩合《いろあい》を次々に変えた。真紅の焔《ほのお》に燃え拡《ひろ》がる部屋から、一きょに蒼く冷たい海の底になった。

「私が望んでいることがわかるかね」

「………」

泰子は返事をしなかった。波多野は、三年前に自分の腕の中から逃げて行った新妻を、あらためてカウンターの上に押し倒した。

ものも言わずに、泰子の躰につけているブラウスとスカート、それから肌着と順々に剝ぎ取っていった。

泰子は抵抗しなかった。波多野のするがままに委《まか》せていた。

波多野が、泰子の身につけているものをすべて剝ぎ取ったあとで、表から明りが蜜のように部屋の中へ流れこんだ。

波多野の目には、裸の泰子が真白な結婚衣装をつけているように見えた。

彼は美しい花嫁衣装に包まれた新婦の上に乗り、新婦の躰の中へ入った。

ローマの掠奪結婚の像の、恍惚《こうこつ》感を表情に浮かべた花嫁の顔が、目の前に浮かんでいた。

波多野の躰の中を、荒々しい血が流れて行った。彼は、新婚夫婦の契りの儀式を終えたあとで、自分を裏切った女の首に両手をかけた。

そして女が呼吸をとめるまで、全身の重みを両手に集めていた。

7

波多野は丹前のまま、旅館の近くの散歩を終えると、部屋に帰って来た。

部屋の電気をつけなくても、枕もとの明りで、新妻の敦子が俯伏《うつぶ》すようにして軽い寝息をたてているのがわかった。

《死んではいないな。なんの罪もないきみが死ぬわけはない。死んだのは最初の妻のほうだ。今カウンターの上で、白い裸のまま静かに横になっている。血も流さなかったし、声も立てなかった。これでいいのだ、これで全部終《おわ》ったのだ》

波多野は、新妻の傍《かたわら》に跪ずくようにすると、そっと顎の下に指をかけ、顔を覗き込んだ。

敦子がうっすらと目をあけた。泣き寝入りをしたのか、目が腫《は》れていた。

「ごめんなさい。我儘なことばかりして……あなたに聞いていただかなければならないことがあるんです。あたし……本当は……今度の結婚がはじめてじゃないんですの。一度、田舎でお見合をし、東京のひとのところへ嫁ぎました。でも、二十日間いただけで、帰ってきたんです」

新妻が、自分と同じ経験をしていたというのが、信じられなかったのだ。

「でも、その男とは夫婦の契りを結んでおりません。黙っているのはいけないことだと思いましたけれど、かたちだけの結婚で籍も入っていなかったから、やはり言わないほうがいいと思ったのです。でも言わないでいると、いつまでもあの男の穢れた爪が……」

敦子がまた嗚咽《おえつ》を洩《も》らしはじめたので、波多野はしっかりと抱きしめた。

「泣かないでほしい。打ち明けてくれてとても嬉しいのだ。実はぼくだってはじめての結婚じゃない。今の会社の上役の親戚の娘と見合結婚をしたのだ。でも、新婚旅行の途中で妻は失踪した。あとで、ひとから聞いた噂によると、なんでも妻子のある男を愛していたそうだ。その男は転勤して、大阪に行ったばかりだった。ぼくたちが大阪に泊った晩、どうしてもその男が忘れられなかったのか、とうとうぼくを置いて、ハンドバッグ一つで出て行ってしまった。それ以来、その女の消息はなんにも聞いていない。ぼくや妻の家族は、興信所に依頼して妻の行方を調べたが、結局、なにもわからずじまいだった。ぼくを置いて失踪した晩に、その相手の男の家へ、夜中、おかしな電話があったそうだが、相手は一言も言わなかったというから、きっと失踪したぼくの妻にちがいない」

波多野は一気に喋べった。喋べってしまうと、急に憑《つ》きものが落ちたように気が楽になった。

三年間、行方を探し続けてきた最初の妻のことを、これでやっと忘れられそうな気がしてきたのだ。三年間、上役の縁者の娘を貰って、新婚旅行の晩に逃げられた男として、同僚たちの同情の入り混った蔑みの視線を甘受してきた。

まるで大人《おとな》しい羊《ひつじ》のように、その屈辱を受け入れてきたのだ。

彼は大人しいサラリーマンだった。何度も会社を変ろうかと思ったが、それも出来なかった。

彼はひとりになると、興信所の調査員になって、失踪した妻の行方を突きとめている自分の姿を空想した。

三年のあいだに、彼の頭の中には、妻と会ったときに最初に交す会話までがしっかりと出来上っていた。

《きみは、なぜ、ぼくを置いて姿を消したのだ》

失踪した妻は、いろんな返事をした。その度に返事は変った。

《簡単なことですわ。あなたが卑怯者《ひきょうもの》だったからです》

《簡単なことですわ。あたしに愛している男がいたからです》

そして最後に、波多野は、最初の妻の躰をたしかめている自分の姿を空想するのだった。

波多野は、腕の中でしのび泣いている、二度目の妻の躰を力の限り抱きしめた。

「二人とも、これで全部心のしこりをとった。やっと、ぼくたちも普通の夫婦になれるね」

「ええ、あたしも、一生懸命にいい奥さんになりますわ」

二度目の妻が、波多野の首に両手を廻して、頬をすり寄せてきた。

彼は新妻の躰をしっかりと抱きながら、彼女が「でも、あたし、ひとを殺したんです」と言うのを聞いていた。

波多野は、ひとというのは、たぶん二十日で別れた男のことだろうと思っていた。殺すことなら、自分だって今しがた、旅館の周囲を歩きながら、頭の中で最初の妻を殺してきたばかりだった。

新婚旅行の晩に、自分を棄てて失踪した最初の妻を、波多野は空想の世界の中でやっと殺したのだ。

彼はもう、二度とふたたび、自分が空想の世界をさ迷うことはないだろうと思っていた。

エスカルゴの味

1

パリのオルリー空港で、北極まわりのジェット機を降りながら、十見沢は、ヨーロッパ人のスチュワーデスにかすかな失望を味わっていた。昔は、スチュワーデスがもっと美しく見えたはずなのに……と思ったのだった。

今までに、貿易会社の仕事の関係で何度かパリを訪れたことのある十見沢は、ジェット機の中できびきびと立ち働くフランス人のスチュワーデスの肢体に、パリの夜の裸のフランス女を想像して、すでにかすかな興奮を覚えるものなのであった。そのために、半分国粋主義者の十見沢が、外国の会社の飛行機を選ぶほどだったのだ。

相変《あいかわ》らず、申しわけだけの愛想のいいパリの空港の税関を抜けて、十見沢はスーツ・ケースを受け取るために荷物引取りに向《む》かった。オルリー空港の荷物引取り所は一階にあった。明るい採光用のガラスの壁面に対して、たしか右手に向うのだと、十見沢の数回のパリの記憶が教えていた。

彼はその習慣にしたがって、右手に歩き、階段の入口を見つけた。周《まわ》りに、ふと人の気配の絶えたのを訝《いぶか》しく思いながらも、一人で階段を足早に降りて行った。

気がつくと、入口をとざされた搭乗口の前に出ていた。周りには誰もおらず、あきらかに出口を間違えているのだった。

おかしい——と十見沢は思った。どこかいつもと調子が違っていたのである。

空港を出たあとも、いつもと違っていた。乗ったタクシーが、十見沢の見馴《みな》れた古いパリの建物が両側からおおいかぶさってくるようなR通りをとおらずに、セーヌの河岸に沿って走ったのだった。

「この通りは、前からあるのかね」

「ありますとも」

ところどころで工事がおこなわれ、徐々にではあるが都会の様子を変えているパリのことだからと、運転手に質問すると、向うはとんでもないというふうに首を振った。

こんなこともあるのだ。なんとなくすべてがちぐはぐになってしまう日……十見沢はそんなことを考えて、行きつけのM街の二つ星の安ホテルに投宿すると、バスをとった。

パリに来た最初の目的を果《はた》す前に、一眠りして北廻《きたまわ》りのジェット機の疲れをとろうと思ったのも、パリに着いた当初のそんなちぐはぐな経験があったからだった。

ふだんの十見沢ならば、パリに着いたとたんに一眠りするような男ではなかったのである。二時間ほど、湯上《ゆあが》りとブランデーの勢いで熟睡した十見沢は、起きあがるとベッドの上に茶色のハトロン紙の封筒を投げ出した。

そこに、これから電話をかけようとする女の資料が入っていた。

十見沢は、ハトロン紙の封筒をあけた。三年前の週刊誌の芸能欄の切り抜き、大きな写真入りのプログラム、芸能プロダクションとのあいだで取り交わした契約書の写し、フランス語で書いた履歴書等、十見沢がこれから電話をかけて連絡をとろうとしているフランス人の女の歌手に関する資料であった。

「美しい女だ……たしかに不思議な魅力がある……」

十見沢はプログラムを拡《ひろ》げながら、独《ひと》りごちた。

アート紙に浮き出た白黒の女の顔は、光と影とが巧みに調和して、一種の気品とかげりのようなものが滲《にじ》み出ていた。やわらかい栗色の髪を短めに切って両側になでつけ、繊細なまろみのある両肩でギターを抱くようにしていた。長い睫《まつ》毛《げ》の下の優雅さとおそれを秘めた瞳が、森からふいに現われた雌《め》鹿《じか》のようでもある。

この顔からは、とうてい信じられないような弾力のある肢体が魅力だったのだと、十見沢は考えた。

彼の指は自然と、写真の女の首筋のあたりを軽くさすっていた。

《とにかく電話をかけてみるか……》

〝P街の八八番地、TEL……〟

とメモした書類の上の電話番号の数字を、十見沢は廻しはじめた。

パリの安宿の受話器は古い型で、ダイヤルの回転盤は、十見沢の指先から離れたあとでも頼りなげに廻っていた。

三年前に、この女に電話をしたときは、都心の一流ホテルのバス・ルームからだったと十見沢は思った。

そのとき、十見沢はバス・タブの中で左手に受話器を持ち、お湯の中で揺れている自分の腿《もも》のあいだの海藻のような黒い叢《くさむら》を、ぼんやりと眺めていたのだった……。

「アロー、アロー、マドモアゼル・フレデリックはご在宅ですか」

十見沢は、比較的達者なフランス語で喋《しゃべ》った。

「アロー、アロー、あなたはどなたですか」

低いかれたような、相手を警戒する声だった。

「東京から来たTプロダクションの代理の者です。お嬢さんのフレデリックさんのテレビ出演などのことで、ご相談にあがったのですが……」

Tプロに最近来た彼女からの手紙では、母親とアパートに住んでいて、夕方の六時から八時までのあいだならば連絡がとれるということであった。

十見沢は、電話の相手がフレデリックの母親だとばかり思っていた。

「オー、日本からいらっしゃった方ですの。Tプロの方ですか」

声の調子ががらりと変って、浮き浮きとした、どこか媚《こ》びるような声になった。

向《む》こうは会いたがっているなと、十見沢は判断した。三年前では、とうてい考えられないことであった。

「それじゃ、早速ですがお目にかかっていただけますね。わたしの日程に余裕がないものですから……」

十見沢は二時間後に、彼女のアパートの近くのレストランで会う約束をした。約束をしながら、十見沢の心は久しぶりにときめきを味わっていた。

彼はもう一度、写真を眺めた。聡明そうな額、愛くるしい形のいい鼻、白い歯並びが清潔なくせに、妙に肉感的な唇。

十見沢は、この女の唇を柔らかく噛《か》むときのことを想像していた。

今度は、もっと正確に、この女の官能の芯を摑《つか》まえることが出来るに違いないと思っていた。

そしてふたたび三年前の記憶が苦い泡のように彼の心を満たしはじめていた。

2

パリのタクシーは、番地さえ正確に伝えれば、かならず目的の場所まで連れて行ってくれる。十見沢はタクシーの窓から、両側からおおいかぶさってくるようなパリの灰色の建物と、今しがた通り過ぎたばかりの驟雨《しゅうう》のあとの光る石畳の舗道とを眺めていた。目的のP街の近くに入ると道路の幅がせばまり、怪《あや》しげなネオンと、あきらかに一見して街娼《がいしょう》とわかるようなけばけばしい化粧の女たちが目につきはじめた。

日本でいえば、浅草の元の吉原のあたりなのだろうかと、パリの地理にはあまり詳しくない十見沢は考えていた。

先程の電話では、この近くに仕事をする場所があると言っていたが、三年前のフレデリックから推測すると、シャンゼリゼあたりの一流クラブで仕事をしているだろうと思っていたのだ。

かなりひどい界隈《かいわい》だなと思いながらも、十見沢には、まだ何が起《おこ》っているのか容易に理解出来なかった。

「八八番地といえば、このあたりのはずですよ」

年寄りの運転手が、ひどい訛《なま》りのあるフランス語で言った。十見沢は車の窓から首を出し、十メートルほど先にＥＳＣＡＲＧＯＴと書かれた赤いネオンを見つけた。

「ほら、あの赤いネオンだよ」

十見沢は、異国で簡単に目的地を見つけ出した喜びで浮き浮きとした声を出し、タクシーから半分体をおろしかけた。

そのとき二メートルほどうしろの建物の陰から、女の姿が現われたのだった。

「ムッシュー十見沢、あなたがすぐにわかるかどうか心配だったので、迎えに出てたのよ」

声は三年前にくらべて、かなりかすれた感じだった。アルコールと煙草《たばこ》のせいだろうと思いながら、十見沢はネオンの明滅の中に浮《うか》びあがったフランスの女の顔を見て、あっと声をあげそうになった。

赤いネオンに浮びあがったフレデリックの顔には、わずか三年間の歳月の経過だけでは刻み得ないありありとした変化が現われていた。というよりも、十見沢は一瞬、本人ではないと信じたほどだったのだ。彼女のかなり年上の姉か、あるいは母親自身なのではないかと――。

「あなたが、フレデリックですか」

十見沢は久しぶりに喋るフランス語のせいもあって、直接的な疑問を投げかけるかたちになった。

彼女は、しばらくの間じっと十見沢の顔を大きな瞳で見つめていたが、ゆっくり首を振った。それはいかにも、長い時間をかけて十見沢の反応を窺《うかが》っているといった感じだった。

「ノン、あたしはフレデリックではありません。彼女の姉です。本人は……きゅうな用事で出かけました。折角《せっかく》お約束しましたのにね……でも、仕事の時間までには戻って来ますわ。彼女は夜の十一時から二ステージ、この近くのナイト・クラブで歌うことになっているんです」

「この近くのナイト・クラブで歌っていることは、先程の電話で伺《うかが》いました」

「よろしかったら、彼女が帰ってくるまでお食事をしませんか。日本での仕事の話なら、あたくしにもわかります。あたくしは、ときどき彼女の仕事のマネージャーのようなこともしているのです」

なぜか、卑屈な感じの笑いが女の頰にひろがった。

十見沢は女のあとについて、〝エスカルゴ〟と書かれたバーをかねたようなレストランの中に入った。毛皮のコートを着て、ミニ・スカートの下から肉感的な腿をむき出しにした夜の商売らしい女が十見沢のほうを見あげてから、無表情に、スープ・スプンを赤い唇のほうに近づけた。

「妹さんは、お元気ですか」

テーブルについて、すぐに十見沢は質問したが、彼女はメニューを検討するような振りをして答えなかった。

十見沢がフレデリックに最初に会ったのは、三年前の夏のことであった。そのころ十見沢が勤めていた広告代理店に、Tプロダクションから、パリから若い女の歌手が来ているが、テレビのコマーシャルに使ってはどうかという連絡があった。

十見沢は、前からスポットの製薬会社の広告に使うフランス人の若い女を捜していて、パリからの芸能人をよく扱っているTプロにも声をかけておいたのだった。

十見沢はさっそく、その女の歌手がうたっているという都心のホテルのレストランに行った。

「巧《うま》いじゃないか。こんなところで歌わせておくのは勿体《もったい》ないね」

十見沢は、待ち合《あわ》せたTプロの川奈という男に、素直に称讃の言葉をのべた。

「そうなんだ。彼女はまだ学生なんだよ。ソルボンヌに籍があるんだ。夏休みを利用して、バカンスがてらにこちらへ来ているのだから、こんな仕事にも出るのさ。向うじゃ、なかなかの有望株らしいからね」

川奈が説明した。そのときフレデリックは、純白のパンタロン・スーツに、白い絹のワイシャツをつけ、栗色のギターを抱えていた。

「いいね、美しい青年という感じがする。大人っぽいムードがいい。D歌劇団の小宮那代という子に似てるじゃないか」

「十見沢さんもそう思いますか。ぼくも似てると思ってたんですよ」

川奈が調子よく相槌《あいづち》をうった。川奈の言葉の調子は、いつもプロダクションの男が使う迎合的な言葉とはちがっていた。心底から同感しているのだった。

「それじゃ、A製薬のスポットに使ってみようか。しかし、ギターを弾かせるのはまずいなあ。両手をあげて、一コーラス歌い終ったところで商品とだぶらせよう。ギャラはA製薬のことだから、だいぶ出すと思いますよ」

「あの子は、べつに金《かね》を沢山貰《たくさんもら》おうと思っていませんからね。テレビに出してもらえばそれで満足なんですよ。十見沢さんのほうへ、リベートを半分出しますから……」

「いいよ。そんなことをしてくれなくてもいいから、あの子と一晩遊ばせて欲しいね」

「十見沢さんは、商社マン時代に海外で浮き名を流したっていうじゃありませんか。そちらのほうは、ご自分の腕で願いますよ」

「もちろん冗談だよ。商品としては買うが、寝る相手だったらもっと女っぽい女がいいからね」

十見沢はそんな冗談を言ったあとで、フレデリックを早速、コマーシャルのフィルムに使った。出来上ったフィルムは、十見沢が期待したほど新鮮なものではなかったが、まあまあの出来ばえであった。

やはりギターを使わせて、フレデリックの顔の特徴を百パーセント発揮させたほうが面白いフィルムが出来たのにと思ったが、撮り直すほどの気の入れ方も出来なかった。

「まあ、こんなものだろうな」

十見沢は、Tプロの川奈と共に出来上ったフィルムを見たときに、半分自分の仕事を弁解するつもりで言った。

「急いだんだから仕方がありませんよ。でも、このフィルムが流れると問題が起りそうですね」

「問題って、なんだい」

十見沢は、川奈の言葉の意味が摑めずに聞き返した。

「どこから話が流れたんですかね、D歌劇団の小宮那代が、A製薬のコマーシャル・フィルムに出たという噂《うわさ》がとんでいるんですよ」

「そんなこと、なんでもないじゃないか。フィルムを見れば、D歌劇団の小宮那代に似ているといっても、別人のフランス人の女の子だってことがすぐにわかるんだから……」

十見沢は、言われている話の内容がわからずに笑い出した。自分が橋渡しをしたコマーシャル・フィルムの、前景気がついていいと思ったくらいなのだった。

しかし、数日して十見沢は、自分が予想もしなかった人間関係の糸のもつれに巻きこまれているのを嫌というほど知らされたのだった。

「ムッシュー十見沢は何をおとりになりますか。給仕頭はエスカルゴ（かたつむり）がおいしいと言っていますけれど……」

フレデリックの姉だという女が、ゆっくりとしたフランス語で言った。黒いタキシードを着た給仕頭が、十見沢の前にも、かたつむりの模様をふちどったメニューを拡げていた。十見沢の前に、かたつむりが視覚化されて現われたのは、パリに着いてからこの時が初めてであった。

「わたくしはエスカルゴをいただきましょう」

十見沢は、その店のおすすめ品を食べるのが、外国のレストランに入ったときの一番利口なやり方だと信じていた。

「あたくしは……ソウモン・フュメをいただきます。かたつむりは駄目なんですの」

フレデリックの姉が、躊躇《ためら》いがちに他のものを注文した。

赤い鮭《さけ》の燻製《くんせい》の切り身が綺麗に並べられるまで、ソウモン・フュメが鮭の燻製のことだとは十見沢にはわからなかった。

3

Tプロの川奈が、フランスの女の子を使った今度のコマーシャル・フィルムが問題になると言ったのは嘘《うそ》ではなかった。

このフィルムがまだ放映されないうちに、一見して放蕩《ほうとう》と贅沢《ぜいたく》が彼女の毎日の生活のすべてだと感じられるような三十代の女性が、表情を強《こわ》ばらせて、十見沢の勤め先の広告代理店に直接たずねてきた。

「あなたが今度のA製薬のCMフィルムの責任者ですか」

「はあ、わたくしが担当しましたが……」

十見沢は相手の女性に興味を持ったので、大切な客だけを通す社長の応接室を借りて丁重にあつかった。

「あのフランス人の女の子を勝手に使われては困ります」

「失礼ですが、どこかのプロダクションの方ですか」

「いいえ、そんなものとは関係がありません。でも、あの娘《こ》は向うの親ごさんから預かって、あたくしが旅費を出してこちらに観光にこさせているのです。テレビに出したなどと先方にわかったら、それこそ、あたくしや主人の立場がなくなります。申し遅れましたけれど、あたくしの主人は……」

その女が口にしたのは、電気製品では一流メーカーの会長の名前であった。十見沢のところで、その会社の広告を扱っていたわけではないが、いきおい態度を慎重にせざるを得なくなった。

「何も存じませんで、大変失礼いたしました。まあ、なにぶんフィルムが出来あがってしまったあとなので、至急に善処いたしたいとは存じますが……とりあえず先さまのご許可をいただけませんでしょうか。決してお嬢さまのイメージをそこなうようなフィルムではありませんし……なんでしたら、一度ごらんになっていただいて……」

本来ならば、本人が承諾したことでこちらが謝ることはないのだが、十見沢は卑屈なくらい低姿勢になった。

峯岸という女が、やっとフィルムを見ると言い出したのは、それから半時間近く嫌味をのべたてたあとであった。

「本当に似てるわ……これじゃ本人がやったと間違えられても仕方がないわね」

十見沢が、汗をかきながら映写機を応接室に運びこんでフィルムを流しはじめると、峯岸という女が感心したように言った。

「D歌劇団の小宮那代という女にですか……」

十見沢は、Tプロの川奈から、そのへんの事情を聞いていたので、すぐに質問した。

「ええ、そう、小宮那代が男装用のステージ化粧をすると、このフランス人の女性とそっくりな顔になるのよ。これじゃ、誰だって小宮那代がテレビのコマーシャルに出てると思うわ。面倒なことになるわよ」

女が頰を引きつらせて興奮しているのは、自分が呼び寄せたというフランス人の女のためではなく、D歌劇団の小宮那代という女のためではないだろうかということが、なんとなく十見沢にも感じられてきた。

十見沢がそのことをはっきりと確かめられたのは、数日後のことであった。峯岸という女が、

「このフィルムは絶対に流されては困ります。だいいち、あなた方は本人とちゃんと契約書を取り交わしているのですか」

と、十見沢が一番いたいところをついてきたからであった。Tプロの最初に口を利いた男が、ギャラのリベートのこともあって、本人には契約書を見せていなかったのだった。

「もちろん、ご本人の承諾は得ておりますが……それでは放映のほうはスポンサーとも相談

いたしまして……」

十見沢は、その場はなんとか峯岸という女を送り帰したものの、善後策に苦しまなければならなかった。

十見沢が上司に今までの経過を打ち明けると、

「きみらしくないへまをするね。しかし、あの峯岸という女も、どこまで洋電さんの会長と関係があるのかわかったものじゃない。たしか、あの会長は奥さんに死なれているはずだよ」

と言われて、興信所に峯岸という女を調査させることになった。

一週間近い調査のあとで、峯岸泰子、三十七歳、銀座のレストランの経営者で、洋西電機株式会社の会長と内縁関係にあることがはっきりした。

洋西電機の会長はすでに七十歳を越した男で、しかも正式な婚姻関係がないとはいえ、峯岸泰子の影響力は、ほぼ本妻の立場に等しいということでもあった。本名は野田というのに、会長と同じ峯岸を名乗っているところからも、本人が本妻気取りなのが窺えるのである。

「弱ったな……相手が洋電の峯岸さんでは、無理にフィルムを流すわけにもいかんな。そんなことをすれば、正式に弁護士をたててくるだろうし……」

十見沢は、スポンサーからの抗議を覚悟したが、そのとき興信所の調査員が妙な知恵をかしてくれた。

「峯岸泰子さんも強いことを言っておられますがね、向うさまだって弱いところがあるんですよ」

興信所は、十見沢の広告代理店と資本系列が同じだったので、調査費用も実費だけで、向うも半分は身内のための調査のつもりであった。四十過ぎのベテランの調査員は、調査カードを拡げながら、

「峯岸泰子さんが峯岸さんと関係を持たれる前は、神戸のほうでクラブのマダムをしていたというのをご存知ですか。彼女はその頃からD歌劇団のファンでしてね……男役の小宮那代が今のようにスターになる前から——つまり研究生の頃からバック・アップしていたんですよ。峯岸さんに身を委《まか》せて、銀座に高級レストランを出してクラブをやめたのも、本当は小宮那代のためだと一部で囁《ささや》かれているほどです。峯岸さんをパトロンにすれば、経済的にも楽になれますしね……峯岸姓を名乗れば、社会的地位も合せ持つことが出来るというわけです。同じ小宮那代の後援者でも、ただのクラブのマダムと、洋西電機の会長の奥さんということになれば、まるで違いますからね」

「会長の内妻としての彼女の立場は、どれほどのものなのですか」

「峯岸姓を名乗ってから、もう二年にもなりますがね。実質上は本妻と変りません。峯岸さんのほうでは五年前に奥さんを亡くしましてね、まだ大学生のお嬢さんがいるので、その娘さんの結婚までは峯岸泰子さんの籍は入れられないという程度なのです。会長はあれで、女

関係がかなり多かったのですが、峯岸泰子さんにはかなり参っている感じですね。峯岸泰子さんはあのとおり綺麗だし、いかにも頭がよくてしゃきしゃきしている感じでしょう。会長みたいに、会社ですべての決断をしなければいけないような男性は、ああいったタイプの女性が好きなんですよ」

十見沢は、この前、応接室で会った峯岸泰子のグリーンの和服のよく映《はえ》る理知的な顔を思い浮べて、なるほどと思った。けれども正直いってそのときまでは、大会社の会長や、その内縁関係にあるD歌劇団のスターを後援している女のことなどは、遠い世界のことだと思っていたのだ。

年配の調査員は、渋皮色になった額を拭うと声をひそめた。

「すべてわたしの推測で、まだ裏づけの調査がすんだわけではありませんがね……峯岸泰子さんが、あのフランスの女性を日本に呼んだのは、どうもD歌劇団の小宮那代を嫉妬させるためのように思えますな」

「それは、どういう意味なんです」

十見沢は最初、調査員の言った言葉の意味がわからなかった。それらしい説明を受けたあとでも、ひどく絵空事めいた馬鹿馬鹿しいことに思えたのだ。

しかし、あの女たちにとっては真剣なことだったにちがいない。わざわざ小宮那代に似たフレデリックというフランス人の女を日本に呼び寄せたことは……。

十見沢は、鉄皿の上でじゅうじゅうと音をたてている殻つきのエスカルゴ（かたつむり）料理が目の前に運ばれるのを見ながら、ふと峯岸のことを思い出していた。

「ムッシュー十見沢、食べ方はおわかりになりますね。こうやってこの鋏《はさみ》で殻をおさえて中味をひき出すんです。日本の箸を使うより、よほど易《やさ》しいです」

フレデリックの姉が愛想のいい笑いを浮べると、かたつむりの殻を、ちょっとくるみ割りに似た殻ばさみでおさえ中味を出して見せたが、決して食べようとはしなかった。

十見沢は、フレデリックの姉の目の下の皺《しわ》を見ながら、彼女は妹と何歳ぐらい違うのだろうかと考えていた。にんにくのよくきいたかたつむりを唇の中に放りこむと、熱いとろりとした油が舌の上にこぼれ、ついでさざえに似た、しこしことした歯ごたえが十見沢の口の中に拡がった。

4

十見沢が、興信所の調査員の言ったことを事実だと知ったのは、更《さら》に一ヵ月ほど経《た》ってからであった。峯岸泰子から電話があって、料亭に一席もうけたから、ぜひ出席してくれというのである。

峯岸泰子からの横槍《よこやり》で、フランス人の女のコマーシャル・フィルムを見送った経過があるだけに、本人が一席もうけようというのもその時のねぎらいであろうかと、十見沢は気軽に出かけて行った。

赤坂にある鳥料理屋に時間に行くと、和服の峯岸泰子がミニ・スカートに長靴《チョーカー》という扮装《いでたち》のフレデリックと一緒に、すでに待ち受けていた。

峯岸泰子は、一目で十万近いとわかる一越《ひとこし》の着物に、これも金目のつづれの帯をしめていた。これみよがしに光っている細工の精巧な大型のダイヤの指輪も、この女のことだから本物にちがいないと十見沢は思った。

それにひきかえフレデリックのほうは、黒い革のミニ・スカートから、すんなりと伸びた、そのくせ肉感的な脚を座布団の上に何気なく投げ出し、そんな姿勢をしているにもかかわらず全体に優雅な感じを漂わせていた。

フレデリックは、最近ホテルのレストランのショーでも見かけなくなっていたので、十見沢が顔を見るのは久しぶりであった。

「マドモアゼル・フレデリックは、もうフランスにお帰りになられたのかと思ってましたよ」

十見沢が言うと、

「そのことでお話しがあるんですの。もうバカンスも終《おわ》って向うに帰らなくてはいけないんですけれど……ちょっとご相談にのっていただきたいことがあって……」

と、峯岸泰子のほうも愛想がいい。この前、フレデリックのコマーシャル・フィルムをどうしても使わせないと言って怒鳴《どな》りこんできた時とは別人のようであった。

「はあ、わたくしで出来ることでしたら……」

「じつは、フレデリックが日本でちゃんと歌の仕事をしたいって言うんですの。十見沢さんにお預けしますから、いろいろと仕事の場所を探していただけるかしら」

「そういうお話でしたら、わたくしよりもTプロの川奈を呼ばれたほうがよろしいと思いますが……」

十見沢は一応辞退したが、向うはひどく熱心だった。

「プロダクションに頼んだりすると、契約だなんだって話が面倒になるでしょう。ですから十見沢さん個人にお預けしたいんですの。十見沢さんは、あちこちに大層お顔が広いから……」

「いや、そんなことはありませんよ」

「そのかわりと申してはなんですけど、十見沢さんにはちゃんとお金をお支払い致しますわ」

峯岸泰子の申し出た、そのための金というのは、十見沢が勤め先の広告代理店から貰っている年収のほぼ半分に近いものであった。十見沢は、札束で頬を叩《たた》かれたような気がし、あらためて自分と峯岸泰子たち金の自由になる人間との距《へだた》りを感じたのだった。

なにを自分勝手なという軽い憤りがなかったわけではないが、十見沢はその頼みを引き受けた。十見沢が、強いて自分につけ加えた理由といえば、峯岸泰子が十見沢に向けた溢《あふ》れるまでの微笑のせいでもあった。

「引き受けていただいて嬉《うれ》しいわ。本当はもう一つお願いがあるの。この前にお断わりしましたけれど、フレデリックをもう一度テレビのコマーシャルで使ってほしいんですの」

「それでしたら、改めてこの前のを流すようにしてもよろしいんですよ。スポンサーのほうでは、あれをよろこんでいたのですから」

「いいえ、あれは困りますわ。この子をもっとこの子らしく撮《と》ってほしいんですのよ」

「というと、小宮那代さんに似ていては困るという意味ですか」

十見沢は、好物のなまこの三杯酢に手を出しながら何気なく言った。

十見沢がそのときはっきり覚えているのは、もちろん気味悪がってなまこになど箸をつけず、天ぷらを危なげな手つきで口もとに運んでいたフレデリックが、吃驚《びっくり》してその手を休めたほど激しい声で、峯岸泰子が「そんなことは関係ありません！」と言ったことであった。

十見沢としては、そのことでかえって興信所の調査員の言った言葉が印象強く思い出されたのだ。

〈峯岸泰子は小宮那代に焼きもちをやかせるために、あのフランス人の女を呼んだようですよ〉

十見沢は、お金や内縁の夫の地位を後楯《うしろだて》に、あれこれ身勝手なことを注文する峯岸泰子に強い反発を覚えたが、最後は泣く子とスポンサー筋には勝てないという心境になるのだった。

「それでは、コマーシャルではなくて単発のドラマか教育番組の外人の役かなにかを捜してみましょう」

とにかくテレビか映画にさえ出せばよいのだと、相手方の意向もわかったので、十見沢が一週間ほど奔走して、教育番組の中の仏会話の寸劇の登場人物や、映画の中のクラブで歌う役などをフレデリックのために捜してきた。

ところがどこで使っても評判がよく、気の早いレコード会社のディレクターが、日本語で日本の歌を吹き込ませたいと話を持ってきたほどであった。

そのあいだフレデリックはホテル住《ずま》いをやめて、峯岸泰子の六本木にあるマンションから仕事先に出向いていた。そのために十見沢は、フレデリックの送り迎えをするような破目《はめ》になった。

本業の広告代理店の仕事がおろそかになるのを恐れながらも、撮影所やテレビ局にもフレデリックの付き添いで行った。彼女の服装は、たいてい体にぴたっと合ったセーターに革製の思い切ったミニ・スカートだったので、若い外国女性特有の美しい腿を見ていると、十見沢は心の奥底に眠っている欲望をときどきゆさぶられることがあった。

といっても、フレデリックを誘惑しようとか、彼女の体が自由になるなどとは一度も考えたことはなかった。そんなことがあり得るなどとは、夢にも思っていなかったのだった。

かりにそんなことがあり得るとしたら、一場の悪夢だろうと思っていた。ところが、その悪夢が現実になったのである。

月末で、十見沢が仕事に追われて広告代理店のビルの一室で、夜遅くまで残業をしていたときであった。峯岸泰子から、至急な電話なので、あちこち探したのですよと前置きがあってから、

「今、フレデリックが熱にうなされているんですの。お医者さまにも来ていただいているんですけれど、十見沢さんにも傍《そば》にいらしていただきたいわ。あたくし一人じゃとても心配で……」

病気だと言われてみると、いくら仕事が忙しくても断わるわけにもいかず、十見沢は峯岸泰子のマンションまで社の車を飛ばした。

行ってみると、峯岸泰子がネグリジェの上に室内着を羽織ったままの、どちらかというと自分が病人ででもあるかのような顔で立っていた。

「今、お医者さまが帰られたところなの。原因はわからないのだけれど、熱が四十度ちかくもあって……ちょうど注射で眠ったところですわ」

「そりゃ、いけませんね」

十見沢があらたまった顔で挨拶すると、すぐには病室に通されず、リビング・ルームのソファで舶来のブランデーをすすめられた。

十見沢は仕事で疲れていたせいもあって、このブランデーの利きが早かった。少し酔った

など感じていると、峯岸泰子がリビング・ルームから姿を消した。すっといなくなったという感じだった。

十見沢が所在なげに、テーブルの上の外国のモード雑誌に目をやっていると、しばらくして峯岸泰子が火のついた紙巻煙草を手にリビング・ルームに帰ってきた。頰が紅潮し、そのくせ虚脱感に体を侵され、遠くを見つめているといった様子であった。

「フレデリックが、また発作を起していますの。女のあたくしの手では、とてもおさえつけられませんわ。いくら汗をかいて暑がっても絶対にベッドから出してはいけないって、お医者さまからきつく言われていますの。それなのに毛布をはねのけて、ベッドから転がり落ちようとするんです。すみませんけれど十見沢さん、しばらくおさえつけていてくださいます。あたくしは疲れきっていますので、しばらくここで休みたいんですの」

峯岸泰子はそう言うと、十見沢の坐《すわ》っていたソファに体を投げかけるようにした。

十見沢は、ひとりでフレデリックの寝室に入った。部屋には、たしかに病人の熱の気配のようなものが満ちていた。ダブル幅の白いベッドの枕もとに、フリルのついたベッド・ランプが、いかにも物憂げな光を病人の上に投げかけていた。

十見沢が入ったときは、病人が発作を起している最中だとはとうてい思えなかった。峯岸泰子が言っていたように、ベッドから転げ落ちる気配もなかった。

「大丈夫……」

十見沢は英語で喋りかけながら、フレデリックの横に坐った。その時になって初めて、本人が周りの世界にまるで無関心なのがわかった。意識がないのではなく、十見沢のほうにかすかに顔を向けたが、すぐにまた目を閉じてしまうのである。

黒いベビー・ドールのようなネグリジェを着ていたが、フリルのついた胸のあたりがしどけなくはだけて、白い二つの乳房の窪《くぼ》みに、はっきりそれとわかる汗が流れていた。

十見沢は暫《しばら》く躊躇《ちゅうちょ》したあと、枕もとにあったタオルを氷の入った洗面器でしぼり、胸もとの汗を拭った。

それを合図のように、フレデリックが自分の手で胸をおさえた。かすかな波紋のような身《み》悶《もだ》えがはじまったのは、それからであった。見ていると、体全体を地面の中に押し込みたいといった感じの悶え方であった。

身悶えがはじまると、腰のあたりまでかかっていた柔らかい毛布が足元に追いやられて、大腿部《だいたいぶ》やなだらかな下腹部への線が露《あらわ》になった。ネグリジェの下のビキニ・スタイルの海水着のような薄い肌着が、フレデリックの腰の部分をわずかに隠していた。十見沢は、一瞬、今まで見ていたモード雑誌の写真の中のモデルが、熱い肌を持って動きはじめたような錯覚にとらわれた。

十見沢が、これはいよいよおさえつけなければいけないなと感じたのは、それから更に五、六分経ってからであった。フレデリックは体をよじり、額に深い皺を刻んで歯をかちかちと鳴らし、痙攣《けいれん》しはじめた。うわごとのような苦しげな声さえ、その震える唇から洩らすのである。十見沢は、悪霊にとり憑《つ》かれた患者をおさえつける中世紀の医者のように、フレデリックの両肩をおさえつけるようにした。

このあいだ、十見沢は欲望めいた感情を持つことは出来なかった。欲望に衝《つ》き動かされたのは、峯岸泰子が再び部屋に入って来てからであった。峯岸泰子は肩で十見沢を押しのけるようにすると、フレデリックの上にかがみこんだ。

「可哀想《かわいそう》な子……可哀想な子ね……」

そう言いながら、上半身をほとんどフレデリックの上におおいかぶせるようにして、彼女の額や髪の毛に口吻《くちづけ》をした。

十見沢の位置から見ていると、それは母親が赤ん坊に見せる愛情と同じようなものにも思えた。けれども、ついで十見沢を疑問符の中に追いやったのは、峯岸泰子が次に見せた妙な動作であった。

それは、はっきりと十見沢の目に映った。峯岸泰子が右手を素早くのばすと、フレデリックのビキニ・スタイルの肌着の下に滑らせたのだった。それは殆《ほとん》ど一瞬のことであった。見ている十見沢にも、何が行われたのか見当がつかなかった。そして彼は次の瞬間、すべてが目の錯覚だろうと思ったほどであった。峯岸泰子は、フレデリックのビキニ・スタイルの肌着の下から何かを取り出し、それを掌《てのひら》の中に隠したのだった。

そのあと峯岸泰子はフレデリックから離れると、何か促すような目つきをしたのだった。

5

気がつくとフレデリックの姉は、葡萄酒《ぶどうしゅ》の二分の一リットル入りの小瓶を一人であけていた。フランス人は葡萄酒を水のように飲むとはいえ、フレデリックの姉の顔は少しも酔いのためにうるんだり、赤くなるようなことはなかった。そういえばフレデリックも、日本でお酒を盃《さかずき》で何杯おかわりしても、目もとが染まるというようなことはなかったと十見沢は思った。

「もうすぐ妹のショーがはじまりますわ。ごらんになりますか。小さなクラブですけれど……妹は、もっといいステージの仕事があったのですけれど、このクラブの経営者が友人で、断わりきれなかったんです。契約書にサインしてしまったので……」

フレデリックの姉が肩をすくめて見せたが、その仕種《しぐさ》には、自分たち姉妹の零落を恥じている風情があった。

「そうですか……そこではご一緒に妹さんのショーを見ましょうか。そこのクラブはシャンパンを一本とって幾らくらいなのですか」

「そうですね……たぶん百フランか……」

フレデリックの姉は言葉を濁すと、自分は楽屋の妹のところへ手伝いに行くから、失礼すると言った。

「いいじゃありませんか。わたしも一人じゃ淋《さび》しいし……」

「いいえ、妹が怒るんです」

フレデリックの姉は、十見沢をフレデリックが出演しているというそのレストランから二百メートルほど離れた小さなクラブへ連れて行った。街路に面して青いネオン管でふちどられたウインドーケースが出ていて、その中にギターを抱いたフレデリックの写真が出ていた。

その写真は、三年前に日本に来たときと少しも変らぬ妖精のような艶《つや》やかな若さに包まれ、その大きな瞳は、森から出てきた雌鹿のように何かに恐れおののいていた。

ナイト・クラブは入口に案内人もおらず、地下へ降りると、タキシードをつけた一癖も二癖もありそうなマネージャーが、十見沢を瀬ぶみするような視線を向けた。おそらくここへ日本人の客が来るのが珍しいのであろう。

十見沢は、ステージの近くのテーブルに坐ってシャンパンを注文した。ショーが始まるまで二十分ほどあった。客も八分どおり入っていたが、男客の連れはたいていこの近くの街娼らしく、隣のテーブルでは、ただ欲望に飢えた感じの男の手が、暗がりの中で女の腿や腰を執拗《しつよう》に撫《な》でまわしていた。

ひどい三流クラブで仕事をしているのだなというのが、十見沢の実感であった。赤い照明の中に出て来たステージのフレデリックは、黒い網タイツと二の腕までの長い手袋の他は、ほとんど水着に近いようなスパンコールのついた衣裳《いしよう》だった。そのどちらかというと好色な客に媚びるような衣裳が、胸に抱いている真白《まつしろ》なギターのせいか、地上のものとは思えない香気を漂わせていた。

この歌手はまだ使えるな……十見沢はそう思いながらフレデリックの顔に視線を移した。俯《うつむ》向きかげんの顔は、上からのスポットで陰になっていたが、おそらく十見沢がここへ来ていることを姉から聞いて知っているであろうから、客席を探すかもしれないと期待していたのだった。

しかし、フレデリックは十見沢を見ようとはしなかった。彼女は客の誰のことも見ていなかった。はるか遠くのほうを見つめて白いギターをかき鳴らし、低い声でスペイン風の歌をうたっていた。

声は、以前とくらべてはっきりそれとわかる荒れを示していた。過度の喫煙かアルコール、あるいはそれ以外の理由があるのかもしれなかった。

そのかわり、ギターの奏法が驚くほど進歩していた。日本にいた頃のように、ただの添えものではなく、むしろ素晴らしいギターの独奏に、彼女の声がよくきいたわさびのように添えられているといった感じだった。

素人の照明係が、ときどきスポットを動かすと見えて、フレデリックの俯向きかげんの顔に、きついブルーや赤のライトの他に、白い、ショーに出るときのような彼女の厚化粧をはっきりと浮びあがらせる光線が当《あた》った。

長いつけ睫毛や、思いきったアイラインで、ほとんど素顔がわからなかったが、それでも三年前とくらべてはっきりと荒廃を示していた。

あのときはこんなではなかったと十見沢は思った。いつのまにか、先程までカウンターで煙草を吸いながらしきりと職業的な熱い視線を送ってきていたミニ・スカートの大柄な娼婦が、十見沢の隣に坐って、その豊満な腿と腰を押しつけてきていた。

十見沢は娼婦の肩に手を廻しながら、フレデリックはあんな感じではなかったと、もう一度思った。

変化が、確実な変化が彼女の内面にも外面にも起っていた。それは、あの晩のせいなのだろうか、あのときのことも原因の一つになっているのだろうか。隣の娼婦が十見沢の空いているほうの手をとって、自分のミニ・スカートの下の腿の上に置かせた。世界中の職業的な女が見せる手管はみんな同じだと十見沢は思った。しかし、フレデリックだけは違っていたのだ。

彼女は娼婦ではなかったから……それでは何だったというのか。

十見沢があのとき、峯岸泰子から二度目に呼び出されたのは、一度目のときから数日と経たない、月の初めのやはり夜中であった。

「またフレデリックが発作を起したんです。あたくしじゃおさえようがありませんから、またあなたにお頼みしたいんですの。今度は医者も呼んでいないし……でも、どうすればあの子が静まるのか、あたしたちはよく知っていますから……」

峯岸泰子の声には、十見沢の義務を促すような響きがあった。

「この子を自由になさっていいんですのよ。あたくしは外に出ています。あなたが抱いてやれば、この子は静まります」

この前峯岸泰子がそう言って彼を一人で残して行ったあと、十見沢は結局、その峯岸泰子の言葉を実行したのだった。

彼はフレデリックの体をさぐりながらも、果《はた》して自分が求められているのかどうか、半信半疑であった。けれども、なんの抵抗もなく体を合わせて一つになったとき、フレデリックが何を求めているのか十見沢にはっきりとわかった。フレデリックの体の芯は十見沢を迎え入れたあと、何度も、それ自体が別の生き物のように歓喜にうち震えていたのだった。

十見沢は峯岸泰子の部屋に入って行くと、しぶしぶここにやって来たような顔をした。事実、十見沢は何の代償もなく目の前にさし出される悦楽に、ある種の疑問とささやかな罪悪感とを覚えていたのだった。

「あなたが、フレデリックをこういう状態にするのですか」

寝室のベッドの上で、この前と同じように熱い汗に包まれ、ほとんど放心したように目を半ば閉じかけ、自分の乳房をおさえているフレデリックを見て、十見沢は峯岸泰子に素直な疑問をぶつけた。

「それは、どういう意味ですの」

「あなたはフレデリックの情人《こいびと》なのですか。あなた方が愛し合ったあと、フレデリックは必ずこういう状態になるのではありませんか」

「ええ……そう……でも、この子は結局、男が好きなんです。最後は男でなくては満足しないんだわ。あなただって、この子がお好きでしょう」

「別に嫌いではありませんけれど……しかし……こんな役目はお断わりしたいですね」

十見沢は正直、腹を立てて、その場を離れようとした。峯岸泰子が今までと違う態度を見せたのはそのときであった。

「十見沢さん、お願い。今日だけはそんなことを仰言《おつしや》らないで、フレデリックと一緒にいてやってくださいな。この子が可哀想だわ、みんなあたくしが悪いんですから……お願いします」

十見沢の胸に身を投げかけるようにして哀願したのだった。十見沢は、そのとき何とも言えない衝動に駆られて峯岸泰子の額に唇を当てると、

「奥さん、ぼくはあなたのほうを愛しているんです」

と言い、自分が一種の騎士道から、フランス人の女の子を抱くようなヒロイズムに酔い痴《し》

れていた。

　そのせいか、峯岸泰子が寝室を出て行ったあとで、裸になったフレデリックの傍らに横になったときも、それほどの自己嫌悪には襲われなかった。

　十見沢はフレデリックの手を引き離すようにして、その汗ばんだ掌の下にあった乳房に唇をつけた。ぐみの実のように固くなり色づいた乳首が十見沢の舌に触れるたびに、フレデリックの体が大きな波のようにうねった。

　十見沢は、女の体がこれほど感じ易《やす》くなるものだということが、信じられなかった。彼は、自分の手の動きにつれて起るフレデリックの反応に、ときどき恐怖を感じたほどであった。

　彼はフレデリックと一つになったあとでも、客観的な立場に自分を置いて、女の体の反応を確かめ愉《たの》しもうと思いながらも、ついつい激しい官能の疼《うず》きが下半身から拡がりはじめるのを感じ、最初の願いを諦めてしまうのだった。

　十見沢はときどき夢中になり、深い深い沼地に溺《おぼ》れかけている自分を発見し、山の面に顔を出すようにフレデリックの体から離れようとした。けれどもフレデリックの体は、それ自体が強いかすがいになっていた。彼女は十見沢の体に手を廻して、離れることを極端に恐れていた。

　十見沢がベッドの横に人の気配を感じたのは、その直後であった。見られている——と十見沢は一瞬、冷水を浴びせられたような思いで考えた。彼は気がつかれないように、わざと愛の行為に夢中になっているような振りをしながら、視線を移動させた。光線のせいで部屋の殆どが影であったが、足もとの部分から判断して、女が二人立っていることは確かだった。一つは峯岸泰子のガウンの裾であり、もう一つは中国風の竜の刺繡《ししゅう》のあるパンタロン・スーツのズボンの部分だった。

6

ショーが終ったあと、十見沢はタキシードを着た給仕頭を呼んで、フレデリックにテーブルまで来るように言った。三年ぶりの会話を期待して十見沢は胸を弾ませていたが、フレデリックはとうとう現われなかった。

「いま衣裳を着替えているから」と給仕頭が言って来たが、更に三十分ほどすると、「彼女は他のナイト・クラブのショーに出演するので、そちらのショーに間に合うように急いで出かけて行った」と、手真似《てまね》を混じえた断わりがあった。

十見沢は、二本目のシャンパンを無理に注文した娼婦の手を振り払って、そのクラブの外に出た。

フレデリックが十見沢を避けているということが、彼にもだんだんとわかりかけていた。外国にいるせいか、旧知のフレデリックに逃げられていることが十見沢をメランコリックにした。いっそのこと、この界隈の街娼でも買って、ホテルに帰って寝てしまおうかと思ったほどだった。

十見沢がぶらぶら歩きはじめると、うしろから追いすがるようにしてフレデリックの姉が駆け寄って来た。十見沢の腕にすがると、低い声で囁くように「ごめんなさい」と言った。

「妹が他にステージがあるなんて言ったのは嘘なんです。あの子は、あなたにお会いするのが辛いんですわ。わかっていただけます。日本に行く契約のことならば、あたしが代《かわ》って……」

彼女は、卑屈な媚びるような笑いを十見沢に向けた。街燈《がいとう》の滲んだ明《あか》りが、この女の顔の皮膚を浮びあがらせた。目蓋《まぶた》につけ睫毛のあとが残り、顔にはまだすっかり拭いきれないドーランがあばたのように残っていた。そして、ステージ化粧特有の強い匂いが十見沢の鼻をついた。

十見沢は思わず足をとめ、街燈の下に佇《たたず》んだ。そして、三年前の雌鹿のような新鮮さに輝いていたフレデリックを、十数歳ほど老けさせた目の前の女をじっと見つめた。彼女はフレデリックにそっくりだった。

「あなたでいいんですよ。あなたほど妹さんに似ていれば、ぼくはあなただけで満足するんですよ。そのかわり、あなたは妹さんの代りに彼女の心の中も、彼女が過去に経験したこともぜんぶ話してくれるでしょうね」

十見沢はゆっくり言った。彼には何かがわかりかけていた。フレデリックとその姉という女が、これほど酷似しているということが……。

「妹が話してくれた、あたしの知っていることならば何でもお話しますわ」

彼女はいつのまにか十見沢の腕から手を離していた。今度は十見沢が女の背中に手を廻した。女の背中は、どこか骨ばっていた。三年前までは、こんなぎすぎすした感じはなかったと十見沢は思った。

「もう妹さんのステージについていなくてもいいのですか」

「ええ、もう終りましたわ」

「この辺のバーでもいいんですが、出来たらあなた方のアパートでお話したいんですがね……そうすれば、戻って来た妹さんにもお会い出来ますから」

十見沢が強引に言ったが、フレデリックの姉は頑として首を横に振り続けた。

「あたしたちの部屋には、どなたもお入れすることが出来ません」

「あなたが他に行くことは構わないのですね」

構わないという返事を言わせせると、十見沢はすぐにタクシーを拾ってフレデリックの姉を自分のホテルの部屋に連れて行った。

ホテルの部屋に契約の書類が揃《そろ》っているからというのが、十見沢の口実であった。

「妹さんが日本に来られるとなると、最低、半年か一年は契約してもらわなければ困ります。あなたは妹さんと離れ離れに暮《くら》しても構わないのですか。あなた自身、生活の道をお持ちですか」

「妹が生活費を送ってくれますわ。あたくしのことは少しも心配いりません。でも、妹はわざわざ日本に行くのでしたら、一日百ドルは必要です。住むところは自分で見つけますわ」

「百ドルは難《むず》かしいと思いますね。契約期間が長いですからね」

だいぶふっかけてきたと思いながら、十見沢が渋っていると、フレデリックの姉はすぐに値段をさげてきた。

「百ドルではなくても、五十ドルでも妹はうんというかもしれません。スペインでは百ドル貰っていたものですから……アメリカに行けば、一日五百ドルという契約もありました。でも彼女の希望は、もっと自由にしていたいんです。その点日本に行けば……あそこは自由な素晴らしい国ですわ」

フレデリックの姉は、自分自身のことのように遠くを見る目つきをした。

「マダム峯岸がいるからですか。この前、フレデリックは幾らで契約したのです」

「往復の飛行機の旅費と、すべての滞在費と、他に一ヵ月で千ドルという約束でした」

「実際は三ヵ月近くいたのですね」

「ええ、彼女は日本の生活に満足していたのです」

「マダム峯岸との愛の生活にですか」

「すべてにですわ。最後に利用されて裏切られたとわかるまでは……」

フレデリックの姉は、部屋に持ってこさせていた氷の上にウイスキーをなみなみと注《そそ》ぐと、水のように喉に流しこんだ。

「フレデリックは、マダム峯岸を愛していたのですか」

「愛していましたわ。フレデリックにとって、すべては歌の中の愛の物語のように華やかに、突然、舞いおりてきたのです。峯岸夫人がパリを訪れたとき、フレデリックは小さなバーで下手なギターを弾いて歌っていました。マダム峯岸は、フレデリックを発見すると毎日通って来ました。わずか半月ほどでしたけれど、店に来ると多額のチップを置き、贅沢な食事に誘い、洋服や靴を買ってやり、フランスの田舎を案内させました。フレデリックに若い男友達がいたことはいましたけれど、マダム峯岸の金力と彼女自身の持つ魅力には勝てませんでした。フレデリックは、十六世紀の古い教会の建物が見えるシャルトルのホテルのベッドで、マダム峯岸の最初の愛撫《あいぶ》の洗礼を受けました。マダム峯岸は非常に技巧にたけていて……」

そこでフレデリックの姉は言葉をとめると、昔の懐かしい記憶をさぐるような顔をした。

「あたしたちは言葉が通じなかったので、かえって素晴らしい愛を交換し合えたのです」

十見沢の耳には、フレデリックの姉が、たしかにあたしたちと言ったように聞《きこ》えた。

「フレデリックは、マダム峯岸が日本に連れて行くといったときにすぐ応じたのですね」

「彼女は単純に、東洋の美しい夫人との永遠の愛を夢見ていましたし、前から日本にも憧憬《あこが》れていたのです」

「日本に来てからは、一ヵ月あるいはそれ以上、バラ色の日が続いたのですね」

「ええ、彼女はテレビに出たり京都を見物したりして幸福でした。不幸なことは、日本に来てから彼女の体が愛に目覚めさせられたことですわ。以前から、フレデリックは感じ易い体質だったんです。愛されているとき、フレデリックはいつも目の前が暗くなって何も見えなくなります。翌朝、苦い後悔に浸るほど彼女の感じ方は激しいのです。恐ろしくなるほど……」

フレデリックの姉は、じっと自分の両手を握りしめた。

「フレデリックが裏切られていると気づいたのはいつからですか」

「マダム峯岸とフレデリックの間に暗い影が射《さ》しはじめたのは、日本に来てから間もなくですわ。マダム峯岸とフレデリックの愛のかたちに、あるものが介在するようになったのです」

十見沢の、貿易用語と日常会話にだけ慣れたフランス語では、このあたりの会話から理解が難かしくなってきた。

ただ単に邪魔が入ったという意味にもとれたし、単純な愛の営みだけではなく、何か他のものが必要になったという意味にもとれるのだった。

十見沢の目の前に、峯岸泰子がフレデリックの黒い肌着の下に滑りこませた白い掌が浮んだ。何かを握りしめ、隠している掌が……。

十見沢が、それはもう一人の女のことを指すのかと言うと、フレデリックの姉は急に口をつぐんでしまった。そして、それっきりもうそのことには触れようとしないのだった。

7

「フレデリックが日本人の男と一緒に寝たのを知っていますか」

十見沢は自分もウイスキーをあけながら、フレデリックの姉の背中に手を廻した。彼女は何の反応も示さなかった。

「ええ、知っています。マダム峯岸は恋人に見せるために、フレデリックを日本人の男と寝させたのです。マダム峯岸は恋人に、フレデリックは男が好きなのだ、軽蔑すべき女なのだと言ったのです。マダム峯岸の恋人は、自分の目でそれを確かめて満足しました。二人はまた仲良くなりました」

「あのひとたちは、愛し合うのになぜそんな面倒な手続きが必要なのでしょう」

「女同士って、どこの国でも同じですわ。絶えず愛の緊張を高めておくために、トラブルを生み出すゲームが必要なのです。嫉妬や憎しみ、研ぎすまされた危機感が必要なのです」

「フレデリックは、その犠牲になったのですね」

「犠牲と言えるかどうか……とにかく彼女はマダム峯岸に、世界で一番愛されていると信じていたのです。裏切られたと知ったとき、彼女は傷つきました。でも、もっと悪いことは、彼女がマダム峯岸に愛されていたときの体の陶酔を忘れることが出来なかったことですわ……それは麻薬のように彼女の体に深く残ったのです」

そう言うと、フレデリックの姉は両手を顔に当てて泣きはじめた。

「いろいろ昔のことを思い出させるようなことを聞いて申訳《もうしわけ》ない……しかし、なぜ過去の愛情にだけとらわれているのです。現在、いくらもあなたを愛してくれるひとはいるでしょう。ねえ、そうでしょう、フレデリック!」

十見沢は初めて、あなたという言葉を使って目の前の女に呼びかけた。

彼はそのとき、なぜか義務感のようなものに取り憑かれていた。フレデリックの背中に手を廻し、シャツ・ブラウスの釦《ボタン》をはずした。彼女は逆らわなかった。黙って十見沢のするがままに委せていた。

「フレデリック、あの夜わたしがマダム峯岸に頼まれて、熱病患者のように身悶えているあなたを抱いた男です。マダム峯岸は、あのときあなたに何をしたんですか。あなた方のあいだに、一体なにが介在していたんです。ただの愛の器具なのか……それとも……」

十見沢は質問を重ねながら、フレデリックの首に最初の口吻を送っていた。女は自分がフレデリック本人だとも、フレデリックの姉だとも主張しなかった。全身の力を抜いて、十見沢のなすがままに委せていた。

「あなたはちっとも変っていないのに、なぜフレデリックの姉だなどと言うのです。なぜ、年寄りじみた顔をするのです」

「同情からそんなことを言ってくださらなくてもいいのです。あたしは自分がどんなに変化したか、自分が一番よく知っています。毎朝、目が覚めると、あたしは鏡の中の自分の顔を見るのです。朝起きるたびに、あたしは一つずつ年をとってゆきます。前の晩、マダム峯岸があたしに与えた快楽の夢を、もう一度再現しようとするからなのです。あたしには全部わかっています。あなたがあたしを三年前のフレデリックと知ったら、決して日本行きの契約はしてくれませんわ。パリでも、わずかにあそこのクラブだけがお情けであたしを雇ってくれているのです。あそこの支配人はやくざなんです。ときどき、ひどく短い時間、あたしの体の上に乗って満足して帰って行きますわ」

十見沢は、フレデリックが話を続けているあいだに、彼女が身につけている物をほとんど床の上に落《おと》していた。フレデリックの体をすべてホテルのシャンデリアの明りの下にさらけ出して、その秘密をさぐり出したいという衝動につき動かされていたのだった。フレデリックの二の腕や腿には、幾つも注射針の痕があった。彼女の肌も三年前とくらべて、あきらかな老化現象を示していた。

「いつから、こんな注射をはじめたのです」

十見沢は、まだ形の崩れていないフレデリックの乳房に頬をすり寄せ、三年前の夜の記憶をまさぐりながら非難するように言った。

フレデリックは答えなかった。口で答えなかっただけではなく、彼女のあんなにも敏感で感じ易かった体も、十見沢の熱心な執拗なまでの愛撫にも拘《かかわ》らず、弛緩したままだった。

十見沢は、彼女の体の上に短い時間乗るというやくざの支配人のことを思い浮べた。十見沢もその男と同じように、魂のない死体の上に乗っているのだった。

「何があったんです。どうしてこんなことになったんです」

十見沢は、女の肩を力一杯ゆさぶった。

「あたしは、もう日本には行けないのでしょうね。もう一度だけ日本に行ってみたいと思っていたけれど……でも、もう日本にも行きたくはありません。これからアパートに帰って、またいつものように注射をして……それから……あたしはいつだって、マダム峯岸が愛してくれたときのようになれるのだわ」

フレデリックは、十見沢の胸を突き放すようにして起きあがると、のろのろと下着をつけはじめた。

「日本に行きたかったら本当のことを言いなさい。注射の他に……何を使っているのです。あのアパートに誰か帰ってくるのですか」

「フレデリックよ。昔のフレデリックが帰って来るのです。そして、あたしがフレデリックを可愛《かわい》がってやりますの。でも、あたしのことをもっと知りたいとお思いになったら、近代美術館にいらっしゃるといいわ……あそこの二階の正面に、あたしの彫刻が……置いてあるんです。あたし、あれを見たとき、これが自分だと思いました。顔が火照《ほて》り、あたしは怖かった……でも、もうそんなことはいいんです。早く帰ってフレデリックの食事を作ってやらなければ……」

フレデリックは立ちあがるとハンドバッグの口をあけ、タクシー代をたしかめるような様子を見せると、そのままドアを出て行った。心なしか、よろめきながら歩いているように十見沢には思えた。

十見沢はフレデリックの後を追おうともせずに、ぼんやり彼女の出て行ったドアを眺めていた。

8

翌日、十見沢は二日酔いで痛む頭をおさえながら近代美術館に行った。

フレデリックが、最後に謎のように残していった言葉を確かめたかったのだ。大理石張りの階段をあがりながらも、正面の彫刻を見るまでは、彼女の言った言葉に半信半疑だった。彼女自身、まるで自分の彫刻みたいだといったのはどんなものなのだろう――

その彫刻は、大理石の台の上に寝棺の大きさで作られていた。ガラスの蓋をつけられた寝棺の中に横たわっていたのは、女の体だった。

一九〇〇年の初頭に、ダダイズムの巨匠によって作られたその彫刻は、一見して、妙な気《き》持《もち》を見る者に与えた。顔はどちらかといえば醜い女の顔であった。顔は正面を向いていた。ただ胴体がなかった。胸の位置に臀部《でんぶ》があり、首から下は俯伏せになった女の下半身なのであった。盛り上《あが》っている女のお尻が、奇妙なことに乳房になっていた。お尻の盛り上りが巧みに乳房になっているのだった。

けれども十見沢をもっと驚かしたのは、その女の彫刻の胸であり臀部である盛り上りの部分に這っている数匹の蝸牛《かたつむり》であった。蝸牛はいずれも七、八センチ近くもあり、どれも石の素材で巧みに彫られていた。

十見沢は、しばらく虚脱したように蝸牛を眺めていた。じっと眺めていると、ときどき蝸牛が動くように思えた。蝸牛の微妙な蠕動《ぜんどう》につれて、フレデリックの白いくびれた胴が二重映しに重なるのが見えた。

違う！　そんなはずがない……あの女が蝸牛を自分の肌の上に乗せるわけがない……そんなことを考えるだけでもどうかしているのだと十見沢は思った。それでは、あの女はなぜこの彫刻が自分自身だと言ったのだろうか。胸の部分が逆さになっている下半身のせいだろうか。自分で自分の体を愛撫しているという暗示だけを言いたかったのだろうか。

いずれにしても、あの古いうらぶれたアパルトマンの一室に、彼女がたった一人で、フレデリックになったり、フレデリックの姉になったりしていることは事実なのだ。

麻薬に似た薬か、もしくは何か興奮剤のような注射が、フレデリックの神経や体を荒廃させているだけなのだと、十見沢は強いて思おうとした。

十見沢は十分ほど佇んだだけで、その彫刻の前を離れた。自分が蝸牛のことを考えたのは、幼いとき、彼の郷里の田圃《たんぼ》の中で変死していた、着物の女のはだけた裾から垣間見えた、白いなまなましいふくらはぎについていた田螺《たにし》の連想のせいだと強いて解釈した。その光景は、彼の脳裏に長い期間こびりついていたのだった。

近代美術館の広い階段を降りながら、十見沢の舌の上に、ふいに昨夜フレデリックと一緒に食事をしたときの蝸牛の味が甦《よみがえ》った。それは一種の、苦い吐き気のようなものであった。

十見沢は近代美術館を出るとタクシーを拾い、真直《まっす》ぐに国際電報局へ行って日本に電報を打った。

〈Fは永久に契約ずみ、交渉の余地なし〉と電文をローマ字で書いてから、〃永久に〃というところを二本の線で消した。

東京のプロダクションで、この言葉の持つ意味を理解出来るはずがないと思ったからであった。

サンラザール駅に近い国際電報局を出ると、パリの活気に満ちた人の群れが、彼の視界を流れていた。けれども十見沢は、到着したときから妙にすべてがちぐはぐな感じだった今度のパリの滞在を早く切りあげて、次の目的地に行くことだけを真剣に考えていた。

蟻《あり》の塔

1

二宮医師は、先程から顕微鏡のレンズを通して拡大された、球状の病原菌を眺めていた。それは同僚の藤本が指摘したとおりに、明らかに新種か、あるいは従来の病原菌だとしても、かなりの変形《バリエーション》をともなったものと考えるべきだった。

彼は溜息《ためいき》とともに、かすかな戦慄《せんりつ》が体内から湧きあがってくるのを感じていた。少なくとも、このN区にある北保健所の泌尿器科の患者との単調な生活からは考えられない衝撃であった。

「この病原菌を摂取した患者は、いったい誰なんだね」

「十七歳の女子高校生だ」

藤本はほとんど感情を混じえない声で言った。彼はあきらかに腹を立てていたが、今さらそんなことを言ってもはじまらないという顔だった。

「いつから治療をはじめたのだ」

「そうだな……三日ほど前だったかな」

「治療の効果はあがったかね」

「それが、あまりはかばかしくない。マイシンを使ったのだが……病状は、もとのままだ」

「患者は、痛みを訴えているのかね」

「触れられると痛いと言うが、放っておけばそれほどでもないそうだ」

「しかし、よくここへ診せに来る気になったね」

「この患者の姉が、梶田班の看護婦なのだ。姉妹だから何気なく相談したんだね、普通なら、まだ潜伏したままだ」

「感染経路は……」

「それを患者は言いたがらない。大人なみに、プライバシーを主張して拒否権を行使している。きみは患者を説得するのがうまいからね。感染経路を突きとめるのは、きみの役目だろう」

藤本は、二宮の功名心は充分に承知しているといった表情で言った。

「しかし、新種の病原菌だとしたら、本部に連絡したほうがいいのじゃないかね」

「どうせ、もう少し資料を集めろと言われるに決《き》まっているよ。少なくとも感染経路を十人ほど追って、同種の病原菌を集めるまではわれわれの仕事さ。とにかく患者の口を割らせるのは、メスじゃなくて、きみの口一つにかかっているんだからね。昔とった杵柄《きねづか》だ、女子学生の扱いには馴《な》れているだろう。それに、患者はなかなか可愛《かわい》らしい子だよ」

藤本は、二宮の気を引くことを忘れなかった。

二宮は、私立の女子高校の校医を、三年近く勤めたことがあった。二宮は、藤本の頰のあたりに浮《うか》んだ皮肉な微笑を見ながら、この男はもしかしたら、二宮の妻が、彼が校医をしていたときの生徒だと知っているのかもしれないと思った。けれども、すぐにそんなことは思いすごしなのだと考え直した。

「そうすると、〝アラバマの追跡〟というわけだね。ひょっとしたら、われわれはノーベル賞をもらえるかもしれないよ。〝アラバマの追跡〟のときも、最初の患者は十七歳の女の子だったのだろう」

二宮は、患者の感染経路の追跡調査を考え出したとき、すぐに有名な〝アラバマの追跡〟のことを思い出していた。

アラバマ市のケースは、早期梅毒にかかった女の子の感染経路を追ったところ、百四十一人の男女が芋づる式にリストアップされ、そのうち、じつに三十四人ものスピロヘータの保菌者が発見されたのであった。

「アラバマの追跡か……ぼくの娘も、もう十五になっているんだ。親の目から見ると、いつまでも子供なんだがね」

二宮は、自分より七つも年上の同僚の顔を見た。藤本は二十五歳で学生結婚をして、それ以来一度も浮気をしたことがないという堅物だった。

けれども二宮ほど、不純な性行為から病気に感染した患者を、憎んだり軽蔑したりするようなことはなかった。二宮はそれを、自分では病気に対する憎悪なのだと思っていたが、患者そのものに対する侮蔑感が強かったことも確かだった。

「それじゃ、その患者と会ってみるよ。今日、ここに来るのかね」

「ああ、二時に来るはずだ。一般の診療時間とはずらしてある。なんなら明日から、きみの北保健所に行かせてもいい」

「いや、こっちへ来るよ。そのほうが動き易《やす》い」

二宮の北保健所から、藤本のいる南保健所まで、彼の運転する小型車で二十分ほどかかった。

二宮が、庭つきの自宅と小型車を持って、収入の少ない保健所の学究的な仕事をしていられるのは、妻の実家からの仕送りのせいであった。その点では二宮は、妻に従属した関係にあった。

二時になったので、二宮は藤本の案内でその高校生の患者と面接した。

患者は窓際に坐《すわ》って、こちらに逆光線の、輪郭のぼんやりとした顔を見せていた。けれども、その女子高校生を見たとき、二宮はその美しさのために改めて憎しみを覚えた。

「二宮先生だ。先生が今度からきみのことを診てくださるからね。二宮先生はきみの病気が専門なんだよ。わざわざ北保健所から来てくださったのだ」

藤本が要領よく、人の好《よ》さそうな顔で二宮を紹介した。

「どこからそんな病気をもらってきたんだ。体中が腐ってしまうぞ」

患者の前では、なるべく確信を持って自信たっぷりに振舞《ふるま》わなければいけないというのが、二宮の説だった。

《ぼくらにだって、わからないことがあるからね。一つ一つが違う新しいケースだといっても大袈裟《おおげさ》じゃないくらいだ。しかし、その度にハムレットのように、ああでもないこうでもないと良心的に振舞ってみたまえ、患者のほうが不安になって逃げ出してしまうよ。われわれはなんでも知っているという顔で、どっしりと構えていなくてはね……》

ひどい誤診をしたときでも、二宮はそう思って平然と構えていた。

けれども二宮のやり方は、患者の感じ易い神経をますます脅《おび》やかしたようだった。

患者は、両手を置いた膝の上をじっと見つめたまま、一言も口をきこうとはしなかった。

こんな姿勢を、七年ほど前、結婚を申し込んだとき、やはり妻がしていたのだと二宮は考えていた。

2

「わたしたちは、あんたのことは学校に報告したりはしないつもりだよ。どうして、相手の男のことを素直に話してくれないのかね。十七にもなれば恋愛をしたっていい。四十になって結婚するひともいれば、十五歳で子供を生むひともいる。みんなそれぞれに違うのだから、わたしはきみのしたことだって、別に悪いことだとは思っていないよ」

二宮は、同僚の藤本が部屋を出て行くと、態度をかえて、いかにも自分が話のわかる医者だという喋《しゃべ》り方をした。女子学生のあいだでは、こういうタイプの教師が一番人気のあることを思い出したからだった。

「それとも、相手のひとに迷惑がかかるのを恐れているのかね。それだったら心配ない。相手のひとのプライバシーが傷つくようなことは、絶対にしないからね」

二宮が、懐柔するように言っても、女子学生は口を開かなかった。

「どうしてもあんたが黙っているなら、わたしたちは非常手段をとらなければならなくなるよ」

二宮が、今度はすこし声を荒《あら》げた。

「あんたのことを、学校に言って協力してもらわなければならなくなる。これは普通のことは違うからね、相手の男性も病気になっていると思わなければならない。いや、あんたが相手の男性から、病気をうつされたのだ……どんなことをしても、相手をさがし出さなければならない。普通の病気だったら、本人が気づくまで放っておいてもよいのだが、これは普通の病気じゃない。本人が気づかないうちに、どんどん蔓延《まんえん》してしまったら大変なことになる。相手の男性が妻子持ちだったら、よけい大変なことになるのだよ。何も知らない奥さんまでが、病気の犠牲になってしまう。そこのところの道理はよくわかるね。だから、わたしたちは放っておくわけにはいかないのだ。場合によっては、あんたの写真を新聞に出して、相手の男を捜さなくてはならなくなるかもしれない。この女子学生と交渉を持った男性は、至急、もよりの保健所に連絡してください。たいへんな病原菌が、あなたにうつっていますと公告しなければならなくなるかもしれないのだよ。そうしたら、きみの恥になるじゃないか。それよりも、きみが協力してくれれば、誰にも言わずに、わたしたちがみんなの病気をなおしてあげられる」

　二宮は熱心に、体をのり出すようにして説得した。現在の売春防止法では、患者の強制検診の権利さえも二宮たちに許されてはいないが、わざと脅したのだった。

　患者がやっと顔をあげると、はねかえすような視線で見かえした。

「あたし……男のひととなんて変なことしません。あたしだって、子供が出来たりするのはいやだもの……」

　女子高校生の顔に、馴れ合いを求めるような妙な笑いが浮んだ。

「それなら、ボーイ・フレンドもいないのかね」

「男の子となんて、キスをしたこともないわ」

「それじゃ、病気が感染するような心当《こころあた》りは全然ないというのかね。こういう病気が、おもに男女の交渉から感染することは知っているのだろう」

「ええ、知っているわ」

「知っていて、なにも心当りがないというのかね」

二宮が問いつめると、今度は患者のほうが黙った。そして、しばらく躊躇《ためら》ったあとで、とうとう口を開いた。

「あたし、あのう……乱交パーティーに行ったんです」

「乱交パーティー……」

二宮は、そう、おうむ返しに言ったまま、二の句がつげなかった。

乱交パーティーという言葉は、週刊誌などで見聞きしていたものの、その実在が信じられなかったのだ。

「きみが、乱交パーティーにねえ……」

二宮は溜息をつきながら、煙草《たばこ》に火をつけた。

患者の女子高校生が、乱交パーティーと事もなげに口に出すのを聞いて、二宮はなぜかがっくりとした気持になった。

「そのときの模様を、くわしくわたしに話してくれないかね。秘密は守るよ。まず誰に誘われて行ったの」

「……………」

「お友だちかね」

「知らないわ。知らない人たちなの。あたし、その晩、うちで面白くないことがあったものだから、家出してやるつもりで新宿のゴーゴー・スナックに行ったの」

患者は〝ラタン〟というかなり有名なアングラ・スナックの名前をあげた。

「混んでて、人をかきわけて歩くのがやっとだったわ。あたし、カルピスにブランデーを割って飲んでたの」

「きみは、いつも平気でお酒を飲むの」

「ううん、めったに飲んだことはないけれど、その日はなんだか滅茶苦茶なことがしたかったの。三杯くらい飲んだら酔払《よつぱら》ってきて、気がついたら五、六人のグループのテーブルに混《まじ》って坐ってたの。あたし、派手な恰好すると二十歳《はたち》くらいに見えるのよ。そのグループのひとりが、あたしに白い錠剤をくれたわ。みんなに配ってのんでたの。あとで聞いたら睡眠薬で、このごろ、なかなか手に入らないのだと言ってたわ」

「きみは、それをのんだのかね」

「のんだわ。薬をくれたのは、やっぱり二十歳ぐらいの女の子だったのよ。向うも薬とお酒で、かなりふらふらしていたわ。舌がもつれちゃって、うまく喋れなかったくらいなんですもの。でも、今から面白いところに行くから、ついておいでって言われたときは、あたしも嬉《うれ》しかった……すごく興味があって、どこへでもついて行く気になってたわ」

患者の言葉を総合すると、グループの中心は四十前後の絵描き夫婦で、一緒に行ったのは自称デザイナーや、画家の卵や、要するに芸術家を気取った連中だったらしい。

二宮は患者の記憶を頼りに、当日の出席者らしい人間の年恰好《としかっこう》や性別を、簡単な表にまとめていった。

「全部で何人いたのかね」

「そうね、二十人くらいいたかしら。あたしたちが行ったときは、もう十人ぐらいの人たちが集まっていたわ。電気を消してローソクだけだったので、いったい誰が誰なのかよくわからなかったわ」

「場所はどこだか覚えているかね」

「ううん、それもよくわからないわ。ゴーゴー・スナックを出て、すぐみんなでタクシーに乗ったんですもの。あたしを誘ってくれた女の子が、ずっとあたしのことを抱きしめて、息をするのも苦しかったくらいですもの……車がどこを走ったのか、よく覚えていないわ。着いたところは、都電の通りに面した十階建《だて》のマンションだった。狭いエレベーターにぎゅうぎゅう押しこまれて、十階までのぼったのよ。そのあいだも、ずっとその女の子にキスされたままで、ほんとに苦しかったわ」

「きみは、今までに接吻《せっぷん》の経験はあるのかね」

「いいえ、一度もないわ。ゴーゴー・スナックの中で、いきなりキスされたの。嫌な気持《きもち》じゃなかったわ。あたしも酔っていて、ふわふわしていたんですもの」

「で、その女の子の名前は……そのくらい覚えているだろう」

「ボボちゃんていったわ。あのひとたち、みんな本当の名前はいわないんですって。おたがいに愛称で通っちゃうのよ」

「きみは、自分の名前をちゃんと言ったの」

「家を出るときに、学生証は置いてきたわ。自分じゃ、塚口登志子っていう名前とはさよならしてきたつもりだったの。でも、名前を聞かれたら、思わず登志子って答えてしまったわ」

いったん話しはじめると、患者は二宮の質問に答えて、些細《ささい》な記憶までさぐり当てようと努力していた。

二宮が知りたいのは、患者がその乱交パーティーで、具体的にどういう性交渉を持ったかということであった。

「きみは、その乱交パーティーのあいだ中、ずっとボボという女の子と一緒にいたのかね」

「いいえ、ちがうわ。ボボちゃんは、みんなにすごくもてるのよ。そりゃ、人気者だったわ。呼ばれると、あっちへ行ったりこっちへ行ったりして、一時間ぐらいしてからやっとあたしのところへ戻って来たの。そのときはもう、四、五人の女の相手をしてきたと言っていたわ」

「四、五人の女……」

「そうよ。ボボちゃんは、女しか相手にしないのよ。本当の男は不潔なんですって。それに、ボクは男なんだよなんて言って……でも、とても可愛らしい顔をして、体の綺麗なひとなのよ」

「ボボちゃんが他に行っているあいだ、きみは何をしていたの。そのあいだに酔払うか、眠るかして、他の男が近づいて来たということはないだろうね」

「絶対にないわ。だって、あたし、好奇心はあったけれど、やっぱり怖いから長椅子《ながいす》の陰に寝そべってたのよ。そこから、いろんなことを見たり聞いたりしていたんだけれど、それだけで凄《すご》いショックだったわ。胸がどきどきして……だって、あんなことを見たの生《うま》れて初めてなんだもの。あたしのそばに、やっぱり女のひとが一人隠れるように寝そべって震えていたっけ。乱交パーティーにはじめて来たひとも、少しはいたようだったわ。みんな、あたしみたいに借りてきた猫みたいで……」

そのあたりが話のポイントになると思って、二宮は注意ぶかくメモをとりはじめた。

3

外代子《とよこ》が乱交パーティーに出席したのは、彼女自身の意志というよりも、たぶんに偶然が原因していた。

その乱交パーティーの行われた十月五日に、同窓会の幹事会に出席していなければ、パーティーに誘われることもなかったと、あとで考えた。

同窓会の幹事会に出席するときも、外代子はあまり乗気《のりき》ではなかった。ただいつものように子供のない気易さから、持ちまわりの幹事を続けてやらされていただけであった。

新宿のフルーツ・パーラーで行われた幹事会で、いまは室内装飾関係の仕事をしているという田所真美と隣あわせの席になった。

田所真美は未《いま》だに独身で、フリー・セックスの実践者だという、もっぱらの噂《うわさ》であった。その噂が、みんなのあいだに広まったのも、田所真美自身が大きな発行部数を持つ婦人雑誌に、〝フリー・セックスの弁護〟という随筆を書いていたからであった。

そのフリー・セックスの弁護の中で、田所真美は、乱交パーティーを礼讃していた。一種の群集心理から、セックスがじめじめと陰湿なものから大胆な明るいものになる。セックスは複数の人々のあいだに解放されるべきだという趣旨のものだった。

〝これからのセックスは、ひとり対ひとりのものではなく、グループによるものでなくてはなりません。ひとりで踊っているよりも、沢山《たくさん》の人間が一度に踊っているときのほうが、みんなが法悦状態になれます。これは踊る宗教をみてもよくわかることです。一度、この乱交パーティーの開放感を味わったものは、たった二人だけの、隣室を気にしての秘め事じみた行為を、馬鹿馬鹿しく、また憎むようになるでしょう。

家庭の主婦である、あたくしの友人の女性は不感症に悩んでいましたが、この乱交パーティーに出席し、最初は羞恥心と嫌悪で逃げ出そうと思っていましたが、入口のところで若い男に強引に相手をさせられると、突然、性の解放を感じ、その晩だけでも三人の違う男性と、心から満足のゆく交渉を持ち、不感症をなおしました。

今では彼女の夫も、自分ではどうにもしてやれなかった妻の不感症がなおったということで、むしろ乱交パーティーに感謝しているということです。

あたくし自身の経験からも、乱交パーティーは素晴らしいものと、おすすめ出来ます。つまらない、ありきたりの男女関係のわずらわしさに心を悩ますことなく、あたくしのセックスを解放してやれます。乱交パーティーに出席して、自分の好みの若い男性、あるいは中年の男性と心ゆくまで交わったあとで、あたくしはそれこそぐっすりと眠ることが出来ます。仕事の疲れから、ふだん常用している睡眠薬の服用を忘れてしまうほどです。

乱交パーティーを動物的だと批難される家庭の主婦の方がいらっしゃるかもしれませんが、夫や子供に対する愛情とセックスの欲望は、また別のものなのです。仕事に疲れきった夫に期待して、ヒステリーをおこすよりは、乱交パーティーで心ゆくまで性の解放を味わってもやもやを発散し、あとは別人のような家庭のよき主婦となったほうが、どれほど知恵のある生き方であるかわかりません。相手の男性にしても、単にそのときだけのパートナーで、特定のひとではありませんから、あとまで愛情問題でじめじめと尾を引くようなこともありません。そんなところも非常に現代的ではないでしょうか〟

大方、そんな意味の文章が、田所真美のふだんの独断的な話術で書かれていたようであった。

外代子が、その文章を覚えていたのは、不感症の女性が治癒したというくだりのためであった。

なぜかその不感症という言葉が、はっきりと彼女の頭の中に刻みこまれていたのだった。

外代子は夫との夜の生活で、婦人雑誌の綴《と》じこみに書かれてあるような、眩暈《めまい》に似た高まりとか全身の痙攣《けいれん》とかを、今までに一度も味わったことがなかった。

どこかで、自分はなにも感じられない女なのだと決めこんでいるところがあった。それだけに、不感症という言葉が頭に強く残っていたのだった。

「あなた、お医者さまの奥さま稼業はお忙しい？」

「そうでもないわ。うちで開業しているわけじゃないんですもの。主人だって、朝出かけて夜帰ってくるサラリーマンと同じでしょう、退屈で困ってるわ」

「そういえば、あなたのところはお子さんがなかったんだったわね」

そう言うと、真美は曰《いわ》くありげな眼差《まなざ》しで、外代子を見つめた。

「ええ、主人のほうに子供の出来ない原因があるんですって……」

「それで、あなたのほうは子供が欲しいんでしょう」

「べつに……この頃ではあたしも、子供がなくてもいいと、諦めていますわ」

「ご主人とのあいだは、うまくいっているんでしょう」

　真美は、無遠慮に質問した。

「ええ、おかげさまで……」

「ほんとかしら、ほんとならいいんだけれど……」

　真美は疑わしそうな顔で、外代子を見ていた。そして、同窓会の幹事会が、住所録や定年退職の恩師の記念品などを決めたあとで解散すると、真美は外代子を食事に誘ってきた。

「あなた、今日、すぐに帰らなくてもいいんでしょう。おいしいスパゲティーの店があるの。そこに案内するわ」

　麻布のレストランに外代子を連れて行くと、自分のほうから乱交パーティーのことをきり出したのであった。

「あなたね、A誌に載せたあたしの随筆読んだ」

「ええ、拝読したわ。ずいぶん勇ましいことを書くのね。あれ、全部ほんとうのことなの」

「当り前よ。ほんとうどころか、あれでも控え目に書いたくらいよ。もっと凄《すさ》まじいんだから……だけど、婦人雑誌だったでしょう、あまり家庭の主婦を驚かしてもいけないというので、あのへんでおさえたのよ」

「それじゃ田所さんは、本当に乱交パーティーで、何人もの男性を相手になさるの」

「そうよ。ごく普通のことじゃないの」

「あたしたちには、とても信じられない、遠い世界のことだわ」

「そんなことないのよ。あなたたちが、そう思いこんでいるだけだわ」

真美が、膝をのり出すようにした。

「あたしが、あの記事を載せてから、それこそ毎日のように問い合《あわ》せの投書が来るのよ。みんな、なんていってくると思う」

「乱交パーティーが不道徳だっていうんでしょう」

「そういう投書もときたまあるけれど、ほとんどが、自分も出席したいから、ぜひパーティーの日取りと場所を教えて欲しいというのよ」

「それで、教えてあげてるの」

「無責任な方には、お教え出来ません。ほんとうにセックスの問題で悩んでいる方に限りますって、まず断わりの手紙を書くのよ。それで、最初のふるいにかけるわけ。そのあとでも、熱心に自分の悩みを書いてきた人には、あたしが直接面会するようにしているの。悪戯《いたずら》や無責任なひやかしは、絶対に困りますからね」

真美はそう言うとき、自分が社会改良の使命をおびているかのように、きっと胸を張った。痩せて、小柄で、さして美人でもない真美のどこに、そんな自信がひそんでいるのだろうかと、真美のオレンジ色のブラウスの下の薄い乳房を、外代子は思わず眺めてしまうのだった。

「そうやって選んでおいてから、あなた、その方を乱交パーティーに連れていらっしゃるの」

「そうよ。ひとり残らず満足して、生れ変《かわ》って帰ってゆくわ。悩みが深いだけに、それだけ歓《よろこ》びもまた大きいのね」

真美は、外代子の心を、好奇心と期待で金しばりにしておいてから、おもむろに、その日の乱交パーティーにぜひ出席するようにすすめたのだった。

「どう、あなた、一度ためしに出席してみない。今日、連れて行くはずだった読者が、きゅうにおじけづいて来なくなってしまったのよ。こういう勇気のない人間は、いつまで経《た》っても駄目なのよ」

吐き捨てるように言ってから、じっと外代子の顔を覗《のぞ》きこんだ。

「あなたには必要がないとわかっているけれど、何事も人生経験よ。乱交パーティーに出席したからって、べつに嫌で耐えられなかったら、男性の相手をしなくたっていいのよ」

外代子は、巧みなセールスマンに、高価な衝動買いをすすめられたときのように、はんぶん不安におののきながらも、乱交パーティーに出席することを承諾してしまった。

4

外代子が、真美に連れられて乱交パーティーの会場に到着したときは、すでに十時近かった。それまでに真美の案内で、数軒のバーやスナックをまわり、かなりのアルコールが入っていた。

乱交パーティーの形式は、はじめから乱交が目的で集められたものではなかった。あくまで、主人役の画家夫妻が人々を招待し、瞬間美術の空間を創造したあとで、ハプニングとして全員の意向がまとまれば、乱交もあり得るという趣旨のものであった。

外代子は真美から、そういう難《むず》かしい理屈を聞かされたが、一体なんのことかよくわからなかった。ただ、夫に隠れて他の男と浮気をするというようなこととちがって、罪の意識が薄らいだことだけは事実であった。

「外代子さん、あたしの学校時代のお友だち。自由会員ですからよろしく……」

真美が、外代子を、主人役の画家夫妻に紹介した。画家夫妻は気楽そうな夫婦で、初対面の外代子にも、なんの気づまりも与えなかった。

「今日は、読者じゃないんですね。しかし、先週連れてこられた呉服屋の奥さんとかいう方は、最初はとてもおとなしそうに見えて、あとは凄かったですな。このパーティーの記録でしたよ」

先週、真美が連れて来た女が、彼等のあいだで語り草になっているとみえて、そんなことを言って笑っただけであった。

「明け方まで、裸で飛びまわっていたので、みんなが感心したのよ。それも、ふだんはいつも和服で、そりゃ、しとやかなおとなしい奥さんなのよ」

真美が、外代子の耳もとで説明した。そういう会話が外代子の心に、解放感とも競争心ともつかない一種の暗示を与えたことだけは確かである。

そのとき、主人役の画家が、真美に白い錠剤を渡した。

「あんたも飲んでごらんなさい」

画家が外代子の掌《てのひら》に、直接、白い錠剤を乗せたのだった。

「これで、あなたの世界はもっと素晴らしい華やかなものになりますよ」

そう促されながら、画家にじっと見つめられると、外代子はどうしてもそれを飲まなくてはならないような気持になった。

事実、彼等のあいだでは、その白い錠剤は貴重品として取り扱われていたようであった。

「これ、飲んだほうがいいのかしら」

「そりゃそうよ。二倍も三倍も愉《たの》しくなるんだもの……でも、あなたがいらなければ、あたしが貰《もら》うわ」

真美のその言葉で、外代子は掌の上の錠剤を二粒口の中へ入れた。すぐには薬の効果は現われなかったが、羞恥心が先程からまた少し薄らいだようであった。

「外代子さん、さっさと裸になったら。必ず先生が体中に絵を描いてくださるわ。ボディ・ペインティングよ」

真美が、外代子に着物を脱ぐようにすすめた。パーティーの会場になっているマンションの部屋は、十畳二間続きほどの広さで、外国に行っている商社マンが月貸しで空けて行ったということだった。

家具やカーペットは、汚さないように、あらかじめ防水テントのようなものでおおわれていた。

それまでは、前衛的なモダン・ジャズやゴーゴー・ダンス用のリズム・アンド・ブルースなどのテープが流れていたが、主人役の画家が絵筆を持って立ちあがると、音楽は意味の不明瞭な土人の叫びのようなものに変った。それは鳥の声とも、物をすり合わす音ともつかない、普通の人間の神経を逆撫《さかな》でするような異音であった。

けれども、その音楽が、外代子に裸になって駆け廻《まわ》りたいような衝動を与えたから不思議だった。外代子は、真美にすすめられるままに裸になった。

外代子の前に、すでに裸になって、主人役の画家の前にすすみ出ている若い女がいた。以前、庭球の選手をしていたとかで、大柄な肩幅の広い体格をしていた。

主人役の画家は、各種の絵具をといた鉢を周囲に置き、絵筆をモデルの体に叩《たた》きつけるようにして、目にもとまらぬ早いタッチで描いてゆくのである。

絵具を塗られている女は心地よさそうに、なかば上を向いて口をあけ、体を踊りのリズムに合わせて動かしていた。

「あとで、お風呂に入ればすぐにとれるわよ。あなたも先生の前に行ってごらんなさい。きっと描いてくださるわよ。先生はインスピレーションが湧かなければ、絶対に描こうとなさらないんだから、もし描いてもらえたら、名誉だわ」

真美が、外代子の背中を押すようにした。そのときはすでに、真美も外代子も、肌につけているものはすべて脱ぎ捨てていた。

「嫌だわ、恥ずかしいもの……あたしの体、とても貧弱なのよ」

外代子は小柄で、どちらかというと痩せぎすのほうだった。それに、自分で一番欠陥だと思っているのは、乳房が極端に小さいことであった。

鏡に映してみても、まるで男の子の胸のように扁平で、小さなピンク色の乳首がわずかに突起を示している。二十歳を過ぎたころ、それを気にして、そっと自分で揉《も》みしだくようにしたが、なんの効果もなかった。結婚して、夫の愛撫《あいぶ》が乳房や乳首に加えられるようになっても、同じことであった。

それに、外代子のほうで乳房に自信がなかったので、あまり夫に触れさせないようにしたのだ。外代子の主観的なものもあったが、自分は感じない女なのだとひとりで決めていた不感症も、大半はこのひどく小さな未発達な乳房のせいだと思い込んでいた。

「馬鹿ね。そんなことはないわ。あなたが貧弱だっていうなら、あたしはどうなるのよ。それに先生は、完全なものだとペイントなんかしたい衝動が起《おこ》らないのよ。素材が貧弱なら貧弱なほど、そこに新たな創造を愉しみたくなるんだわ。わかる？」

真美が、また理屈を言いはじめたが、外代子はそんなことは聞いてはいなかった。主人役の画家が外代子のほうを手招いたので、もう、そのほうにふらふらと歩き出していたのである。

外代子は最初、自分の胸を両手で押《おさ》えて震えていた。きゅうに襲ってきた悪寒が防ぎきれなかったのだった。けれど主人役の画家が、「やっ、やっ」と奇妙な掛け声をかけながら、自分の肌の上に絵筆をふるいはじめると、今度はかえって微《かす》かな快感のようなものが体を貫きはじめた。

じっさい、冷たい絵具をたっぷりと含んだ柔らかい刷毛《はけ》が、胸もとや下腹部や大腿部《だいたいぶ》を走るたびに、爽快とも心地よいともくすぐったさともつかない感じが、肌にしみこんでくるのである。

真美が、絵画の空間創造とかなんとか難かしいことを言った行事は、十分ほどであっけなく終《お》わってしまった。

絵具を塗られたあと、外代子は自分でも信じられないほど大胆になった。絵具で体がおおわれたという安心感かもしれなかった。心も体も宙に浮くような、踊り出したい気持なのである。彼女は化粧室へ行って、自分の姿を鏡に映してみた。赤、黄色、青、白、黒などの奇妙な模様が描かれて、まるで縞馬《しまうま》のようだったが、乳首を中心に乳房が黒い渦巻で隠されているのが、外代子に幸福感に似た気持を与えた。

顔にも棒状の線や斑点などが描かれていたが、外代子は自分がひどく美しい女のような気がした。その頃になって、酔いと白い錠剤の効果が現われはじめていたのだった。

部屋に戻ってくると、画家のそばにあった大きなスタンドが消されて、あちこちに立てられていたローソクも、半分ほど消されていた。

外代子は、真美の痩せた裸を探したが見当らなかった。外代子のすぐあとに、真美も、画家の奥さんのほうに絵具を塗ってもらっていたはずなのである。

外代子の頭の中で、時間の判断力が弱められていたことも事実だった。化粧室で自分をうっとりと見つめていたのが数分のつもりだったのに、実際は何人かの男女が化粧室に出入りして、三十分近く経っていたのだった。

外代子がぼんやり立っていると、先ほど化粧室で外代子に目をつけていた若い男が、すぐにアルコール臭い息をふきかけてきた。薬も飲んでいるとみえて、なんの会話も交わさずに、いきなり外代子を抱きしめようとした。

「やめてください！」

外代子は自分でも信じられないほどの大きな声を出して、その若い男を突きとばしていた。外代子が、なぜ反射的におそれたかというと、若い男のすべすべした小麦色に灼《や》けた腿《もも》の付け根に、こわいほど巨大な男の体が屹立《きつりつ》していたからであった。

じっさい、その相手の若い男は、普通の体の持ち主であったが、薬が内部の欲望の自制力を失わせて、外代子の目にだけ拡大されて映ったのであった。

外代子は現実をおそれて、よろめくようにして部屋の隅に行くと、長椅子の陰に荒い呼吸の体を横たえた。

5

外代子は、そのままずっと長椅子の陰に俯伏《うつぶ》していた。しばらくすると、部屋の中に異様な雰囲気が満ちはじめているのに気がついた。

男女が交わり合うときの息遣いや、体の触れ合う気配であった。今度ははっきりそれとわかる女たちの呻《うめ》きに似た声が、部屋のあちこちに起りはじめた。

その声は、わざと外代子に聞かせようとしているのではないかと思うほど、高らかに挑発的に聞えていた。

ひとりが、一箇所で、幼児がものをねだるときのような甘えた声を出すと、それを打ち消すように、他の隅からいかにも苦しげな絶え絶えの訴えが聞えてくる。部屋のあちこちから、人間の声とも思われないような快楽の呻きや叫びの合唱が湧きあがってきた。

外代子は、他人の肉体の交渉を目《ま》のあたりに見聞したのは、生れて初めての経験であった。

初めは、ただただ凄まじいことのように思えていたが、しばらく経つと、太陽の光の下でスポーツを見ているような気分になってきた。女たちの声に慣れてきて、驚きの気持をだんだんと失《な》くしてきたのだった。

自分は、今までに一度もあんな声を出したことがないというのが、彼女の気持であった。どうして、あんなふうに周《まわ》りを忘れて浸れるのかと、ただ不思議なのだ。

部屋の中の女たちの声が、いつまで経っても終らない。何度か強弱の波や、跡切《とぎ》れかけることはあっても、すぐにまた続く。簡単に欲望を果《はた》し終えてしまう夫から考えて、ここにいる男たちは、薬やアルコールのせいで、こんなに長時間持続するようであった。

そんなことを考えながら、外代子は群れからひとり遠くにいるような気がしていた。けれども、そんな思いを一度に打ち破るような出来事が続いて起った。

外代子のひそんでいる長椅子の陰に、もうひとりの女が俯伏していることに気がついたからだった。その女も体を硬くして、じっとひそんでいるようであった。

「登志子、登志子……」

という低い呼び声がすると、すぐに、

「ここよ」

と答えがあった。その答えにつれて、ローソクの光で揺れる黒い影が、その女の上におおいかぶさるように倒れるのが見えた。

それから十分ほどのあいだに、激しくおさえつける格闘のような物音が伝わってきた。前からいた女のほうが、

「いや、いやよ、お願い……」

と泣き喚《わめ》くのが、外代子のすぐそばで聞えた。その声で、女がまだ十七、八の若い子であることがわかった。あきらかに、犯されているのだと、外代子は思った。

その考えが、今までになかった新しい刺戟《しげき》を彼女に与えた。外代子の胸が緊張と興奮で鳴った。

女の子は、下着を無理に剝《は》ぎ取られている様子であった。すぐそばで起っていることなので、すべての気配が手にとるようにわかる。

無理矢理、強引に唇を吸うような音が聞えた。口を塞《ふさ》がれた女のほうは、無言になったものの、体をよじっていた。

それらの出来事も、ほんの数分のことにも、あるいは一時間も二時間もの長いあいだのことのようにも思えた。時間の感覚が麻痺《まひ》していると、外代子は思った。さっきから、自分の唇がだらしなく開いて、立ちあがろうとしても全身が気怠《けだる》く、どうにも言うことをきかないことがわかっていた。

男を突きとばして、女の子を助けてやらなくてはと、外代子はふと思った。すぐに、そんなことをしても仕方がないと、冷たい気持で考えなおした。

その考えと前後して、女の子がとうとう脚を開かせられたのがはっきりとわかった。女の子の脚の先が、外代子の腿に当ったからだった。ハッとしたが、自分の脚を引っこめなかった。脚の位置を移動させようと思っても、身動き出来なかった。そのせいで、外代子はその女の子と、一心同体になったような奇妙な感じにさせられた。女の子の筋肉の震えや、脚の硬直が、ひとつひとつ外代子自身のものとして伝わってくるのだった。

やがて男の体が、自分の体の芯に突き刺さるのがわかった。一瞬のことだったが、かなりの苦痛をともなっていた。外代子は思わず、「あ、あ」と鋭い悲鳴を口もとから洩《も》らしていた。そして、すぐに、その声が自分のではなく、隣の女の子の口から洩れた声なのだとわかった。

外代子は、腿の内側をしっかりと締めつけていた。それにもかかわらず、隣の女の子の体がうるおってゆくのが、まるで自分のことのようにはっきりとわかった。やがて、それは大きな物音になって、外代子の耳もとに伝わってきた。

向《むこ》う側にいた黒い影が、女の子の体の上に重なったのは、それからのことであった。肉の激しく触れ合う響きが、外代子の耳を脅やかした。

黒い影が、隣の女の子の体の上で激しく動いているのは、夫がときどき思い出したように、彼女の上で行う動作とまったく同じであった。

しばらくして黒い影は、夫が彼女の上から離れるときのように、床に身を横たえた。

外代子もほとんど同時に、体の緊張を解いた。

外代子は、自分の体の内側がうるおいはじめているのに気がついていた。

その黒い影が、外代子のほうへ近づいて来たのは、それからすぐあとのことであった。

体中の緊張を解いた外代子の不意をつくように、その黒い影は彼女のそばに寄り添うと、いきなり唇を外代子の乳房に当てた。

小さな男の子のような乳首が、相手の固い舌の先で長いこともてあそばれていた。

彼女は短い叫びをあげた。夢中で胸の上の黒い影の髪の毛を摑《つか》んだ。髪の毛は女の子のように柔らかく、外代子の胸を吸い続けて緊張している相手の喉もとや、項《うなじ》や、肩のあたりも、まるで女の子のようにほっそりとしていた。

外代子は、胸の上の頭を突き放そうとした。けれども、いつのまにか両手で相手の髪の毛を愛撫していた。乳房の上の舌の動きと同時に、体の芯や腿の内側からも疼《うず》くような快感がのぼってきた。

相手は、外代子の夫のように、すぐには離れなかった。長いこと外代子の上に留まって、丹念な、そのくせ激しく熱心な動きを続けていた。

外代子の耳に、周囲の快楽の合唱がまるで聞えなくなったのは、それからあとのことであった。

彼女は広い海の中に、ただひとりで漂っているような思いで、今まで一度も経験したことのない叫びや言葉を、無心にあげ続けていた。

6

二宮医師は、最初の患者の女子高校生を連れて、新宿のアングラ・スナックに行った。長い地下に通ずる階段を降り、顎髯《あごひげ》をのばした、顔色の悪い芸術家タイプの男からチケットを買いながら、自分が執念に取り憑《つ》かれた映画の中の刑事になったような気持を味わっていた。患者の感染ルートをさぐるということに、職業上の情熱と同じ程度に残酷な愉しみも感じていたのだった。

「きみが、そのボボとかいう女の子を捜し出すまでは、何日でもここへ通うからね。協力しなければ、覚悟があるよ」

女子高校生は、医師の追跡に協力するのを、裏切り行為と思っているらしく、浮かない顔をしていた。医師は、なだめ、すかし、最後には脅して協力させていた。

「いたわ。あの隅でゴーゴーを踊っている子がそうよ。でも、女の子扱いをすると怒るわよ。自分では男だと思っているんだから……」

女子高校生は震えながら、隅のブラック・ライトでパンタロン・スタイルの白い衿もとを浮びあがらせている、目鼻立ちのはっきりした痩せた女の子を指さした。

医師は、身分証明書を取り出すと、話の出来る近くの喫茶店まで連れ出した。

医師は早く感染経路を突きとめなければという焦慮の気持もあって、強面《こわもて》で話をしはじめた。

「きみも、すぐ病院に来て、検診を受けてもらわなければ困る」

「検診するくらいなら構わないさ。べつに減るもんじゃないからね。でも、住所・氏名は絶対にお断わりだよ。あたしゃ、過去のない女なんだからね。名前はただのボボさ、それ以外の何者でもありゃしないよ」

「伝染病患者の住所氏名を報告する義務が、医師にはあるんだよ。それに、きみの病気がいつ感染したものか、過去にさかのぼらなければならない。とにかく協力してくれなければ、警察に頼むよりほか仕方がないからね。協力してくれれば、べつにきみたちの不道徳な行為は責めようとは思わない。わたしは医師としての義務を遂行したいだけだ」

二宮が、喋るたびに、女の顔に反発と嘲笑の色が浮んだ。

「こんなところに来て、道徳とかなんとか言うと馬鹿にされるよ。あたしたちは、人間の本当の自由を追求してるんだからね。なにが道徳さ、寝たいときに寝て、踊りたいときに踊るのが、なにが悪いのさ」

一通り、くってかかったあとで、それでもおとなしく、二宮医師の勤務先の北保健所までついてきた。

医師は無表情に検診をすませた。面と向うと、身勝手なフーテンめと腹が立ったが、検診のときになると無感動になり、医師としての冷静さが甦《よみがえ》ってきた。

診察の結果は、医師の予想に反して、菌の検出も下疳《げかん》症状の発見もマイナスであった。感染していないのである。

医師は、しばらく信じられなかった。けれどもすぐに、医師としての好奇心が湧いてきた。疑似性行為があったのに、なぜ、この女だけ感染していないのかということである。医師は、持ち前の熱心さで質問をはじめた。

「あの晩、登志子はきみ以外の男を相手にしたのだろうか」

「してないよ。あたしに処女《バージン》を捧《ささ》げたんで、感激しちまったのさ」

「そのあと眠って、他の男が勝手に相手にしてしまったということはないだろうか。彼女がのまされた白い錠剤というのは、どうせ睡眠薬なのだろう」

「あの晩、あたしたちがのんだのは、アメリカから持ってきた特別の精神安定剤さ。い、い、のに少し時間がかかるけど、案外きくんだ。あの娘《こ》だって、寝やしないよ。あたしとしたあと、そばであたしが年増の人妻に手を出すのを見てたんだ」

「きみは、そんなに続けて女たちに手を出したのかね」

「当り前さ。あの晩は特に記録だったからね、七人はいったかな……あたしは日記に、やった女のことを詳しく書くんで、ちゃんと勘定してあるんだ」

「そんなに一度に沢山の女を相手にして、疲れないかね」

「肩が凝るさ。でもあたしは千人斬《ぎ》りのボボさまだからね」

「それはそうとして……きみは女たちに相手をさせるとき、自分も裸になるのかね」

医師は、彼女が感染していない理由を知らなければと思った。それで、具体的な質問を試みた。相手は、少しも悪びれなかった。二宮医師とまったく異なる価値判断を所有しているようだった。

「冗談じゃないよ。あたしが裸になんぞなるものか。あたしはね、もう百人以上の女をやってるけれど、絶対に触れさせないさ」

「そうすると……相手を歓《よろこ》ばせるだけで、自分も快感を感じるのかね」

「そんなこと、余計なお世話だよ。あたしは、ハントの日記をつけてるだけさ」

二宮医師はときどき、自分の質問がどうにも嚙《か》み合わなくなるのを感じた。その度に彼は、微かな不安に襲われた。

「もう一つ、大切なことを質問するがね、きみは相手を愉しませるために、唇と……そして指を使ったのだね」

医師は、彼女の短く刈りこまれた指先を、なんとはなしに見つめていた。病原菌が、肝心の運搬者の彼女だけを避けて移動していった経路が、ようやく理解出来たような気がした。彼は、今までの常識的な菌の感染経路に、新しい光を当てなければと思った。

女のほうは、あらためて軽蔑しきった表情を浮べると、今度は医師の質問に一言も答えなかった。

二宮医師は、問題の核心に触れるために、別の接近《アプローチ》を試みた。

「きみは日記をつけていると言ったね、そうすると、あの晩、相手にした女の名前や顔は、はっきりと覚えているわけだね。出来たらその日記を、わたしに見せてもらえないかね。病気の伝染をくいとめるのに大変に役に立つ。今、感染ルートを押えないと、この病気は加速度的に増えていってしまうのだよ。この道理は、きみにもわかるだろう」

「日記は見せられないけれど、あの晩、あたしが相手にした女のことなら思い出してやるよ」

「出来たら、日記と照らし合せて、出来るだけ正確に順序と相手の名前を思い出してほしいのだ」

「あたしの記憶は正確だよ。だけど名前なんて、みんな覚えちゃいないさ。でも顔とか特徴で、順番だけは確実さ」

女はそう言うと、記憶をさぐるようにして指を折りはじめた。

医師は、ボボの言う日記の存在を疑いはじめたが、一応、彼女の言う人数のそれぞれの特徴をメモした。

その七人のうち、彼女のなんとかして連絡のとれるのが五人だった。

7

翌日から一週間かけて、二宮医師は四人の人間を捜し出した。毎晩、ボボと一緒に、新宿や赤坂の彼女たちの溜《たま》り場に網を張り、根気よく一人ずつ面接したのだった。

彼女たちのほとんどが、性病に対する知識や恐怖を持ち合せていなかった。

「余計なお世話よ。あんなの抗生物質を打ちゃいいんでしょう。あたしの体なんて、別に今どうってことないんだから、検診するなんてお断わりよ」

「しかし、すでに発病している人間がいるんだからね。人によって個人差があり、病気の潜伏期間が違うのだ。これからまたいろんな恋人と寝るつもりだろう。病菌を持っているのに、放っておくわけにはいかないね。自覚症状がなくても、わたしたちが検診すれば、病気を発見出来ることもあるからね。あなた方の名誉や人権は尊重して、秘密は厳守する。なにも嫌がることはないじゃないか。虫歯でも見せるような、軽い気持で来るんだね。さもないと、いつか廃人になっても知らないよ」

医師は、ねばり強く説得した。相手が同意するまで席を立たなかった。

その結果、四人の女たちの検診に医師は成功した。

四人のうち、感染しているのは、二人だけだった。そのうちのひとりは、すでに症状がかなり悪化していた。本人もかなりの痛みを感じており、病気の疑念があるのにもかかわらず黙していたのだった。

医師は、その患者をケース三と名づけた。その髪の長い、踊り子をしているという女が、ボボの三人目の相手をした当人に間違いなかったからだった。

ボボの記憶によれば、その晩三人目の女は、髪の長い、胴のくびれた、腰から腿や足首にかけての筋肉が男のように固い女となっていた。事実、その踊り子のふくらはぎはステージで鍛えられて、普通の人間以上に固くなっていた。

「きみがあのパーティーに出席したときは、すでに発病していたのだよ。あのパーティーに来る前に交渉を持った男の名前を思い出してくれないかね」

「冗談じゃないわよ。あたしはね、日本に帰って来てまだ一週間しか経ってやしないんだからね、誰とも寝ちゃいないわ」

「日本に帰って来たというと、どこに行ってたのかね」

「東南アジアの巡業をしてたのよ。最後はベトナムで、一ヵ月踊って来たわ」

「ベトナムで、アメリカ兵の恋人を作らなかったかね」

「G・Iなんか相手にしなかったけれどさ……」

そこで彼女は口籠《くちごも》った。問いただすと、サイゴンのクラブのマネージャーをしているという白人の男と、一度だけ寝たことがあるのを認めた。帰国する半月ほど前のことであった。

「きみは、あの晩、他の男とは乱交しなかったのかね」

「しやしないわ。だけど寝てしまったから、あとはわからないわね……」

医師は、一応の感染ルートの大もとをおさえたので満足した。患者に抗生物質の治療を加えると、当分のあいだ通院することをすすめた。

ボボが四人目に相手をした女は、クラブのホステスだったが、彼女も保菌者だった。医師が当惑したのは、その女があの晩に、五、六人の数のはっきりしない男たちを相手にしていたことだった。ホステスは、男好きのする顔と柔らかい肌を持っていた。

「誰が相手だったのか、覚えていないのかね」

「覚えてないですね。あたし、すぐ夢中になっちゃう性質《たち》なもんだから、相手がいったい誰だったのかわからなくなっちゃうんですよ」

「あのパーティーのあとで、恋人かお客とランデブーをしたことがあるかね」

「そうね、五回くらいかしら」

それは、ほとんど一日置きの数字であった。相手が全部ちがうことに、二宮医師はさらに怒りを感じた。

かすかに、彼を満足させたことといえば、ホステスが相手の男たちの名刺をすぐに提出したことであった。

二宮医師は、感染ルートの追跡に気違いじみた執着を覚えていた。

ひとつでも曖昧《あいまい》なルートが残ることには、我慢が出来なかった。

完全な感染源のルート追跡の表を作って、この次の全国保健会議に、彼はこのレポートを提出してやろうと思った。人々にショックを与えることが出来るだろう。少なくとも現代の乱れた性のモラルに警告を与えることが出来る。

医師は、ケース三、ケース四と、その晩の感染ルートをたぐり、異常な熱心さで、ケース七が架空の人間であることをボボに認めさせた。

七人というのは、ボボが虚栄心から調子よく言った数字にすぎないのだった。

ケース五は、最初の女子高校生であった。

「六人目の女は誰だったのだね、ほんとに思い出せないのか」

医師は語気も荒く、ボボの腕を強く摑んだ。

医師の追跡調査がはじまってから、二週間目のことであった。医師はボボに多額の小遣《こづかい》を渡して、追跡調査の協力者にしていた。毎晩のように歩いたが、六人目の女だけはどうしても思い出せなかった。

「日記には、なんて書いてあるんだ」

「うるさいな。あたしだって、その頃はいい加減ラリパッパだったんだよ。とにかく人妻だったことは確かさ。それだけは間違いないんだ」

「どうして人妻だとわかったんだ。その女と喋ったのかね」

「あたしは一言も喋らないよ。だけど人妻だってことだけはわかってるんだ」

ボボは医師をいらいらさせたが、医師が睡眠薬を二十錠ほど手に入れてやると、人が変ったように陽気になり、アングラ・スナックでゴーゴーを踊っている最中に、

「先生、思い出したよ」

と駆け寄って来た。

「あの晩、ボディ・ペイントをした女なんだよ。あのパーティーには、毎回、不感症の人妻が来ることになっているのさ。ボディ・ペイントをされ、薬をのまされると、まるで人が変ったように何人もの男を相手に出来るんだよ。それがきっかけで不感症が癒《なお》ったっていう人妻が多いんだってさ。あたしゃ、あの晩、高校生のあとで、すぐに隣にいたボディ・ペイントの女をやったんだ。その女ったら、なかなか強情でさ、歓ばせるのに苦労したよ。時間がかかったからね。あとで化粧室へ水を飲みに行ったら、唇のまわりが真黒《まつくろ》なのさ。ボディ・ペイントのとき、先生が両方のおっぱいの上を黒く塗りつぶしていたのは、あの人妻だけだったからね。自分の唇が真黒なのを見て、ああ、さっきのは不感症の人妻だったんだなってわかったのさ」

「きみはよく、ボディ・ペイントのときの色のことなんか覚えていたね」

「絵描きだからさ。ひとがボディ・ペイントをするときは、ちゃんと作品を見てるよ」

医師は、ボボが意外と一面では研ぎすまされた感覚を持ち合せているのに吃驚《びつくり》した。

「その人妻たちが、どうやって乱交パーティーに出席するのかわかるかね」

婦人雑誌を一度も読んだことのない医師は、不感症の人妻がパーティーに出席すると聞いて、その事情がまるで想像出来なかった。

「知らないよ。先生が呼んでくるんじゃないのかな」

「それじゃ、先生に聞けば教えてくれるかね」

医師は、画家夫妻のことを尋ねた。

「先生たちは、絶対にパーティーの出席者のことを口には出さないよ。警察に呼ばれたって、絶対に言わない。自分たちはその場で忘れてしまうんだって、いつも言ってるもの。聞いても無駄だろうな」

医師は、ボボの紹介で画家夫妻のところに行ったが、予想どおり出席者の氏名のことは頑として断わられた。

医師が一時間ほどねばって、やっと相手に譲歩させたのは、この次の乱交パーティーに出席する許可をもらったことであった。

「わたくしたちは、病気も、それから廃人になることも恐れてはいません。わたくしたちは瞬間瞬間だけを充実させて生きて行きます。明日のために、今日をなしくずしに生きることはないのです。ですから、あなたのお仕事の大切なことはわかりますが、協力は出来ませせん」

「あなたが病気になったときは、今度あなたがわたしに頼みにこられるんですよ」

「そのときはよろしくお願いします。しかし、わたしはその伝染病にかからないかもしれません。マルコポーロがヨーロッパにスピロヘータを持ち帰ったときも、生き残った人間はいるじゃありませんか。〝アラバマの追跡〟でも、交渉後に感染していなかった人間もいるじゃありませんか」

医師は、相手の無理解と、さらにそれを上廻る神経の強靱《きょうじん》さに、絶望を覚えたほどだった。

数日後に、医師は乱交パーティーにメンバーの一人として潜入した。この前の人妻が来たら、かならず見つけ出すというボボの約束を当てにしていたのだった。

医師はさらに、二十錠ちかい睡眠薬をボボに与えていた。なんとしても、感染源の追跡ルートを完成させたいという執着心が、医師にこの非常識な手段をとらせていたのだった。

彼は自分自身でも、すでに常識を越え、狂気に近づいていることに気づいていた。

こうまでして、感染源を完全にすることはないのではないか。すでにこの新しい菌は、他のルートからも日本に上陸していて、大阪の保健所からも二、三日前にその報告があったというではないか。

医師の心の中で、かすかにそんな躊躇《ためらい》の声がした。しかし、彼はふたたび、完全という考えに取り憑かれた。

彼は、今までの自分の人生が、妥協の連続だと思い込んでいた。

今度だけは、完全に物事を成し遂げるチャンスが来たのではないだろうか。

医師は、この前と同じ麻布のマンションで行われた乱交パーティーに出席した。彼は上半身だけ裸になって、長椅子の陰にひそんでいた。会員たちの性の儀式がはじまると、彼は息をのんで会場を観察した。

会場に信じられないほどの新鮮な解放感が満ちていることに、彼は苛立《いらだ》ちを感じた。もっと陰湿なものを考えていたのだ。

しばらくして、医師はズボンを脱いだ。先程から、すぐ目の前で、快楽の波に身を震わせているボディ・ペイントの女に彼は惹《ひ》かれていた。二宮医師の妻は、一度もそういう自制を失った姿態を見せたことがなかった。乱交の実態を識《し》るためには、自分も体験者になってみなければいけないのだと、彼は自分に弁解した。

二宮医師は、ここ数週間の感染ルートの追跡で神経が疲れ果てていた。彼は長いあいだの渇きが、激しい衝動となって湧きあがってくるのを感じた。医師は注意深く、病菌を避けるための製品を体につけた。

自分の唇が接触しないように、口づけの求めを避けながら、数人の女と交渉を持った。

大半の女たちが薬でらりっていて、相手を確認していないことを改めて認識した。

医師は、貴重な資料を得たと思った。それを、彼が密《ひそ》かに自分の快楽を満たしたことの口実にした。

このぶんでは、乱交パーティーの女たちからの追跡は諦めなければならないと思った。たぶん、その六人目のボディ・ペイントの女も、相手を確認せずに、ボボのあとに何人もの男と交渉を持ったにちがいないのだ。

そのうち、東京中の専門医たちが患者の発生を知らせてくるだろう。患者たちは、自分の罪の価《あたい》を全額、そっくり受け取ればいいのだ。彼がこれ以上、奔走してやる必要がどこにあるのか。

その諦めが、軽い解放感になって、医師を柔らかく包んだ。彼は真夜中に乱交パーティーの会場を出ると、タクシーに乗り、家に帰ってから久しぶりに洋酒のグラスをあけた。

それから、ベッドの妻の隣に素裸《すっぱだか》で横たわった。

彼の体の中で、久しぶりに刺戟された欲望が、先ほどの満足にもかかわらず改めて青年のように息づきはじめていた。

医師はなんの不安も罪の意識もなく、夫婦の営みを愉しむことにした。

彼等の肉体をへだてるものは何も存在しなかった。彼は、心ゆくまで自分の所有している妻の体を味わった。

法律も、道徳も、彼の欲望に余計な口をさしはさまないのだと思うと、彼は満足だった。

ふと乱交パーティーの出席者たちの解放感を羨《うらや》む気持が湧いたが、どうせあの連中は、イソップ物語のきりぎりす共なのだと思って、自分を慰めることにした。

冬になれば、みんな凍えて死んでしまうではないか……。

二週間後に、自分の体に明らかに新しい菌による発病の徴候を認めるようなことになろうとは、夢にも思っていなかったのだ。彼は、すでにボボの手で保菌者になっている妻の体を何度も何度も抱きしめていた。

ウルフなんか怖くない

1

今年の酉《とり》の市は三の酉まであった。

三の酉のある年は、火事が多いという。

早瀬川は、新宿の角筈でタクシーを捨てると、花園神社のほうへと足早に歩いた。

一時近いというのに、人の溢《あふ》れた歩道は夜店で賑《にぎ》わっていた。

綿菓子屋にベッ甲飴《あめ》の店、たこ焼き屋のにおいと、大熊手の叩《たた》き売りの威勢のいい声。この時刻になると、酔払《よっぱら》った水商売の女たちが圧倒的に多かった。

早瀬川はふと、綿菓子を口に頬ばりたいような郷愁に駆られた。せがまれるままに、銀座のクラブの女たちを連れて来ていたら、今頃はきっと大きな声を張りあげて熊手を振りまわしていたにちがいない。断わってよかったのだと彼は思った。結局は、ひとりで来るべきだったのだ。

早瀬川は、人込みの渦に逆らうようにして神社の境内へと急いだ。もしかしたら、もう終《お》わっているかもしれないという不安があった。

去年は、たしか一時過ぎまで人を集めていたような記憶がある。早瀬川は人の流れのうしろに立って、爪先《つまさき》で伸びあがるようにした。

見世物小屋の天幕《テント》と幟《のぼり》が見えた。毒々しいグロテスクな絵看板が入口に立てかけられ、すり切れたレコードが鳴っているのも去年と同じだった。

まだいるのだ。一年間、ああした羞《は》ずかしい惨《みじ》めな生活が続いたのだ。感嘆に似た思いと絶望感が、同時にこみあげてきた。

あとは、人の波に押し流されるようにして、見世物の小屋掛けの前まで行った。

《狼女《おおかみおんな》！　三歳までインドは奥地の狼に育てられた野性の女。今なお生肉を食らい、人の生血を吸って生きているという現代の不思議！》

大きな色あせた垂れ幕の張ってある木戸のところで、七十近い白髪の老人がしわがれた声で呼び込みを続けていた。

「さあ、さあ、お代は見てのお帰りだよ。今日見逃すと、もう二度とは見られないという代《しろ》物《もの》だ。さあ、今が入るチャンスだよ、どんどん入った、入った。これが最終回だ。本物の狼女！　髪ふり乱し、口は裂け、おそろしくてじっと見てはいられない。人間の言葉もわからないし、そばへ寄ると食い殺されるよ。さあ、世界でたった一人生存している狼女はこれ、恐怖の狼女、現代の不思議！　それがたったの百円で見られるという大サービス。さあ、入った、入った」

鼻水をすすりあげながらの木戸番の老人の口上につられて、早瀬川の前の学生らしい三人連れの男が木戸をくぐった。早瀬川も、その男たちの陰にかくれるようにして小屋の中へ入った。

足もとの仮づくりの床がぎしぎしと音を立てていた。

舞台の上には、両腕が肩口から切断された小柄な男がいて、両方の足で器用に桶《おけ》を組みて、木槌《きづち》でとんとんと底を叩いている。

いかにも場末の見世物小屋らしい風景だった。

腕のない、顔が渋皮色に染まったこの男は、両脚使いがすでに立派な芸になっていて、この桶の組立てのあとは、三メートルほど離れた的の中心に、小さな弓で見事に矢を射当ててみせるのだった。

この男は、去年と同じことをやっているなと早瀬川は思った。何年、同じことをやっても、それで前座がつとまるのだった。

それに引きかえ、呼び物の狼女のほうは、去年は蛇女という触れこみだった。

生きている蛇を頭からバリバリと食うというグロテスクな看板が、表にれいれいしく出ていたが、実際には、蛇女はすでに殺して裂いた蛇を食べてみせただけだった。

それでも客は、蛇女という看板に惹《ひ》かれて入ってくるのだった。

今年の狼女の趣向というのは、一体どういうのだろうかと早瀬川は考えた。去年は、見ている自分のほうが惨めな気持になったものだった。

十分ほどで腕のない男の桶まわしが終って、お目当ての狼女になった。

早瀬川は、自然に見物客の後ろに隠れるような姿勢になっていた。見るに忍びないという気持《きもち》が、また強く胸をおおいはじめたのだ。

隅に置かれた檻《おり》のおおいが除かれると鍵《かぎ》がはずされ、狼女は期待と好奇に満ちた沢山《たくさん》の目に迎えられた。

狼女は、去年の蛇女にくらべると髪の毛が長く、唇の間から作り物の歯のような長い犬歯が見えているのが違うだけで、あとは化粧も目の動かし方も同じだった。

それでも見物たちのあいだに、ほっというような溜息《ためいき》が洩《も》れたのは、出てきた狼女が十歳程度の子供の体格だったからだ。手も脚も短く、顔だけが大人の大きさをしていた。

「小人《こびと》じゃないか」

「でも、割合に顔立ちはちゃんとしているわね」

早瀬川の前の二人連れの酔払いが、伸びあがりながら無遠慮な声で笑い合っていた。

狼女は、わざと怪奇な風貌をつくるためか、灰色っぽい安い粉おしろいをはたきつけ、長くつけ足した犬歯を唇の外にはみ出させていたが、持って生《うま》れた顔立ちのよさは隠せなかった。それだけに、その顔が小さな肉体の上にのっているのを見ると、かえっていたましさを見る者の心に催させるのだった。

早瀬川は、粉おしろいの下の狼女の顔の肌のきめのこまかさや、ほそい美しい三日月形をした眉根が激しく寄せられるときの皺《しわ》の深さなどを知りつくしていた。

狼女が脚に鎖をつけられたまま舞台の中央ににじり出ると、いなせな法被《はっぴ》姿の若い男が出て来て、わざとらしい脅かすような仕種《しぐさ》で狼女に指示を与えた。

狼女は、目の前に置かれた四角い紙を両手で持つと、ぎこちない手振りで、それを順々に観客のほうへ見えるようにした。

まず、《私は赤ん坊の頃から狼に育てられました》という説明があらわれた。どれも幼児の書いたようなマジック・インクの下手な字だった。

《今も、両脚で立つよりも這《は》ったほうが楽に歩けます》子供だましの説明が続いている。

あの女は、すごい達筆だったのだと早瀬川は思った。雅堂流の書き手で、すでに十五歳のときに民展に入選していた。

「お客さん、この字は狼女を半年間仕込んで書かせた字だよ。字を書かせると嫌がって、こっちは二度も手を嚙《か》まれたんだ。今でもまだ字は読めないよ」

音響調整の悪いマイクを持った若者の口上が終らないうちに、狼女が、字を書いた紙を逆さに持ちあげて見せた。

「こら！　それは反対だ。下向きじゃないか」

若者が大声で嚇《おど》して手振りで教えると、狼女は怯《おび》えたように、字の書いてある四角い紙をまた逆さにしてみせた。

《私は、今でも生の肉しか食べません。生の肉や臓物なら、どんなものでも大好きです。と

きどき人間の赤ん坊を食べたくなります。だから、赤ん坊を抱いた人は私に近寄らないでください》

みみずののたくったような字で長々と書いてある。前のほうにいた酔った見物客が、手を出して悪戯《いたずら》しようとすると、若者が大声で怒鳴《どな》った。

「お客さん！　危ないよ。腕を食いちぎられても知らないぜ」

若者の怒声に、一瞬、見物客が静寂になった。それほど、若者の怒声に真剣な響きがあったのだ。

やはり、あの若者は本気であの女を愛しているのかもしれないと、早瀬川は思った。そういうふうに感じたのは、観客の中で早瀬川ひとりだけのはずだった。

他の見物客には、ただの商売道具に対する熱心さとだけとれたようであった。

早瀬川にだけわかったのは、狼女が彼の妻だったからだ。

若者が見物客の前で生きた鶏の首を切り、それを狼女の前に投げ与えると、人々がわっと喚声《かんせい》をあげた。

2

早瀬川が高林浩子と結婚したのは、八年前のことであった。浩子は、早瀬川の郷里の先輩に当《あた》る政治家の娘であった。

早瀬川は大学を卒業すると同時に、A省に入った。官立の大学を出て、その省に入れば、あとは本人の才覚次第で出世コースに乗ったも同然だと、大学の同級生たちから羨望《せんぼう》されるところだった。

早瀬川は、父親に早く死なれ、一人息子として母親の手で育てられたあとは、奨学資金を貰《もら》って大学を卒業した。優秀な生徒だったので、国の奨学資金の他に、県人会や郷里の政治家の個人的な奨学金までも貰って、学資に不自由するということがなかった。

早瀬川が大学卒業後、三年ほどして高林浩子の父親が早瀬川の勤めているA省の大臣になった。

高林浩子の父親の秘書官から、婉曲《えんきょく》に娘を貰ってほしいという最初の申し出があったとき、早瀬川は断わりきれなかった。やっと、母親が生きているあいだはと、一時しのぎの断わりを言ったのだった。

あいだに入った秘書官が、先方が愉《よろこ》びそうな口調で返事を伝えたので、早瀬川はさっそく大臣に料亭に呼ばれ、目の前で両手をつかれて抜きさしならない破目《はめ》に追いこまれた。

早瀬川は、今でもそのときの大臣の顔を思い出すことが出来た。ふだんは傲慢不埒《ごうまんふらち》で通っているこの男が、早瀬川の前に深く頭をさげて、片輪の娘を貰ってくれるのは、父親としてこれ以上の嬉《うれ》しいことはないと涙までこぼしたのであった。

大臣は、きみの将来の事はすべて委《まか》せてほしいと言い、経済上の心配も決してかけないと、ぽつんぽつんと言い澱《よど》みながら、最後に、

「とにかく、娘を貰ってくれたら、あとはきみの好きなようにしてくれて構わん。わたしも男だからよくわかるが、表でいくら女をつくってもいいということだ。むしろ、そうしてくれたほうがわしも気が楽なのだ」

とまで言ったのだった。

「ぼくは、そんなつもりではありません。そんなつもりは毛頭ありません」

早瀬川はどもりながら、そう繰り返していただけだった。それではどういうつもりなのかと聞きかえされても、一言も言えなかったのだが、自分では、立身出世のために郷里の権力者の不具の娘を貰うのではないと言いたかったのだ。

結婚の話が出て二ヵ月も経《た》たないうちに、正式の日取りが決った。

純白の打ちかけの裾を引いた、息子の美しい花嫁の姿を夢見ていた早瀬川の郷里の老母が、高林大臣の娘と聞くと、今までの恩返しのために結婚は当然のことだと、自分のほうがむしろ乗り気になってしまったのだった。

挙式は、早瀬川の郷里のYで行われた。不具の娘を人前にさらしたくないという家族の希望で、ごく近親者だけの内輪の挙式だったが、花嫁は金襴緞子《きんらんどんす》の打掛けを着て、雛人形《ひなにんぎょう》のように上気した顔で終始うつ向き続けていた。

早瀬川は、花嫁のことについては学生時代、奨学資金を貰っている郷里の権力者の娘に、体がいつまで経っても子供のように発育不全だが、顔立ちのいい娘がいるというふうに聞いていた。

子供のように小さな体なので、満足な夫婦生活が営めず、一生独身で終るだろうという迂《う》闊《かつ》な説を流すものがいて、それが早瀬川の記憶に鮮やかに残っていたのだった。

早瀬川は学生時代、一度も女遊びをしたことがなかった。女遊びどころか、映画に行くことさえあまりしない男だった。ただ、いい成績をとり、奨学金を出してくれている後援者たちに満足感を与えることだけが、彼の務めだったのだ。

式の半月ほど前に、早瀬川は大臣の秘書官に連れられて、銀座のクラブに行った。そこで品子という三十すぎのとうの立ったホステスを紹介された。

その晩、あまり強くもないアルコールを無理強いされるようにして、ブランデーを何杯もあけさせられたあとで、女のアパートに連れて行かれた。女を識《し》らない早瀬川に、その方面の知識を与えようとする大臣の秘書官の考えのようであった。

高林浩子の家族は、早瀬川のふだんの素行も調査していたのだった。

品子というホステスは気のいい女で、早瀬川の手をとるようにして、女の体の仕組みと反応の仕方を教えた。

けれども早瀬川は、明るい電燈《でんとう》の光の下に投げ出された脂肪のだぶついた女の体にあまり欲望を感じなかった。

　早瀬川夫婦は、新婚旅行には行かなかった。せっかくの新婚旅行が、車中や行った先の旅館で、人々の好奇の視線のためにさいなまれ、無惨《むざん》な結果になるのではないかというので、式が終ったその晩の飛行機で人目を避けるようにして東京に戻って来たのだった。

　早瀬川夫妻の新居は、まわりにコンクリートの高い塀をめぐらした、小家族では勿体《もったい》ないような屋敷であった。

　用心のために大型の犬を二頭飼い、ずっと妻の浩子の世話をしてきた年寄りの女中もついてきていた。

　東京の新居に移ったあとも、夫婦は別々の寝室にやすんでいた。かたちばかりの夫婦だということで、早瀬川のほうで遠慮していたのだった。ときどき、秘書官に連れて行かれた銀座のクラブから、早瀬川のところに電話がかかって来て、いつかのホステスが早瀬川の夜の相手をした。

　品子というホステスは、そんな時でも早瀬川を夜中に帰すことを忘れなかった。秘書官にそう言いふくめられているようであった。

　早瀬川が帰って来るまで、妻の浩子はかならず起きて待っていた。

「起きていなくてもいい。先に寝ていなさい」

「いいえ、よろしければ待たしていていただきたいんです」

妻の浩子は礼儀正しく答えた。早瀬川の勤めに出ているあいだ、妻の浩子はフランス刺繡《ししゅう》をしたり書道展の作品を書いたり、和歌を作ったりするのが日課になっているようだった。

早瀬川が、はじめて妻の浩子と肉体的に結ばれたのは、結婚後二ヵ月も経ってからであった。

その日、予算編成の長い会議が終って、早瀬川が帰宅すると、妻の浩子が挙式のときに着た金襴緞子の打掛けを着、角隠しまでして早瀬川の寝室になっている和室に坐《すわ》っていたのだった。

「そうやっていると、本当に雛人形のようだね」

早瀬川は優しく言った。実際、花嫁姿の浩子は、短い子供のような姿態が隠れてしまうせいか、小づくりの美しい人形のようで、思わず見るものを恍惚《こうこつ》とした思いにさせるのだった。

最初、早瀬川は、妻の意図がのみこめなかった。毎日、家にいて人前に出たことのない妻の浩子が、遊戯のつもりでそんなことをしているのだろうと思ったのだった。

けれども、妻の浩子がいつまでも早瀬川の枕もとを去ろうとしないのをみて、やっと早瀬川にも浩子の望んでいることがわかってきた。頭で理解するというよりも、早瀬川の体の中に突然、奔流のような欲望が走りはじめたのだった。

早瀬川は花嫁姿の浩子を抱きあげると、布団の上に運んだ。妻の浩子の体は、子供のように軽かった。

早瀬川は明《あか》りを消さずに、権力者から押しつけられた、体の発育不全の妻の顔を眺めていた。

妻の浩子は、目を閉じていた。その、淡い紅色に彩られた目のふちが、ときどきこまかく痙攣《けいれん》していた。早瀬川は、妻の体を膝の上に抱きあげた。子供を膝の上に抱きあげたような感触だった。やがて妻の浩子が耐えきれなくなったように震えはじめた。

発育不全だと聞かされていた妻の浩子に、体の愉《よろこ》びがあると知ったのはその時だった。夫の早瀬川に膝の上に抱きあげられるだけで浩子は悶《もだ》えのようなものを見せたのである。早瀬川は、妻の反応を窺《うかが》いながら、そろそろと花嫁衣裳《いしょう》の下をさぐりはじめた。柔らかい絹の襦袢《じゅばん》の感触の下に、子供のものとは違う、むっちりとした女の肌の感触があった。早瀬川は、妻の体の愛撫《あいぶ》を続けながら、雛人形のように整った顔立ちに次々と現われる、体の芯の愉びの波紋を観察していた。

早瀬川は間もなく、子供のような体だと思いこんでいた妻の泉が、豊かに溢れはじめているのに気がついた。彼は、夫婦の契《ちぎ》りを完全なものにするために、着ているものを脱ぎすてていた。

最初の時から、妻の浩子は早瀬川の体に密着し、長いすすり泣くような声をあげていた。

3

早瀬川が、妻の浩子の子供のような体に溺《おぼ》れたのは、半年ほどのあいだのことであった。半年ほど経つと、早瀬川は妻の体に飽きてしまったというよりも、辟易《へきえき》しはじめた。浩子は外出して気をまぎらわすようなことがないので、一日中家にいて、そのことだけを考え、待っているのである。

早瀬川は、そういう妻の相手をするのが、どうにも負担になってきたのだった。新しい銀座のホステスと知り合って、足繁《あししげ》くその女のアパートに通うようになったのだった。

秘書官に紹介された女と違って、妻の浩子の実家にいちいち報告される心配がないので、気楽に付き合えたのだった。一度、女遊びの味を覚えてしまうと、今までが真面目だっただけに、堰《せき》を切ったように遊びはじめた。浩子の実家から送ってくる月々の手当と持参金で、早瀬川の遊興費がいくらでも出た。

早瀬川が恐れていたことは、一種の奇形の妻に子供の出来ることだったが、今までには一度もそういう徴候が現われなかった。

浩子は、早瀬川が妻の体に関心を失いはじめても、それに慣れていくようであった。しばらく、そんな平穏な日が続いた。

早瀬川が衝撃を感じたのは、それから更《さら》に半年後に、妻の浩子が突然、家出をしたことだった。

早瀬川は、その知らせを役所にいて、浩子の世話をしている女中からの電話で知った。

「旦那さま、奥さまが……」

「浩子がどうしたんだね」

「家をお出になりました」

「黙って出たのかね。それならば、すぐに警察に知らせなければいけない」

早瀬川は、うわずった声を出した。浩子は東京に出てからも家にこもったきりで、土地に不案内であった。

それに一メートルほどしかない身長の女が歩いていたら、すぐに人目につくにちがいない。と思ったものの、長いこと妻のことを置き去りにしていたことを思うと、心配でじっとしていられなかった。早まったことをされては、妻の実家の今までの感謝が怒りに変《かわ》るにちがいないのである。

早瀬川が警察のことを言うと、女中の門村という女が口籠るようにした。

「それではお前は、浩子の行き先を知っているのかね」

「はい、なんとなく……」

「どこなのだ」

早瀬川は、女中を問いつめるために家に帰った。女中が、なにか事情を知っているにちがいないと思ったからだった。

最初は依怙地《いこじ》に口を閉じていた女中が、夜明け方になってようやく口にしたのは、駆落《かけお》ちという、いかにも古めかしい言葉だった。

「浩子が駆落ちしたって……」

「はい、男のひとのところへ行ったのだと思います」

「相手は誰なんだ」

「ここのお庭の植木の手入れに来ていた若い衆ですよ」

女中の、ぽつりぽつりと喋った言葉をつなぎ合わせると、二ヵ月ほど前から植木屋の若い衆が浩子のことを訪ねて来るようになったということだった。

たで食う虫も……ということがあるにしても、まさか奇形のような浩子を相手にと、早瀬川には信じられなかった。早瀬川は、なかば笑い出したい気持をおさえていた。

けれども出入りの植木職人の親方を呼んで事情を調べて行くうちに、早瀬川はだんだんと浩子の決意が並大抵ではないのだとわかって、真剣になってきた。

浩子を連れ出したのは、ただの植木職人ではなかったのだ。

「そりゃ、申し訳ないことをしました。高林先生には、ずっと東京のお邸《やしき》にお出入りを許していただいていたのに、とんだことをして——実は、あれはうちの職人ではなく、遠縁にあたるてき屋の若い者なのです。すぐに捜し出して、うんととっちめてやりますから……」

植木屋の親方が、安請合《やすうけあい》したが、結果はかんばしくなかった。二人の駆落ちした行き先が地方なのか、半年近くわからなかったのだった。

事情を知った浩子の実家では、むしろ早瀬川に申し訳ないと思ったのか、仕送りも今までどおりに続けられた。早瀬川はA省にも相変らず出勤し、仕事のほうでも抜擢《ばってき》され、クラブの女とも今までどおりつき合っていた。

そのくせ、妻の実家が建ててくれた新居で独《ひと》りで寝ていたりすると、花嫁姿の浩子が目の前に浮《うか》んできて、思わず魘《うなさ》れてしまったりするのだった。

浩子に関する最初の情報が入ったのは、家出のあと半年ほど経ってからの事であった。

前橋市のお祭りに、小屋掛けをしていた見世物の一座に蛇娘というのがいて、それが妻の浩子らしいというのである。

早瀬川は、その興信所の報告がどうしても信じられなかったが、わざわざA省を休み、前橋市まで出向いた。

けれども一日違いで、見世物の一座は他に移っていったあとだった。その見世物を見た人たちの話を聞くと、その蛇娘が青大将を体中に巻きつけ、そのうえ生きた蛇を頭からバリバリ食べるというので、妻のはずはないと思ったのであった。

たった半年ほどで、あのいかにも深窓に育ち、一通りの教養もある妻の浩子が、見世物のそのような演技が出来るはずがないと決めてしまっていたのだった。

早瀬川はしばらく、その前橋市の小屋掛けの話を忘れていたが、ふと、結婚直後はあんなに大人しかった浩子が、あの晩、急に花嫁の打掛け姿で早瀬川の寝室に現われたことを思い出し、もしかしたら妻の浩子が見世物の蛇娘になることもあるかもしれないと考えるようになった。

そう思いかけると、今度はなんとしてでもその事実を確かめたいという気持が昂《こう》じてきた。銀座の馴染《なじ》みのホステスのアパートで快楽をむさぼっているときでも、ふと、妻の浩子の一抱えしかない子供のような体が目の前に浮んでくるようになった。

続いて三ヵ月ほどのあいだに二度、蛇娘の見世物の小屋掛けが東京の近くにあったが、どのときも早瀬川は仕事に忙殺され、一晩だけの祭りのためにわざわざ出向いて行くことが出来なかった。

前よりも収穫があったといえるのは、興信所の人間が、蛇娘の顔を盗み撮りしてきたことであった。

一度ストロボを使って撮影しようとし、やくざのような男にフィルムを取りあげられた事があったために、今度の写真は絞りを開放にしてとったぼんやりとしたものであった。薄暗いぼんやりとした感じのその写真には、髪の毛を振り乱している小肥《こぶと》りの女が首に蛇を巻き、口を大きく開いているところだった。

他の数葉の写真は、どれもぼんやりとして判断しにくかったが、早瀬川にはやはり妻の浩子のように思えるのだった。早瀬川は、もし妻の浩子が、その見世物のやくざたちに誘拐され監禁されて、無理矢理惨めな役を強いられているのだとしたら、すぐにも助けなければいけないと思った。

翌月、十一月の一の酉に、蛇娘の一行が新宿の花園神社に小屋掛けをするというニュースが、興信所から早瀬川のところに届けられた。

一の酉には、早瀬川は胸を轟《とどろ》かせながら新宿の角筈でタクシーを降りた。まだ陽が落ちる前で、提灯《ちょうちん》にも灯が入っていなかった。蛇娘の見世物が、夕方の六時からはじまると聞いたので、早瀬川は役所の退《ひ》けるのが待ちきれなかった。

早瀬川は白いマスクをかけ、コートの襟を立てていた。気づかれないように蛇娘を観察したかったのだ。そろそろ混雑しはじめた神社の境内を彼は大股で抜けて行った。

まだ夕暮れの時刻だとはいえ、巧《たく》みな呼び込みにつられて天幕《テント》のはたはたと鳴る小屋掛けの中に、客が四、五名吸い込まれて行った。

小屋の中は、さすがにまだ閑散としていた。地面を這う冷たい風に、早瀬川はオーバーの裾をおさえた。そして、息をつめて蛇娘の出番を待った。前口上だけで、肝心の蛇娘はなかなか出て来なかった。

三十分以上待たされて早瀬川が疲れ切った頃、蛇娘がぼろをまとい、体に蛇を這わせながら小さな囲いの中から出て来た。

髪を振り乱し、爛《ただ》れたような真赤《まつか》な唇をしていたが、まぎれもなく家出した妻の浩子だった。早瀬川は、声をかけたい気持をやっとおさえた。妻の浩子は、この数ヵ月のあいだにどう仕込まれたのか蛇娘になりきっていて、少しも怖がらずに蛇と戯《たわむ》れ、あげくの果てに裂いた蛇の肉を、むしゃむしゃと下品に客の前で食べて見せていた。

蛇娘のそばには若いやくざっぽい男が立ち、荒縄をよじったような鞭《むち》で蛇娘を嚇していた。見世物には休みというものがなかった。絶えず客が呼び込まれては吐き出されて行く。早瀬川はマスクを取って見物客の前に立ち、蛇娘の注意を惹こうとしたが、彼女は早瀬川を見ようともしなかった。

蛇娘になりきっていた。ときどき鎌首《かまくび》をもたげた蛇を早瀬川のほうに突き出してみせたり、口の中から今嚙んだばかりの蛇の骨を吐き出して見せたりした。ぼろの裂け目から見え隠れする、妻の白い乳房に蛇の頭が触れるとき、早瀬川は耐えきれずに目をそらした。

いったい妻の意志なのか、それともやくざ者に嚇されて見世物小屋のさらし物になっているのか、それが早瀬川のもっとも知りたいところであった。

彼は七時間以上も見世物小屋の中に立ちつくし、とうとう夜中近くになって客が一人残らず小屋の外に流れ去ったあとで、囲いの内側の浩子のところへ行って声をかけた。

「浩子！」

彼が恐れていたことは、妻の知能程度が何かの事情で幼児のようになってしまっていることであった。彼の呼びかけに対して、先程の舞台の上の精薄の蛇娘のように答えるのではないか。

「浩子！」

早瀬川の二度目の呼びかけに、これ以上しらをきることは出来ないと思ったのか、蛇娘は振り乱した髪を両手でかきあげて、小さな体をよけい縮めるようにした。

「どうか、このままにして……連れ戻さないでいただきたいのです。そして……誰にも仰言《おつしや》らないで……」

浩子は早瀬川のほうを見ずに、消え入りそうな細い声でやっと答えたが、喋り方は昔どおり折目正しいものであった。こういう日が来るだろうことを覚悟していた顔であった。

早瀬川は、子供の体格しかない妻の体を抱きあげて小屋の外へ連れ出そうと思ったが、体に巻きついている蛇が怖かった。

「家に帰るのは嫌なのかね。こんな生活を辛《つら》いとは思わないか」

「…………」

浩子は、俯《うつむ》向いたまま返事をしなかった。

「こんな恥ずかしいことをしているのが、お父様に知れたら、それは悲しまれるよ。もし、やくざが絡んでいて浩子がここから抜け出せないのなら、わたしが警察を……」

「いいえ、そんなんじゃありません。あたしはここにいたいんです……」

蛇娘の気味の悪い化粧の下で、浩子のひたむきな顔が哀願していた。

早瀬川がたじろぎ、囲いの赤い綱に手をかけたとき、鞭を持って浩子を嚇していた若いやくざ風の男が気づいて、木戸口から駆けつけてきた。

「何だ、お前は！」

男にすごまれて、早瀬川が慌てて浩子の主人だと答えると、男はがらりと態度を変えて床に両手をついた。

「申し訳ないことをしました。旦那の顔をつぶして、何とお詫《わ》びをしていいかわかりません。なんなら、あたしの指をつめてくだすっても結構です。あたしは、この女に惚《ほ》れてるんです。旦那のとこから攫《さら》ってきちまったが、この女をなんとか仕合《しあわ》せにしてやりたいんです。だから連れて行かないでください」

早瀬川は、自分の入る余地のないことを感じた。それに、もともとはこちらから見棄《みす》てていた妻であった。

「あんたが本当に浩子のためを思っているとわかれば、わたしもこのまま帰るが……どんな証拠があるんです。あんたが家内を見世物にして金儲《かねもう》けをしているとも考えられるし、もっと勘ぐれば、家内と結婚して実家に金を出させようとしているとだって考えられる」

「旦那、わかってくださ い。あたしたちはちっともそんなことは考えちゃいませんよ。このまま放っておいてもらえりゃいいんです。誰にも迷惑なんかかけやしません」

若い男は一生懸命にそれだけのことを言うと、いきなり浩子を軽々と抱きあげて舞台の上であぐらをかいた。

胴巻の下のぱっちを脱ぎ棄てると、茂った黒い叢《くさむら》から、鎌首をもたげた蛇のような男が逞《たくま》しく勢いづいてきた。

若い男は、早瀬川の前で膝の上の浩子を独楽《こま》のようにまわして見せた。

そのあいだ浩子は、早瀬川とはじめて交わった夜のように、ほそい眉根を寄せ、額の上をビロウドのような汗でしめらせていた。

早瀬川は、寒風がはたはたと天幕のすそを鳴らす人気《ひとけ》のない小屋掛けの中で、この愛の見世物を虚脱したようにじっと見つめて立ちつくしていた。

4

それが一年前のことであった。そのとき、男と妻に懇願されて、一年間だけ待とうと約束したのだった。

一年経って、浩子が見世物小屋の生活に満足していれば早瀬川は妻の自由を認めるし、逆の場合は黙って引き取るということであった。

早瀬川は興信所に、〝蛇娘〟は妻ではなかったという報告をして、また一人だけの生活をはじめたのだった――。

狼女が、口で食いちぎった血のしたたる鶏の肉を見物客のほうに投げつけると、きゃあという恐怖の声があがり、観客たちは一瞬、うしろに飛び退《の》いた。浩子はこういう見世物的な演技に、すっかり慣れきったようであった。

客たちのざわめきで、呼び込みの老人の前で躊躇《ためら》っていた一団が、また好奇心に満ちた顔つきで流れ込むように入って来た。

早瀬川は、狼女を演じている浩子の表情の中に、流れ去った一年間の変化を見つけ出そうとしたが無駄であった。

浩子は髪を振り乱し、長く継いだ鶏の血のしたたっている犬歯をむき出して見物客を怖がらせていたが、その惨めな演技の裏に活《い》き活きとした仕合せそうなものが溢れているのを感じたのは、おそらく早瀬川だけだったであろう。ぼろの裂け目からは、彼のよく知っている浩子の乳房の先がのぞいていた。

早瀬川の目の前に、一年前、若い男があぐらをかいて浩子を抱いて見せたときの情景が、二重映しに重なった。

早瀬川は、客の呼び込みの終る一時過ぎまで、小屋掛けの一番うしろの丸太に腰をおろして待っていた。

声をかけようか、話しかけて、もう一度彼等の意向を確かめてみようと迷いながら、最後の客が小屋を出て行ってしまうのを待った。雑踏も、そろそろまばらになる頃であった。
《どうだね、一年たったが……家内は帰りたがっているかね》
《おや、旦那、もう、あたしたちのことなど、とっくに忘れちまったとばかり思っていましたよ。あいつは帰りたがるどころか、毎日張り切ってやってますよ。来年は、また違った出し物をやろうと思って相談してるんです。海底から拾って来た鮫肌《さめはだ》の鮫女なんてどうでしょうね、旦那》
《生の蛇を食べさせたり、鶏の生き血を吸ったりさせるのは可哀想《かわいそう》だ。やめられないのか》
《惚れ合っていれば、何を食ったって害はありませんや。なんなら、惚れ合ってる証拠をまたお見せしましょうか。あいつは喜んでやってるんです。放っておいてくださいよ、旦那》
わざわざ彼等に声をかけなくても、会話の内容は想像出来た。早瀬川には意味のない、無駄な会話に思えた。
彼は急いで丸太から腰をあげると、木戸銭を払って出ようとする最後の客のうしろについた。握りしめた百円玉が汗ばんでいた。
《わたしはもう、来年は来ないよ。しかし、籍は入れたままにしておくから、帰りたいときはいつでも帰っておいで》
百円玉を呼び込みの老人の手に落《おと》しながら、早瀬川は心の中で言った。舞台の囲いのほうを振りかえると、狼女は陰にかくれるようにして、振り乱した髪のあいだから彼のほうを感謝するように黙って見送っているように思えた。

あれでいいのだと、彼は口の中で繰り返した。

自分の不具を気にして、人々の残酷な視線の針から逃げようと一日中家に引きこもっていた毎日より、自分のほうから人々の視線の中へ飛び込んで行ったことで、はじめて浩子は解放されたのではないだろうか。

早瀬川は、見世物小屋を出ると、人の波の退きかけた境内をゆっくりと歩いた。

賑わいは静まり、どの出店もたたまれて、引きあげはじめていた。祭りの終ったあとには、紙屑《かみくず》の舞いあがる荒涼とした風景が拡《ひろ》がることだろう。狼女の生活が充実しているのに引きかえ、自分の生活がこの風景のようにひどく荒涼としたものに思えた。

早瀬川の前で酔った学生が、〝ウルフ（狼）なんか怖くない〟と大声で唄《うた》っていた。

いつのまにか早瀬川も、同じ文句を口の中で呟《つぶや》いていた。

悪魔のような女

1

病院の門から玄関までのS字型の道は、なかば枯れかけた糸杉が植込まれていた。建った当時はしゃれた建物だったのであろうが、長い年月が白壁をくすませ、窓の鉄格子と相まって、沈鬱《ちんうつ》な感じを与えた。

長瀬《ながせ》は受付で、面会の手続きをとりながら、ふたたび重い罪の意識にとらえられていた。この精神病院の中に、ひとりの男を閉じこめた企《たく》みの共犯者が自分だという強い意識なのであった。

たとえそれが、他人から見れば企みというような大袈裟《おおげさ》なものではないにしても……。

受付の女は、長瀬の差し出した面会表を無表情に眺め、担当医の名前をボールペンで書き込んでいた。

「八号の患者さんのことで、岩下先生がお目にかかりたいそうです。よろしいですか」

それは有無を言わせぬ調子だった。どちらにしても、医者には会わなければいけないのだと長瀬は思った。

長瀬は待合室で五分ほど待った。彼はアメリカで、精神科医の診療室を訪れたことがあったが、あの患者を落ち着かせる凝った豪華な演出は、この日本の病院には、どこにも見当《みあた》らなかった。待合室の寒々とした感じが、ますます長瀬を憂鬱にさせた。

この長瀬の感情を一瞬にして吹き払ったのが、待合室に入って来た担当医だった。

「八号の患者にご面会の方は、あなたですか」

「はい、わたくしが長瀬です。なにか受付で、担当医の方にお目にかかるようにということでしたが……」

長瀬はベンチから腰を浮かせかけながら、眩《まぶ》しい思いで相手を観察した。

白衣を着ていたが、文句のない美人だった。均整のとれた肢体と大きな目が、女優にしてもおかしくないのではないかと、長瀬に思わせたほどだった。

彼は最初、看護婦にちがいないと思っていた。

「どうぞ、こちらへいらっしゃってください」

長瀬は、その白衣の女の案内で、ひんやりとした長いくすんだ廊下を歩いた。

第三主治医室と札のおりた、ガラスのドアを女が開いた。

暗い廊下とは別世界のような明るい清潔な部屋で、カルテをのせたデスクの前に、ヘッド・レストのついたゆったりとした椅子《いす》が置いてあった。

女は、そこに坐《すわ》るようにと長瀬にすすめてから、やっと自分が八号患者の担当医の岩下だと名乗った。

「あなたが、小田切の担当医の方ですか」

長瀬が意外だという表情をしても、彼女はなんの説明も加えなかった。

面会の人間が、女医の担当医だということに驚くのには、すっかり慣れているようであった。

「奥さまの代理でいらっしゃいましたの」

「いいえ、小田切の奥さんには会っていません」

長瀬は首を横に振った。

「小田切蘭子さんは、昨日見えられました。二、三日中に、あなたがいらっしゃるはずだと仰言《おつしや》ってましたわ」

「小田切の奥さんがですか……」

なぜ、あの女が、長瀬がここに来ることを知っていたのだろうかと、きゅうに不安になった。

「どうです、小田切は退院出来ますでしょうか」

「あなた方は、退院してもらいたくないのじゃありませんか」

医者にしては皮肉の範囲を越した、妙な質問だった。長瀬は女医の顔を見つめた。

「それはどういう意味でしょうか」

「あたくしは今、八号の患者が本当に他人に危害を加える分裂症なのかどうか、疑問を持っています」

「しかし……わたしは現にあの男に刃物で刺されそうになりましたし、あの男が異常な行動をするのも目撃しました。わたしは、あの男を一度も精神病院の中に閉じこめようと思ったことはありません。あのままでは周《まわ》りに危害を加えるし、本人も怪我《けが》をします。それで、病院に相談しただけです。入院するようにすすめたのは、あなた方じゃありませんか。病院の方たちですよ」

長瀬は興奮して、少し早口になった。彼は怒っているふうに、自分を見せたかったのだ。

「そんなふうに弁解なさらなくてもいいんですよ。あたくしはただの医者としての立場から喋《しゃ》べっているのではありません。あなた方のことは、なんでも承知しています。あなたと小田切蘭子の関係も、あなたのお仕事も……でも、ご心配なさらなくても大丈夫です。八号の患者は、なかなか退院しないでしょう」

女はあきらかに、長瀬を激昂《げっこう》させたいようだった。それを計算の上で喋べっているのだ。向《む》こうが長瀬のことを知っていると聞いて、彼は注意深くなった。向うの出方をはっきりと知る必要があった。

長瀬は、女医のさし出した銀色のシガレット・ケースから、外国製の煙草《たばこ》を一本抜き出した。女医のほそい白くしなう指は、綺麗に爪がかりこまれていた。

「それで……患者は退院出来そうもないんですね」

「ええ、当分のあいだ無理だと思います。でも、あなたのお話しを聞けばまた違うかもしれません。参考になることですから、あなたの知っておられることは全部喋べってください」

「どんなことを喋べればいいんですか」

「あなたが小田切蘭子と初めて会ったのは、いつでしたか」

「そうですね……もう三年前になりますか。蘭子さんが小田切と結婚したときからです。ぼくは、彼等の結婚式に出席しましたからね」

「あたくしも出席していたんですよ」

「ほう、あなたがですか」

長瀬は、女医の顔をあらためて眺めた。あの結婚式のとき、この女医らしい女を見た記憶が彼にはなかった。

「その結婚式のときに会ったのが最初なんです」

「あたくしも、結婚式のときには招待されていました。あたくしが出席していたのを覚えておられますか」

「いいえ、残念ながら覚えていません。そうすると、あなたは小田切の奥さんの友だちなんですか」

「ええ、高等学校の頃からの友人です」

女医は、相変《あいかわ》らず長瀬の反応をたしかめるような視線を注《そそ》いでいた。

「そうですか、それでなんでもご存知なんですね」

長瀬は溜息《ためいき》をついた。こうなったら、この女医になにを隠しだてしても無駄だという気がしたのだ。

長瀬が煙草に火をつけ終《お》わると、女医があらためて質問した。

「長瀬さん、あなたが患者の奥さんと躰《からだ》の交渉を持たれたのは、いつのことなんです。出来るだけ正確に思い出してください」

「それが、患者の診療のために必要なんですか」

「ええ、ぜひ必要です」

女医の声は、突き放すような冷たい響きを持っていた。

2

長瀬が小田切夫妻と親しい交渉を持つようになったのは、四ヵ月ほど前からであった。それまでは、大学時代の友人だったものの、卒業後は年賀状を取りかわす程度の交際になっていたのだった。

再会したのは、テレビ局のロビーであった。長瀬は若手の弁護士として、さいきん解決したばかりの離婚訴訟のことで、昼間の婦人番組に出ていたのである。

協議離婚の性格の不一致というのが、結局はセックスの不一致であると主張している、セックス・カウンセラーの医師を相手に、長瀬は性格の不一致というのは信頼感の欠如からくるものであると、一生懸命に喋べっていた。

　カラー番組でライトが強く、長瀬は額に汗を滲《にじ》ませていた。昼間の番組で、家庭の主婦が見ており、自分の喋べっていることがいかにも道徳家ぶっていてスタンド・プレーだとは思ったものの、長瀬が夫婦のあいだの信頼感を信じていたことは事実だった。

　べつに夫婦でなくても、二人の人間がいて、そのあいだに信頼感が失われてしまえば、すべてが疑惑のもとになってしまうというのが長瀬の論拠だった。

「しかし、わたしのところに相談に見える女性は、ほとんどがセックスの不満を持っていますよ。話を聞いてみると、どうにも解決出来ないものばかりなのですね。こういう場合は性格の不一致ということにして、協議離婚のケースになるのが多いですね」

　セックス・カウンセラーの医師は、縁無し眼鏡《めがね》をかけた背の高い男だったが、女性的な声で、具体的な例は微妙なセックスのことなのでここでは申しあげられませんがと、勿体《もったい》ぶった言い方で、自分の説が正しいことを言おうとしていた。

「しかし、だいたいにおいてセックスの一致などというものが存在するのですか。一組の男女のあいだに信頼感があるからこそ、お互いが一致したような錯覚的満足感を抱くだけなのじゃないですか。満足感にしても一致感にしても、所詮《しょせん》は別々の人間が、お互いに抱くものじゃありませんか」

長瀬は、法廷などではちゃんと退《ひ》きぎわを心得ていて、若いのに老獪《ろうかい》ぶりを発揮するとまで言われているのに、この日に限って、なぜか議論の深追いをしてしまった。

司会のアナウンサーが、強引に長瀬の言葉を打ち切らせて話題をずらしてしまったので、その場はなんとか納まったのだが、番組が終ったあとでも、長瀬はまだ釈然としなかった。

「あなたはお若いですな。セックスの不一致は昔から言われているとおり、しっくりいかない仲というのがあるものなんですよ」

セックス・カウンセラーの医師は、のっぺりとした粘液質の顔を長瀬に近づけてきた。

「テレビでは仰言らなかったが、具体的な例というのがあるのですか。そして先生は、いちいちこまかい不一致の原因を聞かれるのですか」

「勿論ですよ。時間が短いとか、夫の恥骨が痛いとか、他からすれば滑稽《こっけい》に思えることでも、本人たちにしてみれば真剣な問題ですからね……まあ、そういったようないろいろな悩みがあります。こういうのは、こちらで適当なアドバイスを与えて、引き取らせます。すべてテクニックの問題ですからね。恥骨が痛ければ体位の工夫をすればいいのですし、時間の問題だって、妻の側の愛撫《あいぶ》を長くしてインサートを遅らせればよろしい。誰にでもわかることです。ところが、この世の中には、自分の躰自体に問題を持っている男性がいて、その場合はどうにもしっくりいかないようですな」

「そうでしょうか。それこそ、先生の仰言るテクニックで解決出来る問題じゃないのですか」

「いや、その場合は非常に難しいですな。どうしてもしっくりいかないから夫は他に女をつくるようになり、妻のほうは潜在的に浮気を望むようになる。わたしは、セックスの面でも相性の悪い夫婦というものがあると思いますね。こういうのは出来るだけ早く別れたほうがいいのです。ところが、この判定がまた難しい。夫が性交不能だというようなのは、比較的簡単なんですがね、結婚して半年も経《た》つのに、交渉を持った回数がわずかに数回だというような夫婦はざらにいますからね……」

「それにしても、離婚の原因をセックスだけに結びつけるのは、やはり危険だと思いますね」

医者の慣れ慣れしい、籠絡《ろうらく》しようとする喋べり方に反撥《はんぱつ》して、長瀬は相変らず唇をとがらしていた。

「まあ、一度、わたしの診療所を覗《のぞ》いてみてくださいよ。いろいろなデーターをお見せします。そうすれば、わたしの言葉も信じてくださるでしょう」

セックス・カウンセラーの医師は、最後には長瀬の強情なのに呆《あき》れたようだった。

「ところで、あなたは奥さんとは勿論うまくいっていらっしゃるのでしょうな」

夫婦間に不満があるので、わざと信頼感という言葉にしがみついているのではないかといわんばかりの、疑わしそうな顔であった。

「わたしは家内に、結婚後二年で先立たれました。この二年間ほど、人生がバラ色に輝いていたときはないと思いますね」

長瀬が、交通事故で亡くなった妻のことを、相変らず攻撃的な口調で言うと、医師は皮肉な微笑を唇の端に浮かべた。

「あなたがもう二年、その結婚生活を続けられていたら、結婚に対する物の見方が変られていたと思いますよ。あなたは結婚生活のいい部分だけを味わったのです」

長瀬はカウンセラーの医師に暴力をふるいたいのをやっと抑えた。彼は死んだ妻のことを、そういうふうに言われることが我慢出来なかったのだ。

長瀬が怒りで頰を赫《あか》らめさせながら、スタジオから階下に通じる階段を降りてきたとき、下からあがって来たのが小田切であった。

「やあ、今のテレビ、下で見ていたよ。あんたは相変らず堅いことばかり言っているんだな」

と、どちらかというと童顔に近い丸顔に笑いを浮かべて言った。

「なんだ、あんたも見てたのか」

長瀬は久しぶりに会う友人の顔をまじまじと見つめた。

小田切のことは、ときどき週刊誌などで見聞きするので、よく知っていた。

プロダクションをしている美人で金持《かねもち》の女と結婚したあと、勤めていたテレビ局をやめて、そこの事務所を切りまわしているという話だった。

「だいぶ盛んにやっているらしいね。きみのところでプロデュースしている女の子のレコードが、ここのところ大分売れているそうじゃないか」

長瀬は、これも新聞の芸能欄で仕込んだ知識を挨拶がわりにした。

「ああ、仕事のほうはなんとかいっているんだが、他に困った問題があってね。いや、女房のことなんだ……」

と腕組みをして相談する顔になった。

長瀬は商売柄、相手が何か打ち明けたいことがあるときはすぐにわかるのである。そんなときは、たいてい黙っていて、いい聞き役になってやるのだった。

「ぼくは普段、昼間の番組なんて滅多に見ないんだが、〝夫婦間の悩み〟という身近なテーマにつられて、つい見てしまったんだ。きみの名前も出ていたしね」

「聞いても別になんの役にも立たなかっただろう。あんな短い時間では、肝心なことは何も話せやしないよ」

「いや、大変に興味ぶかかったね。特にきみが、夫婦のあいだの信頼感を強調してくれたので、すごく心強かった。実は今、家内が離婚問題を持ち出して来ているんだ」

「本当かね、きみたち夫婦はうまくいっているという話じゃなかったのかい」

「そんなことは表面だけさ。われわれは結婚した当時からうまくいっていないのだ」

小田切の童顔は、いつのまにか泣き出しそうな気弱な顔になっていた。

ここじゃ話も出来ないから、一度うちに訪ねて来てくれないかと、小田切は熱心に頼んだのだった。

長瀬は、それから一週間ほどスケジュールに忙殺されていて、小田切のことをつい忘れ果てていた。

3

小田切から、ぜひ訪ねて来て欲しいという電話が長瀬の銀座の事務所にあったのは、それから更《さら》に半月ほどしてからだった。

長瀬が世田谷にある小田切の家を訪ねると、小田切は半月前にくらべて一段と消耗した感じだった。

二百坪近い芝生の庭に、コリーが放し飼いにしてあって、いかにも大邸宅といった感じのここの主人には、ふさわしくない表情だった。

「用事というのは、なんなのだね」

「きみに、弁護士として相談にのってもらいたいのだ。ちゃんと費用は払う」

「費用なんて大袈裟なことはいいが、奥さんのことかね」

「そうだ、この前、テレビ局でちょっと言いかけたのだが、それ以上説明する勇気がなかった。あの日だって、本当はわざわざきみに会いに行ったのだ」

「それならば、あのときゆっくり話をすればよかったのに……」

「そうなんだ。この半月ほどのあいだに、事態がもっと悪化してしまっている。ぼくはこのところ、食事をする気にもならないのだ」

小田切は頭をかかえ、苦渋に満ちた顔を伏せた。

学生時代は明るいタイプで物怖《ものお》じをせず、こんなふうに深刻になるタイプではなかったのにと、長瀬は思った。

法科を出ていたのに、小田切は父親のコネがあるとかで、さっさとテレビ局に入ってしまった。最初は報道番組をやるとか言っていたのに、学生時代から音楽好きで自分もピアノを弾いていたようなこともあって、いつのまにか芸能畑の音楽プロデューサーになっていたのだった。

長瀬が弁護士の国家試験に受かったあと、すぐに結婚したのにくらべ、小田切のほうは、つい三年ほど前まで気儘《きまま》な独身生活を続けていた。

女性関係も多かったという話だし、女プロデューサーの塚原蘭子と結婚すると聞いたときも、周りの人間がほとんど納まるところに納まったという感じを持ったほどであった。

長瀬は、結婚式の披露パーティーの招待状を貰《もら》って、ひとりで出かけて行った。立食形式のホテルの披露宴で、長瀬は花嫁の蘭子と軽く会釈を交《かわ》した。

噂《うわさ》にたがわず、目鼻立ちの整った美しい女だったが、白い花嫁衣装のせいか初々しい女に見えた。妻を亡くして再婚を嫌っている長瀬には、すべてが彼の感傷の対象になった。

心の底で、白い花嫁衣装の小田切の妻に、憧憬を覚えたほどであった。

いい女房を見つけたものだというのが、大方の偽りのない声だった。

「別れ話はどっちから持ち出したんだね」

長瀬は、出されたウイスキーに口をつけた。

「もちろん家内のほうだ。ぼくは離婚する気持《きもち》など、これっぱかしもない」

「奥さんのほうの理由は、なんなのかね」

「そんなことは本人に聞いてくれ……」

小田切は一度ヒステリックに叫んだが、すぐにまた哀れっぽい表情になった。

「家内のほうの言い分は、この前きみたちが話していた性格の不一致というやつさ」

「きみはそれを認めるのかね」

「認めるものか」

小田切は肩を震わせた。

「それでも奥さんは、どうしても離婚するというのかね」

「そうさ、初めからそうだったというのだ。しかし、結婚した当座は何もかもうまくいっていたんだが……」

「きみはさっき、性格の不一致と言っていたね。それは言葉どおりの意味なのかね」

「言葉どおりというと……ああ、いや、そうじゃない……」

小田切はきゅうに狼狽《ろうばい》した顔つきになった。

「家内はもうここ一年近く、ぼくのことを拒み続けている」

「夫婦関係を持とうとしないのだね」

長瀬は、自分ながら野暮《やぼ》な質問を口にしたと思った。小田切たち夫婦の夜の生活には、もっとふさわしい言葉があるような気がしたのだ。

「うん、それも、ただぼくのことを遠ざけるというのじゃないのだ」

そう言いながら、小田切は額に脂汗を浮かべていた。

「他に男を作ったとでもいうのかね」

長瀬は半分冗談のようにして尋ねてみた。

「男なら、まだいいんだが……そうじゃないのだ。家内がやっているプロダクション所属の女の子たちがいるだろう。その女の子たちを毎晩のように自分のベッドに入れるのだ」

「自分のベッドって……きみたち夫婦の寝室は、べつべつなのかね」

これだけ大きな邸宅だから、あるいは寝室を別にしているのかもしれないと思って、長瀬は尋ねた。

「いや、同じ部屋だ。ベッドはツイン・ベッドで別々になってはいるが……」

「そこへ奥さんが、女の子と寝るというのかね」

「そうだ、十七、八から二十一、二までのタレント志望の女の子を、片っぱしから連れてくる。それも、レコードを吹き込んだばかりの十七歳の新人歌手を今日可愛《かわい》がっているかと思うと、明日は二十五を過ぎてスターを諦めた大部屋の女優に、バス・ルームで隅々まで躰を洗わせているといった調子だ。それも最初は、タレントたちの親がわりなのだから、自分が一緒に寝てやって心を通わせるのだなどと綺麗ごとを言っていた。ぼくも、初めはそうだと信じこんで何も疑わなかったのだ。ところが、ある晩、夜中にふと目を覚《さま》すと、隣のベッドで人の微妙に動く気配がするじゃないか。それに、なまなましく凄《すさま》じい声と吐息とが絡み合って、ぼくは躰を動かすことが出来なかった。その晩、一緒に寝ていたのは、離婚の経験のあるとうのたった歌手だった。前から男好きだとは聞いていたが、あんなふうに狂態を示すとは思っていなかった。しかも、男の役をしているのは、ぼくの家内だったのだ。彼女は一言も口をきかなかった。呼吸する息の音さえさせないのだ。しかし気配で、あいつの手がどこに伸びているのかはっきりとわかるのだ。ぼくは驚き、打ちのめされて、しばらく闇の中で目を見開いていたが、疲れていたのでいつか眠ってしまった。翌日、それとなく尋ねてみると、妻は何も知らないとうそぶくのだ。自分は熟睡していたから、何も知らない。あの女は色気狂いだから、自分で愉《たの》しんでいたのだろう。もしかしたらぼくを誘惑するためにそんなことをしたのかもしれないなどと、見えすいた言い逃れを言うのだ。それも顔色一つ変えずにね。とにかくぼくは、昼間は昼間でけっこう忙しい。新橋にあるプロダクションの事務所の人間を動かして、一日中、テレビ局やレコード会社を廻《まわ》っていなければならない。妻のように、タレントをスカウトし、教育していると称してのんびりしているのとは違うのだ。妻この年になって、高麗《こま》ねずみのように走り廻らなければならない。あのままテレビ局にいれば、今頃はそろそろ現場から離れて、のんびり出来る頃だ」

小田切の話は脇道にそれた。要するに、いろんなことで不満が渦巻いているといった感じだった。

「それじゃ、きみが奥さんと二人きりになるときは、ほとんどないということだね」

「そうさ、一緒になれるのは夜だけだ。それなのに妻は、かならず自分のベッドの中にタレントの女の子をひとり、引き入れている。わたしだって男だからね。たまには家内と二人だけで新婚時代のように睦《むつ》みたいと思うときがある」

「遠慮なく、きみのほうで申し出ればいいじゃないか」

「ところが、家内は言を左右にして、絶対に自分のベッドから女の子を離さないのだ。あるとき、ぼくはたまりかねて、夜中に裸で起きあがったことがある。家内のベッドにそっと近づいたのだ。毛布の下から躰を滑らせようとすると、どうだろう、家内も相手の女も裸じゃないか。それも、しっかりと抱き合って、ぼくを完全に拒否していた。ぼくはすぐ隣のベッドで、暗い中で微《かす》かに動き続ける蒲団《ふとん》のシルエットを凝視し、悶々《もんもん》として一晩中眠れなかった。翌日、家内に、今後絶対に女をベッドの中へ引き入れないようにと要求した。すると家内は、わたしのことを嘲笑したのだ。結婚以来、ぼくとの夫婦の営みで一度も快楽を覚えたことがない。ぼくと一緒に寝ることは非常に苦痛なのだとまで言い放った。そして、ぼくに、他に女をつくればいいと、笑いながら平然と言った」

「きみだって、以前には他の女関係があったんだろう」

「妻は、ぼくが離婚したくないという弱味を知っているから、そんなことを言うのだ。他に女をつくれば、すぐにそれを離婚の理由にするのに決《きま》っている。ぼくは毎晩の地獄の責め苦に耐えられないから、せめて寝室をかえさせてほしいと言うと、世間体が悪いから駄目だと言うのだ。ぼくは、この頃、ほとんど一晩中眠っていない。隣のベッドで、妻と女が絡み合うのをじっと闇の中で見つめているのだ。この頃は女たちも図々しくなって、ベッドの枕もとの小さな明《あか》りをつけたままにしておく。いや、消しておくのだが、ぼくが明りをつけても平気でいるのだ。ひどいときは、ベッドからのけぞるようにした女の白い歪《ゆが》んだ顔が、ぼくのすぐ前で明け方まで喘《あえ》いでいるときもある。そうかと思うと、妻の滑らかなすんなりした脚が、相手の女の顔のあたりまで伸びて、女が妻の脚の指先を軽く嚙《か》んでいるときさえあるのだ。ぼくは、寝室の絨毯《じゅうたん》の上に跪《ひざま》ずいて頭をかかえている。何も見ないようにしようと思うのだが、いくら耳を塞《ふさ》いでも駄目なんだ。女たちの喘ぐ気配が、針のようにぼくの躰を貫き刺すのだ。最近ではアルコールも、ちっとも眠気を誘ってくれはしなくなった」

小田切は、しまいには自分自身の言葉に酔っているようだった。テーブルの端を摑《つか》んで、両の頬に涙を流しはじめていた。

話を聞いて、長瀬の胸に最初に起こった反応は、同情よりもなんと女々しい男だろうという侮蔑感だった。

そして、それが次第に小田切の妻に対する怒りに変ってきた。自分たち男性が、女に馬鹿にされているような気がしてきたのだ。

「きみはなぜ、そんな状態に甘んじているのだ。主人としての権威を守りたまえ。経済上だって、きみは奥さんに寄りかかっているわけじゃないのだろう」

「もちろん、事務所ではぼくのほうが働いているし、今までテレビ局や芸能界で顔が利いたのは、ぼくが昔テレビ局にいたからだ。妻だって、ぼくの利用価値は充分に承知しているのだ。結婚するときは、ぼくはかなりの貯金を持っていたし、それは全部、タレントの育成費につかってしまった」

「それなら、なにも遠慮することはないじゃないか。今夜からでも絶対に他の女を夫婦の寝室に入れないようにしたまえ。今、きみたちのしていることは少し異常だよ」

「それはわかっている。しかし、ぼくは絶対に離婚したくないのだ。だから、きみに頼んでいるのだ。家内はきみが、映画スターのFの離婚訴訟を取り扱った有能な弁護士だということをよく承知しているのだ。きみが会って話をしてくれたまえ」

小田切は、長瀬が手がけた有名スターのFの名前をあげた。

その段階で、長瀬の胸に渦巻いていた感情は一種の義憤であった。場合によっては、これは夫への虐待になると考えていた。

家裁に持ちこんで調停させ、事の成り行きでは、小田切蘭子から損害賠償を取ってやらなければいけないと思っていたのだった。

「それじゃ、奥さんと会うがね、どこで会ったらいいのだろう」

「家内は、きみの事務所を訪ねると思うよ」

小田切は、きゅうに弱々しい声になった。

4

長瀬が小田切蘭子と会ったのは更に、数日後のことであった。彼女のほうで、銀座の長瀬の事務所に訪ねて来たのだった。

和服の蘭子は、結婚式のときにくらべて遙かに成熟して見えた。お召しの、肌に吸い着くような着物を着ていたが、それが美しいというよりも、なんとも言えぬ妖艶《ようえん》な女に見せていたのだった。小田切から、蘭子の夜の生活ぶりを聞かされていたので、その先入観もあったたようだった。

「主人から、ここに来るように言われましたのよ。先生のお名前は、それはよく伺《うかが》っておりますわ」

蘭子は、こぼれるような微笑を唇の端に浮かべた。

「それでは、ご主人がご相談に見えた、話の内容はご存知なんですね」

「それが、なんのことかさっぱりわかりませんのよ。こわい顔して、弁護士さんのところへ行けって言うんですもの。長瀬さんは主人の学生時代のお友だちだと伺っていますので、安心して参りましたけれど……」

妙に媚《こ》びるような、小田切蘭子の喋べり方だった。この女が小田切を、いや男性全体の存在を辱《はずか》しめているのだと、長瀬は無理に敵意を燃やした。

「それは意外ですね、奥さんは小田切の立場を充分にご承知のことと思いましたよ。でも、ご存知ないと仰言るのならば、わたしが小田切の代理人として小田切の訴えていることを箇条書きにいたします。そちらで訂正なさりたいことがあったら、いつでも仰言ってください。これは、あとで裁判問題になったときなどに、このまま提出しようと思っている夫の側の申し立て事項です」

長瀬はわざと乾いた調子で言うとファイルをひろげ、自分で箇条書きにした小田切側の申し立てを事務的に読みはじめた。

「一、夫婦の寝室に、毎晩、他の女性を同衾《どうきん》させること。このことで夫婦のプライバシーがひどく侵害される。
一、夫の側は、妻から正常な夫婦間の愛情の交換を拒否されている。
一、それだけではなく、妻の側は、恋人とおぼしき他の女性を寝室に招き入れ、大胆な愛の交換を夫の面前で行っている。
一、しかも、夫が別室で寝ることを許さずに、この破廉恥な性行為をわざと見せつけている。
以上は、夫、小田切に対する精神的、かつ肉体的な虐待行為であり、夫の受けた精神的、肉体的な被害は、言語には言い尽くせない」

そこまで読んで、長瀬はファイルから顔をあげた。一行、一行読むあいだ、女がどんな顔で聞いているだろうかと興味があったが、わざと顔をあげずに、見ないようにしていたのだ。さもないと、怒りで心のバランスが崩れてしまいそうだったのだ。長瀬はなるべく冷静な仲介人の立場を守りたいと考えていた。

「いかがですか。ご主人はこのように申し立てておられますよ」

そう言おうとして、長瀬はあっと驚きの声をたてそうになった。

小田切蘭子が、大きな黒い目を見開くようにして、そこに涙を一杯に浮かべていたのだった。

どう見ても、芝居とは思えなかった。

「主人が先生のところへあがりまして、そんな恥《はずか》しいことを申したのでしょうか……でも、それは全部、真実ではございませんわ。それは、あたくしのところはタレントを養成しておりますので、地方から出てきた若い女の子などが幾人かおります。親もとから離れると、とても淋《さび》しがるのです。悪い友だちが出来ても困りますし、あたくしが親がわりになってやるんですのよ。親がわりの愛情といっても、沢山《たくさん》の人数ですとなかなか面倒も見てやれませんしね……ときどき一緒に寝て、寝物語りをしてやると、その子たちがとても喜ぶんですの。主人だって、おれたちが親がわりなんだ、どうせ面倒をみるなら、そのくらいのことはしてやらなくてはいけないって、自分でも申していたくらいなんですのよ」

そう言いながら、小田切蘭子は嗚咽《おえつ》を洩《も》らした。それが口惜《くや》しさのためなのかどうかは、長瀬にはわからなかった。

「ですから、あたくしが女の子を夫婦の寝室に入れて主人を虐待したなんて、すべて主人の妄想ですわ。でも、あたくしは主人のことを憎めませんの。むしろ、主人がこんなことを他人《ひと》さまに申したと聞いて、心を痛めております。もう、どうしたらよいのかわからなくなりましたわ……」

そのまま、バッグから取り出したハンカチで、しばらく目がしらをおさえていたが、やっと決心したように喋べりはじめた。

「主人が、こんなことを申しているなんて、とても信じられません。でも、そう言えば、あたくしにも思い当ることが幾つかございますわ。いつか十六歳になる、秋田から出て来た歌手志望の女の子を抱いて寝かしつけてやったことがございました。小柄で、まだなんの色気もないような子供でした。ご存知かどうか知りませんけれど、雪国の女の子って裸で寝《やす》む習慣がありますの。お風呂に入ったあと、そのまま裸で蒲団の中へもぐりこんで寝ていたらしいんですのね。夜中にふと、寒い風で目を覚ましたら、主人がベッドの横に立って毛布をはねのけているのです。とても怖い顔をしていましたので、あたくしは、そのまま眠ったふりをしていました。十分も二十分も、ベッドの毛布をはいで、裸の女の子とあたくしを眺めているのです。あたくしは、物に取り憑《つ》かれたような主人の目を見て、それこそ大きな声で叫びたい気持でしたわ」

「失礼ですが、そのとき奥さまも裸で寝てらしたのですか」

「いいえ、あたくしはいつもネグリジェを着て寝みます」

小田切蘭子は視線をはずさずに、長瀬の職業的な質問に答えた。

「主人がなぜこんなことをするのか、あたくしにはよくわかっておりますの。でも、こんなことはお話ししてよいものかどうか……主人を傷つけることになりますから……」

小田切蘭子は、気をもたせるような言い方をして躊躇《ためら》っていた。じっさい、心の中の躊躇《ちゆうちよ》を伝えるように、膝の上の皺《しわ》になったハンカチを無意識のように揉《も》みしだいていた。

それは、長瀬から、告白を強《し》いてもらいたいような心理的な姿勢にもとれた。

「わたしは、職業上の秘密は守りますよ。もし奥さんが黙っていてほしいと仰言るなら、小田切にだって言いません」

長瀬は、蘭子の口を開かせようとした。好奇心が激しく、彼の心をゆさぶっていたことも事実だった。

「あたくしたちは、結婚してからまだ数回しか交わりを持っておりませんの」

蘭子は膝の上に視線をおとしていたが、頰は心なしか赫く染《そま》っていた。

「主人は、自分の躰が人よりずっと、劣っていると思い込んでいるのです。結婚して二日目に、主人がベッドの中で妙なものを使っているのに気がつきました。棒状のスポンジと組み合わせたバイブレーターなのです。こんなものを信頼している夫から躰の中に入れられた女の気持は、男の方にはわかっていただけないと思います。あたくしは、おぞましいだけだったのです。主人に、二度とこんなことをして欲しくないと哀願しました。すると主人は、自分の躰に欠陥があって、普通の夫婦の交わりは持てないというのです。それからあたくしは、主人とベッドを一緒にすることを拒むようになりました。あたくしは自分で申すのもおかしいのですけれど、こうしたことには淡白のほうなのです。べつに夫との交渉がなくても、仕事があれば充分に毎日の生活に充実感が持てて悩むこともございません。主人にもお互いの信頼感があれば、このまま結婚生活を続けていけるのではないかと申しました。主人も賛成してくれていて、今日までずっと夫婦の仲がうまくいってきたと思っていました。それなのに、まさか主人が弁護士さんのところに来て、こんな根も葉もないことを申しあげているなんて、どういう気持なのか、まるでわかりません……」

「それでは、奥さんは離婚なさるおつもりはないのですね」

「ええ、もちろんですわ。主人とのあいだに信頼感さえあれば、まだいくらでもうまくやっていけると思っておりますもの」

小田切蘭子は、今度はうるんだような瞳で長瀬をじっと見つめた。

もし、この女の言っていることが本当だとしたら、素晴《すば》らしい女だと長瀬は思った。

長瀬は、振りあげた拳のやり場に困ったというよりも、すでに小田切蘭子に心を強く惹きつけられていた。

「それでは、もう一度ご主人と話し合ってみましょう」

「あたくしが、こんなことを言ったとは仰言らないでくださいませ。本当なら、あたくしの胸だけに隠しておくべきことなんですわ。主人の恥になることですもの……」

あとの言葉は、自分自身に言い聞かせている調子だった。

小田切蘭子が帰ったあと、長瀬はどちらを信じてよいのか、しばらく途方に暮れていた。

学生時代に読んだ芥川龍之介《あくたがわりゅうのすけ》の〝藪《やぶ》の中〟の登場人物のすべてがそれぞれ自分の立場を正当化するために違う証言を真実として述べているのと同じ当惑を味わっていたのだった。

けれども〝藪の中〟とちがって、この場合はどちらかが嘘《うそ》をついていることは明らかだった。

　さもなければ、両方とも意識的に嘘をついていないのだとしたらどちらかが狂っているのだと、長瀬は気怠《けだる》い思いで考えた。

　この瞬間、彼は背筋のあたりに冷たいものを感じていた。

5

　両方の言い分を聞いているだけでは、なんの解決もつかないと長瀬は思いはじめた。ことが夫婦のあいだの微妙な問題なだけに、お互いの話を聞いているだけでは、第三者にはますます曖昧模糊《あいまいもこ》としてくるだけなのである。

　長瀬は、証拠を集めなければならないと思った。小田切の言い分によれば、小田切の妻はプロダクション所属の若い女のタレントたちを次々と自分の寝室に引き入れて、その躰をもてあそんでいることになる。

　長瀬は、いつも離婚問題に使う馴染《なじ》みの興信所に頼んで、タレントたちの裏づけの証言を集めた。

　その結果は、小田切にとって不利な証言ばかりであった。

「あたしたちは、社長さんのところへ泊めてもらうことはあるけれど、ただそれだけのことよ。社長とレズの関係にあるなんて、ひとりもいないわ」

誰もが、申し合わせたように口を固くとざし、あるいは、はっきりと質問の内容を否定した。

長瀬にわかったことといえば、小田切蘭子のことを、タレントたちが社長さんと呼んでいることくらいであった。

長瀬が、正面きっての証拠集めは無駄だと悟ったとき、小田切から世田谷の邸《やしき》に来てくれるようにという連絡があった。

小田切は、この頃は事務所にも二日に一度くらいしか出ないのだと言って、蒼白《あおじろ》い顔をし、ガウンを着てサン・ルームで陽に当っていた。

「馬鹿に元気がないじゃないか。たまには表に出てゴルフでもしないことには、ほんとうに病人になってしまうぞ」

「もう半病人さ。睡眠薬も相当量のまなければ利かなくなってしまった。毎晩、毎晩が地獄なんだ。これ以上、もう一日だって我慢出来やしない。きみだけがぼくを助けてくれると思って……」

小田切は憔悴《しょうすい》しきって、周りを隈《くま》で黒ずませた血走った目で長瀬に訴えた。

「しかし、きみの言っていることは奥さんは否定しているよ。興信所で、タレントたちの裏をとらせたが、他の人間も、きみの奥さんの寝室では何も起こらなかったと言っている」

「嘘だ！　ぼくは毎日、この目で見、この耳で聞いているのだ。この手で、あいつらの汗ばんだ肌に触れたこともある」

小田切は駄々っ子のように、肥《ふと》りかげんの躰をゆすり興奮した。長瀬はまだ半信半疑だった。

心の隅では同じ男性として、この昔の同級生を信じたい気持になっていた。

そのくせ、ここ六、七年ほどのあいだに、この男は狂ってしまったのではないかという疑惑が拡《ひろ》がってくるのだった。

「せめて、ひとりくらい、きみのことを助けて証言してくれる人間がいるといいのだがね……」

「お手伝いの女に聞けばわかる。この女だけは、さすがに家内も寝室には引き入れていない」

小田切が、分厚い近眼の眼鏡をかけた三十近い女を連れて来た。

「小田切さんご夫妻のことで、正直に話してもらえますか」

「ご主人のことは、あまり喋べりたくありません」

手伝いの女は、固い表情をしてみせた。

「プロダクションのタレントが、小田切夫妻の寝室に入ることは事実ですね」

「ええ、最近はそういうしきたりになっているようですわ」

「夜中に、小田切夫妻の寝室の前を通られたことがありますか」

「一度か、二度ですが……」

「寝室の中から、なにか声が聞こえませんでしたか」

「一度、大きな激しい呻き声のようなものが聞こえました」

小田切が、それみたかという表情で長瀬の顔を見た。

「あたし、吃驚《びっくり》してドアを叩《たた》いたんですけれど、中からなんのご返事もありませんでしたし……諦めて放っておくことにしました」

「それは誰の声のようでしたか。奥さんの声でしたか、それともその晩泊《とま》っていったタレントの女の子の声でしたか」

長瀬は誘導尋問になると思ったが、この際はっきりとした証言が欲しかったのだ。

「はっきりはわかりませんでしたけれど、男の方の声のようでした」

手伝いの女が、予想外な返事をした。眼鏡の奥から意地悪そうな視線を光らせている。

「そんな馬鹿なことを……」

小田切が、狼狽と怒りで頰を震わせた。

「おい、長瀬、きみだけはおれを信じてくれるだろうな。あいつらはみんな、家内のことがこわいのだ。だから、あんな出鱈目《でたらめ》を言うのだよ」

手伝いの女がいなくなったあとでも、小田切は叫び続けた。

「もちろん、ぼくだってきみの言うことを信じたい。しかし、なぜみんなが口を揃《そろ》えて、きみの言うことを否定するのだろう。こうなればぼくだって、自分自身の目で確かめてみなければ、なんとも言えないね」

「それならば、いい方法がある」

小田切が目を輝かせた。

「どうするんだね」

「きみが、ぼくのかわりに寝室に寝るのだ。どうせ、ベッド・ルームに入るのは家内たちのほうが早い。ぼくが酔って帰ってきたような振りをして、きみがベッドの中へもぐりこめばいいのだ。あいつらの嘘が、すぐに暴露されるさ」

小田切はよほど、その思いつきに満足したのか、両手を何度も打ち鳴らした。けれども、長瀬には、その小田切の無邪気な愉《よろこ》びかたが、かえって不安だった。本当に小田切は正常なのだろうかという気がしてくるのだ。

「それじゃあ、寝室を教えておくからね。夜、まごつかないようによく見ておいてくれよ。これはきみとぼくだけが知っていることだからな」

小田切は、これから愉《たの》しい遊びをするときのように浮き浮きとしていた。それに引きかえ、長瀬は気が重かった。そんな企みが、じっさいにうまくゆくだろうかという心配があった。

小田切は、どんどん歩いていった。

寝室は十二畳近くある立派な洋室だった。応接室やバス・ルームなども、外国の金持の家のようであった。これだけの資産を、蘭子のほうから持ってきたとしたら、小田切が妻に頭のあがらないのも無理はないと思った。

夫婦のツイン・ベッドは、七十センチほどの間隔で仲良く並んでいた。

両方とも家政婦がベッドの仕度《したく》をしたあととみえて、白いシーツには皺一つなかった。南向きの窓からは柔《やわら》かい陽《ひ》の光りが射《さ》し込んで、ここで小田切の言うような地獄の図柄が展開されるとは、ちょっと信じ難かった。

けれども長瀬は職業的な注意深さで、ベッドの位置や明りのスイッチの場所などを正確に記憶に刻みこんだ。

それから長瀬は小田切と一緒に銀座に出て、数軒のバーやクラブを歩いた。小田切は表に出ると、気易《きやす》くホステスたちと口を利き、女の胸や腰に実に何気なく上手に触れていた。長瀬は小田切の妻の言った小田切の男としての躰の欠陥を思うと、気の滅入る一方だった。

ふたたび小田切邸に戻って来たのは、夜中の二時をだいぶ廻っていた。

「静かに入れよ。もう、みんな眠っているから大丈夫だ。家内たちだけは別だろうけれどね……夜中の二時頃が、一番昂《たか》まる時間なのだ。四時頃になると疲れきって、どちらからともなく寝息をたててしまう」

小田切はそんなことを説明しながら、裏口をあけていた。庭から鎖を放したコリーが走って来て、長瀬に吠《ほ》えかけたが、それを小田切が二声、三声叱って黙らせた。

寝室の前まで小田切が案内し、ドアをそっと押しあけた。

あとは、長瀬ひとりが慎重に行動しなければならなかった。彼はなるべく冷静に、そして正確にと心の中で呟《つぶや》きながら、昼間、小田切と二人で打ち合わせたように背広を脱ぎ、ベッドの上のパジャマに着替えた。

小田切の妻のほうのベッドの上は静まりかえっていた。長瀬は、自分が入って来たために、小田切の妻たちが物音をひそめたのだろうと解釈していた。

彼としては、どこまでも小田切の言葉を真実として行動するほか仕方がなかった。ベッドの中には、二人の人間が寝んでいるようだった。小田切の妻のベッドにも、小田切のほうのベッドにも、枕もとにごく小さなヘッド・ランプがついていた。

それが寝室の中の物の輪郭を、かすかな程度に判断出来るくらいの明るさを生み出していた。物音一つしない、静かに沈みこんだ雰囲気、仄《ほの》かな光りの滲《にじ》んだ世界は、一瞬、長瀬になまなましい使命を忘れさせたほどだった。

それだけに、見る者の想像力と空想力をふくらませるとも言えた。

長瀬は、小田切に教えられたとおり、ベッドの右手にあるサイド・ボードをあけてブランデーの瓶を取り出した。

ベッドのヘッド・ランプを背中にして、ブランデー・グラスを口に運んだ。こうして小田切はいつも、妻のベッドを見おろすのだということだった。

長瀬はわざと、ブランデーの瓶の栓の音を立てた。それを合図に、向うのベッドの二つの影が動きはじめるのを期待していたのだ。

長瀬は、ナイト・キャップをかぶっていた。背中のヘッド・ランプで浮きあがった自分のシルエットが小田切のものに見えるように、注意深く計算しているのだった。

五分経ち、十分経ったが、ベッドの上の小田切の妻たちは動かなかった。耳をすますと、すう、すうと軽やかな、いかにも若い女の子のものらしい寝息が、寝室の中をかすかに震わせているだけだった。

やはり、小田切のほうがおかしいのだろうか。気が狂っているのだろうか。こうやって、何も動かないベッドの上の人間を見て、裸で絡み合う二人の女の幻影を見ているのにちがいないと、長瀬は思った。そう思ったとき、妙な物寂しさが胸を突きあげてきた。どんなかたちにしろ、妻に激しく嫉妬出来る小田切がむしろ羨《うらやま》しかったのだ。

波のさざめきのようなものすらない、退屈しきった夫婦生活を送っているよりも、こうやって幻影を見ている気狂いの小田切のほうが、むしろ幸せなのではないだろうか。そんな感傷じみたことを考えていたのだった。

三十分ほど経ち、二杯目のブランデーをあけた長瀬が、諦めてしばらく横になろうかと思ったときであった。

「あなた！　まだ起きていらっしゃったの」

と囁《ささや》くような声がして、向うのベッドで小田切の妻が起きあがった。薄物のネグリジェの下に、白い姿態がすけて見えるようだった。長瀬は返事をするわけにもいかず、ただ躰を固くしていた。

向うは、ベッドを降りる気配だった。ベッドのところの小さなランプを消してから、こちらに移って来る様子である。

「宇多子は、今日の昼間ヴィデオ撮りがあったので、よく寝んでいますわ。まだ十六だから、一度寝たら、それこそぶっても叩いても起きやしません」

小田切の妻は、長瀬のうしろに迫ると、自分もブランデーをグラスに注いでいた。

本当に、長瀬と気づかずにこうして喋べっているのだろうか。もし気がついたら、そのときはどういう表情をすればいいのだろうか。長瀬は年甲斐《としがい》もなく、自分の心臓の鼓動が速く激しく打ちはじめているのを感じていた。

小田切の妻は、何も気づかないのか、グラスの琥珀色《こはくいろ》の液に目を注ぎながら、プロダクションの事務所の話を続けている。

長瀬の額に、冷たい汗が滲んできた。彼はこの緊張に、どうにも耐えられなくなってきた。大声で叫んで、部屋の外に飛び出して行きたい衝動にさえ駆られていた。

しかし、長瀬は飛び出すかわりに、自分のほうの小さなヘッド・ランプを後手で消した。闇に包まれると、ふいに安心感が襲ってきた。彼は酔っているような振りをして、頭から毛布をかぶった。

小田切の妻が、ベッドの脚もとに膝をつくようにして、長瀬の脚の腿《もも》のあたりに顔をのせたのは、そのあとのことであった。

「あなた、どうしてこんなに意地悪をなさるの。変なことさえなさらなければ、あたくしはいつでもあなたと一緒に寝みたいんですのよ。あたくし、本当に淋しいんです。しばらくでいいから、あたくしを抱きしめていてくださる」

甘えるような鼻にかかった囁きでありながら、そのくせ自分の心を訴えるような熱心な響きがこもっていた。

これが演技だとしたら、自分は永久に人間を信じられなくなると、長瀬が大袈裟に思ったほどであった。

小田切の妻は、しばらくのあいだ長瀬の腿のあたりに、毛布の上から頬をすり寄せるようにしていたが、やがてすっと長瀬の横にネグリジェ姿の冷たい躰を滑らせてきた。

小田切の妻の唇が近づく前に、長瀬は彼女の胸の窪《くぼ》みのあいだに顔を埋めていた。直接、顔を触れ合わせて、夫ではないと気づかれるのが怖かった。

長瀬は、なかば背徳の感情に責めつけられながら、小田切の妻の、こんもりと固く盛りあがった乳房を口に含んでいた。

どこかで、ふだんは道学者ぶっているくせに友人の妻の躰を盗むのかと罵《ののし》る声が聞こえていた。長瀬は、その声が聞こえないような振りをした。

彼はもう、自分ではどうにも制御しようのない官能の動きに、身も心も奪われていた。

小田切の妻が、躰を動かすのがわかった。彼女は唇を開いて、何か訴えているようであった。長瀬はだんだんと躰をベッドの下のほうに沈めた。小田切の妻の、腹部のよくひきしまった感触を味わい、腿の内側に触れた。

心のどこかで、もしかしたら小田切の妻は女同士のよろこびしか知らない躰かもしれないという気持が残っていた。ここに来るまでの経過が、長瀬にそのような先入観を植えつけていたようだった。長瀬は生れてはじめて、女の腿の内側に、そして柔らかいうるおった感触に唇をつけた。

小田切の妻が、今度ははっきりと躰をよじっていた。長瀬は、これほど大胆な愛撫の仕方は死んだ最愛の妻にさえほどこしたことはなかったのだ。

長瀬の頭の中に、小田切が描いてみせた夜の寝室の女たちの姿勢が、声が、呻きが、一つ一つ輪郭を露《あら》わにして動きまわっていた。長瀬は、そのイメージの一つ一つを、自分の唇と手で再現してみせた。

その度に、小田切の妻が敏感な反応を見せていた。彼女の白い指先のマニキュアした爪が、長瀬の髪や肩に突きささり、白いシーツの上を這い廻ったり、人間とは思えない激しい力でよじっていた。

長瀬は、小田切の妻が寝室に響き渡るような声で何度も昂まるのを見て、次第に観察者としての冷静さを失っていた。

彼はもう、小田切の言葉を一片だに信じてはいなかった。誰がなんと言おうと小田切は狂人であり、妻の小田切蘭子は欠陥のある主人を持った可哀想《かわいそう》な、けれどもひどく可愛い女であった。

長瀬は最後には、激しい征服意欲に駆られていた。小田切の妻を、強い力で抱きしめると、荒々しく動いた。

しばらくして小田切の妻から離れたとき、長瀬は、枕もとにヘッド・ランプがともり、ベッドの横に小田切が虚脱したような顔で立っているのに気がついた。

それは痴呆《ちほう》のように、もはや表情を失った顔であった。

6

「どうしても八号の患者にお会いになっていかれますか」

女医は、デスクの上のファイルを開いた。窓からのこぼれ陽がデスクの上で、ほんのしばらく踊るような陽射しを見せた。

「ええ、会いましょう。本人に会って、回復の見込みがないようでしたら、離婚の手続きをとりたいと思うのです」

長瀬は、膝の上に視線を落《おと》した。女医の頬に、皮肉な微笑がさざなみのように拡がった。

「離婚したあと、どなたが蘭子と結婚するというのですか」

「…………」

「あなたがなさるのでしょう」

「さあ……あるいはするかもしれません」

「馬鹿な真似はやめられたほうがいいわ。自分だけは例外だと思われるのは危険です。蘭子が利用してきた男は、あなただけじゃありません。小田切と結婚する前にも、もう五、六人の男が餌食《えじき》になっています」

「それは、どういう意味です」

「言葉どおりですわ。蘭子の離婚なんて、今にはじまったことではありません。すでに二人の男と別れています。二人とも、結果的にはいじめ殺されたことになるかしら……。弁護士さんだったら、結婚なさる前に彼女の履歴を徹底的に調べるべきですわ。あなたは、蘭子が金持の娘だということを信じていらっしゃるのでしょう」

「本人がそう言っていましたからね……」

「それも嘘ですわ。蘭子は六年前に、芦屋《あしや》の資産家の息子と結婚したんです。蘭子が結婚の対象に選ぶ男は、気の弱い、依頼心の強い、独立心のない男と決っています。結婚したあと、蘭子だけに執着し、他のことを考えないような男が必要なんです。それで三ヵ月ほど普通に男の相手をしていてから、突然、性行為を拒みはじめるのです。相当に判断力のある男でも、次第に神経がおかしくなるはずですが、蘭子は特に初めから気の弱い、分裂症気味の男を選んでおくのですから、それこそなんの手間ひまもかけないで、男をおかしくすることが出来るのです」

「彼女のほうが拒んでも、夫のほうが力ずくで押さえつけることは可能でしょう。夫婦なのだから、そういう性行為のかたちがあってもいいのじゃないですか」

長瀬はいつのまにか、いつかのテレビ局の離婚問題の座談会に出席しているような気持になってきた。

女医は長瀬の言葉に対して、いつかのセックス・カウンセラーのような冷笑を浮かべた。

「蘭子は、そんな間《ま》の抜けたやり方はしませんよ。彼女の遣《や》り口はもっと巧妙です。蘭子だって一種の心理学の専門家のようなものです。どうすれば相手の心理が揺れ動くか、どう反応するのか、こまかく計算しています。最初に夫を遠ざけるときでも、ベッドの中で背中を向けたりするような、そんな単純なことはしませんよ。学校時代の友だちが遠くから出て来たとか、遠縁の娘が仕事口を探しに来たとか言って、自分のところに泊めはじめるのです。その資産家の息子のときでも、高校時代の親友が、夫とのあいだが気まずくなって家出してきたからと言って、泊めたのです。話を聞いてやらないと自殺するかもしれない、ちょっとでも目が離せないからと夫に言って、一緒に同じ寝室に寝るようになりました。ですから夫のほうは、最初はなんでもないことだと思っていたのですよ。自分が計画的に遠ざけられているなどとは、夢にも思っていませんでした。夫のほうは、親から受け継いだ大きな海産物問屋をやっていましたから、昼の暇なときなど、蘭子を土蔵に誘って夫婦だけの時間を持とうとするのです。蘭子は言を左右にして、巧みに夫を避けます。夫のほうは次第に焦々《いらいら》し、夜中に隣の妻の友人でもいいから、性行為を遂げようと決心します。真夜中にふと目ざめて妻に近づこうとすると、妻はその友人としっかり唇を合わせているのに、はじめて気がつきます。最初は驚いたり激怒したりしますが、もともと気の弱い、自己主張の出来ない男を夫に選んでいますから、離婚の請求も出来ません。妻のほうはだんだんと、遠慮しなくなる、夫がそばにいても、平気でわざと絡み合い声をたてるようになるのです」

「信じられないことだ……」

「あたくしは、これは夫婦間の精神分析を必要とする面白いケースだと思いましたので、小田切蘭子のケースに詳しいデーターをとっています」

「蘭子のほうで、あなたにすすんでデーターを提供したのですか」

「この夫婦のデーターが、なぜあたくしの手に入ったのか、終りまであたくしの話を聞けばわかります」

女医はピシャッときめつけるように言うと、デスクの上に他のファイルを拡げた。

「この患者のときなどは、夫婦の寝室に他の女が入りこんできて、実に一年続いたのです」

「他の家人は黙っていたのですか」

「兄弟はいましたが、親は死んでいましたから、蘭子のしたい放題でした。しばらく経つと蘭子はその女と一緒にお風呂に入り、それこそ躰の隅々まで洗わせるようになりました。家事、洗濯すべてその女にやらせ、奴隷のようにこきつかいました。そして夜になると、その女を愉こばせ、自分も愉しむというふうなのです。一方、主人のほうはだんだん頭がおかしくなり、家業の大きな海産物問屋のほうも、いらない昆布を大量に買い込んだり、同業者の集いでおかしなことを口走ったり、他から見ても妙な振舞《ふるま》いが目立つようになってきました。この時期に蘭子の頼みで、一度、この主人と面接したことがあります。主人は他に女でも作ればいいのに、蘭子、蘭子と言って、夜中に二人の女が抱き合っているそばで、自慰行為に耽《ふけ》っていたようです。ひどいときは、哀願しながら躰を二人の女のところにすりつけてきたそうです。それを蘭子は野良犬を追い払うように、あっちへ行け！　といじめたそうです」

「なぜ、そんなことを我慢していたんです。二人の女に水でもかけて、追い出せばよかったんですよ！」

長瀬は、思わず怒りに駆られて叫ぶようにした。

「それは、第三者の人間の言うことです。あらかじめ弱い性格を見抜かれた人間が、故意にじわじわとこういう状態に追いやられて行ったら、判で押したように同じ反応を示しはじめるものです。餌を前にして、障害物を置いた鼠《ねずみ》の実験でも同じことが言えます。鼠でさえ、一種のノイローゼになって衰弱してゆくのです。この患者は、あたくしが診察したときでも、かなり重症でしたが、あたくしは入院をすすめませんでした」

「どうしてですか」

「蘭子が放っておくようにと頼んだからです。蘭子は、この男がかならず自殺するにちがいないと信じていました。そして、結果はそのとおりになったのです。海で溺死《できし》しました。蘭子と相手の女と三人で、ボートに乗っていたときの出来事だといいますから、実際のところは蘭子たちが溺《おぼ》れ死ぬようにしたのかもしれません。蘭子は、この主人が死んだあと、莫大《ばくだい》な保険金と遺産を自分のものにしました。お金を自由に使えるようになったのです」

「蘭子が昔、そんな人生を送っていたなどとは信じられません。しかし、なぜ、そんなにお金のある人間が、芸能界に入ってマネージャーなどをはじめる気になったのでしょう」

長瀬は反論しようと思ったが、自然と語調が弱々しくなった。彼はもう、女医の言葉を認めざるを得ない気持に追いやられていた。

「蘭子は、その主人が死んだあと、家に引き込んでいた女を追い出しました。蘭子は女に対しても冷たいのです。自分の気分次第で、可愛がるときは、猫可愛がりに溺愛しますが、倦《あ》きたとなると唾を吐きかけるようにして追い出します。蘭子を心から愛しはじめていたその女は、蘭子に追い出されたあと、しばらく蘭子の身辺をうろつき廻っていましたが、とうとう鉄道自殺をしました。蘭子が芸能界に入るようになったきっかけは簡単です。蘭子が次に自分のところに引き入れた女が、歌劇団出身の女で、若いタレントを育てる仕事をしていたからです。蘭子だって、お金がありあまっていれば、毎日の生活がかえって退屈です。生れつき、こういう仕事が向いていたのか、相手の女より自分が夢中になってプロダクションの仕事をはじめました。お金にがつがつしないので、無名の新人を沢山抱えておくことが出来ました。これが意外と有利な投資になったのです。あの有名なKやMの歌がヒットして、プロダクションとしての地位が固められ、芸能界でますます勢力をのばしはじめました。蘭子は、若いタレントの女の子たちを集めながら、若い女の子を自分のものにする愉しみを覚えました。今まで一緒にやってきた女に金をやって手を切り、自分だけでプロダクションを切りまわしはじめたのです。この時期に現れたのが、小田切です。蘭子は、プロダクションを安心して委《まか》せられる男手が必要だったのと、小田切の持ち前の弱い性格を見抜いて、結婚を決めました。蘭子は、弱い性格の、いじめぬける男を嗅《か》ぎ当てる特殊な嗅覚を持っています。蘭子は、他人を傷つけ、いじめ、そしていつも奴隷のように、自分のまわりで人間が、特に男が這いつくばっていなければ気がすまない女なのです」

「いつから、そんな悪魔的な性格を持ちはじめたのです。生れつきのものではないでしょう。あなたは職業柄、ちゃんとこの辺の事情は分析していらっしゃるはずです。ぜひ、教えていただきたいものですね」

長瀬は、居直ったように質問した。

「いろんな原因が積み重なっていると思いますけれど、男を憎みはじめた一番のはっきりしている原因は、蘭子が心から愛し合って同棲《どうせい》していた女を男にとられたことでしょうね。蘭子がまだ二十歳かそこらのことです。バーのホステスをしていた加奈子という女と愛し合いました。加奈子も蘭子に夢中になったようで、自分がバーのホステスをして、そのお金で蘭子を大学にまで行かせようとしたのです。この女は蘭子より五つほど年上でしたが、蘭子に実に献身的に尽くしました。ところが、バーに来る客から金を取りすぎたのです。結婚してもいいとか同棲するとか、空手形を乱発して、男たちから金を巻きあげました。そのうち、加奈子に貢《みつ》ぎすぎて破産しかかった男が、加奈子を温泉に誘った。そして、無理矢理接吻《せっぷん》する振りをして、加奈子の舌を噛み切ってしまったのです。加奈子はすぐには死にませんでしたが、二ヵ月ほどして、舌の傷がもとで死んでしまいました。蘭子はこの二ヵ月間、それこそ寝食を忘れて女を看病しました。加奈子に死なれたあとは、一年ほどぼうっとして暮《くら》しました。この頃から男を軽蔑し、憎みはじめたようです。結婚した男たちも、すべてが加奈子につきまとって死なせた男と同じに見えるらしく、いくらいじめてもいじめても、あきたりないのだと本人が言っています。これで蘭子のことはだいたいおわかりになったことと思いますが、あたくしの申したことには一言も誇張はありません。むしろ控え目に説明したくらいです。これでも蘭子と結婚なさるおつもりなら、もう何も申しますまい。勝手になさってください。ところで、八号の患者とお会いになりますか」

女医は、今度は何か推し量るような目つきで、長瀬を見つめていた。

「とにかく、わたしの結婚のことは別にして、離婚のことだけは、はっきりしておかなければなりませんから、やはり八号の患者に会わせていただきましょう」

長瀬は、ヘッド・レストのついた寝椅子から立ち上《あが》った。

7

錆《さ》びた鉄格子のついた一人部屋の床で、小田切は両脚を投げ出し、赤いクレヨンで絵を描いていた。

母親の胎内で、双生児の女の子が二人からみ合っているような図柄だった。

「おい、小田切、元気かい」

長瀬は、つとめて明るい声で話しかけた。小田切を入院させるときは真剣に、蘭子を助けてやらなければいけないと思っていた自分が今更に道化て見えた。

「先生、もうすぐ描きあがります。今日は、もう二枚も描きました。明日は五枚描きます」

小田切は、長瀬の存在をまったく無視して、女医のほうへ嬉《うれ》しそうに話しかけていた。いかにも幼い児童が、保護者に話しかけているふうだった。

「これは、何を描いたんですか」

「わかりません……窓から見える風景を描いていたんです」

「そう、これはきっと夕焼けのお陽さまなのね」

女医が、胎内の双生児の頭のあたりを指した。女医の喋べり方からは、長瀬と話すときの冷たい、嘲笑するような響きが消えていた。

「これでは、当分、退院の見込みはありませんね。しかし、あなたはなぜ、小田切が病気でもないのに、われわれが無理矢理彼をここに閉じこめたような言い方をなさったのですか」

「この患者は病気ではありません。現実から逃避するために、自分を幼児にしてしまっているだけです。蘭子が来て、夫として普通に取り扱ってやれば、またもとの状態に戻ります。でも、あなたは蘭子と結婚なさりたいのでしょう」

女医はそう言いながら、ふいに慌てた素振りを見せて、部屋を出ようとした。

長瀬が小田切のほうを見ると、彼は床から立ちあがり、壁のところでズボンの前を拡《ひろ》げはじめていた。幼児のように、尿の排泄をしようとしていたのだ。

小田切の躰は、子供のように小さく委縮していた。

「八号の患者は、この頃は男としての欲望も失っているようです。人間は、自分の欲望を果《はた》せないとなると、自然に無気力になってしまうのです。でも、この患者はこのほうが仕合《しあわ》せかもしれません」

女医は、長瀬に部屋を出るように促《うなが》すと、ドアを閉じた。

「ひとつだけ伺いますが、あなたはどうして蘭子の過去をわたしに話してくれたのですか。その目的は何なのですか」

病院の玄関まで送って来た女医に、長瀬は質問した。

夕陽が、枯れた糸杉の影を庭に長く伸ばしていた。

「それは、あなたが今までの男と違う性格の持主だからですわ。あなたは今までの男たちのように、弱い性格の持主ではありません。結婚してから蘭子の本当の姿を知ったら、自分自身を破滅から救うために努力するでしょう。でも、結婚する前に蘭子のことを知ると、それを矯正してやろう、自分が救ってやろうと考えるタイプです。こうなったら、あたくしがいくらとめても、あなたは必ず違った意味で蘭子と結婚します。そして毎晩、寝室の地獄の中で暮すようになるでしょう。あなたは手強《てごわ》いようですけれど、蘭子が一番いじめがいのあるタイプの男なのです。あたくしが蘭子の真実の姿をありのままに見せたのは、あなたを蘭子と結婚させるためですわ」

「なんのために、あなたが蘭子とぼくを結婚させなければいけないのです。あなたは蘭子の何なのです」

女医は何も答えずに、長瀬の前でかたちのいい、そのくせひどく冷たい感じのする唇を開いた。そして、白いこぼれるような美しい歯のあいだから、ピンクの舌の先を覗かせて見せた。

舌は普通の人間よりも少し短く、明らかに噛み切られた痕と見られる縫い合せた古い傷が見えていた。

「ホステスをして、蘭子を大学にまでやろうとしていた女というのは、あなたのことだったのですか……」

長瀬は叫ぶようにして言ったが、声が喉の奥で妙に圧《お》しつぶされていた。

「あたくしが大学に行きながら、アルバイトのホステスをしていたことも事実です。そのときの客に舌を噛み切られたことも事実ですわ。蘭子が二ヵ月間、必死になって看病してくれたことも本当です。そのために、蘭子とあたくしの二人だけの生活が毀《こわ》れてしまったのです。そのときから、あたくしたちの愛の棲家《すみか》は死んでしまいました。今度は蘭子が、あたくしの生活費と学費とを稼ぎ出すために、男と結婚したんです。あたくしは今でも蘭子を愛していますわ」

「蘭子のほうは、どうなんです」

「あの女は、堕落しましたわ。でも、あたくしたちの関係は、もう十年以上にもなる古いものなんですのよ」

女医は、苦々しそうに言った。

長瀬は、女医に背中を向けて、精神病院を出た。

ふいに寒気のようなものが、全身を襲ってきた。自分は、女医の予言したとおり、蘭子と結婚するだろうか。

あてもなく歩きながら、足はいつか小田切蘭子のいる世田谷の邸のほうに向かっていたのだった。

聖女

1

デウス天理教団、品川大司教医療記録日誌より

九月十日
デウス天理教団、品川徳憲（七十九歳）大司教様、本日午後一時、脳溢血《のういっけつ》にて倒れられる。
脳内出血のため、右半身不随、言語障害。
絶対安静を必要とす。重態。

九月十一日
教団司教会議により、血圧降下剤の使用許可さる。点滴。昏睡状態をようやく脱せられたが、いぜんとして半身不随。お言葉を発せられようとするも、不明瞭な音声のみ。
リンゴのすりおろし一杯。危機は一応遠のくも、当分は絶対安静。面会謝絶。

＊

九月九日午前十時、サンフランシスコ（日本時間九月十日午前二時）

デウス天理教団の海外伝道尼僧、風間登代、三十八歳は、一時過ぎにサンフランシスコのS街にある日本人伝道所を出て、近くの公立病院に向《むか》っていた。

このとき風間登代は、満で三十六歳であった。

風間登代は、他の尼僧たちと違って、現在までに結婚の経験があった。十九歳で結婚し、一児をもうけたあと二十一歳で離婚していた。離婚の原因は、姑《しゅうとめ》との折合いが悪かったためだったが、表向きの理由は病身だからということであった。

以上の経歴が、教団の身上調査表に記載されているが、同僚の尼僧やアメリカの関係者たちも、彼女に結婚生活の経験があるということは知らなかった。

知っていたのは、東京の大司教をはじめ上層部の関係者だけであった。

教団の規則では、尼僧は未婚者で処女であることというのが原則になっていたが、デウス天理教団では、現実に即応した尼僧の採用を行なっていた。

現在と未来に対する信仰の固さが調査され、それにパスすれば過去の罪は許されることになっていた。つまり極端な言いかたをすれば、娼婦《しょうふ》や人殺しでもよいというのが教団の方針であったが、実際にそこまでにはならなかった。

現在のところでは、風間登代の二年間の既婚歴というのが、一番尼僧らしくない履歴なのであった。

風間登代は、足早に黒人街を抜けていた。

黒人街の古いスペイン風の木造建築は老朽し、間もなく市の取り壊しの予定地になっているので、すでに人の住んでいない建物が多かった。

鳩《はと》の群れと、時折ヒッピーたちが仮りの住いにするだけであった。

足早にせかせか歩くのは、教団の尼僧たちの習慣である。

一刻も無駄に時間を送っておらず、ただ奉仕にひたすら務めているという自覚が、尼僧たちの足を早めているのだということだった。

しかし尼僧たちは、思索の時間と過去や未来のことをさけて、目の前のことだけで、せかせかとしているようにも見えた。

この日の風間登代も、まるで何かに追われてでもいるかのように、少し前のめりに足早に歩いていた。

この日はサンフランシスコ名物の霧が深く、まだ午前十時だというのに、陽《ひ》の光りは雲と霧の層にさえぎられ、木洩《こ も》れ陽さえ見られなかった。

建物の軒下はまだよかったが、ブロックごとの道路の四つ角は、白い霧が乳のように澱《よど》んでいた。

風間登代が、この濃い霧の中を、普通の人間から見るとかなり足早に歩いていたのは、尼僧の歩き方の習慣と、もう一つには彼女が強度の近視だったためであった。

ブロックを一つ過ぎたところで、登代は大きな黒い壁に突き当《あた》った。壁は柔らかく、温かかった。そしてチューインガムのハッカの匂いがした。

相手は二メートル近い黒人で、風間登代の顔は相手の胸あたりしかなかった。

「エクスキューズ・ミー（ごめんなさい）」

風間登代は、一番使いなれた英語を口にすると、その黒い壁から慌てて離れた。

風間登代は、アメリカに来てから五年になるが、ローマ字のサインで自分の名前を書くのがやっとで、英語の読み書きは出来なかった。

喋《しゃ》べるほうも、片仮名式の日常会話がやっとだった。

同僚で外人の尼僧はいたが、一世の日本人相手の伝道と奉仕だったので、英語の力はそれほど必要なかったのだ。

風間登代は、黒い壁のように感じられる黒人と突き当ってから、さらに一ブロックを過ぎた。

そして、もうすぐ黒人街を通り過ぎようというときであった。

彼女を包んだ白い霧の中から、黒い手がすっとのびてきた。それは登代の後方から、彼女の首のあたりを抱えこむようにしたのだった。

登代はほとんど叫び声らしいものをあげなかった。黒い腕の力が強かったのと、彼女がその黒い腕を、先ほど突き当った黒人だとは思わなかったからである。

黒い腕は登代を抱えこむようにしたまま、すぐそばの壊れかかったスペイン風の白い建物の地下室に引きずって行った。

引きずって行ったというのは、途中で登代のはいていた靴が片一方脱げたからである。

地下室は普段あまり使っていないとみえて、黴《かび》くさい空気が澱んでいた。隅のほうに壊れた椅子《いす》のクッションが一つあったが、あとはほとんど、がらんとしたコンクリートの床だった。

黒い腕は、湿ったコンクリートの床に登代を押し倒した。

彼女は叫び声をあげかけたが、すぐに全身の力を抜いた。

〈こんなことは前にもありましたし、待ち望んでいたことでもありました。——風間登代の大司教にあてた二ヵ月後の書簡より〉

黒い腕は乱暴に登代の制服のボタンをちぎり、彼女の年にしては若々しい白い乳房をあらわにした。

教団の制服のボタンは、衿もとから裾まで全部で十二個あった。黒い腕がちぎらずに残したのは四個だけだった。

黒い腕は最初、登代の乳房を吸った。飢えた乳呑み児が吸いつくような強さだった。

風間登代がはっきり認めたのは、白い霧の中から伸びてきた黒い腕だけである。

さらに正確に言うと、黒い手は、しなやかな五本の指を持ち、その掌《てのひら》は薄いピンク色だった。

明らかに黒人の手だったのだ。

けれども登代の意識の中に残っているのは、黒い腕という啓示だけであった。

乳房が吸われているあいだ、登代はじっと躰《からだ》を横たえていたが、しばらくして微《かす》かな喘《あえ》ぎを洩らし、身悶《みもだ》えした。

黒い腕の指先が、登代の襞《ひだ》で包まれた躰の芯に直接触れたからである。彼女は教団の制服の下に、白い薄地の腰巻のほか何もつけていない。黒い腕の指先が、登代の柔らかい割れ目に沈みこむのは容易なことであった。

指先はリズミカルに動いた。それは登代がずっと遠ざけてはいたが、彼女の経験の中にある外部からの甘い執拗《しつよう》な呼びかけだった。

登代が身悶えを続けると、黒い腕は乳房を吸うのをやめて、彼女の躰の芯に直接唇を寄せた。登代の躰の屈伸は激しくなり、僧衣がコンクリートの床にこすれる音がした。

このあたりから、登代の意識がおぼろげになってきた。

黒い腕の存在が途切れ途切れになり、かわって白く輝く球体のようなものが彼女の前にあらわれ、圧しはじめた。

〈ああ……聖なるお方が、わたしの前にあらわれている……〉

と登代は思った。そのころ登代の躰は、腿の内側から小波《さざなみ》のような痙攣《けいれん》が拡《ひろ》がりはじめていた。

それは、登代が二年間の結婚生活のあいだにも味わったことのない、恍惚感《こうこつかん》の拡がりであった。

登代は両手を胸の前で組んだ。なんの障害もなく、胸の前で手を組めた。彼女を上からおさえている者は、白い光だけだった。

強い快感が躰の芯を突き抜け、全身がめくるめくような渦の中に吸い込まれはじめたとき、登代は〈聖なるお方〉の名前を口にしていた。

彼女は喉の奥から、ともすればかすれがちに〈聖なるお方〉の名前を呼んだ。

数秒後に〈聖なるお方〉との一致感があって、登代は意識を失った。

登代が、地下室の冷たいコンクリートの上で意識を取り戻したのは、一時間ほど後のことであった。

霧のサンフランシスコは、晩秋のように気温がさがっていた。

登代は、ボタンのちぎれた鼠色《ねずみいろ》の教団の制服のまま、脚を引きずるようにして公立病院にあらわれ、全身が熱っぽいと訴えた。

しかし、彼女の顔には、珍しく満足感のようなものが充《み》ち溢《あふ》れていた。

2

公立病院の医師が、デウス天理教団サンフランシスコ支部の尼僧長の依頼を受けて、風間登代の躰を診断した。

公立病院の医師は、尼僧という先入感から、風間登代の処女膜の破損を報告した。

登代は肺炎を起こし、高熱のためにうわごとなどを言って夢うつつのあいだをさまよっていたが、一週間後にはなんとか恢復《かいふく》した。

公立病院の医師は、そのあと、約六十日のあいだ、教団の尼僧長の密《ひそ》かな依頼で、数回にわたり風間登代を診断したのである。

妊娠の有無を調べるためであった。

妊娠の徴候が認められ、さらに悪いことには梅毒のテストが陽性であった。

サンフランシスコ支部から、詳細な報告が、東京の大司教のもとへ届いた。登代の出身地の日本の総括者である大司教の指示が、まず求められたのだった。

サンフランシスコの尼僧長には、扱いきれない問題だったのである。

こういう場合、デウス天理教では、尼僧の保証人がわりである出身地の大司教に裁断権があった。

市の公立病院は、登代の堕胎《だたい》を申し出た。強姦の事実が明らかであれば、事後日数を経《へ》て警察に届け出た場合でも、合法的に堕胎が許されていた。

ただ尼僧長の困惑は、デウス天理教の教理が、あらゆる場合の堕胎を殺人の罪として、強く禁じていることであった。

教理は禁じていたが、司教の裁断があり、母体のいちじるしく危険な場合は許されることもあるという抜け道があった。

とくに最近では、この裁断の適応の幅は広がりつつあった。

品川大司教自身、この三年間に二人の既婚信者の合法的な堕胎を許可していた。

風間登代の場合も、事情が事情なだけに、公立病院での堕胎は許可されるであろうと、サンフランシスコの尼僧長は考えていた。

しかし、いくつかの支障が生じてきていた。

まず、意外なことに本人が堕胎を拒否したことであった。

風間登代は、自分の語学力の貧しさを考えてか、アメリカの尼僧長には相談せず、直接東京の教団あてに手紙を送り、堕胎を決して認めないでほしいと訴えたのである。

風間登代の第一回目の手紙は、東京の教団の関係者を警戒させたけれど、次々と送られてくるその後の手紙のようには、焦立《いらだ》ちや怒りの対象にはならなかった。

風間登代の第一回目の書簡

〈デウス天理の深いお恵みを感謝いたします。

先日、私の身の上に起こりました奇蹟《きせき》について、司教さまにご報告申しあげます。

九月九日、公立病院に一世の信者を見舞いに行く途上、突然、霧の中から黄金色の腕が私のほうに突き出されました。

その腕は私を優しくとらえて、よい香りと光りの満ちた部屋にいざないました。その方は白いお姿を持ち、五色の光りに包まれておりました。もったいないことなので、私は目を閉じてしまいましたので、お顔は定かではございません。でも、間違いなく尊いお方でございました。

しばらくあとに、私は、デウス天理さまより、心霊ともに満たされました。

高く雲の上に招きあげられ、このとき、尊いお方を身籠《みごも》ったのでございます。

私のような心気ともに貧しい者が、尊いお方を身籠るなどということは、まるで信じられません。恐れおおいことだと、日頃、悩んでまいりました。

でも、奇蹟は事実でございます。私のこの目で見たのでございますから。今日、尼僧長さまから、公立病院でお腹の中の尊いお方を堕《おろ》すようにと言われました。懐妊した者は、尼僧の身分にしておくことは出来ないというのでございます。

大司教さま、私の心は千々に乱れております。

すべてはデウス天理さまのお導きのままに、強い信仰を持つのだと自分に言いきかせてはおりますが……やはり尼僧長さまのお言葉のとおりにいたすべきなのでございましょうか。

尼僧の身分を保ち、デウス天理さまのお仕事に邁進《まいしん》すべきでございましょうか。

けれども、この奇蹟の事実は隠しておくわけにはまいりません。

すべては、大司教さまのご忠告のとおりにいたします。

デウス天理さまと大司教さまに忠実なる僕《しもべ》。　風間登代

一九六九年　十一月十日

品川大司教さま机下〉

風間登代の最初の書簡を開封したのは、品川大司教自身ではなかった。

品川大司教は九月以来入院し、絶対安静が続いていたので、大司教秘書の下村三沙代（五十二歳）が最初にこの手紙をあけ、内容に目を通した。

彼女は一読後、ただちに、これは悪魔の手紙にちがいないという考えを持った。

何度か燃やそうとしたあとで、大司教のベッド・サイドの上に他の手紙類と一緒にそっと重ねておいた。容態が小康を保ちはじめたら、大司教がきっと手紙に目を通すに違いなかったからである。

品川大司教は、外国から来る手紙すべてに目を通していた。

大司教は他の手紙と一緒に風間登代の手紙に目を通したあとでも、何も言わなかった。態度にこれといった変化がなかった。手紙は、看護婦が読みやすいように大司教の前にひろげ、かざしたのである。

秘書の下村三沙代があとになって、あのとき大司教さまの柔和な額に陰が浮かび、深い皺《しわ》が一本刻みこまれたと言ったが、その時点での積極的な観察ではなかった。

一週間後にアメリカから電報が入った。

尼僧長からのもので、風間登代が堕胎を頑強に拒んでいるが、公立病院の示唆ではこれ以上オペ（手術）を延期すると、母体の危険なしでは不可能になる。ただちに大司教猊下《げいか》の裁断を待つという英文電報であった。

この英文電報で、東京の教団としても風間登代の奇蹟に目を閉じているわけにはいかなくなった。

ただちに、教団司僧会の秘密会が、デウス天理教の本部のある麴町《こうじまち》で開かれ、事態の検討がなされた。

この段階では結論らしいものは何も出されなかったが、風間登代の身元調査が自動的に発せられた。

デウス天理教団の身元調査は、厳格なものであった。秘蹟や奇蹟を申したてた者の過去は徹底的に調査されて、精神病の傾向はないか、虚言癖はないか、出身地の地元宗教の迷信、呪文などの経験はないかと、厳重に調べられる。

それらの資料が、大司教のもとに奇蹟の内容と共に提出されるのである。

大司教の最初の裁断があると、司僧会の秘密会議で匿名の投票が行なわれ、満場一致の票が得られるとふたたび大司教の裁断が求められる。

そして、はじめて教団の記録に、デウス天理の奇蹟として記載されるのだった。

けれども風間登代の場合にかぎり、公立病院の手術が急がれていたので、身元調査の資料がととのわなかった。

堕胎手術が、米国尼僧団の意向のようであり、私たちもそれに賛成いたしますという意見書がつけ加えられて、風間登代の一件が教団議題として病床の大司教に提出された。

半身不随で、完全な言語障害をともなっている大司教のために、一司僧の反対意見も文書にして、一緒に提出されていた。大司教が、どちらの意見も選べるようにという配慮であった。

その反対意見は、次のようなものであった。

〈米国尼僧団および司僧会の諸兄姉のお心はよくわかりますが、風間登代はすでに結婚の経歴があり、一子をもうけた女性でありますので、彼女の場合にかぎり、すべて本人の意向にまかせたらいかがでしょうか。

本人に、胎内の生命の尊重を思い、出産の気持があれば、尼僧籍を離れさせ、つまり一信者として日本で子供を産む用意をさせてやってはどうでしょうか。

わたくしども一同、デウス天理さまのお恵みを祈り、本人の上にデウス天理の光りの啓示が豊かに注《そそ》がれるよう、心を一つにして向う三日間の特別祈禱《きとう》を行ないたいと存じます〉

大司教は、反対意見書を見ると、左手の中指をかろうじて二センチほど動かした。本人が動かせる、唯一の意見表示の器官だった。

大司教は、堕胎手術に反対したのである。

日本の秘密司僧会は、この回答で納得したが、アメリカの尼僧団は困惑しただけであった。日本側の回答は、本人の意向を尊重することであり、堕胎手術の無期延期を認めていたからである。

事実、この大司教の回答があって二週間後に、風間登代の合法的な堕胎手術は、安全期間をオーバーしてしまった。

堕胎手術は危険になり、本人が奇蹟を証明するために出産することが自由になったのである。

んでいた。

3

風間登代の帰国手続きがすすめられる一方、日本の秘密司僧会の手による身元調査がすすんでいた。

米国派遣尼僧、風間登代の調査委員の一人に、アメリカのシカゴの大学院を出た医学博士の岸田譲がいた。

彼は、出身地が風間登代の本籍地である山口の岩国に近いということで、気軽に司僧会の依頼を受けた。

岸田は、家族ぐるみのデウス天理教の信者であったが、自分の調査は、医学上の見地から客観的に公平に行なった。

岸田が調査を行なって、まず驚いたことは、サンフランシスコの霧の中で行なわれたような情況に、かつて風間登代が遭遇しているということであった。

岸田は、風間登代が昔、結婚していた相手の風間博（四十三歳、船舶製造業）に会い、教団の今までの調査では知らされていなかった事実を知った。

「風間登代さんが、デウス天理教のアメリカ派遣尼僧になっているのをご存じですか」

「ええ、承知しております。教団の尼僧になったことも、アメリカへ行くことも、本人からの手紙で知りました。わたくしも改宗をすすめられましたが、わたくしどもはもともと仏教なので断わり、離婚後、風間登代とは会っておりません」

「本人と教団の秘密に関することなのですが、もとのご主人としてご協力をいただくために事件のありのままをお知らせします。風間登代は、サンフランシスコで黒人の暴漢に襲われ、妊娠しているのです。本人は、奇蹟が行なわれ、天よりの光りで懐妊したのだと申していますが、一つ参考のために、風間登代の最初の出産について覚えていらっしゃる限りのことを話していただきたいのですが……」

岸田は、こちらの立場をざっくばらんに説明し、協力を求めた。

「またですか。あの女はよくよく不運な女ですね。それも、続けて二度も黒人に犯されるなんて……どこか黒人好みのところがあるのでしょうか」

風間登代の前夫は、妙なことを言った。

「またというのは、どういう意味でしょうか」

「じつは、わたしどもの離婚の直接原因になったことなのですが……わたしどもは、そのころ煙草《たばこ》や雑貨の小売りをやっておりました。そして……八月のことでしたが、細引きを買いに来た黒人兵に家の中まで押し入られ、店番していた登代が、若い黒人兵に家の中で犯されたのです。それも白昼のことでした」

「それは……間違いのないことでしょうね」

岸田は、登代の前夫に対する態度をかえた。彼の証言が貴重だという気がしてきたからである。「わたしの姑が見ていました。店の細引きで姑も縛られたのです。姑の目の前で、登代は強姦されたのですから間違いはありません」

その時のことを思い出すと、やはり精神的な苦痛がよみがえってくるのであろう、登代の前夫は顔を歪《ゆが》めた。

「その事件は、警察に訴えられたのですか」

「盗《と》られたものは細引きだけでしたし、姑が世間体を考えて、内輪だけのことにしました。本当のことを言うと、子供が生《うま》れるまで、わたしにも知らされなかったのです」

「子供というと……」

「登代がそのとき、黒人兵の種を孕《はら》んでいたのです。あの女は、孕みやすいのですよ」

今度は吐き出すように言った。登代の前夫は、登代の子宮に対しても憎しみの感情をくすぶらせているようだった。

「生れた子供は、どうしたんです」

「死産ということにして、産婆《さんば》が施設の人間にくれてやりました。混血児をひき取るところがあるのです。姑は勘のいい女でしてね、登代が黒人の子供を生むにちがいないと言って、あらかじめ知り合いの産婆と手筈《てはず》をととのえていたのです。それで近所にも騒がれずに、この問題は片づきました」

「それで……その子供のことが、あなた方の離婚の本当の原因だったと仰言《おつしや》るのですか」

「そうですね、黒人兵にやられていたのに、何も知らないで自分の女房と寝ていたのかと思うと、しんから腹が立ちました。けれども、それ以上に普段から悪かった姑との折り合いが、黒人兵のことを境にして、ますます悪くなったのです」

「離婚は、あなたのほうから言い出したのですか」

「わたしというよりも姑ですね。姑はわたしの実の母ではなく、父の後妻なのです。ですから、わたしを中心にして嫁との折り合いが悪いというのではなく、とにかくいがみ合っていたのですよ。しょっちゅう喧嘩《けんか》して、しまいには物を投げつけるといった調子でした。登代は、表面はおとなしそうですが、しんは強い女でしてね、投げつけられたり、叩《たた》かれたりしても、絶対に口をきかないのです。しまいには、わたしも根負けして間に割って入りました」

「本当にお困りだったろうと同情いたしますが、もう少し立ち入った質問をさせていただきたいのです。黒人兵のことがあったあと、あなた方の夫婦生活には何の変化もありませんでしたか」

「お恥ずかしい話ですが、その頃はわたしも夫婦の営みの意味をよく知りませんでしてね……このごろ夫婦雑誌に書いてあるようなことからいえば、たいへん一方的な夫だったと思います。登代もわたしに躰をまかせているだけで、われわれの営みの時間も実に短いものでした。登代がその当時、女性としてセックスの愉《よろこ》びを知っていたかというと、夫としての判断ではまったくゼロだったと思います。わたしは今、二度目の妻と心身ともに夫婦生活は円満です。年齢は十歳ほど離れていますが、週に数回夫婦の営みを持ち、妻が充分に満足するまで時間をかけます。妻はセックスの愉びを承知しています。ですから今になってみると、登代と結婚していた時期、わたしも性的に非常に未熟で子供だったということがはっきりと証言出来ます」

風間登代の前夫が、当時の夫婦生活についての立ち入った質問に、いちいち丁寧《ていねい》に答えたのは、質問の重要さを理解したためであった。

質問者の岸田博士は、風間登代の性的経験と今度の奇蹟が関連のあることだというのを、登代の前夫によく理解させた。

岸田博士の質問がすすむにつれて、風間登代の夫はさらに重要だと思われる記憶を呼びさました。

「黒人の子供を生んだあと、登代は、黒人兵に犯されたことなどないと言い出したのです。黒人兵に悪戯《いたずら》されたのは姑のほうだと言い張るのです。わたしが直接聞いたわけではありませんが、姑と登代のあいだで、この問題を言い合っていました。黒人兵に悪戯されたと言われると、姑はそれこそ烈火のように怒りました。そうです、そのときも登代は自分の上に白い光りが射していたと言いました。姑に言わせると、登代が黒人兵におさえこまれているあいだ、昼間だったのですから、縁側からぎらぎらと太陽の光りが射しこんでいたというのです。登代は黒人兵が動くたびに、眩《まぶ》しがってさかんに顔を左右に振っていたそうです。わたしたちは、登代が黒人の子供を生んだあとでも、頑強に黒人兵との交わりの事実を拒否するので、この女は少し頭がおかしいのではないかと思ったほどです。わたしが離婚を認める気になったのは、そのせいもあります。わたし自身は、登代のことは妻として不可も可もなしと考えていたのですが……」

「お姑さんが亡くなられたのは、いつごろの事でしたでしょうか」

「もう五年ほど前になりますかね。今になって考えますと、登代の言ったことも全部が全部、嘘《うそ》ではないようです。近所のひとの話では、あの日、細引きを買いにきた黒人兵は三人いたそうです。三人一緒に家の中へ入ったというのに、登代だけ悪戯されたというのもおかしな話です。姑も一緒に犯されたと考えるほうが普通でしょう。姑は若づくりのほうですし、戦場帰りの黒人兵には、東洋人の女の老若はそれほどはっきりしなかったのではないでしょうか」

「それで、お姑さんと登代さんは必要以上にいがみ合っていたというわけですね」

「そうです。女たち二人で口裏を合わせて、わたしに黙っているようにしたのでしょうが、姑のほうは、登代に自分のことを一部始終知られていると思うと、万事につけ腹立たしかったのでしょう」

「お姑さんのほうも実際に悪戯されたかもしれないが、そのとき登代のほうは太陽の光りで眩しがっていたのですから、あるいはお姑さんのことに気がついていなかったかもしれませんよ」

「ええ、そういうことも考えられます。でも、わたしは、登代《しら》は姑のことを知っていたので、わざと自分も黒人兵に犯されたことなどはないと、あくまで白をきっていたのではないかと思います。姑も共犯だと思えば、強いことを言っていられますからね……しかし、いずれにしても、彼女たちに直接の罪があったわけではなく、交通事故のようなものですから、ただ、可哀想《かわいそう》なことをしたと思っています」

この風間登代の夫の証言は、岸田博士の補足意見とともに、デウス天理教団の秘密司僧会に提出された。

大司教は病床にあったせいか、この調査文書には目を通さなかった。

4

風間登代の二回目の書簡が東京の教団に着いたのは、一回目の書簡から一ヵ月近く経《た》っていた。

それと相前後して、サンフランシスコの教団支部の尼僧長のマリアンヌ師からは、風間登代の動向についての詳しい報告が届いた。

　それに依《よ》ると、風間登代は妊娠の徴候が明らかになると、すぐに教団で定められた奉仕と祈りの日課を守らなくなり、さらに同室の若い尼僧のフィリピンの女性に、ただちに部屋を出て行くように命じた。

　尼僧長の再三の注意にもかかわらず、日課に従おうとせず、勝手な行動をとりはじめたのである。

〈昨日は、とうとうホテルに自分だけの部屋をとると言い出しました。本人の言うことに逆らいますと、泣き喚《わめ》いたり、大声で祈禱をはじめたり、しまいには物を投げつけたりで手に負えなくなります。私たちのオペ（手術）の忠告は完全に拒否しました。日本の教団で引き取られるということで、間《ま》もなく日本に帰るひとのことですから、私たちは悪い感情を持ったり、非難したりはいたしません。すべてはデウス天理様におすがりして、彼女の救いのために祈っております。

　しかし、アメリカ支部の全司僧および全尼僧は、カザマ・トヨが奇蹟に会い、聖なる方の種を宿し、聖女になったということは、いかなる理由においても認めません。

　それは異端を認めることだからです〉

　アメリカ支部の尼僧長は、外人らしいはっきりとした書き方で、彼女たちの態度を、日本の教団の大司教宛に通告してきた。

自分たちは日本人のことには黙っているから、出来るだけ早く、この手に負えない尼僧を日本に引き取って欲しいということを言外に匂わせていた。

日本の教団の秘密司僧会が風間登代の引き取りを改めて決議した翌日に、風間登代からの二度目の手紙が、大司教秘書の手を通じ、全メンバーの回覧するところとなり、事態は振り出しに戻った。

風間登代の二度目の手紙は、恋文のような熱っぽい調子で書かれており、司僧会の全メンバーを憤激させた。一回目とまるで内容が違っていた。今度は奇蹟の対象を、直接、大司教にしていたのである。


〈聖なる方、大司教さま。

今日、この貧しい女僕に大きな光りが当てられ、雲の上に引き出されたことを感謝いたします。

すべては、聖デウス天理さまのお恵みでございます。

今日、はっきりと光りと啓示がございました。登代は長いこと悩んでまいりましたが、そのお腹の中の子供は、大司教さまの尊い御子《みこ》であることに間違いはございません。

登代が大司教さまの御子を宿しましてからは、毎日、迫害の火の粉が降り注いでまいります。迫害の手は、登代の手からこの尊い御子を奪おうとして、あれこれと策略をめぐらすのでございます。

悪魔たちは毎日姿を変えて、子供を即座に堕すようにと説得にまいります。登代が断固として御子を守ることを宣言いたしますと、尼僧院の登代の飲み物の中に眠り薬を入れるようになりました。登代の眠っているあいだに、尊い御子を堕そうというのでございます。

登代は、愛する大司教さまの御子を守るために、尼僧院の飲み物、食べ物は、口にしないように決心いたしました。

登代は、飲まず喰《く》わず一週間の断食を続けました。同室のフィリピンの若い尼僧が同情してくれて、表からジュースの罐を買ってきて私にくれました。

この尼僧だけが登代の味方です。

けれども一昨日、登代はとうとう尼僧院を出る決心をしました。これ以上私が尼僧院にいると、同室のフィリピンの尼僧までが迫害され、殺されてしまうからです。

登代は、尊い御子がお腹の中にいて、いかなる迫害の鞭《むち》にも耐えることが出来ますけれど、このフィリピンの若い尼僧の細い腕には耐えられない重荷です。

登代は、このフィリピンの若い尼僧のために、一人で支部の僧院を出る決心をしました。

登代の我儘《わがまま》を、大司教さまはお許しくださいますでしょうか。私にはそれが心配です。けれども登代は、お腹の尊い子供のために栄養をつけなければいけません。

今日は、サンフランシスコのケーブル・カーに乗って、セルフ・サービスのレストランで骨つきの固いステーキを食べました。私の持っているお金では、安いセルフ・サービスの店でしか食事は出来ません。

ホテルは、黒人街に面した木造の安いホテルです。ゆっくり眠れるベッドがあるので、文句は言えません。聖デウス天理さまに心より感謝しております。

寡婦《やもめ》と孤児《みなしご》を養ってくださるように、この登代とお腹の尊い御子とを、聖デウス天理さまはお守りくださることでしょう。

思いおこせば、登代のお腹に子供が宿ったのは、九月九日の午前十時のことでございました。

白い雲と光りに包まれた大司教さまが、強い腕の中で登代を、冷たい地下室のコンクリートの上にお運びになったのです。

けれども、そこは柔らかい雲の上のような、摘みたての綿のような床となりました。光りと雲の中から現われた大司教さまの裸のお姿は、厚い胸板と逞《たくま》しい筋肉で、登代は恥ずかしくて思わず目を閉じてしまいました。

裸の大司教さまは、登代をしっかりと抱いてくださいました。

大司教さまの固く大きなものが、登代の躰を押しわけて入ってまいりましたときは……ああ、思わず声をあげてしまったのです。躰中が愉びに満ち溢れ、デウス天理さまのご臨在はかくの如《ごと》きかと思った次第でございます。

世の者たちも、同僚の尼僧たちさえも、大司教さまと登代の深い愛を信じずに嘲笑し、異端だ、悪魔の仕業だと申します。

でも、登代はくじけません。

大司教さまの御子が誕生したとき、きっと同僚の尼僧たちは、今までの恥ずべき考えを改めるのに間違いありません。

その御子はかならず黄金色に輝き、エメラルドやサファイアのような深い澄んだ瞳を持っているのでしょう。

ああ、デウス天理さま。

登代は御子の生誕の瞬間を考えると、躰中が震えてまいります。

大司教さま、登代は九月九日、午前十時を一生涯忘れません。

このときこそ大司教さま、あなたがその逞しい腕で、このかよわい登代をしっかりと抱きしめてくださった時でした。

大司教さま、あなたは本当に素晴らしい方です。

大司教さまのあれは素晴らしくて、登代を興奮の極みに追いやり、感激させてくださいました。

登代は恥じることなく、誰にでも、全世界の人間にこのことを言って歩きたい気持《きもち》です。

でも同僚の尼僧たちの嫉《そね》みや世の人たちの忌わしい疑いに満ちた目を思うと、この人たちの躓《つまず》きになるようなことはしたくありません。

登代は、大司教さまと私の愛の秘蹟のことは皆に黙っています。

それでも登代は、仕合《しあわ》せと感謝で、力が全身に満ち溢れていますのよ。

大司教さま、ああ、昨日のも、一昨日のも、本当によかったわ。

御子が生れてくる日までのカレンダーをつけることにしました。

あと、百四十日足らずです。

登代は、毎日カレンダーの日付けを消してゆきます。私には御子の生れる日が正確にわかるのです。

それは五月十一日です。月足らずですけれど、奇蹟の子供ですからすくすくと育ちます。

もうすぐ、黒人のスラム街に奉仕に行く時間です。売春婦たちが子供を放り出して行くので、私が面倒をみてやらなければなりません。

どこに行っても奉仕のお仕事が与えられるので、感謝です。

それではまた、今夜お会い出来るのを登代は心から待って、待って、待ちこがれておりますわ。


愛する、愛する大司教さま　　おみもとに。

十二月十日〉

この二通目の手紙が、東京の秘密司僧会で回覧されたあと、関係者たちは困惑の表情に包まれた。

風間登代が異端であり、教団に波紋を巻き起こすために悪魔の手先になったのだということでは、全員の意見が一致した。

困るのは、登代の信仰、あるいは愛の対象が大司教その人だったことであった。

司僧会の人たちにとって異端の何よりの証拠は、登代の第二の書簡であった。

しかし、この二通目の書簡は、大司教秘書が大司教に無断で開封し、秘密司僧会で回覧したものだった。

教団規則には、大司教宛の手紙は、何人といえどもこれをみだりに開封し、大司教の目に触れさせずに処分したりしてはならないと定められている。

この規則を持ち出すまでもなく、いかに半身不随であろうと、これほど重要な書簡を大司教が見る前に、秘密司僧会が閲覧したとあっては、大司教の気持を傷つけることは確かであった。

風間登代の異端奏上を誰がするかが、秘密司僧会の一番のポイントとなった。

その結果、選ばれたのが大司教の甥《おい》で、アメリカに留学をしたこともある東京地区司祭の岩井戸であった。

彼は三十二歳だったが、オルガン奏者としても知られており、温厚な人柄で役目にふさわしいと、秘密司僧会の全員が認めた。

岩井戸は役目の条件として、大司教に二通目の書簡を見せること、そして必要な場合にはアメリカに渡って、直接、風間登代と会うことを申し出た。

秘密司僧会で閲覧したことにせず、風間登代の手紙を大司教に渡そうというのである。

看護婦がいつものように、大司教に風間登代の手紙を見せたあとで、岩井戸が伯父《おじ》の大司教の病室に入った。

5

大司教の病状はいぜんとして一進一退を続けていた。半身不随は前のままだったが、左手の指を動かし、この意思表示はかなり確実なものになってきていた。イエスとノーとが、はっきりと示せた。

看護婦は、アイウエオを記入した積木《つみき》を大司教に見せ、一つ一つ指さしては、イエスとノーの指サインで簡単な文章を作るところまでこぎつけていた。

岩井戸は、この会話の方法で、久しぶりに対面した伯父の大司教に異端奏上を行なった。

岩井戸は甥といっても、子供のころ洋式のバスルームで、大司教の膝に抱かれたことのあるのが、唯一の記憶であった。

　そのときの大司教の骨太の腕と膝のどっしりとした肉体の感触が、はっきりと彼の記憶に残っていた。

　風間登代のいう腕の太さと、その時の記憶が妙に生々しく、岩井戸の頭の中で結びついた。

「アメリカ支部、尼僧会の風間登代の異端の奏上にまいりました。秘密司僧会全員一致の奏上でございます」

「アナタモ、ソウ、オモウカ」

しばらく目を閉じたあとで、大司教はそういう意味の積木の文字を選んだ。

「わたしも秘密司僧会に出席しておりました。全員一致の異端奏上でございます」

「アナタガタハ、トヨノテガミヲミタノカ……」

大司教の目だけが、岩井戸のほうに向いていた。

「いいえ、わたしどもはアメリカ支部の尼僧長の報告と、風間登代の過去の履歴に照らし合わせて、彼女の異端奏上をいたしました。アメリカ支部の尼僧長の報告では、風間登代は懐妊で奇蹟を申したてておりますが、実際は黒人の強姦にあっただけのことです。彼女が黒人に犯されたのは、これが初めてのことではありません。十数年前に、夫がありながら、やはり黒人兵に犯され、混血児を生んでおります。この時は、梅毒検査が陽性と出ています。風間登代には、どこか黒人兵を近づけるようなだらしない面があるのかもしれません」

岩井戸はつとめて冷静に説明したが、自然と風間登代に対する悪意が発言の中に滲み出てしまっていた。

大司教は、岩井戸の説明のあとで、少し悲しげな表情を見せた。

そのあと苦労して積木の文字を選ぶと、

〈自分は風間登代の言っている九月九日は日本にいなかった。どこか遠くの国に旅に出ていた。だから、風間登代を責めてはいけない〉

と言った。

大司教の発言に、岩井戸はかすかな不安を覚えた。正直いって、大司教の脳の状態が悪くなったのではないかという恐れだった。

彼はそれ以上、大司教と話をせずに病室をさがってきた。

もちろん大司教は、風間登代の異端裁断をくださなかった。

「大司教さまは、いろいろの摩擦を避けられるために、風間登代を一旦《いったん》アメリカから帰国させてから、異端裁断をお決めになられる。風間登代をアメリカに迎えに行くお仕事は、わたしがいたします」

岩井戸は、秘密司僧会のメンバーにそう説明し、大司教との会談のこまかい模様については何もつけ加えなかった。

大司教が、風間登代の奇蹟を認めるような発言をしたことが心に重くのしかかり、一刻も早く風間登代に会い、日本に連れ帰らなければという気持になっていた。

岩井戸が、秘密司僧会の決議を待ち、アメリカへ行く準備をするのに一ヵ月ほどかかった。そのあいだに、風間登代からの手紙が二十通ほど来た。最初は三日置きだったのが二日置きになり、そして連日のことになった。

大司教は、風間登代からの航空便を看護婦に持たせ、二時間も三時間も眺めていることがあり、そのあいだ大司教の心は遠くに飛んでいるようだった。

秘書の下村三沙代と、大司教の付添《つきそ》い看護婦の吉原みね（三十九歳）の二人は、ともに大司教の様子が変だという観察報告をした。

昔はこんなことがなかったし、放心しているような状態が大司教らしからぬというのである。

風間登代から大司教に宛てられた書簡の内容は、秘書の手で秘密司僧会に報告され、一段と秘密司僧会のメンバーを憂慮させた。

秘密司僧会のメンバーたちの判断によると、風間登代の手紙は尼僧らしからぬものであり、しかも猥褻《わいせつ》であり、下劣であるというのだった。

事実、秘密司僧会のメンバーを激怒させるほど、風間登代の手紙は教養のない、娼婦が下級船員にセックスのことだけを物語っているようにもとれた。

〈愛《いと》しい大司教さま。

迫害の手はますます激しくなり、このホテルにまで悪《あ》しき企《たくら》みがせまってきます。登代はただお腹の御子を守るために、ホテルのドアにしっかりと鍵《かぎ》をかけておきます。

けれども、尊い方、愛しい方、逞しいお方である大司教さまが登代のところに見えたら、いつでもお迎え出来るように、ベランダの窓の鍵はあけてあります。大司教さまも、それはよくご存じでしょう。昨日も夜中の三時過ぎにベランダを軋《きし》ませ、窓の鎧《よろい》戸《ど》を表から、音もなくあけられたのがわかりました。

ああ、尊いお方、お優しいお方、力強いお方、大司教さまが登代の部屋に入ってこられると、思わず全身を固くしてしまいます。

恐ろしさと嬉《うれ》しさで、目を開いていられないのです。熱いものがこみあげ、私の下半身が潤いはじめるのです。

大司教さまは、昨日も登代をうしろから、いつものように力強く抱きしめられました。私は、お腹の尊い御子のことをいつも考えております。大司教さまにどれほど強く、躰が砕けるほど抱かれたいかわかりません。でも、登代はベッドの上にひざまずき、ひき伏しておりました。

尊いお方、大司教さま、それでもあなたはまるで若者のように、せわしなく情熱的に、登代をうしろから抱きしめられましたね。大司教さまの力強い御手は、私の日々重たくなる熱い乳房の上で動いていました。

裸の登代は、うしろから、大きな固い大司教さまを迎え入れました。駄目、駄目と思いながら、登代はすぐに嬉しさに満ち溢れ、大きな声をあげて大司教さまのお名前を繰りかえし呼んでしまうのです。

あんなことをしてはいけないのでしょうね。近所の部屋の人から苦情が出て、また尼僧院の人たちが、迫害と非難の声をあげるのにきまっています。

でも、登代は逞しい大司教さまに強く抱かれていると、このまま死んでしまってもいいと思うくらい安心し、嬉しくなるのです。

今度は、あんな慎みのない大きな声は出しません。世の人々の躓きにならないように、大司教さまのお名前を汚さないように、登代は躰にどれほどの愉びが溢れても、じっとして歯をくいしばっていますわ。

登代の心がわかっていただけないといけないので、黒人街の奉仕から帰ってきて、急いで筆をとりました。

黒人街へ一人で奉仕に行き、子供たちを一日中世話していると、登代の脚はふくれあがり、立っていられないほどになるのです。

でも、登代は幸福です。感謝です。デウス天理さまと大司教さまの大きな愛に包まれて幸福です。どんなことがあっても泣きません。

尊い御子が生れる日まで、あと百二十日となりました。

尊い御子が誕生すれば、全世界は変《かわ》ります。登代は白い花嫁衣裳《いしょう》を着て、大司教さまのお隣りに坐《すわ》れます。

その日まで、ああ、その日まで、いかに苦難が続くとも……

アメリカ支部尼僧　風間登代

愛する大司教猊下　机下〉

一番最近の手紙は、秘密司僧会の関係者を激怒、混乱の極地にまで追いやった。

教典研究に生涯を捧《ささ》げた六十歳の一尼僧は、怒りのあまり、その場で絶句して気を失った。

岩井戸のような温厚な、物事を客観的に見る男でさえ、事態が悪化してきたことを認め、焦慮に駆られた。

彼は予定を三日も繰りあげて、サンフランシスコへの直行便で羽田を発《た》った。

教団の秘密司僧会の重要メンバーが三人、大司教の甥を雨の羽田まで見送っていた。

「最後の処置は、デウス天理の御胸に……」と言い合ったが、彼等の表情は一様に固かった。

風間登代の態度いかんでは、彼等は風間登代に対して重大な処置をとる決心をしていたのだった。

なぜかというと、彼等は風間登代よりも大司教のことを心配していたのであり、その大司教は完全に、風間登代の手紙の内容を是認しているように思えたからであった。

6

サンフランシスコに着いた岩井戸を、支部尼僧長のマリアンヌ師が迎えに出ていた。もと中学校の教師をしていたことのある、穏やかな、それでいて芯の通っていそうな女性であった。

この人が、単に悪意から、風間登代を異端扱いにするわけがないという印象を、岩井戸は持った。

岩井戸は英語が流暢《りゅうちょう》だったから、尼僧長から、風間登代が黒人街で襲われたときの事情を、くわしく聞くことが出来た。

「シスター・カザマは、ボタンを全部もぎ取られていましたし、同室のシスターの話では、下は裸のままで、腿《もも》の内側に出血の痕があったそうです。あんなひどい目にあったあとで、なぜ奇蹟だとか、相手が大司教さまだとか言うのでしょうか。彼女の個人的な不幸には、わたくしたちはみな同情しているのですよ」

「シスター・カザマは、きっと病気なのです。そうとしか考えられません」

岩井戸は、風間登代に精神病の系統があるように匂わせた。

そういう言い方をすることによって、自分自身を慰めたのだった。

岩井戸は、サンフランシスコの蒼《あお》い海のよく見える坂の上のホテルに入ったあとで、ふだんオルガンを演奏するときに着用する背広を着て黒人街に出かけた。尼僧長から、黒人街のホテルの場所その他について、充分の知識を得ていた。

「ミセス・カザマはいるでしょうか」

「彼女はいま、子供たちの世話に行っています。父無し子の施設の保母をして、みんなから感謝されていますよ」

黒人街のホテルは古い建物だったが、岩井戸が予想していたほどひどくはなかった。

フロントの四十過ぎの肥《ふと》った黒人女も、日本人のカザマ・トヨに好感を持っている様子だった。

風間登代は、ここではミセス・カザマ（風間夫人）個人として宿泊していた。

「彼女のところに、深夜、恋人か……あるいは男が訪ねてくるようなことがありますか」

岩井戸は、十ドル紙幣を渡しながら問題の質問をストレートにした。

彼は、事実を探求しなければいけないという、一種の使命感に駆られていたので、彼の質問が相手を怒らせても、少しも動じなかった。

「わたしのところは売春宿ではありませんよ。彼女のところに客が来るわけがないじゃありませんか。あなたは、ミセス・カザマのご主人から頼まれた私立探偵か何かなの」

「まあ、そういったものです。それでは彼女の隣の部屋を貸してもらえませんか」

岩井戸は、またチップ十ドルを渡して、風間登代の隣の部屋を借りた。彼はすべてを自分の目で確かめてみなければならない気持になっていた。

岩井戸が風間登代と会ったのは、その晩であった。

彼はホテルの入口で風間登代を待ち、彼女を食事に誘った。

お腹の子供のために、安い骨つきのステーキを食べに行ったという手紙の一節が、岩井戸の印象に強く残っていた。

初めて会った風間登代は、これも岩井戸の予想と反対に血色もよく、頰がつやつやとしていた。見方によっては、十代の女の子のようだった。

彼女は教団の尼僧服のかわりに、奉仕用の裾の長い紺色の服を着て、同じ紺色のスカーフをしていた。

大司教の甥だが、アメリカでオルガン演奏の仕事があったので途中立ち寄りましたと、岩井戸は自分の訪問理由をさりげなく説明した。

風間登代はふっくらとした頰に小さな笑窪《えくぼ》をつくり、ゆっくりと首を振った。

「そんなふうに仰言ってくださらなくてもいいんですよ。あなたが、わたくしの異端追及のために見えたことはわかっています。教団の人たちが、どんなにわたくしを憎み蔑《さげす》んでいるかもわかっています。皆さんの大司教さまを、わたくしが独占しようとしているんですものね。でも、これは仕方のないことなんですわ。大司教さまの御子を、誰かが懐妊しなければなりません」

「大司教も、司僧も、尼僧も、デウス天理に仕えるために独身を守ります。それが宗教家としての務めです」

「ですから、奇蹟なんですわ。大司教さまの御子を、こうして海で遠くに距《へだ》たれていても、あたくしのような貧しい女が授かります。どんなあばら家に住んでいても、大司教さまがわたくしのところまで、毎晩、毎晩来てくださいます」

「それは大司教ではなくて、デウス天理さまのことではないでしょうか。デウス天理さまに対して、どれほど熱烈な愛をお持ちになろうと結構なことですが、大司教さまのことは個人崇拝であり、偶像崇拝です」

「皆さんがいろいろ仰言るのはよくわかりますが、でもこれは理屈ではありません。わたくしの体験なのです。わたくしだけの事実なんです。どうぞわかってくださいまし」

岩井戸がなんと言おうと、熱心に、確信をこめた調子で言うのである。

岩井戸は、なるべく日本人のこないイタリア人のレストランで、海岸名物の蟹《かに》料理を食べながら、風間登代の体験を具体的に聞いた。

少しでも相手に隙があったならば、異端の証拠を摑《つか》まえようと緊張していたが、風間登代の無邪気なまでの話しぶりは、どうしようもないといった感じだった。

「大司教が毎晩、あなたのところに来るのは、肉体的に臨在するという意味ですか。それとも大司教の霊が……」

「暖かく、そして逞しい肉体を持った大司教さまが、そのまま現われるのです」

「あなたは肉体を持った大司教さまと、どういう交わりをするのですか。ちゃんとした肉体の交わりをするのですか」

「大司教さまがお姿をお見せになる、このわたくしたちの交わりの時間には、肉体も霊もございません。わたくしたちの存在そのものが、一つに溶け合ってしまうのです。大司教さまの力強い腕に抱かれていますと、わたくしはとろけそうになり、天に引きあげられて、何もかもわからなくなってしまいます」

「その時の相手が大司教だということに間違いはありませんか。もしも他の男だったりしたら、大変なことになりますよ」

「この奇蹟の世界は、写真に撮ることも何も出来はしません」

風間登代は、岩井戸のことをかえって哀れむように笑った。

岩井戸は、東京の秘密司僧会に電報を送り、処置なしの意向を伝えた。

折りかえし、国際電話と航空便で岩井戸が異端審問官に正式に任じられたという連絡が入った。

秘密司僧会で、異端審問官に任じられると、異端と目される相手に対して、質問と捜査と最悪の場合の拘束権の三つがあった。

三つ目の拘束権は、中世において魔女裁判などで拷問権《ごうもんけん》として残っていたものである。

デウス天理教にも、こうした伝統が残っていた。

けれども岩井戸が実際に用いた捜査権は、風間登代の黒人ホテルの隣室に泊《と》まり、深夜の大司教の空間訪問を調査することぐらいであった。

岩井戸は、黒い革表紙の教団の教典一冊と、携帯用のテープレコーダーとストロボのついた写真機とを持って、黒人ホテルの風間登代の隣室に入った。

岩井戸は、風間登代の言うことはすべて、本人の霊的な世界の出来事であろうと思っていた。

しかし本人が、大司教の肉体上の臨在をどうしても主張する時は、写真撮影のような強硬な処置の必要があったのだった。

十時近くに黒人ホテルに入り、二、三時間がすぐに過ぎた。

一時まで、何も起こらなかった。

隣室から、風間登代の呻くような声と、かなり激しい物音が聞こえてきたのは、二時近くになってからであった。

岩井戸は、ジェット機の直行便の疲れでうとうとしていたが、最初の物音で弾《はじ》かれたように起きあがった。

手早くテープレコーダーとカメラを持って、窓からベランダへ出た。

ベランダといっても、古いスペイン風の窓に幅一メートルほどの出窓形式のものがついているだけだった。

けれども岩井戸の部屋から、やすやすと風間登代の部屋のほうに渡ることが出来た。

白いペンキの剝《は》げた鎧戸が風で動いていた。

岩井戸は、窓から風間登代の部屋の中を覗《のぞ》いて、思わず呼吸をとめた。

古いベッドの枕もとの壁に、スポット型のライトがついて、それで部屋の状態が見渡せる。

風間登代は白いネグリジェを着て、枕に顔を埋め、ベッドの上に俯伏《うつぶ》せになっていた。ネグリジェはほとんど胸のあたりまで押しあげられていた。むき出しになった白い臀部《でんぶ》だけが、妙に生々しく岩井戸の目にしみた。

その露出した風間登代の下半身に、黒い物体がシャツを着たまま、からみつくようにして腰を動かしていた。

岩井戸が、その黒い物体を人間だと認めるまでに、しばらく時間がかかった。

岩井戸は何の恐怖感もなく、そのまま部屋の中に入った。

俯伏した風間登代は、ベッドの敷布に爪をたて、全身をこまかく震わせながら、しきりと大司教の名前を呼んでいた。

岩井戸は無表情に、カメラのシャッターを押した。

精巧な小型カメラは、ストロボ（発光器）と連動して、続けて数回、部屋の中を真昼のように明るくした。

白い滑らかな肌とチョコレート色のそれ自体生き物のような大きな性器と、皮膚の軋みの一瞬一瞬を、ストロボが明確に摑《つか》まえていた。

風間登代の下半身に吸いつくように密着していた黒人は、眩しそうな顔を岩井戸のほうに向けた。

彼が浮かべたのは、怒りや恐怖の表情ではなく、照れくさそうな、卑屈な笑いだった。

下唇がだらしなくさがり、動物のような白い歯が見えた。

黒人は岩井戸の前でも腰を動かし続け、しばらくしてから風間登代の白い躰から離れると、のろのろと紺色のジーパンをはいた。

仕度《したく》を終ると、黒人はゆっくりと岩井戸のほうに近づいてきた。

彼は腰を屈めると、岩井戸の鳩尾《みぞおち》のあたりを素早く突いた。

岩井戸の目の前が暗くなり、膝から崩れ落ちた。

岩井戸が気づいたのは数分後のことである。

吐き気がし、窓のほうを見ると、鎧戸が先程と同じように風で鳴っていた。

ベッドの上の風間登代は、まだ同じ姿勢で俯伏したまま、大司教の名前を呪文のように唱えていた。

7

翌日の午前中、岩井戸はD・P屋に至急の現像を頼むと、夕方、また風間登代に会った。昼間見る風間登代は、紺色の地味な奉仕服に身を包んでいたが、衿足や頰は艶やかに色づいていた。一瞬、岩井戸の目の前に、風間登代の白い臀部が浮かんだ。

「昨夜、また大司教が、あなたの部屋に臨在されましたか」

「ええ、大司教さまは毎晩、お出でになります。わたくしの生活は満たされていて幸福です」

「大司教さまが、あなたのところに現れるようになったのは、昨年の九月九日午前十時のことからですね」

「はい、そうです。その時からですわ」

風間登代は、大司教の臨在を言いはじめると、かならず正確な日時に触れるのだった。そういう時の風間登代の顔は確信に輝いていた。

岩井戸のほうには、風間登代と大司教の問題に巻き込まれてから、すでに半年近い日時が経過したのだという感慨があった。

「もしも大司教さまがお出でにならなくなったら、あなたはどうします。東京まで大司教さまに会いに行かれますか」

「大司教さまはお忙しい方ですから、登代のような心の貧しい女が行ってお邪魔することは出来ません。それに……大司教さまは、五月十一日までは必ず毎晩、登代のところに慰めに来てくださいます。五月十一日は、尊い御子のお生れになる日です」

岩井戸の、一種の誘導尋問、つまり登代を抜きさしならぬ立場に置こうとする狡猾《こうかつ》な質問に、彼女は素直に確信をもって答えた。

岩井戸は、昨夜の写真を風間登代につきつけ、彼女の立場を理解させようと考えていた。風間登代が大司教との霊の交流だけではなく、大司教の肉体の臨在まで主張しているからには、こういう物証をともなった対決が一番よいと判断したのだった。

少なくとも、その時は、そうした対決のやり方が宗教人らしくないとは反省していなかった。

それよりも、異端審問官には、そういう中世的な物証主義が必要なのだと、自分を納得させていたのだった。

「あなたに見せなければならないものがあります」

岩井戸は、坂の上の明るい近代建築の自分のホテルの一室で、風間登代と向き合い、異端審問官らしい抑揚のない厳しい声になった。

「昨夜、わたしは、秘密司僧会から選ばれた異端審問官として、大司教が臨在しているという午前一時三十分にあなたの部屋に入りました。わたしが目撃したのは、大司教ではなく、若い黒人でした。あなたはベッドの上に俯伏せになり、黒人に肉の交わりを許していました」

「そんなことはありません。昨夜もちゃんと大司教さまはお見えになりました」

風間登代は微笑を浮かべたまま、岩井戸の言葉に落着《おちつ》きを見せていた。

「ここに昨夜、わたしの撮った写真があります。あなたの目で確かめてください」

岩井戸は、D・P屋から受け取った昨夜の写真を、風間登代の前に差し出した。自動現像機を使い、フィルムの内容は見ないという約束で、十倍の料金を払って現像させたものであった。

風間登代は、しばらく黙って写真の上に視線を落していた。

深い沈黙があってから、登代はゆっくりと顔をあげ、岩井戸を真直《まっす》ぐに見た。

「本当に、あなたがお撮りになった写真ですか」

「昨夜、あなたの隣の部屋に泊り、ベランダから写したものです」

「今後、二度とこんなことをしてはいけません。大司教さまの霊と肉を汚すことになります。これを教団の人達にお見せになるのなら、どうぞお見せなさい。大司教さまは、ちゃんと写っています」

風間登代は静かな話し方だったが、しっかりとした口調で言った。

岩井戸は、しばらく呆れて風間登代の顔を見つめていたが、あらためて昨夜の写真を手にとった。

岩井戸自身、現像した昨夜の写真を見るのは初めてだった。

岩井戸は何か言おうとしたが、言葉にならなかった。

ベッドの上の風間登代は、下半身露わのまま俯伏せになっているところが明瞭に写っている。

そして登代の臀部の淫靡《いんび》な割れ目に埋もれるように突き刺さっている隆々とした逞しい性器もはっきり見えた。

不思議なことは、ベッドの脇に中腰で立っている黒人の本体のほうだった。全体の輪郭から人間だということはわかるが、完全に黒い影になっている。

黒人が被写体になると、その皮膚の黒さの関係で、普通のしぼりでは、ただ真黒《まつくろ》に映ってしまうのである。アフリカを旅行した写真家が、それで失敗したという話を岩井戸はすぐに思い出していた。

「黒く映ってはいますが、これは大司教ではなくて窓から侵入した黒人です。このようなホテルにいてはいけません。すぐに移ってください」

「いいえ、大司教さまです。よくご覧なさい、大司教さまのお躰じゃありませんか。ちょっと背中を曲げられたところなど、本当に大司教さまですわ」

風間登代は、少しも自説を変えようとはしなかった。

岩井戸はもう一度、写真を手に取った。一番露骨な肉の交わりをそのまま撮った写真でありながら、風間登代の白い躰と、うしろの黒い影が見事なコントラストを見せて、一流の写真家が計算して撮った作品のようだった。

岩井戸を更に驚かせたのは、その男の影が風間登代の言うように大司教の骨格に似ているということだった。

岩井戸は子供のころ大司教に入れてもらった風呂場の記憶を呼びさましていた。白い湯気の中に立っていた大司教の骨太の裸身。

岩井戸は溜息《ためいき》をつきながら、写真を封筒にしまった。

「とにかく今夜からあのホテルを出て、病院に移ってもらいます。秘密司僧会の意向です」

「あなた方はまだ無理矢理、お腹の子供を堕させようとなさるのですか」

風間登代が顔色を変えた。

そしてお腹のあたりをしっかりと抱きかかえるようにした。

「違います。大司教とあなたの秘蹟を認めて、お腹の子供を無事に生んでいただくためです。設備のととのった病院で出産していただくように、アメリカの一流の病室を確保します。出産の時まで、そこでゆっくりと静養してください」

岩井戸は風間登代の、もうそれとはっきりわかるほどふくらんだ腹部に目をやった。

「お腹の子供のためにも、大司教との交わりは避けたほうがよろしいと思いますが……」

「大司教さまとの交わりは、霊肉渾然《こんぜん》一体となったものです。五月十一日までは、デウス天理さまが秘蹟をお許しになっています」

風間登代がふたたび確信に充ちた言葉遣いになった。

「病院に入ったら、大司教さまはもうお見えにならないと思いますよ」

岩井戸は風間登代に念を押した。あの窓から侵入する黒人がいなくなれば、大司教の臨在もなくなるだろうと考えたのだった。

岩井戸はその日のうちに、風間登代を黒人街のホテルから清潔な一流ホテルに移し、更に一週間後には、車で千五百キロ離れたカナダ国境に近い精神病院に入院させた。

精神病院といっても、鉄格子のない現代風の治療をするところである。

彼は東京の秘密司僧会に報告をして、風間登代の異端を認定し、精神錯乱の疑いを連絡した。

秘密司僧会は、風間登代を大司教に近づけないためにも、彼女の帰国を認めず、アメリカの精神病院に入院させることに賛成した。

風間登代が、入院に比較的容易に応じたのは、岩井戸が、これらの処置はあくまで大司教の発案と好意からだと嘘の方便を使い、なだめすかしたからであった。

厳寒の二月の終りに、大司教の病状が悪化した。

8

岩井戸は、風間登代の入院をすませ、異端審問官の仕事を一《ひと》まず終えると、全米の各地でオルガン演奏をして廻った。

岩井戸のバッハ音楽奏者としての優秀さは、アメリカでは知られていたので、各地の招待を断わるわけにはいかなかったのだった。

結局、岩井戸は、風間登代の出産まで滞米し、出産に立ち会い、子供の処分その他についても一切を行なうように、秘密司僧会から一任された。

黒人の混血児が生れれば、風間登代も自説を撤回するであろうし、近代設備のある精神病院の看護が、彼女の精神状態や信仰にもよい影響を与えるのではないかと、楽観的に考えていた。

けれども岩井戸は、バッハの魂に触れるような音をオルガン演奏の指先からつむぎ出しながらも、ともすればその演奏中に、風間登代の白い肉体の中に大司教の黒いかたちが突き刺さって行くイメージを振り払うことが出来なかった。

それは写真のネガのように執拗に、彼の目の前に現れるのだった。

岩井戸は、新しい演奏地に着くたびに、東京と連絡をとった。そして演奏の合い間、合い間に、カナダ国境に近い風間登代の病院に視察に行くのが、アメリカでの彼の仕事であった。

東京の電話は、大司教の病状の一進一退を伝え、風間登代から毎日正確に投函される手紙のことを、焦立《いらだ》たしげに伝えていた。

「手紙の言葉が、だんだんと嫌らしくなってくるのです。娼婦でも、あんな汚ないことは書きません。一週間前からわたくしたちは、大司教さまには風間登代の手紙はお見せしないようにしています。大司教さまは、意識を取り戻されると、風間登代の手紙を欲しがるような様子をなさいます。私たちは、風間登代の古い、あたりさわりのない手紙を大司教さまにお見せしてます」

大司教秘書は、そんなことを説明したあとで、大司教が老齢のため病院から再び出るのは難しいらしいと、医師団が言っているということも伝えていた。

このニュースが、岩井戸の心を暗くした。彼はカナダ国境近くの精神病院に行くたびに、風間登代に、彼女の言う奇蹟が大司教の名誉を傷つけるものだということを、何度かわからせようとした。

生涯不犯の戒律を守り通したはずの大司教が、風間登代と霊肉の一致を持ち、子供までもうけたとしたら、デウス天理教団の教理に違反し、その伝統ある教団史からも抹殺されることになる……どんなことをしても大司教が登代のところに来ることはないのだと説明した。

彼が、こんこんとこういうことを言って聞かせる時の登代は大人しかった。何度も何度も頷《うなず》きながら、その通りですわねと言う。

けれども、「事実だから仕方がありませんわ。大司教さまは、今でも毎晩あたくしのところに見えられるのです。五月十一日までは、デウス天理さまがお許しになったことですから」を繰りかえし、岩井戸を当惑させるのだった。

岩井戸は病院にいるあいだ、風間登代がどのような夜を送っているのかを、病院長の許可を得て観察した。

毎晩一時半になると、風間登代はベッドの上で俯伏せになり、大司教の名前を一時間ほど叫び続けた。

ベッドの上の登代は毛布をかけているので、彼女が下半身裸なのか、なんらかの方法で肉体的興奮をともなっているのかどうかは、わからなかった。

岩井戸は、そこまで追及する権限は自分にもないのだと納得していた。

五月十一日まで、風間登代は、二百通近い大司教との霊と肉の一致を訴えた書簡を、一日も欠くことなく出し続けた。

問題の五月十一日の前の日、昼間の二時頃、風間登代は軽い陣痛を訴えた。

近くの綜合《そうごう》病院から、産婦人科の医師が登代の診察に来て陣痛を認め、綜合病院への入院をすすめた。

岩井戸はその日から、登代の側に来て、一切の世話をした。

生れてくる混血児を、ある音楽関係のアメリカ人の養子にすることを打ち合わせ、法律上の手続きの準備もすませていた。

五月十一日には、子供の両親になるアメリカ人夫妻も、わざわざこのカナダ国境まで来て、近くのホテルで待機していた。

風間登代が無事に出産したあかつきには、生れてくる子供を普通の人間として取り扱い、よき両親のもとで、教育と人間らしい愛情を与えるつもりであった。

登代に対しては、子供が死産であったというような説明が、担当医師とのあいだで打ち合わされていた。

登代が精神病の患者であるという認定のもとに、こうした計画がすべてなされたのである。

登代の最後の強い陣痛は、彼女の予言どおり、五月十一日の現地時間午前一時三十分に正確に起こった。

宿直の医師が駈《か》けつけ、分娩《ぶんべん》の用意がされた。

けれども、風間登代は出産しなかった。

そして三時間後に、経験のある産婦人科医が、風間登代に想像妊娠の診断をくだした。

風間登代の、ほぼ本物の妊娠に近い想像妊娠の顕著な症状は珍しいものであったが、学界で報告された類似例は皆無というわけではなかった。

翌朝、風間登代の腹部は、普通の健康な女性の標準に戻っていた。

岩井戸は、この事実に虚脱している暇もなかった。

すべて自分の過失のように病院関係者に挨拶をし、子供の両親になるはずだったアメリカ人に謝罪をした。

誰もが、風間登代が精神病院に入院していた事実に気づき、想像妊娠のあり得たことを納得した。

岩井戸は、風間登代と話をすることもせずに、疲れきった躰をホテルのベッドに、ただ横たえた。東京からのけたたましい電話で起こされたのは、二時間ほど熟睡した後のことであった。

東京からの電話は慌てた口調で、日本時間五月十日午後五時三十分に、大司教が最後の脳内出血の発作で逝去したことを伝えていた。

「大司教は、臨終の時に何か言っておりませんでしたか。風間登代のことを何か……」

岩井戸は、国際電話の通話口に向って大声で叫んでいた。

電話口に出ていたのは、三十年間、大司教の身辺の世話をしてきた秘書の女だった。彼女は怒りをおさえた震え声で、臨終の大司教のシーツに、精液のあとが残っていたと、岩井戸に告げた。

「この事は誰にも黙っていますが、あの悪魔の女のせいです」

そう言ってから、彼女はほっとしたような声になった。

そのあと岩井戸は、風間登代の病院に向った。登代が日本語で妙なことを口走っているので、至急に来てもらいたいという連絡があったのだった。

彼が入って行くと、風間登代はベッドの上に正座していた。

彼はしばらく何も言わずに、風間登代の顔を見つめていた。

この女と大司教の死のあいだに、一体どんな関係があるのだろうかと、改めて考えていた。

「あなたの言っていた御子は、生れてはきませんでしたよ」

「そんなことはありません。黄金の光りに包まれた、まるまると肥った御子で、白い雲の産着に包まれ、何人もの天の使いに守られて天に昇って行かれました。デウス天理さまのところへ……」

「そんなことは嘘だ！　あなたは、そんなことを言っていられる場合じゃなかったんだ。醜い愚鈍な黒人の混血児を産むはずだったんだ。皆の前で大恥をかくはずだったんだ！」

岩井戸は思わずヒステリックに大声で叫んでいたが、すぐに力なく椅子の上に躰を埋めた。

風間登代は黙って、岩井戸を大きな瞳で見つめていた。

「大司教が昨夜、日本時間で五時三十分に亡くなられましたよ」

彼はそれだけ言うと、登代の顔を見ずに立ちあがった。

その時だった。風間登代が低い声で誰にともなく言った。

「大司教さまは、ずっと以前、登代が尼僧になったころ大司教室で一度だけ、私を抱いてくださいました。大司教さまは登代を愛してくださいましたし、登代も大司教さまを心から愛していました……」

それは精神病患者の声ではなく、一人の男を密かに長年愛し続けた女が、その男の死を迎えて静かに述懐し、呟いている声だった。

岩井戸は脚が震えるのを感じ、それから何も聞こえなかったような振りをして部屋を出た。風間登代が、このまま精神病患者でいなければならないことが、彼にはよくわかっていた。

翌日、東京から手廻しよく電報が来ていた。

それは岩井戸の考えていたとおり、〈風間登代の秘蹟の申し立ては、教団の秩序を乱すものであるから、本人を即座に除名し、出来るだけ看視の可能なアメリカの一箇所にとどめておくようにせられたし〉というものであった。

いうまでもなく、アメリカの精神病院に永久に入院させる処置をとれということだった。

岩井戸は、登代の重症患者としての入院願いを改めて提出した。

数日後に、入院費の保証人になるアメリカ人のサインと一緒に、登代の入院応諾書にサインをした。

そのあと岩井戸は、大司教の教団葬に間に合うようにニューヨーク経由で東京への航空券を買った。

ニューヨークでは、音楽関係のアメリカ人の友人が、久しぶりの再会をよろこんで、一晩だけの滞在を惜しむように岩井戸をさっそく歓楽街に誘い出した。

アメリカ人が最初に岩井戸を連れて行ったのは、セックス映画の劇場であった。

岩井戸は心身ともに疲れ果てていた。

思考することがわずらわしかった。クッションのいい椅子に躰を沈めると、スクリーン一杯に映し出された女性の性器を無感動に眺めた。

「ああ……こんなふうに人間は肉体と霊魂を別《わ》けてしまったが、きみは一体どう思いますか」

アメリカ人の友人は、スクリーンから目を離さずに、憤慨にたえないといった口調で岩井戸にこう質問してきた。

蟻《あり》の声

1

検事さまやお医者さまは、あったことはなんでも思い出すままに書くようにと申されましたが、今度の事件に関係のあることを全部記してまいりますと、十年も二十年も前にさかのぼらなければならないような気がして、一体どこから手をつけてよいやらわからなくなってまいります。

せめて思いつくままにと、最初の記憶をさぐってゆきますと、それはたしか夏の暑い日のことだったように思われます。

ぎらぎらと白っぽい太陽が、赤土の乾いた地面を照りつけて……。なにせ子供のころの記憶なので、日本でのことだったのか、私の父が外交官で在住しておりましたPという南米の小さな国でのことだったのか、はっきりとはいたしません。

ただ、私は、その頃まだ四、五歳の女の子で、誰にもかまってもらえず、夏休みの一日、日向《ひなた》にしゃがみこんでいたことは確かでございます。

大きな蟷螂《かまきり》の死骸があって、それに無数の黒い蟻《あり》が群れたかり、何処《いずこ》へかのろのろと運んでおりました。

身じろぎもせずそれを見ているうちに、きっと蟷螂が可哀相《かわいそう》になってきたのでございましょう。私は傍《そば》に転がっていた石で、蟻を一匹一匹つぶしはじめたのです。数が多くて、その作業はなかなかはかどりませんでした。

そのうち、父や大使館の人たちに見つかり、私はひどく叱られました。

この国では、女の子が蟻を殺したりしてはならないというのです。

叱られはしましたものの、それからも、私の蟻に対する悪戯《いたずら》はやみませんでした。飴《あめ》や角砂糖に群がった蟻を、お箸でそれごとつまんで水瓶《みずがめ》の中へ落《おと》す——そうすると蟻は黒ごまのようにパラパラと水の上に浮かび、溺《おぼ》れるのでございます。

そうかと思うと、南米の白壁の上を右に左にせわしそうに走っている大きなグンタイアリを、細い棒の先で丹念につぶして、そのプチッという感触に取り憑《つ》かれてみたり……大人になって考えてみると、ずいぶん残酷なことを毎日の日課にしていたようです。

ただ子供心にしてみれば、誰一人あそび友達もなく、単なる好奇心と気晴《きばら》しにすぎなかったのだと思うのでございますが……。

女の子の遊びにしてはおかしいと思われる方がいらっしゃるかもしれませんが、私が生《うま》れつき残酷な、エキセントリックなところのある子供だったとは思えません。

そして、そんな或《あ》る日、こんなことが起こったのでございます。

大使館の裏手で、昼間、女のひとの悲鳴のようなものが聞こえました。

その家には若い女のひとがいて、ときどき子供の私にキャンディーをくれたり、日本の話をあまり興味なさそうにですけれど、聞いてくれたりしていたのです。

何度も家の中に入ったことがあるので、私はその声を聞いた直後、そっと中庭に忍びこんだのです。

女のひとの悲鳴が聞こえても、大使館の門番をしている現地人たちは、わざと知らん顔をしているようでした。

中庭から、ブラインドのおりた寝室の前に立ち、私は思わずゾッといたしました。無数の蟻が、ブラインドや廊下を這《は》って、その寝室のドアの下へと隠れてゆくのです。

蟻の行列は幾重《いくえ》にも幾重にも続いており、まるで黒く細い川の流れのようでした。

ふだんから蟻に興味を持っている子供の私は、寝室の中にきっと蟻の好むような大量の甘味があるにちがいないと想像いたしました。

そのあいだにも、寝室の中の女の悲鳴や嗚咽《おえつ》は続く一方で、いっこうにやむ気配はございません。

「おばさん《セニョリータ》、どうしたの、蟻が一杯いるわ！」

私は現地の言葉で叫ぶと、ドアを叩《たた》きました。

と、思いがけずドアが開いたのでございます。

白っぽい寝室には大きな天蓋《てんがい》つきのベッドがあって、その家の若い女のひとが全裸のまま四肢を縄で縛られ、ベッドの柱にくくりつけられておりました。

「ねえ、どうしたの」

　私が叫びましたが、彼女はもう私のほうを見ることも出来ないようでした。全身をよじり、汗に光った顔を歪《ゆが》め、呻《うめ》き声をあげているのでございます。

　ドアのところから、白い砂糖が道しるべのように点々とベッドのところまでつながっておりました。

　それが更《さら》にベッドの上の若い女性の腿《もも》の内側にまで続き、最後に茶褐色の濃い茂みの奥で跡切《とぎ》れているのを見たとき、私は思わず息をのみ、背筋が寒くなるのを感じたのでございます。子供心にも、大人の世界の量りしれない怖さみたいなものを、ふと覗《のぞ》いたような気になったのでございましょう。

　セニョリータの肉づきのよい肌は白く、そこに黒い蟻が密集している様子は、目に沁《し》みるようでございました。

　セニョリータが罰を受けていることは、私にも理解出来ました。そして、もうこれ以上、この忌《いま》わしく淫猥《いんわい》な光景を目撃してはならないこともわかったのでございます。

　私はドアを力一杯しめると、官邸のほうに逃げて帰りました。

　その後、そのセニョリータがどうなったかは聞いておりません。その後、少し年を経《へ》てから、この地方では、妻が姦通すると夫から蟻の刑罰を受けるのだということを、なんとなく聞きました。

そのために、子供が蟻と遊ぶのを嫌ったのでございましょう。

この地方の蟻は口蓋の力と毒性が強く、一度咬《か》まれると一ヵ月近く腫《は》れあがったままになります。

蟻の刑罰を受けた姦通妻の苦痛はさぞかしだったろうと、実感をもって想像出来るのでございます。

この地方の蟻の刑罰は、妻の姦通の度合によって異なるのだそうで、改悛《かいしゅん》の情の強い場合は数時間で解放されますが、相手の男と本気で愛し合っていたりすると、三日も四日も、食事も水も与えられずに蟻責めにあうのだそうでございます。

私の父はカトリック信者でしたので、後にこの地方の蟻責めの風習を私が非難いたしますと、気候が悪く、日中は四十度近くにもなるこの地方にはシエスタ（昼寝）の習慣が必要なように、男女の愛にもこのような制裁が必要なのだと言っておりました。

父は老練な外交官なだけに、郷に入れば郷に従えという諺《ことわざ》の意味を、よく理解していたようでございます。

その地方での父の任期はかなりの年数にのぼりましたが、私は義務教育を日本で受けるために親戚に引き取られ、父母よりも先に帰国いたしました。全寮制のミッション・スクールに入り、大学教育まで終えたのでございます。

大学の専攻も児童心理学などで、よき家庭をつくるための教育。

大学を卒業いたしました翌年、そくざに見合《みあい》結婚をし、原野耕三の妻となりました。見合結婚は、父の友人が仲人をつとめてくださいまして、原野の実家はあのとおり大きな製薬会社でございますし、周囲はこぞってこの縁談をよろこんでくれたのでございます。

私は、原野があのとおり学究肌の研究家なので、果《はた》してうまくやっていけるかどうか心配でございましたが、初対面のときにとても感じのいい好青年でしたので、結婚する決心をいたしたのです。

原野の研究も、ただ大学の生物学の先生だということで、実際にどんなものを研究しているのか、よく確かめもいたしませんでした。

結婚して一年以上経つまで、彼の専門が蟻の研究で、自分の家庭生活よりも蟻のことを大切にするなどとは、夢にも思わなかったのでございます。

夫が家に蟻や蜜蜂を持ち帰るようになっても、もうその頃は、自分の子供時代に見聞きした南米での蟻刑罰のことなど一度も考えず、思い出しもしませんでした。記憶のずっと奥深くにしまわれていたのでございます。

2

結婚して一年は、何事もなく過ぎました。

主人も優しくしてくれましたし、子供の出来るのが遅れたほかは、ごく普通の平穏な結婚生活でございました。

三年目に女の子が生まれ、主人は有理子《ありこ》と名づけました。

主人の父の名前が有治で、その一字をとったという説明でしたけれども、主人の本心は蟻《あり》子《こ》のつもりだったのでございましょう。

主人の研究は、ちょうどこの頃、いろいろと興味のあるデータが揃《そろ》いましたせいか、前の年よりも更に熱心の度合を加えておりました。帰宅も夜の十二時、一時というのはざらで、ほとんど夫婦の会話を交《かわ》す時間もございませんでした。

私は、一人で有理子を育てるのに苦労いたしました。

女が自分の子供を育てるのは当《あた》り前のことでございましょうけれども、最初の子供ですし、せめてもう少し父親としての助言を与えてくれたり、子供のことを考えてくれたりしてほしかったのでございます。

けれども主人は、帰ってきたときに眠っている子供の顔をちょっと覗くぐらいで、生活の関心はもっぱら蟻、蟻、蟻でございました。

有理子が死ぬという事件が起こる前までは、それこそ子供のことなど見向きもしなかったのでございます。

今度の事件は、テレビや週刊誌にも出ましたし、よくご存知のこととは存じますが、もう一度、ここで繰り返させていただきます。私にとっては、ただただ耐えがたい繰り返しではございますが……。

有理子が亡くなったのは軽井沢の別荘の庭で、揺り籠《かご》の中に寝かせておいたのを野犬に襲われたのでございます。

母親の不注意から起こったことだと、主人の実家から厳しく叱責《しっせき》され、離縁の話も出ましたが、本当に不可抗力だったのでございます。

東京から電話がかかってきて、ほんのちょっと目を離したすきに……ああ、思い出すのも恐しい……野犬に襲われ、桃色の柔らかい肌を喰《く》いちぎられたのでございます。

その電話というのは主人の研究所からで、金曜日に休みをとって週末を過ごしにゆくつもりだったのが、行かれなくなったという内容だったのでございました。

有理子は小児喘息《ぜんそく》で、医師から転地を命ぜられておりましたので、わざわざ軽井沢に別荘を借りまして、私が子供の療養かたがた避暑に行っていたのです。

主人とは、七月の初めに軽井沢に参りましてから、四十日以上会っておりません。今度の週末にはかならず来るということで、私はたいへん愉《たの》しみにしておりました。

それだけに、来ることが出来ないという電話を受け、しばらくのあいだ茫然《ぼうぜん》として、なす術《すべ》を知りませんでした。

私は受話器を持ったまま、五分か十分ほど、虚脱状態で立ちすくんでいたようでございます。

お医者さまは、極度の失望から起きた一種のヒステリー状態で、その間《かん》――たぶん五分か十分ほどのあいだ、記憶や判断力が完全に失われたのだろうと仰言《おつしや》ってくださっています。ヒステリー状態と申しましても、私は一度も主人に口応《くちごた》えしたこともありませんし、大きな声で叫んだり泣いたりしたこともございません。

主人も張り合いのないくらい穏やかな人で、私に一度も手をあげたり乱暴したりしたことはございません。

研究の都合で、今度の週末に軽井沢に来られないと言われたときも、私は、

「まあ、さようでございますか。東京はお暑いそうですから、お躰《からだ》にお気をつけになってくださいませね」

と、心の中の激しい嵐とはうらはらに、言葉だけは賢妻ぶって主人に挨拶したことだけは覚えております。

ただ、そのあとの記憶がどうにもまばらで、頼りないのでございます。

ひょっと気がつくと、庭のほうで有理子が火のついたように泣くのが聞こえます。それも、遠い遠い夢の中の出来事のようでございました。

一体なにが起こっているのかもわからずに、庭の芝生のほうへふらふらと歩いて行きますと、有理子の揺り籠が横倒しになり、大きな野犬が三頭、牙《きば》をむき出してかわるがわる有理

子に飛びかかっていたのでございます。

なぜ、その時すぐに野犬を追い払わなかったのかと、あとで主人にも激しくなじられましたけれど、そのときの私は、映画のスクリーンが一時停止してしまったような気持で、それこそ声をあげることすら出来なかったのでございます。へなへなと土の上に膝をつき、裂けんばかりに目を見開いたまま、娘が犬に喰いちぎられ、血を流しながら殺されるのを見ておりました。

こんな母親が世の中にいるものでございましょうか。

今から考えると、そのときの心境は、四歳のときに南米で蟻刑罰を受けている現地の女を見たときと同じでした。

あまりの衝撃に足がすくみ、自分でどうすることも出来ずに、ぼんやりとその光景を眺めていてしまったのでございます。

白昼の悪夢とでも申しましょうか、あのときも今度も、真夏の強く白っぽい陽《ひ》の光が、私の周《まわ》りに氾濫《はんらん》していたような気がいたします。

それでも犬たちは、私が来たのに気がついたのか、血まみれの小さな有理子を残して唐松《からまつ》林の中へ一目散に逃げてゆきました。

私が駈《か》け寄って有理子を抱きあげ、ゆさぶったときは、もうすでに息らしい息もしておらず、無惨な血と肉の塊でした。

それから一一〇番に電話をし、皆さまに来ていただきましたが、娘はもう助かりませんでした。

駆けつけた主人は、動物を愛し動物を研究しているものが、動物に娘を殺されるなどというのは、なんという不条理なことだろうと、彼にしては珍しく感情を表に出して泣きました。そして、そのあと、

「おまえは、もっと子供のことに気をつけていなければならなかったのだ。子供は保護者を必要とするのだから、もっと母親らしい責任を感じなければいけない。おこってしまったことは今更なにを言っても仕方がないし、おまえだけを責めているのではないが、これと同じようなことがまたおこっては困るから、言い聞かせるのだ。わたしたちはまた子供をつくらなければいけないのだからね……」

と、いつものように学者らしい静かな口調で申したのです。私も、

「本当に、あなたに申し訳ないことをしたと思っております。こんな恥かしい過《あやま》ちは二度といたしませんから、どうぞお許しください」

と他人行儀な口調で主人に詫《わび》を申しましたが、内心は主人に対する憎しみと苛《いら》だたしさで一杯でございました。

お互いに、こんな口先だけの偽善者じみた喋《しゃべ》り方をせずに、思うぞんぶん口汚なくののしり合い、叫び合えばよいものを——。

主人も主人で力いっぱい私の頬を叩いて怒り狂ってくれればよいものを――。そうすれば私のほうでも、あなたのあんな電話のために、つい子供から目をはなしてしまったのではないかと、愚痴の一つも言えたのでございます。

私どものように、わだかまりや距《へだた》りのある夫婦は、なに一つ心の中の真実を相手に申せません。

私は、主人から電話がかかってきたときに子供が犬に殺されたのだ、あなたの責任なのだと、喉まで出かかった言葉をやっと呑《の》みこんだのでございます。

娘が救急車で運ばれたのは午後の二時過ぎですから、主人が電話をかけてきたときから一時間近くも経っていたわけです。

自分では、五分か十分のことと思っておりましたが、実際は一時間近くも電話の前で虚脱状態になっていたのでございましょうか。

その時は、自分に、こんなふうな虚脱状態で、何もわからなくなる病気があるとは夢にも思っておりませんでした。

主人のほうはその晩、まるで何もなかったように、次の子供をつくるためだと言って、私の躰を開かせました。

動物の種つけでもするように冷静な表情で私の上におおいかぶさり、夫婦のあの営みをただ黙々と行なったのでございます。

私は子供を失った悲しみを忘れたくて、その夜は目茶目茶に官能の世界に溺れこみたかったのに、主人の細く光る目はそれを拒否しておりました。

私は下半身をゆだねながらも、心からこんな主人を憎んでいたのでございます。

3

有理子が亡くなってから一年経ちましたけれど、私たち夫婦にはとうとう次の子宝は恵まれませんでした。

そのあいだ、主人が二ヵ月ほどアメリカの学会に出席がてら海外旅行をするなど、心細く淋《さび》しい日々が続きました。

主人は、私の受胎日などを計算いたしまして、その前後は熱心に夫婦の営みをいたしますが、その他は相変《あいかわ》らず蟻の研究に夢中で、私に冷とうございました。

なんでも主人の蟻の研究が成功いたしますと、昆虫の特殊な能力の基になるアルカリ酸の一種を人間に注射して、理想的な集団生活を送らせることが出来るのだそうでございます。詳しいことはよくわかりませんが、そのような研究の目的があるので、普通の学者とちがって充分な研究費が出るのだと申しておりました。

主人の実家が大きな製薬会社だということもありまして、私どもには何一つ生活の不自由はございませんでした。

　ですから有理子が亡くなりましたあとも、すぐに育児の経験のある三十過ぎの家政婦の美加代さんが、私の家つきになりました。

　次の子供が生れたら、美加代さんに全部の世話をさせよう、その時のために予《あらかじ》め、私ども夫婦の家庭に馴《な》れさせておこうという、主人の実家側の考えのようでございました。

　美加代さんが食事の仕度《したく》やお掃除などの家事を手伝ってくれますので、私は何もすることがなくなりました。

　主人の実家のほうでは、私のことを主婦失格と思っておりましたし、私自身もそのころ家事に自信をなくしておりました。洗い物をしても、お皿を何枚も割るような気がしますし、野菜を切っていても包丁で指を怪我《けが》するような気がいたします。

　御飯はいつも焦がしたり生炊《なまだ》きだったりで、電気釜《がま》を使っていながら水の分量を間違えたり、時間のスイッチを入れ違えたりしてしまうのでした。

　美加代さんは、結婚生活の経験のない女性でしたけれど、私よりもよほどてきぱきとしていて美しい立居振舞いでした。

　顔立ちもいいし仕事も出来るのに、なぜ結婚しないのかと尋ねますと、男が嫌いなものですから……と冗談を言って笑っております。

　主人や私の生活には出しゃばらないように気を配っていたようですし、私の受胎日の前後には口実を設けて外出をいたしました。

私たちの夫婦の営みが、気がねなく出来るようにということなのでございましょう。美加代さんは、私の受胎日の前後に型どおりの、まるで義務のような夫婦生活が行なわれるのを、よく承知しているようでした。

実家の紹介で来た家政婦さんなので、きっと私たち夫婦を監督する役割もあったのでございましょう。

これほど気を配りましたのに、どうしても次の子供は出来ませんでした。産婦人科のお医者さまにもご相談いたしましたし、その結果は、夫婦とも妊娠のための障害は何もなく、受胎しないのは神さまの悪戯のせいなのですよと、お医者さまも笑っておられる始末なのでした。

主人はいろいろと気をつかい、私どもの夫婦生活にも工夫をこらし、一番受胎しやすいといわれる体位を研究したり、夏には予《あらかじ》め主人が冷凍室に保存しておいた自分の精液を、私の受胎日に、一日に二度も三度も注射器で送り込むようなことまでいたしましたのに、どうしても子供が出来なかったのでございます。

すると、主人のアメリカ旅行の二ヵ月ほどあとに、女の子の養子を貰《もら》う話が主人の実家からまいりました。

なんでも、主人の妹の産んだ私生児とかで、血はつながっているのだし、先方の不幸を助けてやれて感謝されるのだからなどという、断われない話でございました。

私は、どんなことをしても自分のお腹を痛めて子供をつくり、今度こそは母親の義務を全《まっと》うしたいと思いましたけれど、主人がその子を引き取る話を取り決めてきてしまいましたので、その上に反対することは出来ませんでした。

主人の妹はファッション・モデルをしており、派手な性格で恋人も沢山《たくさん》おりましたので、子供の父親が誰かもわからないということでした。

私はその子供に初めから愛情を持てませんでしたが、主人は前の子供と同じ有理子という名前にして、養子縁組に満足しておりました。

新しい有理子の世話は、すべて家政婦の美加代さんがいたしました。

なるべく私には触れさせないという周囲の気持《きもち》が、すぐに私の神経に伝わってくるのでございます。

それでも私は、自分の本当の子供だと思うように努力し、抱いたり、あやしたり、ときには私の手でお風呂を使わせたりもいたしました。母親として肉体的な接触をすることが必要だと、児童心理学で習っていたからでございます。

私がそのように努力をしても、やはり美加代さんのほうが新しい有理子と接触する回数が多く、子供が日々、私よりも美加代さんになつくのがはっきりとわかります。

それよりも一番辛《つら》かったのは、子供の名前を呼ぶときでございました。

主人が、亡くなった子供と同じ有理子という名前をつけたのは、私が一生、子供を野犬に咬み殺された忌わしい日を思い出し、罰を受けるようにとわざわざ考えたのではないかと思うほどでした。

美加代さんや主人が、「ありちゃん」とか「有理子」とか呼ぶたびに、私は身を切られるような思いだったのでございます。

蜂の事件が起こったのは、私の受胎日の最初の日のことでした。美加代さんは、私の体温を毎朝はかってグラフに記入し、それを主人に渡すのです。

そのグラフで、主人は私の受胎日を知るのが常でした。

美加代さんは、私に有理子の世話を頼み、月に一度の公休をとりました。

夫婦生活のことを正直に申しあげてお恥《はず》かしゅうございますが、養女の有理子を貰いましてからは、一度も主人と交わりがございません。

主人は、もう子供を貰ったのだからそれでよいのだ。真面目な世間の大方の夫婦は、子供をつくるのを目的に性生活を営めばよいのだなどと申すのです。

私は、かすかな怒りと悲しみとを感じましたが、主人の肩や腰を揉《も》み、彼の躰に触れることで、わずかにその不満を慰めたのでございます。

そうそう、蜂のことでございますが、家政婦の美加代さんが休暇をとり、私がひとりで新しい有理子と留守番をしていた日のことでした。主人が出かけてすぐ、私は料理を自分で作らねばと思い、婦人雑誌の付録カードなどを繰っていたのでございます。

ダイニング・ルームの揺り籠の中で有理子を眠らせ、私はふと本の頁《ページ》に見入っておりました。ほんの十分か二十分のことでしたでしょうか、ふと耳にぶーんという唸《うな》り声のようなものが聞こえたのです。はっとして顔をあげますと、もう有理子の揺り籠に蜂が何匹も群がっておりました。

それも一匹や二匹ではなく、一つの巣箱の働き蜂が全部集ってきた感じで群れをなし、唸りをあげて揺り籠の上を乱舞しているのでございます。

私は椅子から立ちあがりかけましたが、またへたへたと床の上に膝をついてしまいました。一度ならず二度も、罪のない赤子にこんな動物の襲撃があってもよいものなのでしょうか。蜂の唸りと乱舞は凄《すさま》じく、有理子の皮膚の上にとまっては、何かを吸っていたのでございます。

これは一体どういうわけなのでしょうか。有理子の胸の上や顔、揺り籠の上などに、れんげの蜂蜜が一杯にこぼしてあったのです。このれんげの蜜は、一週間ほど前に主人の実家から、わざわざ主人の健康のためにと届けられたものだったのでございます。

私は啞然《あぜん》として、この光景を眺めておりました。この時も、あの私が四歳の時と同じように、一瞬、時間が停止してしまって為《な》す術もなく、ただ目の前の出来事を眺めていただけなのでございます。

4

さいわい二人目の有理子は、右の目を失明しただけで命には別状ありませんでした。蜜が右の目に入り、それまで静かに眠っていた有理子が急に暴れ出したために、蜂に刺される始末になったのでございます。

目を刺された有理子が、それこそ火のついたように泣き出しましたけれども、その声が聞こえているのに、私にはすべてが音のない夏の走馬燈《そうまとう》のような光景でございました。

後日、主人の妹からも、

「あなたは有理子ちゃんが刺されるのを、わざと見ていたんでしょう。いくら継子《ままこ》いじめだからって、蜂に刺されて苦しんでいる無力な赤ん坊を笑いながら見ているなんて鬼だわ。さもなければ気狂いよ！　裁判所に訴えたって、あなたの責任を追及してやるわ」

などと、面《むか》と向ってひどいことを言われました。

それならば父無《てて な》し子などつくらずに、自分で大事に育てればいいものをと、腸《はらわた》が煮えくりかえるほど口惜しゅうございました。

けれども、一度ならず二度も目の前で子供を動物に傷つけられるなんて、前科者も同然だと激しく罵《ののし》られますと、私も自分が宿命的な烙印《らくいん》を押された前科者のように思われてくるのでございました。

主人も野犬のときとちがって、今度はなじるような厳しい口調で私にいろいろと質問し、妹の言葉の尻馬にのって責めたてました。

「きみがなんと弁解しようと、蜜蜂には習性というものがあるんだよ。急にれんげの蜜をこぼしたからって、すぐに何十匹も飛んできて蜜を吸いにくるわけじゃない。偵察のための蜜蜂がいて、それがその日の蜜を発見すると巣に帰り、有名な蜜蜂のダンスを踊って仲間たちに蜜のありかを教えるのだ。きみは蜜蜂のダンスを知っているだろう」

主人の口調は、まるで犯人を問いつめるようでございました。私も主人の本などを見て、蜜蜂のダンスのことぐらい少しは存じております。

蜜を発見した蜜蜂が、巣の中で一定の方向に回転し、仲間に蜜のあり場所や距離を教えるのが、ダンスのように見えるのです。

私が黙っておりますと、主人は更におおいかぶせるように申しました。

「いくら有理子の揺り籠の上に蜜をこぼしたからって、すぐに巣の中の蜜蜂が新しい場所へぜんぶ飛んでくるわけじゃないのだ。蜜蜂にはちゃんと、毎日蜜を採りに行く決《きま》った場所があるのだ。それがなぜ、有理子の揺り籠の上に飛んできたか？　誰か一週間ほどかけて、蜜蜂の巣箱の近くからだんだんと距離をのばしながら、蜜を置いた人間がいるのだ。そうすれば、蜜蜂を新しい蜜のあり場所へ移動させることが出来る。いいかね、もう一度言うが、蜜蜂は勝手に有理子のところへ飛んできたりはしないのだ。故意に呼び寄せた人間がいるのだ」

まるで、それが私であるかのように主人は言うのでございます。私はあまりのひどさに混乱して、唇を噛《か》みしめながら下を向いておりました。主人が私にそんな疑いを持っていたことに驚き、無性に悲しかったのでございます。

「蜜蜂は躰の中に時計を持っているのだ。太陽の光線で、彼等は時間や距離を知る。あの日は太陽の照り輝いている日だった。蜜蜂は午前中しか蜜を取りにくることをしない。そのあとは、飛んでいったところで蜜は取り尽くされていて無駄だということを知っているからだ。午前中に、わざわざ有理子の揺り籠の上にれんげの蜜をこぼしたのだって、すべて蜜蜂の習性を研究して計画的にやったことだ。今度こそは、偶然でした、過失でしたなどと言訳は出来ないのだよ」

主人は、もうはっきりと、れんげの蜜をこぼしたのはおまえだろうという口調でした。私は、せめてもの味方である主人にそこまで言われて、目の前が真暗《まつくら》になりました。

「私がやったことではございません……」

あまりの興奮に、私はやっとの思いで蚊の鳴くような声でそれだけ申したのです。

主人は、蜜の壺《つぼ》から私の指紋だけが検出されたとか、おまえ以外にあの場所には誰もいなかったのだとか、根気よく諄々《じゆんじゆん》と私を説きふせたのでございます。私が自分からすすんで罪を告白し、謝罪するのをすすめているかのように……。

しかし、どんなに説得されても、自分で覚えのないことを認めるわけにはまいりません。私が耐えきれずに嗚咽をあげますと、主人はゾッとするほど冷たい声で申しました。

「あなたがどこまでも頑固に認めようとしないのならば、それはそれでよいでしょう。主人が妻の犯行を証明したり、証言したりしても、それには法律上の効力がない。第一、わたしとしても身内から犯罪者や精神異常者は出したくないからね。警察があなたの犯行を証明しないかぎり、わたしも黙っていよう。そのかわり、今後、あなたのことを妻とは思わん。この事件のほとぼりがさめたら、ただちにあなたとは別居する。わたしの実家の意見もあるし、あとは弁護士にすべてを委《まか》せるつもりだ。あなたの生活がたちゆくように、慰謝料も充分に用意しよう」

離婚のことを事もなげに主人のほうから切り出されて、私はあまりのことに何も考えることが出来なくなりました。

たとえ夫婦としての交わりがなくても、このままのかたちだけは続けてもらいたいと私は願っていたのでございます。

有理子の蜜蜂の事件は、前の野犬のときの騒ぎを経験しているだけに、主人の実家があれこれと手をまわして、なるべく内輪におさめたのでした。

二、三の新聞に、子供が蜜蜂に襲われたと出ただけで、その時はまだ子供の失明もはっきりしなかったのでございます。

蜜蜂の事件のあと、三ヵ月経って子供の失明がはっきりしますと、主人の実家から舅《しゅうと》と弁護士とが参りまして、離婚のことを具体的に持ち出されました。

正式の離婚はその年の終《おわ》りということにして、さし当って別居のかたちをとるようにということでした。

私は軽井沢の別荘で、夏のあいだ一人で暮《くら》すようにと言われました。最初の有理子が野犬に襲われ、無惨に喰いちぎられた呪いの別荘で、私に一人で一夏《ひとなつ》を過せというのです。きっと罪を犯した現場で、心ゆくまで罪悪感を嚙みしめ、反省しろという実家の思惑なのでございましょう。

私はすべてを主人の実家の意向に委せましたが、離婚の手続きの書類にだけは判を押しませんでした。

軟禁同様に、私はあの忌わしい思い出に充《み》ちた軽井沢の別荘にまいりました。

家政婦の美加代さんが、私に付き添って来てくれたのでございます。

5

主人が、離婚のための判を押すようにと言って軽井沢に避暑がてら訪ねてきたのは、それから更に二週間ほど後のことでございました。

主人はこの附近《ふきん》の火山灰地の蟻の生態を観察するのだと言って、観察ノートやカメラを持って、一週間ほどの予定で参ったようでした。

「あなたがこれ以上離婚を引きのばしていると、実家の者たちが承知しないのだ。わたしは研究家で、沢山金《かね》があるわけではなし、父から借りてあなたに慰謝料を払うのだから、素直にして実家の感情を害さないようにしてくれなければ困るよ。あなたならば、わたしの立場と言っていることを理解してくれると思うのだが……」

主人は私に会うと、まずそのことを切り出し、あとは蟻の生態観察に夢中になっておりました。

火山灰地の蟻は、特殊な集団形態をしているというのが、主人の以前からの説なのです。環境が苛酷《かこく》なほど、蟻の諸器官が発達するというのでございます。

蟻のことになると、主人はそれこそ夢中になります。例のアルカリ酸が発見出来るかもしれないなどとも申しまして、朝は早くから夜は陽が落ちるまで、カンカン照りの火山灰地を、カメラを肩に歩きまわっておりました。

あの恐ろしい出来事――三度目の事件が起こった日も、主人はやはり朝早くから起きて出かけましたが、昼過ぎにお弁当のサンドイッチに手をつけぬまま、頭が痛いと言って戻って来たのでございます。

帽子を忘れて行ったので、ハンカチを頭にかぶっただけで長時間、ぎらぎらした太陽に当っていたのが悪かったのだろう。たぶん軽い日射病だから、静かに眠っていればすぐに治る。アスピリンをくれと言って寝《やす》みました。

主人は、別荘の離れの日本間に、一人で寝起きしていたのです。

私は家政婦の美加代さんと相談のうえ、救急箱の中からアスピリンの箱を取り出し、三錠だけ別にして冷たい水と一緒に離れに運びました。

警察でお調べを受けたときも、何度も申しあげましたように、アスピリン以外の睡眠薬を運んだりはしておりません。

「わたしは子供の時からアスピリンが常備薬なのだ。これを飲めば、わたしの大抵の病気は治ってしまう。一眠りして、びっしょり汗をかけば、この頭痛だって治っているさ。それから、今夜もしかしたら帰るかもしれないから、ぜひ離婚の書類に判を押しておいてください」

そう申しましたあと、この薬の味が好きなのだと言って、アスピリンをかりかり音をさせて嚙み砕きながら飲んだのでございます。

私は自室に戻り、家政婦の美加代さんに離婚の判を押したものかどうか相談いたしました。私の親身な話相手になってくれるのは、この美加代さんだけだったのです。

「お金のことをお考えならば、ここで判を押されたほうがよろしいと思いますわ。また、いくらでも新しい人生が開けますもの」

美加代さんも離婚に賛成でした。私も判を押すのは仕方がないことと思い、離婚の書類に思いきって判を押し、アスピリンを飲ませてからもう一時間近く経ったのだからと、ふたたび離れのほうに向いました。

主人の新しい寝巻を持って、アスピリンの汗で濡れた寝巻と取りかえるつもりだったのでございます。

離れの四畳半の日本間までは、二間ほどの渡り廊下がございます。

渡り廊下の半分ほどまで来たとき、突然、私の耳に、ザワザワと紙の上を何百何千もの蟻が走りまわるような音が聞こえました。

これも何度も申しあげましたが、私の耳に確かに、はっきりと聞こえたのでございます。

続いて、細く黒い糸のような蟻の行列が、離れのぴったりしめた障子の隙間や、針で突いたような障子紙の小さな穴から、三筋ほど延々とつながっているのが見えました。

私は不吉な予感がして、脚のよろめくのを感じました。しかし必死の思いでなんとかそこまで辿《たど》りつき、離れの障子をあけたのでございます。

ああ、やはり私の予感どおりでございました。蟻の列は、主人の脚もとに向っていたのでございます。

そこには信じられないような、目もくらむような光景がくりひろげられておりました。毛布をふみぬき、浴衣からむき出しになった主人の脚の間に、長い黒い塔が立ち、それはびっしりと蜜を求めて群がっている大きな黒蟻だったのでございます。

また、私の脚の力が萎《な》えはじめました。目は大きく見開いているのに、立っていることが出来ないのでございます。

それがどのくらいの時間だったのか、私にはまったくわかりません。ほんの数秒のようにも感じますし、あるいは長い長い無限の時間のようにも感じられるのでございました。

そのあいだ、絶えず蟻たちのカサカサという乾いた足音が、私の耳に聞こえ続けておりました。

それから突然に、本当に突然に、あの悪夢のような出来事が起こったのでございます。

はっと気がつくと、あの黒い塔が倒れて、蟻たちが四方八方に散って行く光景が目の前に拡がっておりました。

神さまに誓って申しますが、私が自分の手で剃刀《かみそり》を握り、あの黒い蟻の塔を切り倒したなどということはございません。

それはごく自然に、ひとりでに倒れたのでございます。

精神科の先生や警察の方にも、私が裸になり、黒い蟻の塔と交わりながら剃刀で切ったのではないかというお尋ねがございましたが、そのような事実は決してございません。

私はただ、本当にただ見ていただけなのです。

四歳の南米でのときも、また私の本当の有理子が野犬に嚙み殺されたときも、養女の有理子が蜂に刺されたときも、主人が蟻に襲われたときも、私はただ見ていただけでございます。蜂の習性の研究をして蜜蜂を呼び寄せ、養女の揺り籠にわざとれんげの蜜をこぼしたこともございませんし、主人に睡眠薬をのませ、局部に蟻の好む蜜を塗ったことも絶対にございません。

世の中の注目を集めようとして、わざわざ野犬や蜜蜂に子供を襲わせたなどということは、考えたこともございません。

私がそういう病気なのだと、周りで噂《うわさ》していることは存じておりますが、そんなことはないのです。

いつの場合でも、私は何もせず、ただ見ていただけだったのでございます。

どうか私の言葉を信じてくださいませ。これが私の真実なのでございます。

家政婦の美加代さんと私の関係をお尋ねになりましたが、あのひとは心の優しい、よく気のつくひとでございます。

主人と実際の夫婦の営みがなくなったあと、美加代さんと女同士で愛し合っていたのではないかというご質問でしたが、それも興味本位の推察にすぎません。

主人の母が参りまして、私の心も躰も白蟻に喰い荒《あら》されたように腐りきっている。見かけだけはおとなしそうな女に見えるが、中身は恐《おそろ》しい精神病患者ではないかと罵りました。

主人の実家の皆さま、お怒りはよくわかりますけれど、本当に私は、ただ見ていただけなのでございます。

どうか、信じてくださいませ。

××精神病院××病棟にて
（苗字）＝亜津子

《この患者には、種々同情すべき点はあるが、犯行時において、完全に心神喪失の状態であったかどうかは、現在の精神医学では断定出来ない。

参考になるのは、本事件の患者の四歳時の行動である。

患者は、四歳時の南米の蟻刑目撃の体験を述べているが、本人の父親および、当時の大使館関係の目撃者の証言によると、このとき四歳の患者は、ベッドの上の女のセックスに集った蟻を、小さな指で一つ一つ、つぶしていたそうである。

本人の意識はどうあろうと、その間、実際的な行動に移っていることには間違いない。ただ見ていたという本人の言葉は、意識の中だけのことなのである。

担当医》

赤い的

1

学校から帰ると、おとうがいた。

妹や弟が帰ってくるまでには、まだ時間がある。きっと、それまでにおとうが始めるにちがいない。

そう思うと、またあたしの気が滅入った。

学校の先生や友達の顔が、目の前に浮《うか》んだ。ソフト・ボールのクラブ活動に入って、昔どおりにピッチャーをやっていたほうがよかったのだろうか。

あたしが入っていれば、きっと国体に出場出来ると、クラブ主任の先生やチーム・メイトがあんなに引きとめてくれたのに、あたしは家庭の事情があるからと言って、強引にやめてしまったのだった。

家庭の事情というのは嘘《うそ》ではない。あたしの家庭は複雑で、母やあたしが支えてゆくのには大変に重たい。

重たすぎる。

あたしが靴下を脱いだとき、おとうが黙って、あたしの部屋に入ってきた。家には部屋が二つしかなく、あたしの部屋などと言ってはいられないのだけれど、おとうがあれをするとき、もしも妹や弟に入ってこられたら大変なので、この部屋には誰も入れないようにしているのだ。

　あたしは、学校の制服を着かえると机の前に坐《すわ》り、英語の教科書をひろげた。

　そして、隣の席の上田さんから借りたテープレコーダーのスイッチを入れて、英語の発音の練習をはじめた。

　こういう時、なるべく、おとうのほうは見ないことにしている。目を本の上に落《おと》し、単語を追いかけているのだけれど何一つ頭には入らない。こうしてスラックスにはきかえても、どうせ何分も経《た》たないうちに、おとうの手で脱がされてしまうにちがいないのだ。

　あたしは、少しでもあの時が遅くなればいいと思う。スラックスのジッパーが引っかかって、その時間だけ先にのびても、あたしの人生はそれだけ明るくなるのだ。

　でも、妹や弟が帰ってきた時のことを考えると、むしろ昼間のおとうのあれは早く終《おわ》ってくれたほうがいい。

　小学校六年の弟は、どうせ近所の子供たちと野球に出かけて夕方遅くでなければ帰ってこないけれど、中学二年生になる妹の美津子のほうは、このごろ早く帰ってきて独《ひと》りで本を読んでいることなどがある。

　先月、初めてアンネがあったばかりだし、いろいろと難かしい時期になってきている。

　そんな想像は恐ろしいけれど、もし、おとうが妹の美津子にまであれをしはじめたりすると、それこそ大変なことになる。

それだけは、どんなことがあってもやめさせなければならない。美津子を守らなければならない。

おとうが、あたしのうしろに坐った。

やっぱり始めるつもりなのだ。今日だけは気が向かないでやめてくれれば——あれをしないでくれれば——と思うけれど、そんなことはあり得ない贅沢《ぜいたく》な夢だ。

おとうのやに臭くて生ぬるいような息が、あたしの首筋にかかる。おとうは、しばらくあたしの腿《もも》をスラックスの上からさすっていた。

あたしは相変《あいかわ》らず教科書に熱中しているように本に目を落したまま、気づかない振りを装った。

〈バラが咲いた。バラは赤い……〉

あたしは、わざと易《やさ》しい英語を読んでいる。他の高三の同級生は、大学受験をする人たちが多く、みな難かしい英語の問題集をやっていて、英字新聞やノーベル賞作家のフォークナーをテキストに使っていたりするけれど、あたしには関係がない。

進学なんて一度も考えたこともないし、自分とは違った世界の出来事のように思っている。

あたしはただ母を助けて、なんとか家計をうるおさなければならないのだ。

おとうの稼ぎが知れたものなのだから、どうしても母とあたしとで働くほか仕方があるまい。

おとうの腿を這《は》っていた手と、首にかかる息とが次第に熱く感じられてきた。おとうは何も言わない。いつもそうだ。はじめ黙っていて、あたしのスリップの下に手を入れてくるのだ。

今日はスラックスのジッパーがナイロンのパンティーにくいこんで、なかなか下におりなかった。おとうの手が苛立《いらだ》ち、乱暴になる。おとうは我慢というものが出来ない。あれがしたくなると、もう矢も楯《たて》もたまらなくなるらしく、我武者羅《がむしゃら》に、ただまっしぐらに目的に向《む》かってくる。

知恵のある動物は、たとえ猿でも目的物と自分とのあいだに邪魔があれば、少々遠まわりでもちゃんとまわってくるものだろうに……。

おとうは知恵のない下等動物と同じになるのだ。目的物に手が届かないとなると、鉄の檻《おり》をゆさぶって騒ぎたてる。そして、しまいには自分の頭を、傷つくのもかまわずにゴツン、ゴツンと鉄棒にぶつけ、地団駄をふむ。

あたしは、おとうの手をそっとおさえて、自分でジッパーをはずしにかかった。

こうするより仕方がなかった。

あと一分以内でジッパーがはずれなければ、おとうは剃刀《かみそり》をふるって、あたしのスラックスを引き裂いてしまうだろう。

この千円のバーゲンで買ったスラックスは、かたちと色がとても気に入っていて、買得品だった。これをおとうに破られてしまったら、もう当分かわりのものは買えやしない。弟や妹の月謝や給食代、家賃に食費と、母のほそぼそとした稼ぎでは精一杯である。

母は昼間、大きな病院の賄婦《まかないふ》をしていた。八人も子供を生んだ四十六歳の女には、かなりの重労働らしく、家に帰ってくるとぼろ雑巾のようにぐったりとして、ただ寝ることだけが愉《たの》しみという様子だった。

疲労のせいだろう、母の鼾《いびき》と歯ぎしりは物凄《ものすご》く、あたしは時々びっくりして飛び起き、しばらく涎《よだれ》に濡《ぬ》れたしまりのない口元を可哀想《かわいそう》にという思いで眺めた。

おとうの手は、相変らず苛々と動きまわっている。あたしが思いきって、くいこんだパンティーを引きはがすと、その飢えた手はとたんに自由になった。

おとうが嬉《うれ》しそうに鼻を鳴らした。

あたしはまた、英語のテキストの音読に気をとられている振りをした。

〈他のバラはみんな赤い。黄色いバラが一輪咲いた。お爺《じい》さんが、交配方法を考えて作った新種のバラだ〉

おとうの指が動いている。おとうの指は生きもののようだ。

あたしは一生懸命に英語のテキストを読む。バラが一輪……バラが一リン……英語の発音は、いつも先生からほめられている。

おとうが低い呻《うな》り声をあげた。乱暴になる前ぶれだ。おとうがスラックスの裾を強く引っぱった。片方の手が、うしろからあたしの胸を触っているので、いつも足の指でスラックスをおろすのだ。

おとうの大きくて武骨な手が、荒っぽくあたしの脚のあいだに入ってきた。

何をされても、あたしには関係がない。あたしはただ机に向って、英語のテキストを読み続けるだけだ。

〈他のバラはみんな赤い……〉

同じところを、呪文のように何度も何度も読みかえしている。

おとうのは、固くて大きい。大きな固いものが、なおもふくれあがるような感じで、一杯にあたしの中に押しこまれてくる。ときどき目を閉じたくなるけれど、昼間は英語のテキストを読むことと自分で決めたのだから、実行しなければならない。

ただ……こんなところに、もしも弟や妹が帰ってきたらどうしよう。それこそ大変なことになる——帰ってこないようにと、必死に祈るだけだ。

おとうは、畳の上に寝て、脚をひろげたあたしを上に乗せている。あたしは机に向ったままの姿勢である。あたしは勉強をしているのだ。たとえおとうが何をしようと、あたしにはまるで関係がない。

急に、弟がどぶ板を鳴らして駆けこんできた。あたしは一瞬、全身の血が凍りついたように動転した。どうしよう、動悸《どうき》が早鐘のように打ち、頭にカッと血がのぼる。

縁先で弟が、野球のボールが脚に当《あた》ったと言って泣き声をあげ、赤チンを塗ってくれとあたしを呼んでいる。弟はあたしを母代《がわ》りだと思っているのだ。

「馬鹿ね、守《まもる》、男の子のくせに、そのくらいで泣くひとがあるものですか。お姉さんは今、大事な勉強をしているのよ。お利口だから、もう少し外で遊んでいらっしゃい。そうすれば、あとでお小遣《こづかい》をあげるわ。精進揚げが買いたいんでしょ」

弟たちは、角の惣菜屋《そうざいや》で精進揚げを買っておやつにするのが大好きなのだ。

あたしは弟をなんとかして家の中へ入れないように、必死で喋《しゃべ》り続ける。いい塩梅《あんばい》に弟が諦めて再びどぶ板を鳴らして駆けて行ったので、心底ホッとした。

こんなとき、弟が部屋の中まであがってきたらどうなるのだろうかと、あたしは窓から、弟の駆けてゆく後姿《うしろすがた》を見送りながらゾッとした。

おとうは弟が入ってきても、平気であたしの脚をひろげさせたまま動いているだろう。

おとうには善悪の判断力も、羞恥心もないのだ。あるのは一日に二回も三回も起《おこ》る、剝《む》き出しなあれの欲望だけである。

おとうが低い猛獣のような呻り声をあげながら、大きく激しく動いた。

得体《えたい》の知れない熱いものがあたしの中を突き抜けて、あたしは思わず体を固くして目を閉じたのだった。

2

家の裏の松林に、今度ゴルフ場が出来た。

一ヵ月前に開場して、アルバイトのキャディーを募集しているという話だ。

中学のときの同級生のN・Fさんも、働くことに決めたらしい。

あたしは中学のときも、高校に入ってからも、夏休みにはずっとキャディーのアルバイトをしていた。

家から二時間ほどのところに昔からのゴルフ場があって、そこからアルバイトのあたしたちを迎えに小型のバスが来てくれたのだ。

でも往復にざっと四時間もかかる場所だったから、キャディーのバイトもかなり大変だった。

その点、こんど出来たゴルフ場は、クラブ・ハウスまで家から歩いて十分ほどだから本当に便利だ。土曜、日曜はもちろん、ふだんの日でも適当に学校を休んでバイトが出来る。

あたしはもともと色が黒いから、陽に灼《や》けるのはちっとも気にならない。アルバイトをして小遣が入れば、弟や妹たちに少しは好きなものも買ってやれる。

欠席や遅刻が続いて卒業出来なくても仕方がないのだ。

「ゴルフ場でアルバイトをするわ」

あたしが持ち出すと、母は別に賛成も反対もしなかった。

「お父さんも昔は、町のゴルフ場で働いていたことがあるんだよ。あんな体にさえなっていなければ、今度のゴルフ場ででも働けたのにね……」

いつものように、溜息《ためいき》をつきながら愚痴を言うだけだった。

「おまえがどこかに行ったりしないで家にいてくれたほうが、あたしはずっと安心なんだよ。なにせ、お父さんのことがあるからね」

母は今までにも折をみると、あたしにそう言っていた。今日も最後にはおとうのことを言った。おとうのことは、全部あたしに委《まか》せているのだ。

そんな母を、あたしはときどき憎らしくなる。なぜ、おとうのことを全部あたしに委せきって平気なのだろう。押しつけておいて平気なのだろう。

あたしは学校に、とりあえず一週間の欠席届を出して新しいゴルフ場のキャディーになった。

家のすぐそばだし、一日中ゴルフ場にいればおとうの面倒もみずにすむ。家を出るときおとうの弁当を作って、母と妹と一緒に家を出るのだ。

ほっとしたのも束《つか》のま、ゴルフ場につとめて三日も経たないうちに、おとうがゴルフ場にまでついてくるのを知った。

草履《ぞうり》をはいて手拭《てぬぐい》を腰にさげたいつもの恰好《かっこう》で、クラブ・ハウスにまで入ってきたのだった。

おとうは今でも、町の別荘の手入れの人手が足りないときなど、臨時の仕事に雇われることがある。そんなときのおとうは生き生きと嬉しそうだけれど、めったにそんな雇い手はいない。挨拶もちゃんと出来ないし、植木の手入れ以外は何を言われてもきちんと出来ないのだ。二日も三日もかかって、雇うほうが大抵うんざりする。

それに、そばに誰かがついて絶えず見張っていないと、よその女のひとに見さかいなく変なことでもしかけたら大変なことになる。

一度あれをしかけて、そこの若い衆にこっぴどく殴られてから、他所《よそ》では滅多にそういう素振りを見せなくなってはいるけれど……。

でも、クラブ・ハウスにまで入ってこられるのは困る。

「そのうち、お父さんにもゴルフ場の仕事をもらってあげるから、それまでは絶対に里恵子のあとについて行ってはいけないよ」

母がこんこんと言ってきかせたので、ゴルフ場の中には入ってこなくなった。そのかわり、ゴルフ場の柵や塀を乗り越えて、木陰や茂みのうしろで一日中坐りこんでいた。

あたしは恥ずかしかったから、自分の父親だとは誰にも言わなかった。出来たばかりのゴルフ場で、いろんな人が見に来るから、おとうのこともそれほどは目立たなかったらしい。

ただ、おとうの姿を茂みのうしろや木立のあいだに発見したとき、思わずギクッとなり、人知れずあたしの体に悪寒に似たものが走る。

足が棒になったように硬直し、しばらくのあいだ歩けなくなる。短気なお客さんは、もたついているあたしに、何をぼやぼやしているのだと怒鳴《どな》りつける。

なかでも一番嫌だったのは、お客さんのボールがコースからはずれて、おとうの立っている木陰のほうに飛んでゆくときだった。

おとうは、すぐにボールを拾ってしまうのだ。

よく悪戯《いたずら》な鴉《からす》がゴルフのボールをくわえてゆくけれど、おとうも鴉みたいに足でゴルフの球を踏みつけて隠してしまう。

あとでゆっくり掘り出して、家に持って帰るのである。

失《な》くした球を捜してこいと、うるさく言うお客もいるし、会員制のゴルフ場ではないので、マナーを心得てない嫌なお客も沢山《たくさん》いる。

おとうは、あたしがきょろきょろしながらロスト・ボールを捜しにそばまで行くと、すぐにズボンのベルトをゆるめるのだ。

あたしが逃げなければ、おとうはあたりに人がいても、たとえどんなに明るい表でも、あたしにあれをするつもりなのだろう。

あたしは、一度おとうにズボンをほとんど脱がされかかって真青《まつさお》になり、一緒にまわっていた古株のキャディーの大曽根さんのところに、夢中で逃げかえってきたことがあった。

「里恵ちゃん、どうしたのさ、青い顔して……」

「だって、あんなところをトイレ代りにしている人がいるんだもの」

「まあ、大きいほうのをしてたの」

大曽根さんが笑い出したので、あたしも笑いにごまかしてしまったけれども、本当はそれどころではなかったのだ。

あたしがこんなことで悩んでいるなんて、きっと他人から見たらおかしな、くだらないことなのかもしれない。

でも、あたしは真剣なのだ。毎日毎日、一時《いっとき》でも気の休まる時がないのだ。おとうの、あの黒ずんだ固い大きなものを見ていると、あたしは眩暈《めまい》がしてくる。

あんなものがあたしの体の中に入り、激しく動くなんて……。

おとうはあたしのほうに、平気であのいきり立ったものを見せていた。

この頃はいつも、大曽根さんと一緒にコースをまわることが多い。古い経験のある大曽根さんが一緒にいれば、なにかと心強かったからだ。

大曽根さんは未亡人で、小学校に行っている男の子を育てていた。いつか大曽根さんに、おとうのことを洗いざらい話して相談してみようかとも思ったけれど、やはり考えあぐねた末、やめてしまった。

あたしたち一家の恥になることでもあるし、これだけは絶対に誰にも言ってはいけないことなのだ。

あたしが新しいゴルフ場に行くようになってから二週間くらい経ってからだったろうか、とても嬉しいことがあった。

子供のころ近所に住んでいた一郎兄さんが、今日、偶然にもゴルフ場に試合があって来たのだ。

一郎兄さんはすっかり陽灼《ひや》けして、逞《たくま》しいプロのゴルファーになっていた。

あたしが隣の町のゴルフ場でキャディーをやるずっと前、つまり高校の頃からキャディーをやってプロになったひとだ。

まだ二十一歳で、すごい将来性のあるプロだと皆が噂《うわさ》していた。力があって、今日のドライバーは軽く四百ヤードも飛ばした。

もう少し、打球が思ったところに間違いなく飛んでゆくようになれば、外国にも行けるのだそうだ。

「里恵ちゃん、本当に久しぶりだね。みんな元気かい」

一郎兄さんにそう言われて、あたしは真赤《まつか》になって下を向いてしまった。

心がときめくというのは、こんな状態をいうのだろうか。

でも、おとうのことがあるあたしには、一郎兄さんなんて遠い遠い存在なのだ。

3

吃驚《びっくり》した。

思いがけなくも、こんど一郎兄さんが正式に新しいゴルフ場のクラブの所属になったのだ。ゴルフ場にいる間中、毎日、一郎兄さんの顔を見られるのだと思うと、嬉しいよりも怖い気持が先にたってしまう。

一郎兄さんの、あの凜々《りり》しい、精気に溢《あふ》れた目でじっと見つめられると、あたしは化石になったように体がこちこちになり、動かなくなってしまうのだ。何も言えなくなり、目の中が燃えるように熱くなる。

今日、一郎兄さんに、仕事が終ってから町の映画館に誘われた。

それだけでも感激のあまり体が震えたのに、その帰り、お城の跡の公園に行って、一郎兄さんに恋を打ち明けられたのだった。

「きみのこと、ずっと前から好きだったんだ。学校に行くのもやめて、家計を助けるためにキャディーをしてるんだってね……」

「それほどじゃないんですけれど……学校は休んでいるだけですし、家計のことだって母が働いていますから……」

「弟さんや妹さんが沢山いるから大変だろう。それにお父さんが、東京の工事現場で三階から落ちたんだって？」

「ええ、雨が降っている日で……下に砂があったので助かったんです」

「後遺症が出ていて、人並みに働けないんだそうだね」

「そんなことまで……どこでお聞きになったの」

あたしは、おとうのことになると、どうしてもさっと身構えてしまうのだ。おとうのあの秘密も一種の後遺症だと思うのだが、そんなことを急に言われたので、思わずハッとして顔を歪《ゆが》めてしまった。

「このまえゴルフ場に来ていたお医者さんが、そんなことを言っていた。言葉がよく話せないんだってね、気の毒だ……」

一郎兄さんは、公園のベンチであたしの背中に手をまわして言った。

「こんな時間に、公園のベンチに男の人と二人でいるところを見られたら、きっと不良だと思われるでしょうね」

「そんなことないさ。ぼくは、きみが高校を卒業したら、本当に結婚を申し込もうと思っているのだ。きみのために、大きな試合の賞金をとるよ。きみの家族を養ってゆくぐらい、なんでもないさ。ぼくは、去年、おやじが死んでしまって、もう誰の面倒をみる必要もないんだ」

一郎兄さんに結婚のことを言われて、あたしはすっかりどぎまぎしてしまった。結婚なんて、おとうが生きている限り一生出来るはずがないのだし、あたしには夢のまた夢にすぎないのだ。

「あたし……一生結婚しない決心をしているんです」

「そんなことを言って、ぼくの申込みを断わるんだね。誰か好きなひとがいるのかい」

一郎兄さんが、あたしの肩から手を引っこめると、本当に悲しそうな顔をした。

「そんなひと誰もいません。世の中で一番好きなのは……一番愛しているのは……一郎兄さんですもの……」

あたしは急にこみあげてきた種々の感情に押しつぶされて、両手で顔をおおった。おとうに対しての悲しみと憎しみが、頭の中で渦を巻いていた。

一郎兄さんは、あたしの涙を拭いてくれると、

「馬鹿だな。なぜ泣くんだ」

と、あたしの顔を覗《のぞ》きこんでいたが、思いつめたように目をきらきらさせると、急に腕をのばして荒々しく接吻《せっぷん》をした。

あたしは、男のひとに接吻されたのは生《う》まれて初めてのことだった。おとうは、接吻のように愛に溢れた行為はしない。もっとも、あたしのほうでも顔をおおっているし、おとうはただ獣のようにあたしの中へ入ってきて、夢中で動くだけなのだから。

一郎兄さんの唇は熱く、柔らかだった。

おとうのすることとは、まるで別の世界だった。一郎兄さんの燃えるような掌《てのひら》が、あたしの項《うなじ》や胸のあたりを優しく愛撫《あいぶ》する。うっとりと、あたしは一郎兄さんの腕の中で、十分ほどそのままの姿勢でいた。そのあとで、とても嫌なことが起ったのだ。

学校の教頭の北川が、懐中電燈《でんとう》を持って警官と一緒に公園の高台に上ってきたのである。

この辺のお城は掘割式といって、自然の堀を利用した入り組んだ高台が沢山ある。他にも恋人同士らしい二人連れが何組もいたのに、教頭の北川はあたしたちのいるところに廻《まわ》ってきたのだった。

あたしは急いで一郎兄さんの胸に顔を隠そうとしたが、目ざとく教頭に見つかってしまった。それどころか、あたしのその動作がよけい不良らしい悪い印象を与えてしまった。

警察官と教頭が近づいてきたとき、あたしの口の中はからからに乾いていた。退学は覚悟していることだけれど、教頭の顔を見るのは怖い。

「若い二人組の男たちに、たかりの被害を受けませんでしたか」

警察官が丁寧《ていねい》に、一郎兄さんに質問した。一郎兄さんは「いいえ」と静かに首を振った。

教頭の北川はあたしの顔をじっと見つめていたが、その時は何も言わなかった。教頭は別に不良狩りをしているのではなかった。何か、うちの学生に関係した事件があったので、警察の人と一緒に公園の中を廻っていたのだ。

あたしは教頭の北川と視線を合わせないように、じっと下を向いていた。今まで、朝礼のときでも、北川とは一度も視線を合わせたことがない。というのは、北川はあたしの母の従兄《いとこ》だったからである。あたしが中学だけで終らずに私立のキリスト教系の高校に行けたのも、北川がいろいろと面倒をみてくれたからだ。

あたしの中学の成績がよかったので、奨学金を貰《もら》えるようにしてくれたし、つい最近までは大学に行けとさえ勧めてくれていた。

しかし、それも今は結婚と同じように夢の夢、すっかり諦めてしまった。そのうえ、母があたしとおとうのことを教頭の北川に話したのだ。

それから北川のあたしを見る目が変った。

北川は別に何も言わなかったけれど、ただ不思議な汚《けが》らわしい動物を見るような目つきで、あたしをじっと見つめる。

翌朝、学校から使いがあって、北川のいる教頭室に呼び出された。北川は窪《くぼ》んだ目を光らせながら、小声で質問をはじめた。

「昨日、一緒にいたのは、プロの斎田一郎くんだね」

あたしは黙って頷《うなず》く。一郎兄さんは、一昨年プロ野球のピッチャーになったKさんに次いで、あたしたちの町の誇りなのである。

「新しいゴルフ場のことでも話してたの」

北川が猫撫《ねこな》で声を出した。あたしがキャディーをしていることまで知っている。一郎さんとあたしが恋愛関係にあるのを知っていて、わざと遠まわしに聞くのだ。

「斎田さんに結婚を申し込まれたんです」

あたしは反射的に、傲然《ごうぜん》とした態度でそう答えていた。

北川は、しばらく口を開いたまま何も言わなかった。

それから急に、怒りに取り憑《つ》かれたように喋《しゃべ》りはじめた。

「斎田くんが、あんたに本気で結婚を申し込んだのかね。あなたはまだ未成年者だ。ご両親の許可がなければ結婚なんて出来やしない。それに、あなたはお父さんのことを斎田くんに告白したのですか」

あたしは一瞬、教頭と火花のような視線を合わせたあとで、黙って下を向いた。

一郎兄さんに……おとうのことを何て話せばいいというのだ。恐ろしい……もし本当のことを言ったら、一郎兄さんは一遍にあたしのことを嫌いになるだろう。

「姦淫《かんいん》は恐ろしい罪です。近親相姦は更《さら》に恐ろしい罪だ。あなたが父親に許していることは、たいへん恐ろしいことなのですよ」

あたしは急に教頭のことが腹立たしくなってきた。

おとうのことは、誰にもどうすることも出来ないのだ。おとうがいる限り、あれは毎晩決ってはじまることなのだ。もし、あたしがいなくなったら、おとうは妹や近所の小さな女の子を襲うにちがいない。あたしだって、吐き気がするほど嫌で嫌で仕方がない。目を閉じて我慢しているだけではないか。

「おとうは病気なんです。小さな子供みたいになっているんです。夜は母親に抱かれていないと、独りでは寝られないのです。母は昼間働いているし、小さな妹や弟がいるし、おとうは母のことを怖がるし……だからあたしがおとうを抱いて寝てやるのです」

あたしは口籠《くちごも》りながら言った。おとうや、家族全部のことを弁護したくなったのだ。

「本当にそれだけですか。もっと忌わしいことをしたでしょう。全部あなたのお母さんから聞いています。お父さんの精神は子供かもしれんが、体は大人のはずだ……」

教頭は、あたしの下腹のあたりを刺すような目つきで眺めた。

あたしはゆっくりと首を振った。

恐ろしいことだ、忌わしいことだと皆は言うけれど、それなら誰があたしの代りになってくれるというのだろうか。

4

「今日、教頭に呼ばれたわ」

あたしは家に帰ると、母に八つ当りをした。母は病院から十時過ぎに帰ってくるけれど、いつも疲れきっていて、口をきくのも億劫《おっくう》だという。三百人分もの食器を、一人で最後まで洗って帰ってくると、もうくたくたなのだそうだ。

「今日また病院の先生に、お父さんを収容してくれる病院をお願いしてみたけれどね、どこもベッドが満員なんだってさ。お父さんみたいに外から見てりゃなんともないような病人は、家で世話するより仕方がないんだよ」

「そんなら、おとうの世話は全部母さんがみればいいんだ」

あたしはつい乱暴な口調で言ってしまった。母は泣きそうに顔を歪めて、目をしょぼしょぼさせた。渋を塗ったように顔色が悪い。

「嫌なことを皆おまえに押しつけてしまって……母さんも苦しいんだよ。でも、お父さんはおまえでなければ気がすまない。昔はあんなじゃなかったのにねえ。お産をした女じゃ嫌で、若い女の子でなけりゃ駄目なんだよ。本当に困ったねえ、今のところお前に我慢してもらうより仕方ないのよ。これで下の妹たちにまで手を出したら、大変なことになるからね」

母は哀願するように言った。ふん！　何を言っているの。本当は母さんがだらしなかったからじゃないか。母さんがちゃんと相手をしていれば、おとうだってあたしの寝床に入って来たりしやしなかったんだ！

あたしは怒鳴りたいのをじっと我慢しているうちに、急に涙が溢れてきた。母にこんなことを言ったって、所詮《しょせん》仕方がないのだ。真夜中になっておとうが寝床の中に入ってきて、あの恐ろしい力で押《おさ》えつけられてしまえば、あたし一人の力じゃどうしようもない。

叫んだって泣いたって、おとうは平気でやにくさい息を吐き、獣のように荒々しく、自分の絶えまない肉欲の奴隷になるだけなのだ。

「そんなこと言っているんじゃないのよ。おとうのことやあたしのことを、学校の教頭や他の人のところへ行って、ああだ、こうだって言ってもらいたくないのよ」

「あたしは何も言いやしないよ。お父さんを入れる病院のことでお願いに行っただけよ。それを教頭先生がいろいろ心配して、なんやかやと聞いてくださったから……」

「それで、何て答えたの」

「お父さんの病気のことだけ。あとは全然」

母はおどおどした表情を見せると、狡猾《こうかつ》にも殻の中に閉じ籠ってしまう。そして、それ以上もう一言も口をきこうとしないのだ。

いつもこうなることはわかりきっている。母とあたしでおとうのことを相談するとき、結局、最後はこうなるのだ。仕方がないという言葉の重宝さ。

母は十一時になると、ごろごろ転がっている子供たちの間をかきわけるように横になり、すぐ鼾をかいて寝てしまう。

あたしは十二時頃まで、隣の部屋の机の前で教科書をひろげている。今更、勉強なんてしたところで仕方がないのだけれど、早く寝床に入ると、それだけ早くおとうが入ってくるから嫌なのだ。

もし弟たちが目を覚ましたら困るし、あたし自身もおとうの相手をするときは、くたびれきって半分眠っている時のほうがいい。

十二時になったので、教科書をしまって電気を消し、寝床の中に入った。

おとうは毎日、夕食のあと、近所の電気屋の前に立って十時頃までテレビを見ているが、そのあとは家に帰って一寝入りする。あたしが寝床に入ってしばらくしてから目を覚ますのだ。あたしはそれまで目を覚ましていなければならない。

おとうが目を覚ます気配がした。鼻を鳴らして寝がえりをうつから、すぐにわかる。

おとうが、あたしの寝床の中に入ってきた。おとうの目は梟《ふくろう》のように、きっと闇の中でも見えるのだ。

あたしがパジャマをちゃんとつけていると、おとうは機嫌が悪い。だからこの頃では、おとうが引っぱればすぐに脱げるように、パジャマのボタンをはずしておく。

とにかく出来るだけ早く、物音を立てずにおとうのあれが終ってほしいのだ。でも、大抵あたしの願いとは反対になる事が多い。

おとうは平気で音を立てたり、声をあげたりする。子供か犬のように、鼻先や口をあたしの脚の先からお腹のほうまで押しつけてくる。指の動きも荒っぽく嫌らしい。

もう慣れてしまったけれど、それでも時折、くすぐったさと嫌悪感とで叫びたくなることもある。自分で、おまえは何も知らずに眠っている眠りの森のお姫様なのよと、一生懸命に暗示をかけるが、やはり、ぬるぬるしたおとうの口が田圃《たんぼ》の蛭《ひる》のように感じられたりすると、ああ嫌だ嫌だと、髪をかきむしってしまう。

　それから先のことは、自分でもわからなくなってくる。おとうは黒い大きな塊になって、あたしの中に突き刺さるだけだから。

　今夜のおとうは、いつまでも蛭のままだった。あたしの穢《きた》ないところにまで、平気で唇を這わせていた。おとうは病人だから、こんなことまでするのだろうか。

　我慢することだ。何でもないじゃないか。教頭の顔が目の前に浮び、一郎兄さんの顔が浮んだ。一郎兄さんと結婚したら、彼はどんなふうにあたしを愛してくれるのだろう。

　おとうとのことは、病人のしたことだから許してくれるのではないか。

　今夜の蛭はよく動いた。おとうはどうしてしまったのだろう。なぜか、一郎兄さんとの接吻の感触が、生々しく甦《よみがえ》ってきた。

　一郎兄さんの唇は熱かったけれど、舌の先は固くて冷たい感じだった。そう思った瞬間、体の中が急に熱くなった。蛭が急に、一郎兄さんの唇のような気がしてきたのだ。

　こんなことを考えるなんて、やっぱり教頭の言ったように恐ろしい罪なのだろうか。

　それからしばらくして、今まで一度もこんなふうに感じたことがないのに、全身が熱い波のうねりのようになった。正直に言うと、あたしは初めて快感を感じたのだ。

それも目の前が暗くなり、意識が薄れてゆくほどの快感だった。脚の内側の筋肉が痙攣《けいれん》して、突っぱった筋が痛かった。

翌朝、ゴルフ場に行く前に英語の勉強をした。ゴルフ場には外人も来るし、英語だけは覚えておきたい。もしかして、いつか一郎兄さんがアメリカの試合に出場するとき、あたしもキャディーでついていけるかもしれない。

携帯用のテープレコーダーのスイッチを入れてみて、あたしは思わず声をあげた。

昨日の晩、寝床に入る前に、英語の発音の勉強をしたまま、テープレコーダーのスイッチを切っておくのを忘れたのだ。

おとうの鼻を鳴らす音や、蛭の這いまわる音が全部入っていた。中でも一番ショックだったのは、あたしの声が録音されていたことだった。あの初めての快感の訪れと一緒に自然と出た声で、自分で聞いても顔が赤くなるような声で喘《あえ》いでいた。

ああ、こんなふうになるなんて——このまえ教頭が言ったように、やはり恐ろしく羞《は》ずかしいことなのだ。今日かぎり学校へ行くのはやめて、今月のキャディーのお給料が入ったら、それで家を出て東京に行こう。

そう、はっきりと決心したのだった。

5

あんなにはっきりと家出の決心をしたのに、何もかも駄目になってしまった。

あたしの生理がとまってしまったのだ。

そっと本屋に行って、妊娠のことが出ている専門書を買い、いろいろ読んでみたけれど、絶望的な徴候ばかりなのだ。吐き気がするし、計算するともう二ヵ月も生理がないことになる。

それにこの吐き気は間違いなく悪阻《つわり》だ。

生物の時間に習った劣性遺伝のことが、ひどく心配になる。本を読んだら、近親結婚で生れる子供の多くが不具か精薄なのだそうだ。生理がとまったのは、おとうのあれのせいにきまっている。

ああ、毎日が真暗《まつくら》だ。ゴルフ場に出ても、クラブを間違えてお客に渡して怒鳴られたりする。お客の中には、あたしを可愛《かわい》い娘だ、東京にある自分の会社で働かないかと沢山チップをくれて誘うひともいる。

そういう客は狼《おおかみ》が多くて、ろくな目に遭わないから気をつけなさいと、経験豊かな先輩の大曽根さんは教えてくれるが、この際、悪い客で騙《だま》されてもいいから、東京に連れて行ってもらおうかと真剣に考えてしまう。

あたしがいなくなったら、おとうはどうするだろうか。妹をあたしの代りにするだろうか。母の話では、おとうは病気のせいで異常体質になり、より若い女の体を日に何度も求めるのだそうだ。若い娘でなければ、おとうが快感を感じないというのは本当なのか。

今日、とうとう一郎兄さんから、真面目な顔で話があると言われた。公園の事件以来、映画やボーリングに二、三回連れて行ってもらったけれど、彼はぴたっと結婚の話を口に出さなくなっていた。

一郎兄さんがあたしを連れて行ったのは、やはり公園のベンチだった。彼はあたしと会う前から、アルコールの匂いをプンプンさせていた。お客さんからハイボールを奢《おご》ってもらったのだと言っていたけれど、ポケットにウイスキーの小瓶を入れていたから、初めからお酒の力をかりて、言いたいことを全部言うつもりだったのだ。

「きみのお父さんの病気は、とても悪いそうだね。放っておくと、小学校の女の子や幼稚園の子供を殺しかねないんだって?」

「そんなこと……誰から聞かれたんですか。父は病気ですけれど、そんなじゃ……」

「ないというのかい。きみはあくまでぼくを騙すつもりか」

一郎兄さんはそう言うと、いきなりあたしの頰を力一杯叩《たた》いた。口の中の肉が切れて唇から血が出たけれど、一郎兄さんにぶたれたことで、あたしはかえってさっぱりした。

「すまない……乱暴して悪かった……だけど今日、きみの学校の教頭の北川さんに呼ばれて、いろいろ注意されたんだ。北川さんは、きみのお父さんは病気だ、きみは一生お父さんの面倒をみなければならないから、普通の結婚は出来ないと言った。教頭が言っていたけれど、きみはお父さんの事実上の妻の役目をしているんだってね……」

一郎兄さんは持ってまわった言い方をしてから、突然、絶句すると拳《こぶし》で自分の涙を拭いた。

「いけないことだ、恐ろしいことだ……しかし、天から石が落ちてくるか、交通事故に会うか、それともゴルフのボールに当ってきみのお父さんが死にでもしないかぎり、どうしようもないことだと教頭先生は言っていた。だから、きみとは交際しないほうがいいって……ぼくは明日からゴルフの球を見るたびに、これがきみのお父さんの頭に当ればいいと思うようになるだろう。それ以外、仕方がないじゃないか……でも、来年の全国カップで優勝したら、その賞金できみのお父さんを私立の病院に入れよう。そうしたら……そうしたら……」

そう言ったあと、一郎兄さんは嗚咽《おえつ》をおさえるために何も言えなくなった。

一郎兄さんは、おとうのことを知ったあとでは、とてもあたしと結婚する気持など起らないにきまっている。

それが当り前のことだと思った。あたしだって、もう一郎兄さんと結婚することは諦めているのだ。

ただ教頭のことが無性に憎かった。なぜ、何も知らない一郎兄さんに、わざわざ余計なことを言って傷つけるのだろう。一郎兄さんは、何も知らないほうが仕合《しあわ》せだったのに……。苦しむのは、もう、あたしと母の二人だけで充分ではないか。

「あたし……妊娠しているの……おとうの子供を生むのよ。何も心配しないで……」

あたしは驚くほど冷たい声で言うと、ベンチから立ちあがっていた。

一郎兄さんは、阿呆《あほう》の子供のように口を開いたまま、ぼんやりとあたしの顔を見ていた。

あたしは後も見ないで、公園から駆けおりてきてしまった。

6

一週間以上ゴルフ場にも行かなかった。皆に黙って公園の中の動物園に来ると、一日中ぼんやり坐っていた。

三十円の入場料を払って、あたしが腰かけているのは猿の檻の前であった。中には猿の家族がたむろしていた。母猿は最近子供を生んだばかりで、蛙《かえる》のように小さくて痩《や》せた子供が、年中、母猿の乳房にしがみついている。

あたしが、この猿の檻をとくに気に入った理由は、もう一匹の雌猿《めすざる》がいて、父親としょっちゅう戯《たわむ》れていたからである。このまえ一日中見ていたら、父猿がこの雌猿と交尾をしていた。

あの雌猿はきっと娘にちがいないと、あたしは一人で決めた。猿の家族は、実に平和で愉しそうだった。

　あたしはそのとき、父猿のあれを見てしまった。おとうとの時、あたしはいつも顔をおっているのでわからないが、人間のも同じ形をしているのだろうか。父猿は日向《ひなた》で、細い棒のようなあれを独りで触っていた。

　こんなところにいつまでもいたいのは、あたしの頭がおかしくなったからだろうか。

　母に妊娠のことを打ち明けたら、

「おまえが生んでも、結局は、あたしたちが育てなければ仕方ないだろうよ」

と困りきった声で言った。けれども、片輪の子供が生れてくることなど、少しも心配していないのだ。

　今日、思いきって教頭の所へ行った。

「学校を退学させてください」とこちらから言うと、「休学処分にしようと思っていたところだ。勝手に退学などというのは困るね。きみは問題児だから、わたしたちで指導しなければいけないのだ」と難かしい顔で言った。

「でも、あたし……妊娠しています……」

「斎田くんの子供か」

「いいえ」

「それでは、やはり……父親と忌わしいことをしていたのだね」

教頭の北川は、急に熱っぽく光る目であたしのお腹を眺めた。

教頭室のレースのカーテンはおりていた。

北川は、入口のドアの鍵《かぎ》をかけてくると、あたしにスカートを脱ぐように言った。

「どれ、きみのお腹を見せてごらん。子供がどのくらい大きくなっているか、触ってみればわかる。裸になるのは、べつに恥ずかしくないだろう」

北川の目が、いつもと違ってぎらぎらしているのがわかる。言葉の調子がうわずる。

「ええ、べつに恥ずかしくありません」

あたしはスカートだけでなく、靴下も靴も脱いで、下半身、裸になった。

このあと北川が何をするのかも充分にわかっている。おとうと同じことをするのだ。

北川はしばらく、あたしのお腹を撫でたりさすったりしていたが、やはり最後はおとうと同じことだった。

あたしは教頭の机に肘《ひじ》をついて、白いレースのカーテン越しに窓の外を見ていた。校庭では、一年生がソフト・ボールを紅白に別れてやっている。

あたしは、ピッチャーになって投げたときのことを、しきりに思い出していた。教頭があたしのうしろで、おとうと同じような呻きをあげて全身を震わせた。あたしは何とかして、お腹の子が自然に流産してくれることを願った。

「生れた子供を堕《おろ》すのは罪になる。恐ろしいことです。しばらく学校を休んで、元気な子供を生みなさい。いいね」

教頭はあたしから離れると、床に跪《ひざま》ずいて肩を震わせ、嗚咽をあげていた。

教頭の北川がなぜ泣くのか、あたしにはさっぱり理解出来なかった。

「子供は堕します。おとうはもうすぐ死ぬし、もし片輪の子供が生れてくると可哀想ですから……」

「おとうが死ぬって、どういうわけだね」

「おとうは、ゴルフの球に当って死ぬんです。もう、それは決っています。だから心配なさらないでください」

「ゴルフの球で死ぬって、一体なんの意味だね。よくわからんが……」

「斎田さんの打った球が、おとうの頭に当るんです。ちゃんと決っています」

「斎田くんも、ちらっとそんなことを言っていたが、きみたちは本気でそんなことを考えているのかね。なんという恐ろしいことだ。人を殺すことじゃないか。第一、斎田くんがいくらプロでも、ゴルフの球はきみのお父さんの頭になど当りはしない……」

「かならず当ります。斎田さんは、毎日その練習をしているのですから。おとうは、ゴルフ場の危険なところでも平気で入ってくるのです」

あたしは、なぜか確信をもって言った。

教頭の北川は、呆《あき》れて物を言うことも出来ないという表情で、あたしを見つめていた。

「斎田さんとあたしは愛し合っているんです。あなたがたとえ彼におとうのことを言いつけても、斎田さんはあたしと結婚します」

あたしがはっきりと言うと、北川は怖いものを見るように体を震わせた。

「あなたが今日やったことは誰にも言いません。あなたもおとうと同じように、きっと病気なんですね」

あたしはそう言うと、ドアの鍵をあけて教頭室を出た。生徒たちは帰ったらしく、構内は寂《せき》と静まりかえっていた。

家に帰ると、おとうはいつものようにゴルフ場に出かけていた。おとうは、あたしがゴルフ場にいるものと決めて、一日中、林の中に立っているのだ。

どこへ出かける気力もなく、むかむかする胸をおさえて、あたしは家の中でごろごろしていた。

動物園の猿の家族のようになりたいと、天井を見ながらぼんやり思っていた。たとえ片輪の子が生れてきても、一生懸命に育てよう。斎田さんや教頭のことも忘れて、町へ仕事を見つけに行けばいい。

高校に行ったり、キャディーになって斎田さんのそばにいようと思ったりしたのが、贅沢だったのだ。

そんなことを考えているうちに、いつのまにかうとうと眠ってしまった。家族全員が猿になって、動物園の檻の中にいる夢を見ていた。

おとうも、斎田さんも、教頭の北川も、妹も弟も母もいた。

「おい、里恵ちゃん！　すぐに町の救急病院へ行くんだ。おとうが救急車で運びこまれた」

「斎田さんの打ったゴルフの球が頭に当ったのね」

あたしは立ちあがると、落ち着いた声で言った。

「なんだ里恵ちゃん、もう知っていたのか。それじゃ早く行ってやれ。意識はないし、たぶん命は危ないという話だ」

知らせに来てくれたのは、ゴルフ場の掃除夫のおじさんだった。「可哀想に……辛《つら》いだろ」と言って、あたしの頭を撫でていた。

「でも、あんなお父つぁんは死んだほうが、あんたたち家族は助かるかもしれないな。生きていてもぶらぶらしているだけで働けないんだし……でも、今度みたいにゴルフ場で球に当って死ねば、かなりの額の保険金がおりるだろう。まあ、それがせめてもの慰めだよ……」

掃除夫のおじさんは、そう言うと、ゴルフ場のオートバイのうしろにあたしを乗せてくれた。

あたしは、おじさんの背中に頭をつけて目を閉じていた。

町の救急病院の近くの踏切で、オートバイがとまったとき、おじさんがふいに思い出したように後ろを振りかえった。
「そうそう、さっき、お父つぁんの頭にゴルフの球をぶっつけたのは斎田さんだとか、里恵ちゃんは言っていたな。でも、たぶん斎田という名前じゃなかったと思うよ。なんでも東京から来た土建屋の社長で、下手なくせにどえらい馬鹿力の持主らしい。普通ならばお父つぁんの所になんか飛ぶはずがないのに、とんでもないほうに行っちまって……」
《その東京の人の球が当っていなければ、そのうち誰か他の人の球が当っていたわ》
おじさんの喋るのを聞きながら、あたしはなぜか涙ぐんでいた。

蜘《く》蛛《も》の糸

1

車は新しい砂利を敷きつめたばかりの急勾配の山道を、タイヤを軋《きし》ませながら登って行った。浅間山麓のこのあたりまでくると、都会の暑さが嘘《うそ》のようである。

そのかわり闇があたりに墨を流したようで、両側から迫ってくるすすきや灌木《かんぼく》の茂みが見えるだけであった。

「道を間違えたのじゃないかね」

「いや、一番奥の一軒屋だと言っていた。間違えるはずがない」

車の中の男たちが喋《しゃべ》っていた。

車は外車で、乗っているのはテレビ局の〝夜のコーナー〟のディレクターとその友人だった。

「ああ、入口が見えた。あそこだろう」

「明《あか》りが消えている。誰もいないんじゃないのかね」

「そんなはずはない。まだ東京に帰るわけがないよ」

男たちは不審そうに話しながら別荘の入口のところで車をとめ、外に降り立った。男たちの足もとが夜露でしめっている。

「入って、声をかけてみようか」

「しかし、夜中にきゅうに訪ねたりすると機嫌が悪いぜ。やっぱり表から電話をかけたほうがいいんじゃないか」

「しかし、電話番号がわからんだろう」

「大丈夫さ。東京の局へ電話をかけてみれば、すぐにわかるさ」

「それじゃ、石橋を叩《たた》いて電話をかけてみるとするか。つむじを曲げられると困るからな」

「だが、妙な話だね。間違いなく、今日は明け方まで起きて仕事をしているからと言っていたんだが……」

「女でも来て、早々に寝たのかな」

「それだったら、これだけ大きな声で喋っているのだから、起きてきてもよさそうなものだがね……」

そう言いながら、二人の男は遠慮がちに足音を忍ばせ、別荘の敷地から立ち去ろうとした。

「ほら見ろよ、車庫の入口に見事な蜘蛛《くも》の巣が張っているよ」

ディレクターのほうが、この都会離れのした風景に、いかにも感心したように言った。

たしかに、ビニールトタンの簡単な屋根だけの車庫の入口の左右の柱に、闇の中から白く浮《う》かびあがるように、夜霧にきらきらと光る蜘蛛の糸が一本真直《まっす》ぐに伸びて、大きな蜘蛛が巣を作りはじめていた。

「こういうのが見られるのが、都会を離れた自然のよさだね。ところで今、何時だい」

「夜中の一時半を、ちょっとまわったところだ」

男たちはそんな雑談を交わすと車の排気音を残し、もと来た砂利道をふたたびくだって行った。

翌朝、手伝いの関根三香子が、自室の梁《はり》で首を吊《つ》っている作曲家の北林浩二の自殺死体を発見したと、警察に電話で連絡した。

関根三香子は警察に知らせた後、ボンヤリ車庫のところに立っていたが、目の前の柱のところから地面に、銀色の蜘蛛の糸が伸びて、ゆらゆらと風に動いているのに、まるで関心を示さなかった。

2

関根三香子の供述。

私は、今年の九月で二十一歳になります。

作曲家の北林浩二先生のところに、お手伝いとして住み込んだのは、今から二年半ほど前の四月のことでした。北林先生がヨーロッパからお帰りになったすぐあとのことだったと思います。

そのとき高校を卒業したばかりの私は、××電機に就職先がきまっておりましたが、遠縁の北林先生のところへお手伝いに行くように、母から強くすすめられたのです。

私は、とくに音楽のほうに興味があるほうではありませんでしたけれども、北林浩二先生が現代音楽とかの作曲家で有名な方だと聞いておりましたので、よろこんで母のすすめに従ったわけです。

先生はヨーロッパから帰ったあと、都会の生活を嫌われて、すぐに浅間山の山麓の山荘に入られてしまいました。これが今度の事件の起《おこ》った山荘です。

都会の生活に憧憬《あこが》れていた私には、あまり気のすすまない山荘入りでしたけれど、一ヵ月ほどで東京のマンションに戻るということでしたので、お手伝いに行くことにしたのです。

初対面の北林先生は、ひと目でいかにも変屈者という印象を受けました。芸術家というのか、とにかくびりびりした神経が皮膚の表面に直接出ているような感じでした。背も低く、青白い顔で、ちぢれた黒い髪が額の上にぼさっと落ちていて、落ち窪《くぼ》んだ鋭い目でじっと見られると、こわくて全身が凍りつくようでした。

「きみがお手伝いさんか」

「はい、関根三香子と申します。はじめてで何も出来ませんけれど、一生懸命やりますから、よろしくお願いします」

「ぼくは私生活を大切にする男だからね、お互いに仕事の時間を決めて、その他のときは一切、干渉するのはやめることにしよう。きみにも部屋を一つあげるから、そこで勉強するなり、テレビを見るなり、好きなことをやりたまえ。ただ一つ断わっておくけれど、テレビはイヤホーンで聞いてもらうよ。ぼくは今、どんな音も聞きたくないのだ」

と難かしい顔でおっしゃいました。

北林先生は、このとき三十六歳になられていましたけれども、あとで人に聞いたところによると、ひどい神経衰弱の状態だったとかいうことです。

私は初めての仕事で緊張していましたし、世界的な偉い方と伺《うかが》っていましたので、多少、気難かしくてこわいところがあっても、一生懸命にやろうと思いました。

実際、お仕事といえば、山荘のお掃除と先生がメモに書かれた買物《かいもの》をしてくるぐらいで、あとは自分の好きなことをしていることが出来ました。

北林先生はお食事にうるさい方で、野菜などを一つ一つ秤《はかり》でグラムを決められ、それをご自分で料理されるのです。私はお皿洗いをし、自分の食事を作ればいいだけでした。ときどき先生の残ったご飯をつまんでみることがありましたけれど、妙な香料が沢山《たくさん》入っていたりして、どうしてこんなものがおいしいのか、田舎出の私にはさっぱりわかりませんでした。

なんでも偉い先生のなさることだから、きっとスマートで恰好《かっこう》のいいことなのだろうと、私は思っていました。けれども一週間も経《た》たないうちに、お互いの生活の干渉はやめようなど言ったのは、先生に秘密があったためだということが、何も知らない私にも薄々わかってしまいました。

　先生のところに、ときどき若い男の子が訪ねてくるようになったのでした。

「ぼくの弟子だ。レッスンをするから邪魔をしないように……」

　そう言って、私を遠ざけるのでした。

　けれども、レッスンをするというのにピアノの音も聞《きこ》えてきませんし、それどころか先生があんなに嫌っていたテレビの音やレコードの流行歌などが聞えてきたりするのです。

　先生は、お弟子さんが来ると、かれこれ一時間も二時間も部屋に籠《こも》ったきりで、お茶を運ぶことも許されませんでした。

　最初のあいだは変だなと思ったりしましたが、結局は自分の自由な時間が増えることなので、私にとってはよろこばしいことでした。

　山荘生活は、約束の一ヵ月が二ヵ月にも延びましたけれど、それが終《おわ》ると今度は六本木のマンションに戻りました。

　ここはグランド・ピアノのある大きなお部屋で、私の個室も三畳でしたけれど、ちゃんと与えられました。先生のお世話の仕方もだんだんとわかってきましたので、私は御茶の水まで、タイプやフランス語を習いに行くゆとりが出来てきました。

　同年配の女の子たちにくらべて、恵まれた勤め先を見つけられたと、よろこんでいたのです。

この一年ほどのあいだに、Tとかいう国際コンクールで先生の作品が賞を受けられ、カメラマンや新聞記者なども沢山こられて慌《あわただ》しいこともありましたけれど、私はくるくると立ち働き、皆さまからも可愛《かわい》い、よく気の利くお手伝いだとほめていただきました。

テレビ局の方が来るようになられたのは半年ほど前で、新しい音楽番組の司会にフレッシュな空気を吹き込むためということで、起用されたのでした。先生のような神経質な方に、テレビの司会がつとまるのだろうかと私は心配しましたが、案外と周囲の評判もよく、本人も気晴らしになるとみえて愉《たの》しそうでした。

これもあとで考えると、先生なりにテレビ局に出る価値があったのでした。

先生はテレビ局に行かれるたびに、新しいお弟子さんを連れてこられました。

中でも先生が一番気に入られたのが、この音楽番組のオーケストラのセカンド・バイオリンの田所茂也という十九歳の男の子でした。色が白く唇の少し厚ぼったい、女性的な子でしたけれど、最初見たときには私もハッと思ったほど、どこかチャーミングなところのある男の子でした。

先生は、茂也、茂也と非常に優しげな呼び方をなさって、可愛がられました。

その年の夏、浅間山麓の山荘に籠られたときも、他のお弟子さんは一人も呼ばず、オーケストラの仕事の合間を見ては訪ねてくる茂也のことだけを待っておられたようです。

一週間近い茂也の休みがあったときなどは、先生は本当に愉しそうで、朝の食事も茂也のトーストを自分で焼いてバターまで塗ってやり、ショッピングに出かけては風変《ふうがわ》りなサングラスやサンダルを買ってやったり、それは至れり尽せりでした。

最初の、私にとって忘れることの出来ないショッキングな事件が起ったのは、このときのことでした。

一週間の茂也の休暇が終り、小さな虫のような型をしたイタリアの車で帰って行ったその晩のことでした。

あれほど嬉々としておられた先生がすっかり元気をなくし、口もろくろくきかずに憮然《ぶぜん》としてブランデーを口に運んでおられるだけでした。

その晩は、浅間の山麓《さんろく》にしては珍しく夜中になっても蒸し暑さが去らず、十二時過ぎには遂に篠つくような大雨になりました。

私も寝苦しく、小さな木製のベッドの上で何度も寝返りを打っていたのですけれど、一時過ぎにうとうとしかけたとき、先生があたしの部屋に入っていらっしゃったのです。

私の部屋にはちゃんと鍵《かぎ》がかかるのですけれど、先生はもう一つ鍵をお持ちになっているとみえて、音もなく私の部屋に入ってこられたのです。

私は枕もとの小さなランプの光で、先生がベッドのそばに立ちじっと私を見つめているのがわかりましたけれど、わざと身動きもせずに眠った振りをしていました。先生はお酒のせいか、はあはあと苦しそうな息をしていらっしゃいました。

もしかしたら先生は、お酒のために妙な衝動に駆られて、私を襲おうとしてこられたのかもしれないと考えました。それでも私は怖いとは思わなかったのです。

正直に申しますけれど、私は三年前の村の盆踊りの晩に……すでに……。そのときはまだ十七歳でしたけれど、近くに住む村の若者たちに処女を奪われてしまっていたのです。酔っている三人の若者に、次々と犯されたのですけれど、その中の一人に、私が前から好きだったKという青年がいたので、私は訴えようとも口惜《くや》しいとも思いませんでした。それ以外、私は男と体を触れ合《あわ》せたことはありません。

先生がその晩、私の部屋に入ってこられ、荒々しい息づかいをなさっていたときも、私は別に怖いとも思わず、それどころか、もしかして先生に愛されるようなことがあったらどんなに幸せだろうと、考えていたくらいです。

先生はしばらく私の様子を窺《うかが》っておられましたが、私が軽い寝息をたてて眠っているのをごらんになると、そっと私の背中に手を廻《まわ》されました。私は先生に抱かれると思いました。目を閉じていたものの、その期待で胸が割れるように高鳴り、妙に体が熱くなったような感じでした。

でも先生がなさったことは、私を抱かれることではありませんでした。先生は私をそっと持ちあげるようにして、ベッドに俯伏《うつぶ》せにさせたのです。

それからのことは、やはり今度の事件に関係があると思われますので、お話しておいたほうがいいと思います。

先生は私を、俯伏せにさせたあとで、あの荒々しい呼吸を続けたまま、突然、のしかかってこられました。

そしてそのあと、先生が言われた言葉を、私は一生忘れることが出来ません。先生は私の肩に顔を埋めるようにして、

「茂也、ぼくはおまえを愛している。おまえの体が欲しい……しかし、ぼくには言い出すことが出来ないのだ。そのことでずっとぼくは悩んできた……しかし、もう今、ぼくは自制心を失った。でも……おまえを失いたくはない、愛しているよ……愛している……」

と、お酒くさい熱い吐息を洩《も》らしながら何度も仰言《おっしゃ》ったのです。先生の言葉を聞いたとき、私は一瞬、自分の心臓がとまったのではないかと思いました。

ああ、どうしよう――これは大変なことを聞いてしまった――じっと眠って何も聞えなかった振りをしていなければいけないと思ったのです。

先生は私がじっとしているのを見ると、私が身につけている肌着をもどかしげにお取りになりました。妙な冷たい感触が、私のお尻の割れ目に拡がったとき、私は思わず全身を硬直させてしまいました。目覚めているのを先生に気づかれたのではないかと心配になったのですけれど、先生はそうした気づかいは全然なさらず、相変らず猛々《たけだけ》しい呼吸を続けられたま

ま、私をどこまでも茂也と思いこんでおられる様子でした。

「茂也、本当に心からおまえを愛してるのだ。ぼくはおまえを失いたくない……おまえのうっすらと陽に灼《ひや》けた肌、おまえの何を考えているのかわからないような美しい目、かたく盛りあがったおまえの腰、すべてがぼくのインスピレーション源なのだ……だから……おまえのすべてをぼくにおくれ。ぼくたちは一つのものになるべきなのだ……」

そう、ひときわ昂《たかぶ》り興奮した声で言われると、あの忌《いま》わしい一撃が、私の下半身を貫いたのでした。

盆踊りのときの村の青年相手の営みとちがって、このときの先生の激しい病的な動きは、その一つ一つが私にとって苦痛でした。しまいに私は枕を嚙《か》み、涙を流していたくらいです。先生のあの嵐のような痙攣《けいれん》が終ると、入ってこられたときの静かさで、そっと部屋を出て行かれました。

私はしばらくのあいだ、俯伏したまま泣いておりましたが、そのうち疲れ果てて眠ってしまったようでした。

翌日、先生の朝食の用意に、この近くの牧場でしぼられる濃い牛乳をお持ちしましたが、私のほうでは先生の顔をまともに見ることが出来ませんでした。

先生は大きな仕事机の上に五線紙を拡げ、あまり見たこともないような晴ればれとした顔で、お仕事を続けられておりました。

3

先生は男性がお好きなのだということをはっきりと認識したあとも、私は別に先生のところを出ようとは思いませんでした。

あのあとすぐに、先生に東京での急用が出来て、私たちは東京に戻ってきてしまったので、あの山荘の出来事は、ただ一場の悪夢のように、私の心の中でだんだんと薄れていきました。これだけでしたら、きっと私も、あの晩のことはなかったこととして忘れたのにちがいありません。

ところが一ヵ月後に、また別の思いがけない出来事が起りました。

先生のお留守中に、一ヵ月の演奏旅行から戻ってきた茂也が、六本木のマンションに不意に泊《とま》りにやってきたのです。その日、先生は、ヨーロッパから来られた音楽関係の友人を京都まで案内して行かれたのでした。

「なんだ、先生は留守なの……ぼくとの約束を忘れてしまったのかな」

「でも、先生が茂也さんとのお約束をお忘れになるはずはありませんわ。きっと茂也さんの思い違いでしょう」

「どうして先生が、ぼくとの約束をかならず守るなんて言えるんだい」

茂也は、かなりきびしいスケジュールの旅で疲労しきっていたのか、不機嫌な、つっかかるような言い方をしました。

「だって先生は、茂也さんをこの世で一番大切な方だと思っていらっしゃるんですもの……」

「よせやい、ぼくは先生とそんな仲じゃないんだぜ。今度から、そんな言い方をするのはやめろよ」

茂也は怒った口調で応酬すると、私を精一杯にらみました。

「ごめんなさいね。失礼だったかしら……もう二度と言いませんわ」

私は彼の剣幕に、なかばおろおろしながら謝りました。なぜかわかりませんが、私は前から茂也のことを好きになっていたようでした。

それは先生が茂也のことを、あんなに愛して賛美していたせいかもしれません。でも、私は先生のことも好きだったのです。

好きだと言っても、先生たちから対等に愛してもらえるものだとは思っていませんでした。私はお手伝いでしたし、先生たちは私を人間だとも考えておられなかったはずなのです。

でも茂也は、その晩、先生がおられなかったせいか、私に日本酒のお酌《しゃく》をさせました。

今度の演奏旅行で、日本酒をお燗《かん》にして飲むのを覚えたとかで、私に先生のとっておきの灘《なだ》の超特級酒を盗ませたのでした。

「きみは先生が好きなんだろう、すぐにわかるんだぞ。だから、おれのことを憎んでいるにちがいない」

「そんなことはありません。あたし、茂也さんが好きですわ」

「嘘《うそ》をつけ、ごまかしたってわかるんだぞ。どうだ、一緒に踊ろうか」

茂也はそんなことを言いながら、先生のステレオにスペイン・ギターのレコードをかけると、私の腰を強く抱くようにしたのです。二、三曲踊ったあとで、茂也は私の唇を強く吸いました。

「おれは前からきみのことが好きだったんだ。きみはちょっと変った子で、すごく魅力的なんだよ。どうだ、おれと二人で先生のところを逃げてフランスへ行かないか。嘘じゃない、愛してるぜ」

そうはっきり言ったのです。私は茂也の言葉を聞いて、思わず涙ぐんでしまいました。その言葉が思いがけなかったせいもありますけれど、あの嵐の山荘の晩に、私の背中を抱かれて茂也への愛を呟《つぶや》いておられた先生のことが、ふいに思い出され、なぜかお気の毒で悲しく、どうにもやりきれなくなってしまったのです。

茂也は私の涙を誤解し、更《さら》に刺戟《しげき》されたのか、私をグランド・ピアノの横の絨毯《じゅうたん》の上に押し倒し、無理に体をひらかせようとしました。

先生のときとちがって、私は精いっぱいに茂也に抵抗しました。ブラジャーの紐《ひも》は切れ、スリップのレースが裂けたりしましたが、結局は、私の体にその準備が出来ていなかったせいか、それとも茂也がお酒を飲んでいたせいか、一つになることは出来ませんでした。

茂也は焦り、猛々しくすることで、思いどおりにならない自分の体に当っているようでした。私は遂《つい》に肌着を剝《は》ぎ取られ、ちくちくする絨毯に素肌を力いっぱい押しつけられ、ところどころすりむけてしまったほどでした。

私は明け方近くまで、お酒の匂いのする茂也に抗《あらが》っていましたが、柱時計が四時を打ったあとでついうとうとし、気がついたときは、茂也が私の上で荒々しい呼吸をしながら激しく動いておりました。

私は茂也の背中を強く抱きしめ、時には爪をたてながら、先生には申訳《もうしわけ》ないと心の中で謝ったものです。

この出来事がなぜ先生に知れてしまったのか、私にはどうしてもわかりません。たぶん、愛する者の第六感というか、鋭い勘でおわかりになったのだと思います。翌日、先生は私を呼んで、それは厳しく徹底的に問いつめられました。

「この前、茂也が演奏旅行から帰って来て、ここに泊ったんだね」

「はい」

「茂也はどこに寝《やす》んだのだ」

「先生のお部屋に寝まれました」

「嘘をついてはいけない。新しい枕カバーやシーツがそのままになっているじゃないか」

「それでしたら、たぶん長椅子《ながいす》の上で寝まれたのでしょう。あの日、あたしは先に寝んでしまいましたのでわかりません……」

「嘘をつくな、この売女《ばいた》め！」

いきなり凄《すさ》まじい声で怒鳴《どな》られると、先生は私の頬を強く叩《たた》かれたのです。

「おまえのような女は、ぼくのところに置くことは出来ない。すぐ親もとに帰りたまえ」

「申訳ありません。どうぞそれだけは許してください。あたし……先生が好きなんです。先生のためなら何でもいたしますから許してください」

私は泣きじゃくりながら、先生の膝にすがりつきました。先生は私を床の上に突きとばすと茂也との出来事を一つ残らず話すようにと、厳しい声で命じられました。先生の目は、まるで青白い焔《ほのお》がめらめらと燃えあがっている感じでした。

私は覚悟を決め、先生の質問に一つ一つ答えながら、昨夜、茂也とのあいだに起ったことを説明してゆきました。そのたびに先生は怒りで頬をわななかせ、憎しみとも嫉妬とも蔑《さげす》みともつかないゾッとするような眼差《まなざ》しで私を見守られるのでした。

「よくもそんな勝手な真似《まね》が出来たものだ。ああ、茂也にそんなことをさせるなんて……いけないことだ……」

激しい感情が幾らか治まると、今度は先生はそう言いながら涙を流されたのです。私も何か取り返しのつかないことをしてしまったのだという気になり、一緒に泣きたい気持でした。

「申訳ありません。一生懸命に逃れようとしたのですけれど、こんなことになってしまって……あたしの出来ることならば、どんな償《つぐな》いでもいたします」

「よし、それならば、ぼくの言うとおりにしなさい」

先生はそう仰言ると、難かしい顔をして部屋に引込まれました。

先生のその言葉の意味がわからぬまま、私は先生から声をかけられるまでろくに食事もせずに部屋に籠《こも》っていたのでした。

その週の終りに、茂也がまたやってまいりました。先生と茂也は、最初は何もなかったようにお互いにこの前のことには触れようとはせず、親しげに、そのくせよそよそしく話しておりました。

レコードをかけたり、お酒を飲んだりしていらしたようです。私はその微妙な成りゆきを、息をひそめるようにして窺《うかが》っていました。

夜中の一時頃だったでしょうか、突然、先生の叫び声が聞《きこ》えました。どちらかというと、先生は小柄で、ひ弱な感じにみえますが、声だけはお腹の底に響くような大声なのです。

「馬鹿者！　この大馬鹿者！　死ね！　死ね！」

と叫び続けているのです。

そのうち、今度は物を投げつけるような音が聞え、陶器の割れる凄まじい音が続きました。

応接間には、先生がイタリアから持ち帰った、非常に大切にしている壺《つぼ》が置いてあります。

あれをぶつけたにちがいないと、私は思いました。私はもうこれ以上じっとしていることが出来ず、夢中で部屋を飛び出しました。

先生の部屋のドアは鍵がかかっていませんでした。あたしは震える手でドアのノブを押すと、転げこむように部屋に飛び込みました。

「先生、やめてください！　お願いです。みんなあたしが悪かったんですから……」

あたしは先生の脚にすがりつきました。あのイタリアの壺がグランド・ピアノの角にぶつけられて粉々になっていました。

先生は、もう完全に気が狂ってしまっているのです。

茂也は先生の剣幕におそれおののいて真蒼《まつさお》になり、歯をかちかち鳴らしながら床に跪《ひざま》ずいていました。

「黙れ、生意気なことを言うな。おまえは引っこんでいろ！」

そう言うと、先生はあたしの肩を蹴りあげました。気が狂ったときの人間というのは、あんなにも力が強くなるものでしょうか。それとも、よほど打ちどころが悪かったのか、私は左腕が脱臼したように鋭い痛みのために床に倒れてしまいました。

私が虫けらのように床に崩《くず》折《お》れたまま動かなくなっても、先生は少しも心配する様子も見せず、かえって居丈高《いたけだか》になり、茂也を罵《ののし》りはじめました。

「おまえのような人間は死ね！　それが出来ないのなら、この前の晩と同じことをしてみろ。

どんなに無様《ぶざま》なことか、やってみるのだ」

私は先生のその言葉で、先生がどれほど男と女の関係を憎んでいるのか、思い知らされました。私はそんな先生を恐ろしいというよりも、本当にお気の毒な方だと思ったのです。

いつかの晩、私の体を奪いながら、茂也の名前を叫び続け泣いておられたことを思うと、どうしようもなく胸が痛み、どうにもお気の毒になるのです。

茂也は音楽関係の仕事ですから、先生には正面きっては逆らえないのでしょう。それに、先生がこれほど怒るとは思っていなかったのにちがいありません。

まるで痴呆《ちほう》のように自分を失って、先生に言われたとおり、立ちあがるとのろのろと裸になりはじめました。まるで操り人形のように……。

私も、ここまできたらもう逃げるわけにはいかないのだと覚悟を決めました。先生は、気が狂っているときのあの凄《すご》い力で、あたしの着ている木綿のパジャマを引き裂きました。

「早くしろ。それもこの前と全く同じにするのだ。いいか、おまえたちは犬だ、人間じゃない！」

先生は首筋に静脈を走らせて叫び続けます。茂也は意志を失った人形のように両手をだらりとさげたまま私に近づいて来ました。

そのとき先生は、きゅうに新しいことを思いつかれたのか、血走った目を光らせました。

私をこの前の晩のように床に俯伏せにさせたのです。私は腕の痛みと、のしかかってくる茂也の重みとで、それから先なにが行われているのか、しばらくのあいだは理解出来ませんでした。

そのうち下半身に、あの晩のときよりも更に鋭い痛みが走ったのです。

そして……茂也よりも、先生のほうの荒々しい息づかいが聞えていました。

私が顔を横にねじ曲げると、先生が絨毯の上に体を投げ出し、はあ、はあと苦しそうに息をついているのが見えました。さすがの先生も、何時間も気違いになられたあとなので、体力を使い果《はた》してしまわれたのでしょう。そのときの先生は、まるで汚れたぼろ布のように哀れっぽく惨《みじ》めに見えました。

私はこんな先生よりも、怒り狂っているときの先生のほうが、よほど先生らしいと思ったものです。

それから三十分ほどして、あたしの背中からおさえつけていた茂也は、ゆっくりと体を動かしはじめました。その度に耐えがたい痛みが走るのを、茂也は承知していたのでしょうか。

私は、先生のためなのだ。先生のためにこの罰を受けなければいけないのだと思いながら、じっと痛みを我慢していました。

そのとき、先生がきゅうに立ちあがられたのです。

「茂也、わたしの茂也！　心からおまえを愛している。誰よりも……本当だ……」

たしかにそう叫ばれたように思います。そして次の瞬間、いきなり私の上の茂也の体重が二倍になったのです。先生が、茂也の上に折り重なったことはすぐにわかりました。

先生の動きが、茂也を通して二倍の痛みとなり、私に突き刺さりました。けれども不思議なことに、私は苦しみとか嫌悪感とかは感じなかったのです。

それどころか、幸せな気持が私の中に拡《ひろ》がりはじめました。子供のころ男の子たちの仲間に入れてもらって馬飛びをしたころの記憶。前の男の子の脚のあいだに頭を入れ、何人も何人もに飛び乗られても倒れないようにじっと我慢していたときのこと、あの充実感のようなものでした。

けれども先生たちの動きが激しくなり、その喘ぎが一つの極まりに達してしまうと、私のうちに突き刺さっていた痛みも耐え難いものとなり、私は思わず気を失ってしまいました。

気がついたとき、私は自分の寝室のベッドの上に寝かされていたのでした。翌日、顔を合わせても、先生も茂也もそ知らぬ顔をしていました。

4

この晩から、私と茂也と先生との妙な関係は始まったのです。

先生は茂也と私とを呼び、あのお仕置きにも似た儀式を行わせるのでした。

先生がご自分の口から、これはお仕置きなのだ、儀式なのだと強《こわ》ばった顔で仰言ったのです。

　私は、その儀式が始まるまでは非常に恐ろしく嫌だったのですけど、いざ始まってしまうと、素直にその世界に溶けこんでしまえるのが自分でも不思議でした。

　仮令《たとえ》こんなふうな形でも、先生と茂也の愛の間に割り込めれば幸せなんだと思っていたのです。

　一生、続いてもいい。いつまでも、いつまでも先生と茂也の重荷に耐えていよう。それが私の幸せなのだと、そう決心しました。

　それなのに、一ヵ月ほど経ったある日、私の決心が音を立てて崩れました。

　先生が私を呼んで、親もとに帰るようにと命令されたからなのです。

「三香子さん、あなたにはいろいろと世話になったね。本当によくやってくれた。でも、あなたはこれから結婚する身だ。いつまでもここにいてはいけない。今月一杯で親もとに帰りなさい。ささやかだが、退職金も用意しておいた」

「いやです。どんなことがあっても先生のところはやめません」

　私はすがりつく思いで、先生にお願いしました。

「そんなことを言うのは、あなたが茂也に優しい心を抱いているからだ。しかし茂也には茂也の道がある。その茂也を誘惑するようなことをしてはいけない」

「先生は、茂也さんと二人でいるのに、あたしが邪魔になったんですね。あたしは先生たちのお邪魔をするつもりはなかったんです。でも、もう家へ帰りますわ。ご迷惑ばかりおかけして申訳ございませんでした」

私は嗚咽《おえつ》を洩《も》らしながら、詫《わ》びの言葉を言いました。先生は偉い方なのだ、先生の仰言ることに逆らってはいけないのだと自分に言い聞かせたのでした。

その晩から、私は家に帰る仕度《したく》をはじめました。茂也にも黙って家に帰ろうと思っていたのです。

それなのに、なんという皮肉なことでしょう。茂也のほうから私に電話をかけてきて話があるというのです。

「なんのご用でしょうか。あたしには、もう何もお話することは残っていません」

「馬鹿を言え。あの気違いからおれもきみも逃げ出せる、ただ一つのチャンスなのだ」

と茂也は怒ったように言いました。

「先生のことを気違いだなどと仰言らないでください」

「だって気違いじゃないか。きみだって先生にあんなことを強制されて、なぜ我慢してるんだ。おれはもう我慢出来ない。今度こそ先生から逃げ出す決心をしたんだ。きみにも手伝ってもらわなければ駄目なんだ。すぐに会ってくれよ」

茂也は私を近くの喫茶店まで呼び出しました。

「先生は来週から一週間、山荘にいく。そのときおれはあの気違いを殺す。きみは何もしなくてもいい。先生が夜中の一時過ぎまで起きていて、そのあと一人で寝室に籠ったと証言してくれればいいんだ。おれはそれまでに東京に戻って皆に顔を見せておく。先生は自殺したことになるんだ。気を失わせておいてから、寝室の梁に首に縄を巻いてぶらさげるのだ。きみは朝になってから、死んだ先生を見つけて警察に届ければいい。誰にも怪《あや》しまれやしないよ。いいか、わかったな、おれの言うとおりにするな」

茂也に正面きって言われると、私は断われなくなりました。

「でも、先生を殺すなんて……あたしにはどうしても出来ません」

「馬鹿！　このまま放っておけば、いつかはおれたちのほうが廃人にされてしまうんだ。相手は気違いなんだから、おれたちが殺したって構やしないんだ」

茂也はそう言うと、私を近くの旅館に連れて行きました。

私は、そこで茂也と、普通の男女としての体の交わりを持ちました。けれど少しも情熱的な気持、幸福な気持になることは出来ませんでした。

あの、先生と茂也の二人の重みに耐えたときのほうが、はるかに強い愉《よろ》びを感じたのです。

翌日、私は先生のお供をして、浅間山の麓《ふもと》の山荘に入りました。山荘の掃除などをしてくるくると動きまわり、いよいよ夜になりましたが、茂也との約束を思うと、どうにも気が重く、周囲が灰色に見えました。今までお世話になった、尊敬している先生を殺す――そう考えただけで、頭がくらくらし、逃げ出したくなるのです。

そのうえ、夕食のとき先生ご自身の口から、すでに茂也を法律上の先生の養子にして、財産を全部譲ることにしたのだという話を伺《うかが》ったのです。

私には、茂也が先生を金銭目当てで殺すのだということが、よくわかっていました。

それでも、計画した夜の九時過ぎに、茂也が東京から来ると黙って裏の木戸をあけたのです。

「車は、道の途中の林の中に置いてきた、ライトを消して登ってきたから、誰にもわかりゃしない、いいか、それじゃあ、やるぜ」

茂也は目を吊りあげ、極度の緊張から真蒼になっていました。私は、茂也はかならず失敗するだろうと思っていました。茂也に、先生は殺せやしないと、はっきりわかっていたのです。

私の思ったとおり、先生の寝室へ行き、いざ顔を合わせてみると、茂也は激しく震え出し、何も出来なくなってしまったのです。予定では、先生のうしろに廻って縄をかけ、持ちあげることにしていたのです。

私は一部始終を察知すると、呼ばれもしないのに紅茶を持って先生の寝室に行き、テーブルの上に置きました。

「何しに来たんだ。呼びもしないのに来るんじゃない。いいか、もう茂也は二度と、おまえの体には触らないぞ」

先生は怒りの表情を漲《みなぎ》らせて、私に唾を吐きすてるように言いました。その言葉の調子から、また例の気違いがはじまるにちがいないと察しがつきました。

それが、私が聞いた先生の最後の言葉です。私は沈黙したまま妙な冷静さで先生のうしろにまわると、ベッドの上に落ちていたネクタイを両手に持ち、先生の首にかけました。そして力いっぱい持ちあげたのです。私になぜ、あんな力があったのかわかりません。先生は軽々と持ちあがりました。気を取り直した茂也が、私と並んで先生を宙に持ちあげ、太い梁の釘《くぎ》にネクタイの端をかけました。

ぴくぴくと動く先生の体が静止するまでに、たっぷり二十分以上かかりました。それはまるで、先生の体が、茂也を愛している――おまえだけを愛していると叫び続けているかのようでした。

私は、すべてが茂也の計画どおりにいったのだと思いました。自分でも驚くくらいに落着《おちつ》いた声で、

「茂也さん、早く東京に帰って皆に顔を見せなさいよ。先生は一時まで起きていたことにして、明日の朝、警察に届けます」

私は茂也を坂道の途中まで送って行きました。ところがそのときになって、茂也の甲虫《かぶと》のような小型車のエンジンが、何度スターターを廻しても動かなくなったのです。先生の霊が、最後まで私と茂也とを引き離そうとしたのでしょうか。

「仕方がない……先生の車であなたを送って行くわ」

私は茂也を東京まで送って行くつもりになっていました。私は先生のところへ来てから運転を覚え、何度も浅間の山麓まで先生を送り迎えしたのです。

「駄目だ、ぼくの車をここに置いて行くわけにはいかないのだ」

茂也は絶望的な声を出しました。

「しばらく置いておけば、きっとエンジンがかかるわ。それまで、あたしの部屋にいましょうよ」

「いやだ、先生が死んでいるところになんかいたくない……」

茂也は震え声を出しました。私は怯《おび》えている茂也を励まして山荘まで戻り、時間をつぶしました。

「あなたは、無理に皆に顔を見せることはないのよ。あたしが、ここには誰も来ませんでした、先生は朝まで起きていたと証言すればそれで通るわ。先生は自殺して、梁にさがっているのよ。あたしたちが殺したのだと思わなければいいんじゃないの。わかって？　あたしはもう二度とあなたには会わないわ。あなただって、別にあたしに会いたいわけじゃないんでしょう。あたしたちが会わなければ、誰にも疑われずにすむはずよ、ね、心配しなくてもいいわ」

私は茂也を慰め、もう一度だけ私を抱いて欲しいと哀願しました。

茂也も恐怖をごまかしたかったのか、私の肌着をもどかしげに剝ぎ取ると、今までに一度も見せなかったような激しい唇の愛撫を、私の乳房といわず、腕といわず、下腹といわず、狂ったように加えたのでした。私は焰のようになった茂也の体に抱かれながら、その上に先生の体の重みを感じていました。

こうしている間も、先生は寝室の梁で死体となって揺れているのだと思うと、なぜか私の体も今までに味わったことのない、悪寒とも昂奮ともつかないものに突き動かされていたのでした。

私たちは、山荘の静まりかえった闇の中で、二時間か三時間しっかりと抱き合ったまま過《す》ごしました。

一時半頃に、下のほうから車があがってきて、人の降り立つ声がしました。一瞬、私たちの心臓はそれこそ凍りついたようになったのです。

これで、すべてが水の泡になってしまうと思ったのです。

でも、幸いなことに、五分ほど停車しただけで、車はふたたび下って行きました。

私たちは、それから更に一時間ほど待ってから、林の中まで茂也の車を引っ張りに行ったのでした。

ロープを積んで、山荘の車庫から、先生のイギリス製の車を出しました。

そのとき懐中電燈の先に、夜露に濡れた大きな蜘蛛の巣が、きらっと光るのが見えました。

その蜘蛛の巣の先には一本の糸が伸びて、黒い大きな蜘蛛がじっと動かずにぶらさがっていました。

一瞬、私の目には、その蜘蛛が梁からさがっている先生の死体のように見えたのです。

「ああ、嫌な蜘蛛！　夜の蜘蛛は縁起が悪い……」

私はそう叫ぶと、力いっぱい目の前の悪夢を振り払うように、蜘蛛の糸を払ったのです。

先生の車で少し引っ張ると、茂也の甲虫のような車は、心地よいエンジンの音をたてました。私は彼を見送ってから、永遠にさよならと口の中で呟《つぶや》き、先生の遺体のさがっている山荘に一人で戻ってきました。

朝がくるまで、私は先生の悪夢に何度も襲われるのを覚えながら、じっと時間の経過するのを待っていたのでした。

夜が明け、浅間の輪郭がうっすらと紫色に白むころ、私は警察に電話をしました。

「先生は、昨夜、一時に寝室へ入られると、朝まで一歩も表に出られませんでした。お仕事に没頭されていたとばかり思っておりましたのに……自殺されていたなんて……」

私は、あとは泣き声でごまかし、多くを喋りませんでした。

警察の型通りの調べが終り、検事さんの取り調べになったあとでも、

「間違いなく、先生は一時過ぎに寝室に入り、その後一歩も出られなかったのだね」

という質問に、

「ええ、絶対にどこへもお出になりませんでした」

と答えていたのでした。

「一時半に、車庫の前に蜘蛛の巣が張っているのを、訪ねてきたテレビ局の人たちが見ているのだ。警察官が電話で山荘に駆けつけたとき、もちろん車庫の車も調べた。車庫には蜘蛛の巣はかかっていなかったというじゃないか」

「あの蜘蛛の巣は、まるで先生の遺体がさがっているように見えましたので、私が茂也を送って行くときに懐中電燈の先で取ってしまったのです」

私は検事の質問に、夢遊病者のように答えていました。

そう言い終ったあと、私は私のすぐうしろで、先生が大きな声で勝ち誇ったように笑うのを、はっきりと聞いたのでした。

奇妙な快楽

1

マダム・サキと、都心、一流ホテルのダイニング・ルームで出逢《であ》ったとき、彼女はぼくの顔に対して異常なほどの関心を示した。

たいていの人間が、ぼくの顔を見た瞬間、この世のものとも思えない美しさにハッと息をとめるのだが、マダム・サキがぼくに示した驚きは、それとはまるで別のものであった。

ところが、ぼくはそのとき何も気がつかなかった。

みんなが、ぼくの顔を賞賛と、ときにはちょっぴり嫉妬をまじえて見るのと、同じことだとばかり思っていたのだ。

ぼくは、いつものように、他人の視線には何も気づかない振りをして、優雅な手つきでフランス製の煙草《たばこ》に火をつけた。この煙草のつけ方にも自信があった。

鏡の前で、もう何千回となく練習したものなのだから……。

ぼくは煙草が大嫌いだったが、他《はた》から見れば洗練しつくされた優雅さで、白い細長い紙巻きをたしなんでいるように見えるはずだった。

ぼくは、食べかけのサラダの皿を、テーブルの中央に押しやった。

ボーイが飛んで来て、次のお皿を運んできた。血のしたたるようなステーキ皿に見えたが、本当はトマトや種々の野菜でステーキらしく見せた特別料理だった。

ぼくはもう、二年も前から、肉や魚を食べることを医者から禁じられていたのだ。たとえ医者が禁じなくても、ぼくはそんな血の汚れる肉や魚を食べたりはしなかったろう。

マダム・サキも、真っ白なテーブルの上にサラダの皿を置いているだけだった。

彼女はサラダを食べ終えると、優雅な手つきで、アイスクリームを美しく、そして愛らしい唇《くち》に運んだ。

「あなたと、どこかでお逢いしたような気がするのだけれど……」

マダム・サキは、デザートのお茶をとると、ぼくに話しかけてきた。ぼくたちのテーブルは、隣同士だったのだ。

「ええ、ぼくもあなたにお目にかかったことがあります。でも、それはたぶん、ファッション雑誌のグラビヤの上でだったと思いますよ」

ぼくも、少しキザな答え方をした。

マダム・サキは、もと華族だったひとでもう四十過ぎのはずなのに、二十代の若さを保っているというので有名だった。

彼女の美しい顔と、均整のとれた水着姿の四肢とが、よく、あちこちの雑誌のグラビヤを飾っていたのだった。

ぼくのほうは、男性のファッション雑誌に、モデルで数回載っただけだった。ぼくの顔は美しかったけれど、躰《からだ》のほうはそれほど均整のとれた素晴らしいものだとは言えなかった。

残念なことに、ぼくの脚は他人《ひと》よりも少し短かった。ふだんでも、ぼくは八センチほどのヒールを高くした特別あつらえの靴をはいているのだ。

その晩のマダム・サキは、黒とグレーの絹のドレスで、白く輝く大理石のような肌を隠していた。

ぼくは、ベージュとグリーンのパンタロン・スーツで、ぼくのローマの彫刻風の美しい顔を、一番ひきたたせる色合いだった。

「よかったら、今夜、あたくしの邸《やしき》にお茶でも飲みにいらっしゃらないこと。あたくしは、もうホテル住まいに倦《あ》きたわ」

「ええ、それではお言葉に甘えて……」

ぼくは軽く会釈をした。

本当は明日の昼過ぎに、神戸の芦屋《あしや》から有閑マダムのM夫人が上京して、ぼくと逢引きをすることになっていたのだ。

ここのホテルの部屋も、彼女がぼくとのランデブーのために、一週間も前から予約しておいたものなのだ。

ぼくは、明日の昼までには帰れるだろうと思って、軽い気持ちでマダム・サキの邸に出かけた。

麻布にあるマダム・サキの邸は、いわゆるおやしきと呼んでも少しも恥ずかしくないような広大な敷地に建てられていた。

表札を見ると、そこが南米の外交官の名儀になっていることがわかった。

きっと、マダム・サキも、ぼくと同じように美しさを売って優雅な生活を送っているのにちがいない。

ぼくにしたところで、ファッション・モデルの仕事などしなくても、ぼくの美しさに跪《ひざまず》く女たちが捧《ささ》げる札束で、ポケットがふくれあがっていたのだから。もっとも、お金があるなんていうことは、少しも幸福ではなかったけれど。

マダム・サキも、ぼくと同じように幸せではなく、憂鬱《ゆううつ》をかみしめて生きている人種のようだった。

ぼくたちはお互いに、すぐそのことがわかったのだ。

2

マダム・サキの寝室に入るまで、ぼくはそこから二度と出られなくなるとは夢にも思っていなかった。

目が覚めると、ぼくはマダム・サキの大きなベッドの上にいた。

陽《ひ》の光が、壁にかかった百号もある大きな絵を照らしていた。部屋の中の装飾のポイントは、ほとんどその絵によって占められていたのだ。

絵の中の十六歳くらいの少年は、豪華なフリルのついたブラウスに金色のモールをつけた黒のビロウドのコートを着ていた。真っ直《す》ぐに画面を見つめていたぼくは、最初、その洋服の美しさに心を奪われていたので、いかめしい鉄製の椅子《いす》に坐《すわ》っている少年の表情には、まったく気がつかなかった。それは、ぼくが服装に対して異常なほどの興味を持っているせいかもしれない。

ぼくが、その少年の不思議な表情に気づいたのは、それから一時間ほど、昨夜の快楽の気《け》怠《だる》い疲れのせいで、またうとうととまどろんだあとのことだった。

今度は、陽の光は絵の上から移動して、柔らかい明かりが絵の少年を包んでいた。素晴らしく美しい少年だった。ピンク色の頰、筋の通った透き通るような鼻、よくしまった、それでいて多少肉感的な顎、どこを見ても造形的に一つの無駄もなかった。名工が、丹精こめて彫った顔――それなのに、じっと見ていると妙なことに、その少年の顔には表情というものが無くなってしまうのだ。

ぼくは、その絵の少年に対して、言いようのない嫉妬を感じた。ぼくが男の子に対して初めて抱く嫉妬だった。

その少年は、ぼくのほうを見ているようで、実際には何も見ていなかった。微笑《ほほえ》んでいるようで、少しも微笑んでいなかった。ぼくにはその少年が死んでいるように見えた。もう何十年も前に死んでしまって、化石になったのではないかと思われた。美しい少年の化石——なぜか昨日、出かける前に鏡に写した自分の顔と、その少年とが似ているような気がした。

3

昼前に、マダム・サキが紅茶を載せた銀盆を運んで来た。陽の光を浴びて、いつものグラビヤ雑誌に出てくるときの南欧の貴婦人のようだった。薄い透きとおるようなネグリジェの下からは、美しい二十代のような肢態がすけて見えていた。ぼくは、また昨夜の激しいまでのお互いの愛撫《あいぶ》を思い出した。ぼくはじっとマダム・サキの顔を見つめた。その瞬間、どうしたことだろうか、マダム・サキが何かに驚いた様子でハッと息をのむと、銀盆が絨毯《じゅうたん》の上に落ち、ペルシャ絨毯の白馬の胸のところに血のようなしみがついた。

ぼくは絨毯のしみに気を取られていたが、ふとマダム・サキの表情に気づいて今度はぼくのほうが息苦しくなった。

マダム・サキの顔が、あの絵の中の少年とまったく同じ顔をしていたのだ。あの表情の失われた顔を……

マダム・サキは、慌ててアトリエ風の、太陽を一杯そそぎこむガラス窓に黒い厚いカーテンを引いた。カーテンというよりは、昼を夜に変えてしまう暗幕だった。

マダム・サキは、ネグリジェを脱ぎ捨てると、よく磨きこんだ石のような冷たい肌をぼくの上にのしかからせてきた。

「早く！　早く愛して……そんな顔をしてあたしを見てはいけないわ」

マダム・サキは喘《あえ》ぐように言った。シーツの下のぼくは、何一つ躰《からだ》につけていなかった。昨夜の激しい愛撫のあとを、そのまま躰に留《とど》めているのだ。

マダム・サキは、熱い欲望の血を、冷たい大理石の肌の下に煮えたぎらせていたが、ベッド・マナーは洗練されていた。

ぼくたちのベッド・マナーは、いつでもルールに従って洗練されていなければならないのだ。ぼくは、柔らかく重たい乳房がぼくの唇に触れたあとで、大理石のような冷たい腿《もも》が顔をおおうのを感じた。

ぼくは大理石の谷間に唇を当てた。マダム・サキの肌は、ほんとうに石のように冷たかった。けれども谷間の泉だけは、熱く、うるおっていた。ぼくは、マダム・サキが声をあげるまで、唇と強靱《きょうじん》な舌を谷間で遊ばせた。

マダム・サキが声をあげたのでぼくは起きあがり、彼女の顔を覗《のぞ》きこんだ。波のうねりのような快楽が極まりに達し、ふたたび快楽の死が訪れようとしているのに、彼女の顔は少しも変わっていないのだ。唇がなかば開き、ぼくの指先の動きにつれて激しい喘ぎがこみあげてくるというのに、どうしたことだろう。マダム・サキの顔は、あの絵の中の少年と同じ、表情を失ったあの顔だった。

昨夜は気がつかなかったが、暗幕を引いたとはいえ、どことなく忍びこむ陽の光のせいで、ぼくはマダム・サキの顔の表情に気づいてしまったのだ。

ぼくたちの洗練されたベッド・マナーのルールは、どちらかが昂《たか》まっても、もう一人は必ず冷静な観察者でいることだった。ぼくは、マダム・サキの官能的な喘ぎの洩《も》れる花びらのような柔らかい唇を塞《ふさ》いだ。一瞬、彼女の快楽が伝わってきて、ぼくも失神しそうになったが、すぐに冷静な観察者に戻った。

ぼくは、彼女の快楽の死刑執行人なのだ。ぼくは器用なピアニストのように指をつかい、唇をつかった。

ついで、しばらく安らぎのときが過ぎると、今度はマダム・サキがぼくの躰を支配する番だった。マダム・サキの技巧は、巧緻《こうち》を極めていた。彼女の香ぐわしい冷たい唇が、ぼくの腿や、そして一番感覚の鋭い場所に触れるとき、ぼくはともすると気が遠くなりそうになった。

甘美の感覚が腰のあたりに広がり、思わず呻《うめ》きに似た声が出てしまうのだった。

マダム・サキは、ぼくと同じように、観察者になって、ぼくが極まりの坂を駆けあがろうとするとき、ぼくの顔を覗きこんだ。彼女の冷たい腿で、しっかりとぼくの躰をしめつけながら……

そして、また、あの妙な叫びを洩らすと、ぼくの躰から離れてしまったのだった。

「似ているわ……いいえ、そっくりだわ……」

マダム・サキは、虚脱したように呟《つぶや》いていた。一体、ぼくが何に似ているというのだろうか。

4

それから三日間が過ぎた。ぼくは外界のことをすっかり忘れてしまっていた。

ぼくたちは、もう二度と部屋のカーテンをあけなかった。夜がいつまでも、永遠に続くような気がした。ぼくたちは、軽い食事をする以外はずっとベッドの上で過ごした。このとき気づいたのだが、マダム・サキもぼくも、お互いにサラダとお茶しか飲まなかった。

三日目にマダム・サキが、盆の上に載せたペルシャの短剣を運んで来た。

「今夜、あたしがあなたの名前を呼んだら、これであたしの胸を刺してちょうだい。ね、いいこと、どんなことがあっても、この命令を守るのよ」

マダム・サキは、容赦のない声だった。

また愛撫のときがはじまったが、ぼくはそろそろベッドの上の生活に倦きはじめていた。新宿や六本木あたりのゴーゴー・スナックに行って、死ぬほど踊りたくなっていたのだ。

「早く！　さあ、早く刺して！　さっき言ったように……」

マダム・サキが叫んだので、ぼくは短剣を振りあげた。

ぼくは、気が違っていたのだろうか、胸を刺して欲しいと言われていたのに、悲鳴をあげてベッドの上を激しく逃げまわるマダム・サキの、腰や腿を刺していた。

ぼくは真っ赤な血が溢《あふ》れて、ベッドの上のシーツを鮮やかに染めるものだとばかり思っていた。

それなのに、どうしたことだろう。マダム・サキの躰からは一滴の血も流れなかったのだ。ぼくは、興奮して暴れまわるマダム・サキに続けて平手打ちをくわせ、至るところに噛《か》みついた。

ぼくはそのとき、マダム・サキのすべての秘密を知りたいと思っていたのだ。

ぼくは、マダム・サキの顔や躰を打って打って打ち続けた。けれども、マダム・サキの顔も腰も腿も、傷つくどころか色さえ変わらないのだ。

そのとき、ぼくはベッド・ランプをつけていた。ぼくは、はっきりと見たのだ。自分の手が痛くなるまで打ち抜いたのに、マダム・サキの躰は何の変化も見せなかった。

「どうして、そんなにあたしをいじめるの。早く、あたしの胸を刺して！」

マダム・サキは、今にも途切《とぎ》れそうな声で言った。

ぼくはやっと、彼女の胸にまだ触れていなかったことに気づいた。ぼくは短剣を、マダム・サキが望んだように、右の乳房に力一ぱい打ちおろした。

ぼくは、ドイツの絞殺者、刺殺者、ハンマー利用、暴行者、吸血鬼、放火魔と恐ろしい罪名の数々を持つペーター・キュルテンを気取っていたのだと思う。キュルテンは、ぼくにとって最も魅力のある人間だった。

そのとき、ぼくは、マダム・サキの胸から真っ赤な血が噴《ふ》き出し、バラの花模様に染まるのを見た。

「ああ……とうとう死ぬのね。いつかは死ななくてはならなかったのよ。あなたに刺されて死ぬなんて幸せだわ。思いどおりよ……あなたもすぐに、あたしのあとを追いかけてくるわね……」

そう言うとマダム・サキは、あの表情を失った顔に謎のような微笑を浮かべたのだった。

ぼくもそのまま、気を失ってしまった。

5

あれからどのくらい時間が経《た》っただろうか。ぼくは、いろいろな夢の世界をさまよっていた。幼かったころ、男の子の洋服しか着なかったぼく。真っ赤なバラの花を食べてしまったぼく。蝶々《ちょうちょう》を食べて、ママに叱られたぼく。夕陽を摑《つか》もうと思って木に登り、可愛《かわい》らしい指をいちじくの葉のようにむなしく開いたぼく。十五歳のとき、同じクラスの女の子があまり美しかったので、剃刀《かみそり》で顔に傷をつけてしまった。教室の床に、真っ赤な血がポタポタと恨みがましく落ちてゆくのを、ぞくぞくとした愉《よろこ》びで見守っていたことも忘れられない。美術室の石膏像《せっこうぞう》には、頭から赤い絵の具をかけてしまった。血に染まったヴィーナス、血に染まったジャンヌ・ダルク、血に染まったモーゼやアグリッパ、その生臭い美しさ、自己陶酔、ぼくは満足しきっていた。

けれども、呆《あき》れかえった父親が、ぼくをスイスにやってしまったのだ。

「おまえは、男の子に生まれればよかったのだ。それとも、もう少し美しく生まれればよかったのかもしれない。まあ、しかしどっちにしても仕方がないことだ。スイスに整形手術の名手がいるそうだから、きっと、おまえの顔を美しく変えてくれるだろう。もしかしたら、おまえの躰を男に変えてくれるかもしれない」

父親はぼくのために、大切にしていた土地を売ってくれた。

スイスでの一年間、きびしい整形病院での生活、手術の痛み、毎日新しく生まれ変わってゆく目や鼻や顎や頰。

そして、逆にある日、ぼくはこの世でもっとも美しい男の子になっていたのだった……

気がつくと、ぼくはベッドの上にいた。マダム・サキではなく、老人の執事が食事を運んできた。

「マダム・サキはどこにいるのです」

「あの方は、もうこの世にはおられません」

執事が、しわがれた声で言った。

「ぼくが、あのひとの胸を刺したからだろうか」

ぼくが急《せ》きこんで尋ねると、執事が悲しそうに泣きはじめた。

「奥さまから、すべての秘密をお話しするように言いつかりました。あなたさまも多分お気づきのように、マダムは普通のお躰ではありませんでした。あの美しい顔も、男を惹《ひ》きつけるあの豊かな腰も、すべてプラスチックの肉質注射や埋没による整形でございます」

「だから、野菜しか食べなかったんだね、ぼくと同じだ……」

「奥さまは、昔からお美しい方でございました。ただ……」

と言って、執事はしゃくりあげた。

「この壁の絵をごらんくださいまし。これがお若いときの奥さまの肖像画でございます」

「だって、これは男の子じゃないか」

「さよう、マダムは男のお子さんとしてお生まれになりました。ただ、おいたわしく呪わしいことに、十五のころから、胸だけが女性のようにふくらみはじめたのでございます。伯爵家は、出来得《う》るかぎりの資産を売り払って、マダムの整形をなさいました。マダムのお躰を扱った整形医は、おそらく百人にのぼるでございましょう。そして、戦後、スイスの奇跡を行なう外科医が現われました。そして、マダムのお躰を二十歳の若さにしたのでございます。ただ胸だけは、昔どおりのマダムのものでございました。ここにはプラスチックは入っておりません。ここを傷つけると血が溢れて、マダムの躰は、またもとのお躰に戻ってしまうから気をつけるようにと、その医師は警告されました。ところが昨夜、マダムはご自分の意志で胸を傷つけられたのです」

「そうじゃない、ぼくが刺したのだ……」

「いいえ、マダムがご自分で刺されたのです。そして、マダムはもう醜い皺《しわ》だらけの老人の躰になられてしまいました。どなたにもお会いになりたくないと言われております。どうか、あなたさまも、いつでもお引きとりくださいますように……」

執事はそう言うと、部屋を出て行った。

ぼくは、しばらく呆然《ぼうぜん》として絵の中の美しい少年を見つめていた。

少年は相変わらず表情を失った顔で、前を向いていた。

「胸のふくらんだ少年、おまえは、ぼくと同じだったのだね」

ぼくは、絵の少年に語りかけた。

すると、ぼくには、それまで無表情に澄ましていた絵の中の少年の目から、大粒の涙が溢れて、頬を伝いはじめたように思えた。

ぼくが肩を震わせると、少年も同じように肩を震わせ、ぼくが涙を拭うと、その少年も同じように涙を拭うようだった。

ぼくは、その絵の少年が悲し気《げ》な表情をするのを、初めて見たのだった。

ぼくは、ベッドの枕もとに、マダム・サキを刺したペルシャの短剣があるのに気がついた。それを右手に持つと、少年のビロウドのタイトの上衣でふくらみを隠している胸を力いっぱい突いた。

キャンバスの裂ける音と一緒に、突然、鋭い痛みがぼくの胸を走った。

ぼくはふらふらと、マダム・サキの邸を出ると、タクシーを拾った。赤坂か新宿へ行けば、また金持ちの女たちがぼくの足もとにひれ伏すだろう。

ぼくはマダム・サキとは違うんだ。ぼくの肉体はまだ亡《ほろ》びやしない。あと十年や二十年は、この美しさを保っていられるはずだった。

二十年か三十年経って、心臓が弱まり、視力が衰えてきたら、そのときは十八ぐらいの美しい男の子を見つけて、マダム・サキのようにぼくの胸を短剣で刺させるだろう。

だけど、それまでは、ぼくの美しさをすべての人間にあがめさせてやるのだ。

久しぶりに出て来た街には、人が溢れていた。明滅するネオンの光が、車の中のぼくの美しい頬を、青白く浮かびあがらせていた。

蠟《ろう》人《にん》形《ぎょう》レストラン

A氏の経営するレストランは、さびれる一方だった。

A氏は、学校時代の友人である漫画家のB氏に相談して、なんとか店をたてなおそうと真剣だった。

「よほど奇抜なアイデアでないと、現代の人間はとびつかないからね……妖怪レストランしかり、噴水レストランしかりだ」

B氏はA氏のためにさんざん頭をしぼったあげく、バイキング風に西洋料理を食べさせる方法を考えついた。それも、料理を一種類ずつ皿に盛るのではなくて、かなり精巧にできた等身大の女の体を容器にしろというのである。

「それも、かなりなまなましくなければいけない。たとえば、腹の部分には腸詰、すなわちウィンナ・ソーセージやフランクフルト・ソーセージを内臓のように盛り、卵なんかは、目の部分をぐさりとくり抜くようにして差し出す。牛乳は乳房から、ロース、ヒレ肉、チーズ、貝類なども、それぞれ女の体のいちばんふさわしいところから取り出すようにするのだ。そして料理人はできるだけ残酷に。女の体を切り刻んでお客さまに供するという感じがなくてはいけない」

A氏は、もう夢中だった。これで立ち直らなければ、今までの莫大《ばくだい》な負債のために、首を吊《つ》るより仕方なかったのである。

蠟人形《ろうにんぎょう》師を呼び、何度も作り直させたが、なかなか本物に近い女の体はでき上がらなかった。そのくせ、そのたびにかなり高い費用をとられた。

A氏は何日も眠らなかった。口うるさい妻は、傍《そば》で、何をやっても成功したことのない夫を馬鹿にしきって、「今度もまた、どうせロクなことにはならないのだから……」と罵倒《ばとう》し続けた。

開店の日、招待されたB氏は〝女の体の器〟の、あまりのなまなましさに驚嘆した。どう見ても、蠟人形とは思えなかった。顔の部分には、にこにこ笑った有名な女優のお面がかぶせてあった。

「きみは、まさか……」

蒼白《そうはく》になって尋ねたB氏に、コック帽をかぶったA氏は、鋭利な包丁をとぎながらニタッと笑っただけであった。

変《かわ》った店だということで、いくらも経《た》たないうちに評判になった。残酷さを好む女の客もかなり多かった。

たった一人でこのレストランに食事に来る女などは、「気持が悪いわ、怖いわ、食欲がわかないわ」と言いながら、女の腹に詰めたウィンナ・ソーセージを、何本も何本もペロリと平らげた。

何日か後には、今度は自分のお腹にウィンナ・ソーセージを入れて、残酷ごのみの食通たちをよろこばすとも知らないで……。

情事の絵本

オレはその晩、ひどく憂鬱《ゆううつ》だった。土曜日の晩で、いつもなら宵《よい》の五時頃から最初の獲物の女の子がひっかかってくるというのに、夜中の三時になっても、オレはまだ一人の女の子とも口をきいていなかった。

オレの腕が鈍ったのだろうか——いや、そうじゃない。オレの美しい顔と、パリッとしたフランス仕立ての背広を見れば、どんな女だってオレのほうに熱い視線を向けてくるのだ。

それなのに、その晩に限ってオレは気が乗らなかったのだ。女の子をひっかけてホテルに行き、その場かぎりのセックスをするのが嫌になっていたのだった。

渋谷の仁丹ビルの裏通りにある、いい女《こ》たちの集まるサパー・ルーム〝青い部屋〟へ行こうと思って、近くのA大の煉瓦《れんが》の塀のわきを、キッドの柔らかい革の靴の音をたてて歩いている時だった。空には蒼白《あおじろ》い月が光り、プラタナスの枯葉が舗道に舞い落ちるという舞台装置だった。

ひょっと気がつくと、鉄柵を張りめぐらした煉瓦の塀から上半身を乗り出すようにして、赤いヘルメット姿のゲバルト学生が倒れているではないか。

お定まりの学園騒動で、機動隊が侵入し、数日前に全学のロック・アウトをしたばかりだった。構内には、守衛の他には人っ子ひとりいないはずなのだ。そのゲバルト学生は、手拭いで頬かむりをしていたけれど、その白い布地には血が滲《にじ》み出ていた。

その様子は、どう見てもこれから大学構内へ入ろうというのではなく、そこから脱出しようとしているのにちがいなかった。

「おい、しっかりしろ。オレの肩に摑《つか》まれ」

ふだんのオレだったら背広が汚れるのを気にするところだが、その時はどういう風の吹きまわしか〝善《よ》きサマリヤ人〟の心境になったのだ。

ほら、幼いころ、日曜学校で教えてくれたじゃないか。追いはぎに襲われて、血まみれになっている旅人を助けてやったサマリヤ人のあの有名な話を。

「お願い！　どこか遠いところへ連れていって……」

相手はオレの首に、待ちこがれた恋人のような熱い手を回してきた。その吐息も、まるで火のように熱かった。

オレはそいつの顔を見て吃驚《びっくり》した。正直、ある種の衝撃を受けたのだ。

相手は女子学生だった。それもA大の中では、誰ひとりとして知らないものはないゲバルトの花。ゲバルトのジャンヌのためといえば、男の学生はどんなに厳しいデモにでも参加する気になるのだ。

彼女の睫毛《まつげ》の濃い澄みきった瞳《め》にじっと見つめられて、「あなた、日和《ひよ》るつもりなの」と言われると、どんなに豚のような神経を持った学生でも、とたんに神聖な闘士になってしまうのだ。

彼女の一言のために、主義も信念もないまま機動隊のガス銃の餌食《えじき》になった男たちは十指にあまる。しかしオレだけは違う。オレはゲバも破壊も理想も信じない。

オレが信じるのは、最後のたった一枚の麻雀牌《マージャンぱい》の感触と、オレの指先にしっとりとわななきを伝えてくる女のあの温かい泉だけだ。

ゲバルトのジャンヌも、A大にオレのような遊ぶことしかしない学生のいるのを知らないのだろう。

「あなた、学生じゃないわね。それだったらどこでもいい……あなたの好きなところへ連れて行って……」

霞《かすみ》のかかったような瞳でオレを見ると、そう哀願したのだ。オレは舗道の脇に停《と》めてあったスポーツ・カーに、ゲバルトのジャンヌを乗せた。

高速道路をしばらく突走《つっぱし》ってから、海の見えるモーテルへ女を連れこんだ。赤いヘルメットを取り、彼女の束ねた髪を指先でしごくと、そいつはヨーロッパの女優のように優雅にふっさりと肩の上までのびた。

ゲバルト用のジャンパーとズボンとズックの靴を脱がせると、その下で息づいている白い成熟した女の姿態がオレの目を射った。

経験豊かなオレにさえ、充分な獲物だと感謝させるだけの美しい躰《からだ》と髪と、そして目と唇と、まろやかに上下している乳房を持っていた。

あの戦士の聖女とあがめられていたゲバルトのジャンヌは、オレに容赦なく裸にされても抵抗一つしなかった。

「お願い、あなたは裸にならないで……」

彼女はいぜんとして、霧のかかったような瞳でオレを見上げ、哀願した。

「裸にならないで、そのままであたしを抱いてちょうだい。あたしを思いきり罰してちょうだい！」

「なぜ、そんなことをしなきゃいけないんだ。きみはマゾなのか」

「そう……そうなの。お金は払うわ。だから思いきりぶって。革のベルトであたしをぶちのめしてちょうだい」

彼女はうわごとのように、妙なことを言い続けた。オレは上半身は裸になっても、オレのしまった形のよい脚にぴったり合ったズボンと、山羊革の靴はそのままだった。

オレは、最初はやわらかく彼女の肩を踏み、ついで肉づきのいい腰や白い腿《もも》を踵《かかと》で踏みにじった。しかし、彼女はそれだけでは満足しなかった。革のベルトを鞭《むち》がわりにして力一杯叩《たた》くように望んだのだった。

オレは夢中で鞭をふるい、彼女の美しいバラ色の皮膚が破れて血を噴くのをこの目で確かめた。彼女は美しい顔を歪《ゆが》め、苦しげな息の下からこう言った。

「ああ……これでいいんだわ……あたしは仲間を裏切って、機動隊に踏みこまれたとき、地下の倉庫に隠れていたのよ。もう三日間、水しか飲んでいないわ。でも、これでやっと皆と一緒になれた……あたしはこれから皆のところへ行くわ」

彼女は呟《つぶや》くようにそう言うと、みみずばれになった乳房や肩先の痛みに耐えるように下唇を嚙《か》みしめながら、ふたたびゲバルト用のジャンパーを着ると、ヘルメットを片手に持ってモーテルを出ていった。

オレは目を閉じた。一瞬、革の鞭の代《かわ》りにオレの猛々《たけだけ》しい躰が、ゲバルト・ジャンヌの柔かく潤《うるお》った肌にくいこむ幻影を見た。

ついで、いつものように空《むな》しい気分がオレを襲った。

今夜は最初から妙な土曜日だったのだ。獲物が一人もひっかからない夜だったのだ。

しかし、そんな晩が一晩くらいあったっていいじゃないか。

編者解説

日下 三蔵

リアルかネット上かを問わず、読書仲間とある程度の情報交換をしているミステリ好きにとっては、戸《と》川《がわ》昌子《まさこ》の小説が面白い、ということは、いまや広く認識されつつあるようだ。かつてはSRの会や怪の会といったファンクラブ、あるいは各大学のミステリ同好会で、先輩や友人から面白い作家、作品を教えてもらうのがマニアの常道だったが、現在では、それに加えてブログやSNSからも、かなり有力な情報を得ることができる。

ネット古書店の登録点数も増えているから、よほど珍しい本でなければ、気になった作品を、すぐに買うことも可能だ。ミステリ・ファンには、いい時代である。

とはいえ、第八回江戸川乱歩賞を受賞したデビュー作『大いなる幻影』（1、巻末の著作リストのナンバー、以下同様）や映画化もされた第二作『猟人日記』（2）のように何度も刊行されている代表作ならばともかく、一度も再刊されていないような作品は、簡単には手に入らない。

特に短篇集は難物で、一般的なミステリの枠を大きく逸脱して、奇想小説としか言いようのないレベルに達した作品がいくつもあるのに、かろうじて文庫化された数冊（43、54、61、65〜68）を除いて、入手は困難を極める。

　こうした状況を何とかしたくて編んだのが、二〇一八年にちくま文庫から出した『緋《ひ》の堕《だ》胎《たい》』(74)であった。これは戸川短篇の代表作を精選した双葉文庫版『緋の堕胎』(66)の六篇に、著者後期の傑作集『ブラック・ハネムーン』(63)から三篇を増補したもので、ベスト・オブ・戸川昌子と言い得る一冊になったと自負している。

　しかし、戸川昌子の凄《すご》さ、面白さは、到底この一冊だけで伝えきれるものではない。そこで新たに編んだのが、本書『くらげ色の蜜月』なのである。もちろん、本書を先に読んでいただいても、いっこうにかまわないし、気に入ったら、ぜひ、ちくま文庫版『緋の堕胎』にも手を伸ばしていただきたいと思っている。

　戸川昌子の作家としての活動期間は、『大いなる幻影』で第八回江戸川乱歩賞を受賞してデビューした一九六二(昭和三十七)年から一九八七(昭和六十二)年ごろまでである。後期の長篇『火の接吻《キス・オブ・ファイア》』や短篇「人魚姦図」「呪詛断崖」「怨煙嚥下」などを見れば、筆力がまったく衰えていないことは一目瞭然なので、八〇年代に入ってから小説誌の仕事をセーブして、執筆活動からフェードアウトしてしまったのは残念でならない。「怨煙嚥下」は八〇年の第三十三回日本推理作家協会賞短編部門の候補になった名品である。

　同性愛を扱った『蒼《あお》ざめた肌』(7)、精神分析を取り入れた『深い失速』(15)、スパイ小説『蜃気楼《しんきろう》の帯』(16)と一作ごとにテーマやスタイルを変え、『赤い爪痕』(41)や『透明女』(44)ではSFにも接近している。一貫してミステリ作家として活動した仁木《にき》悦子《えつこ》や夏《なつ》樹静子《きしずこ》らとは異なり、乱歩賞作家でありながら、ジャンルの枠に囚《とら》われないところに戸川作品の特徴がある。

ちくま文庫版『緋の堕胎』の解説でも指摘したことだが、ミステリの新人賞からデビューしておきながら、密室やアリバイといったトリック小説にはほとんど興味を示さず、大胆にエロティックな要素を加えたエンターテインメントで人気作家となり、一般的にミステリ作家とみなされていないのに、ミステリ・ファンからは無視できないほど魅力的な作品を数多く書いている、という点で、戸川昌子のポジションは山田風太郎《やまだふうたろう》に近いのではないか。二人とも江戸川乱歩に見いだされ、生涯乱歩に私淑していた、という点も共通している。

一九五七年から八七年までに刊行された作品を対象にしたブックガイド『本格ミステリ・フラッシュバック』(08年12月／東京創元社)でも、『大いなる幻影』『猟人日記』『深い失速』『火の接吻』の四冊が取り上げられていた。この本は、松本清張《まつもとせいちょう》の登場(57年)から綾辻行人《あやつじゆきと》のデビュー(87年)までの三十年間、つまり近年では「本格ミステリ不遇の時期」とされることの多い期間に、いかに豊穣《ほうじょう》な作品が発表されていたかを、具体的に解説した好著なのだが、この期間が戸川昌子の作家としての活動期間にそっくり重なることは、なんとも象徴的である。

同書で編者の千街晶之《せんがいあきゆき》氏は、戸川作品について、こう述べている。

常にエロティシズムとグロテスクを追求した作家だが、単に煽情性を目的としているのではなく、人間の孤独や、愛憎の真実に迫ろうとする真摯な姿勢が垣間見られる。小説とはどんなテーマを扱っても許されるジャンルだが、どう書くかが問われる——という事実を、これほど実作によって教えてくれる作家も珍しい。

まったくもって同感である。「闇の中から」「視線」などの初期短篇では、まだミステリとしての定形が意識されていたものが、次第に「トリック」や「意外な結末」を捨て去って、奇妙な出来事そのものを描くことで読者を異常な世界に誘う、という方向にシフトしたのも、「どう書くか」を突き詰めていった結果であろうと思われる。

その傾向が加速するのが六〇年代後半、つまり昭和四十年代以降のことで、特に六八年から七〇年にかけて発表された作品は傑作揃《ぞろ》いである。独自のスタイルを完全に確立した観があり、六〇年代末に戸川短篇の一つのピークがあったことは間違いない。この時期の作品から十四篇を選んだのが、本書なのである。

収録作品の初出データは、以下の通り。「平凡パンチ」は平凡出版（現在のマガジンハウス）の週刊誌。「漫画讀本」は文藝春秋の月刊誌。「Pocket パンチＯｈ！」は同じく平凡出版の月刊誌である。

隕石の焔《ほのお》　「オール讀物」69年1月号
鷗《かもめ》が呼ぶ　「オール讀物」68年9月号
くらげ色の蜜月　「小説現代」68年1月号
エスカルゴの味　「小説新潮」69年6月号
蟻《あり》の塔　「小説新潮」68年11月号
ウルフなんか怖くない　「小説新潮」68年2月号
悪魔のような女　「小説現代」69年2月号
聖女　「小説サンデー毎日」70年11月号
蟻の声　「オール讀物」70年10月号
赤い的　「小説新潮」70年11月号
蜘蛛《くも》の糸　「小説新潮」69年10月号
奇妙な快楽　「平凡パンチ」68年10月14日号
蠟人形《ろうにんぎょう》レストラン　「漫画讀本」69年11月号
情事の絵本　「Pocket パンチOh！」70年1月号

「隕石の焔」から「悪魔のような女」までの七篇は、六九年八月に講談社から刊行された短篇集『悪魔のような女』を、そのままの配列で収めたもの。当初、同じく講談社から七一年

『聖女』
講談社

『聖女』
ロマン・ブックス

二月に刊行された『聖女』と合本にしようと考えていたが、ページ数が厚くなり過ぎることと、いずれにしても、ちくま文庫版『緋の堕胎』に入れた「黄色い吸血鬼」は本書では割愛することになるため、同書からは「聖女」から「蜘蛛の糸」までの四篇を採るに留めた。入り切らなかった「V定期便」「猫パーティ」「最後の一切れ」の三篇については、改めて別の本と組み合わせる機会を探したい。

「奇妙な快楽」は『太陽の生贄《いけにえ》』（78年3月／双葉社）に収録。同書の文庫版に当たる『霊色』（84年11月／双葉文庫）では省かれているので、本書が初の文庫化ということになる。『霊色』では元版収録の「罐《かん》詰《づめ》の女」を「白い打楽器」と改題、「大穴」「奇妙な快楽」を割愛して「裂けた鱗《うろこ》」を増補、という複雑な処理がなされている。単行本十篇、文庫版九篇の収録作のうち、八篇までが共通しているのだから同じ本と見る方が自然だが、短い注釈でこの変更をうまく説明する自信がなかったので、巻末のリストでは別の本（60、65）としてカウントしてあることをご了承いただきたい。

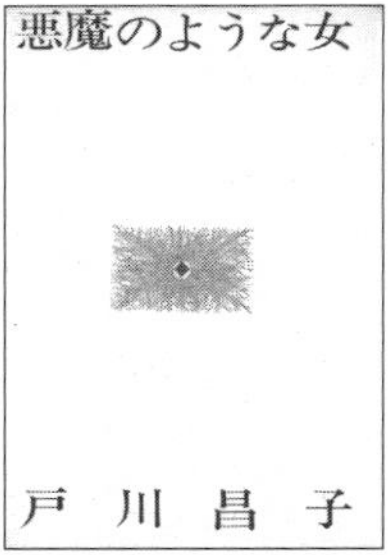

『悪魔のような女』
講談社

「蠟人形レストラン」「情事の絵本」の二篇は単行本初収録。「情事の絵本」は同誌のカラーページに掲載されたエロティック・ショートショートのコーナー名だが、特に個別の作品タイトルは付されていないので、便宜上「情事の絵本」として収めた。戸川昌子の他に、梶山季之《かじやまとしゆき》、笹沢左保《ささざわさほ》、結城昌治《ゆうきしょうじ》、武田繁太郎《たけだしげたろう》、近藤啓《こんどうけい》太郎《たろう》らが参加していることを確認している。

既存のジャンルに収まりきらない戸川昌子の中期〜後期の短篇作品は、この《異色短篇傑作シリーズ》という企画にピッタリだったと思っているのだが、いかがだろうか。

もちろん、面白い戸川短篇は、他にもたくさんある。『悪魔のような女』『聖女』と並んでピークを象徴する傑作集でありながら入手難度が格段に高い『水の寝棺《ねかん》』（49）を筆頭に、『青い部屋の中で』（35）、『蒼き裸者の群れ』（39）などの連作、テーマ別短篇集、『日本毒婦伝』（43）、『東西妖婦伝』（47）、『冷えた炎の如く』（54）などの悪女ものと、まだまだご紹介したい本が目白押しだ。

「視線」「闇の中から」「ソドムの罠《わな》」「疑惑のしるし」「骨の色」などの初期傑作をまとめた本も欲しい。単行本未収録の短篇にもクオリティの高いものがいくらでもある。こんな風に数え上げていけばきりがない。

本書の刊行がきっかけとなって戸川昌子に注目する人が増え、系統的な復刊につながることを祈っているが、まずはちくま文庫版『緋の堕胎』と本書の二冊で、戸川短篇の精髄をじっくりと味わっていただきたいと思う。一度読んだら病みつきになること請け合いですぞ。

戸川昌子著作リスト

◉凡例

書名・収録作品（長篇のタイトルは省略）・発行年月日（西暦）・出版社（叢書名）・判型・外装

発行日の記載のない本は現物を確認できなかったもの

1 **大いなる幻影**
62年9月10日　講談社　B6判　カバー　帯
64年11月10日　講談社（ロマン・ブックス）新書判　カバー
72年3月10日　角川書店（角川文庫）A6判　カバー
78年8月15日　講談社（講談社文庫）A6判　カバー　帯
98年9月15日　講談社（講談社文庫／江戸川乱歩賞受賞作全集4）A6判　カバー　帯
※江戸川乱歩賞受賞作全集版は、佐賀潜『華やかな死体』との合本

2 **猟人日記**
63年8月25日　講談社　B6判　カバー　帯
65年5月17日　講談社（ロマン・ブックス）新書判　カバー
71年9月10日　角川書店（角川文庫）A6判　カバー
82年1月15日　講談社（講談社文庫）A6判　カバー　帯
93年7月10日　出版芸術社（ミステリ名作館）B6判　カバー　帯
15年8月12日　講談社（講談社文庫）A6判　カバー　帯

3 **闇の中から**
［闇の中から／違ってる／通報者／節穴／赤坂禁猟区／もう一度どうぞ／こんな女／黒のステージ／鴨と葱／ルポワ氏の冒険／視線］
64年3月10日　講談社　B6判　カバー　帯

4
契らずに
65年11月25日　集英社（コンパクト・ブックス）新書判　カバー

5
女人白道
65年12月1日　サンケイ新聞出版局　B6判　カバー　ビニールカバー　帯
67年8月4日　講談社（ロマン・ブックス）新書判　カバー
74年3月　東京文芸社（トーキョーブックス）新書判　カバー
74年12月25日　東京文芸社（トーキョーブックス）新書判　カバー
86年9月15日　徳間書店（徳間文庫）A6判　カバー　帯

6
ソドムの罠
［ソドムの罠／吹溜り／こんな女／疑惑のしるし／金色の鬘／砂にかいたラブ・レター／左手のための協奏曲／別離旅行／殻が割れた］
65年12月15日　講談社（戸川昌子傑作シリーズ1）B6判　ビニールカバー

7
蒼ざめた肌
65年12月20日　文藝春秋新社（ポケット文春）新書判　カバー
82年6月15日　徳間書店（徳間文庫）A6判　カバー　帯

8
緋の堕胎
［緋の堕胎／雪どけ／仕組まれた罠／みにくいあひる／通報者／陥穽／ある女優／視線／ダンケ・シェン／骨の色］
66年1月20日　講談社（戸川昌子傑作シリーズ2）Ｂ6判　ビニールカバー

9
赤坂禁猟区
［赤坂禁猟区／燃焼の記／闇の中から／白い密林／大いなる幻影］
66年2月20日　講談社（戸川昌子傑作シリーズ3）Ｂ6判　ビニールカバー

10
猟人日記
［パリ野郎／黒い餞別／ルポワ氏の冒険／違ってる／鴨と葱／猟人日記］
66年3月20日　講談社（戸川昌子傑作シリーズ4）Ｂ6判　ビニールカバー

11
白昼の密漁
66年5月20日　講談社　Ｂ6判　ビニールカバー　帯
67年3月5日　講談社（ロマン・ブックス）新書判　カバー
84年8月15日　講談社（講談社文庫）Ａ6判　カバー　帯

12
戸川昌子集
［猟人日記／大いなる幻影／ソドムの罠／緋の堕胎／黒い餞別／闇の中から／骨の色／さむけ／こん

な女」
66年7月25日　東都書房（現代文学21）B6判　函　函帯

13
仮装行列
67年3月25日　講談社　B6判　カバー　帯
68年4月4日　講談社（ロマン・ブックス）新書判　カバー
86年1月15日　徳間書店（徳間文庫）A6判　カバー　帯

14
銀座「どん底」附近
67年6月20日　文藝春秋（ポケット文春）新書判　カバー
74年8月30日　東京文芸社　B6判　カバー
85年5月15日　徳間書店（徳間文庫）A6判　カバー　帯

15
深い失速
67年6月28日　講談社　B6判　カバー　帯
68年9月4日　講談社（ロマン・ブックス）新書判　カバー
75年2月28日　東京文芸社（トーキョーブックス）新書判　カバー
76年11月20日　旺文社（旺文社ノベルス）新書判　カバー
82年8月15日　徳間書店（徳間文庫）A6判　カバー　帯
04年6月5日　新風舎（新風舎文庫）A6判　カバー　帯

16
蜃気楼の帯
67年7月5日　読売新聞社（新本格推理全集10）　B6判　ビニールカバー　帯
70年1月15日　報知新聞社　新書判　カバー
80年7月15日　講談社（講談社文庫）　A6判　カバー　帯

17
夜の交差点　↓　男と女のいる町
67年7月20日　東京文芸社　B6判　カバー　帯
74年1月30日　東京文芸社（トーキョーブックス）　新書判　カバー
［男と女のいる町／夜は暗い／夜の交差点］

18
揺れる女
67年11月20日　講談社　B6判　カバー　帯
69年1月6日　講談社（ロマン・ブックス）　新書判　カバー
［揺れる女／底の翳／うたかたの航跡／手首の蛇／嫉妬の祭り／水晶の中の顔／暗い鴎］

19
蜜の味
68年2月20日　東京文芸社（トーキョーブックス）　新書判　カバー　帯
72年12月30日　東京文芸社（トーキョーブックス）　新書判　カバー
［蜜の味／苦い夜／欲望果つるところ／傘が開く／裏切りのバラード／人妻売春グループを操った男／過ぎゆく艀／白い騎士／芸者和佳奈の華麗な抵抗］

20
夜のパスポート
［キャラバンの女／火の踊り／紅色の湖／偽りの肌／蒼い空と死／黒い同乗者／闇の流れ／衝立山の向うに／森の闇／雲の裂け目／白い女神像］
68年3月4日　講談社　B6判　カバー　帯
69年3月4日　講談社（ロマン・ブックス）新書判　カバー

21
裂けた眠り
［裂けた眠り／露の乳／渡るべき黒い河／さむけ／緋の堕胎］
68年5月5日　新潮社（新潮小説文庫）新書判　カバー

22
もっと声を！　↓　**処刑台の祭り**
68年10月20日　新潮社（新潮小説文庫）新書判　カバー
88年9月20日　光文社（光文社文庫）A6判　カバー　帯

23
大いなる幻影
［大いなる幻影／蒼ざめた肌］
68年10月30日　秋田書店（現代推理小説選集10）新書判　カバー

24
蒼い蛇　↓　**蒼い蛇　上　処女を待つ罠**
69年1月20日　徳間書店　B6判　カバー　帯

98年2月7日　太田出版　B6判　カバー　帯

25　**赤い暈**

69年1月30日　新潮社　B6判　カバー　帯
72年3月20日　東京文芸社（トーキョーブックス）新書判　カバー
73年8月31日　東京文芸社（トーキョーブックス）新書判　カバー
84年8月15日　徳間書店（徳間文庫）A6判　カバー　帯

26　**火の脈**

［火の脈／毒殺／異物／揺れる的／円卓／夜の乳／ウルフなんか怖くない／くらげ色の蜜月／変身／鴟が呼ぶ］
69年1月30日　東京文芸社（トーキョーブックス／戸川昌子シリーズ）新書判　カバー　帯
70年8月　東京文芸社（トーキョーブックス）新書判　カバー

27　**仮面の性**

［仮面の性／海より憎しみをこめて／招いた客／夜光虫／レンズの中の妖精／ガラスの中の顔／夜の商人／結び文／天の唾／死者の誘い］
69年2月20日　東京文芸社（トーキョーブックス／戸川昌子シリーズ）新書判　カバー　帯
70年9月　東京文芸社（トーキョーブックス）新書判　カバー

28
夜の爪痕
［夜の爪痕／形見わけ／視線／通報者／もう一度どうぞ／闇の中から／ソドムの罠］
69年3月15日　東京文芸社（トーキョーブックス／戸川昌子シリーズ）新書判　カバー　帯
70年11月30日　東京文芸社（トーキョーブックス）新書判　カバー

29
夢魔
69年3月28日　講談社　B6判　カバー　帯
70年11月5日　講談社（ロマン・ブックス）新書判　カバー
75年11月5日　ベストブック社（ビッグバードノベルス）新書判　カバー
81年12月15日　徳間書店（徳間文庫）A6判　カバー　帯

30
戸川昌子
［猟人日記／大いなる幻影／蒼ざめた肌／緋の堕胎／白い密林］
69年4月6日　講談社（現代長編文学全集50）B6判　函　函帯

31
黄金の指
［黄金の指／仕組まれた罠／左手のための協奏曲／こんな女／殻が割れた／ルポワ氏の冒険／疑惑のしるし／白い密林］
69年4月20日　東京文芸社（トーキョーブックス／戸川昌子シリーズ）新書判　カバー　帯
71年1月15日　東京文芸社（トーキョーブックス）新書判　カバー

71年11月30日　東京文芸社（トーキョーブックス）新書判　カバー

32

壁の恋

［壁の恋／骨の色／雪どけ／吹溜り／ある女優／燃焼の記／みにくいあひる／金色の鬘／ダンケ・シェン／鴨と葱／砂にかいたラブ・レター］

69年5月15日　東京文芸社（トーキョーブックス／戸川昌子シリーズ）新書判　カバー　帯

71年4月20日　東京文芸社（トーキョーブックス）新書判　カバー

33

見知らぬ伴侶

［見知らぬ伴侶／黒い餞別／パリ野郎／陥穽／違ってる／節穴／赤坂禁猟区／男と女のいる町］

69年6月　東京文芸社（トーキョーブックス／戸川昌子シリーズ）新書判　カバー　帯

72年11月30日　東京文芸社（トーキョーブックス）新書判　カバー

34

悪魔のような女

［隕石の焔／鴎が呼ぶ／くらげ色の蜜月／エスカルゴの味／蟻の塔／ウルフなんか怖くない／悪魔のような女］

69年8月4日　講談社　B6判　カバー　帯

35

青い部屋の中で

［欲望の箱／99の次に来たもの／風のフラメンコ／手術台のメスは鋭く／走れ、メロス／すすり泣く

壁画／吊された首／黙ったジューク・ボックス／梨里の手記／悪魔のファッション・ショー／人形師の娘／蝋人形館のほうへ］
69年8月25日　文藝春秋（ポケット文春）新書判　カバー

36
蒼い蛇〈続〉→蒼い蛇　下　白夜の懐胎式
69年9月5日　徳間書店　B6判　カバー　帯
98年2月7日　太田出版　B6判　カバー　帯

37
聖談とヌードの風景
［牝の遊戯／他］
70年2月15日　KKベストセラーズ（ベストセラーシリーズ）新書判　カバー
※ヌード写真にエッセイ、短篇を配したもの

38
狩りの時刻
70年2月20日　講談社　B6判　カバー　帯
71年12月4日　講談社（ロマン・ブックス）新書判　カバー
88年3月15日　徳間書店（徳間文庫）A6判　カバー　帯

39
蒼き裸者の群れ
［リオの死者／パリの死刑台／ニューヨークの亀裂／ローマの翳り／カーニバルの被写体／黄金の指

／告白の傾斜］
70年3月5日　徳間書店　B6判　カバー　帯

40
幻影の牙
70年9月10日　サンケイ新聞出版局　B6判　カバー　帯
72年2月28日　サンケイ新聞出版局（サンケイノベルス）　B6判　カバー
83年7月15日　徳間書店（徳間文庫）A6判　カバー　帯
89年1月25日　双葉社（双葉文庫）A6判　カバー　帯

41
赤い爪痕
70年12月30日　徳間書店　B6判　カバー　帯

42
聖女
［聖女／黄色い吸血鬼／蟻の声／V定期便／赤い的／猫パーティ／最後の一切れ／蜘蛛の糸］
71年2月16日　講談社　B6判　カバー　帯
73年10月20日　講談社（ロマン・ブックス）新書判　カバー

43
日本毒婦伝　↓　**悪女の真実**
［高橋お伝の石／夜嵐お絹の毒／千姫狂い髪／蟹のお角／妲己のお百］
71年4月20日　講談社　B6判　プラスチックカバー　帯

86年1月20日　双葉社（双葉文庫）A6判　カバー　帯
※双葉文庫版は「お定怨み節」を増補

44
透明女
71年12月25日　光文社（カッパ・ノベルス）新書判　カバー
81年1月15日　徳間書店（徳間文庫）A6判　カバー　帯

45
戸川昌子の意外推理
［蒼ざめた肌／白昼の密漁］
72年1月15日　KKベストセラーズ（ベストセラーノベルス）新書判　カバー

46
強制結婚
72年2月10日　徳間書店　B6判　カバー　帯

47
東西妖婦伝
［冷えた炎の如く／炎の中の魔女］
72年4月30日　集英社（コンパクト・ブックス）新書判　カバー　帯

48
牝の罠
72年10月10日　徳間書店　B6判　カバー　帯

74年5月31日　東京文芸社（トーキョーブックス）新書判　カバー

49 **水の寝棺**
［降霊のとき／十九番目の女／乳色の土壌／人形の舟／ツツモタセ／白の恥部／水の寝棺］
72年10月16日　講談社　B6判　カバー　帯

50 **欲望の鎮魂歌**
73年9月10日　実業之日本社　新書判　カバー
82年12月15日　徳間書店（徳間文庫）A6判　カバー　帯

51 **美しき獲物たち**
74年4月25日　文藝春秋　B6判　カバー　帯
83年12月15日　徳間書店（徳間文庫）A6判　カバー　帯

52 **肉の復活**
［視線／骨の色／亡霊／肉の復活／十九番目の女／緋の堕胎］
74年11月25日　平安書店（マリンブックス）新書判　カバー

53 **負け犬**
［負け犬／モンパルナスの娼婦／城壁の魔女／裂けた鱗／塩の羊］

74年11月30日　東京文芸社　B6判　カバー　帯

54
冷えた炎の如く
［冷えた炎の如く／蟹のお角／高橋お伝の石／淫女の真実］
75年12月25日　ペップ出版　B6判　カバー
89年8月15日　徳間書店（徳間文庫）A6判　カバー　帯

55
金曜日の誘惑
76年12月10日　講談社　B6判　カバー　帯
80年3月10日　講談社（ロマンブックス）新書判　カバー

56
人魚姫ファンタジア
76年12月27日　八月一日出版　B5判　カバー
※影絵・藤城清治による大人向け絵本

57
華やかなる氷河
77年4月10日　光文社　B6判　カバー　帯
84年11月20日　光文社（光文社文庫）A6判　カバー　帯

58 **蒼い悪霊 → 私がふたりいる**
77年8月10日　徳間書店　B6判　カバー　帯
84年9月10日　光文社（光文社文庫）A6判　カバー　帯

59 **虹色の噴水**
77年8月30日　東京文芸社　B6判　カバー　帯
79年1月30日　東京文芸社　B6判　カバー　帯

60 **太陽の生贄**
［霊色／ゴムの罠／罐詰の女／恍惚の向う側／太陽の生贄／オレンジ色の鳩／ハッピー・ソング／蝋の肌／大穴／奇妙な快楽］
78年3月10日　双葉社　B6判　カバー　帯

61 **ブラック・ハネムーン**
［怨煙嘸下／人魚姦図／呪詛断崖／蜘蛛の巣の中で／プールサイドの二重奏／ブラック・ハネムーン］
80年5月20日　双葉社　B6判　カバー　帯
84年4月25日　双葉社（双葉文庫）A6判　カバー　帯

62
幻影家族
82年11月5日　講談社（講談社ノベルス）新書判　カバー　帯

63
深海怪物の饗宴
83年8月31日　徳間書店（徳間ノベルズ）新書判　カバー　帯
90年8月15日　徳間書店（徳間文庫）A6判　カバー　帯

64
火の接吻
84年9月5日　講談社（講談社ノベルス）新書判　カバー　帯
00年12月30日　扶桑社（扶桑社文庫／昭和ミステリ秘宝）A6判　カバー　帯
07年9月6日　講談社（講談社ノベルス／綾辻・有栖川復刊セレクション）新書判　カバー　帯

65
霊色
［霊色／ゴムの罠／白い打楽器／恍惚の向う側／太陽の生贄／オレンジ色の鳩／ハッピー・ソング／蝋の肌／裂けた鱗］
84年11月25日　双葉社（双葉文庫）A6判　カバー　帯

66
緋の堕胎
［緋の堕胎／嗤う衝立／黄色い吸血鬼／降霊のとき／誘惑者／塩の羊］
86年10月25日　双葉社（双葉文庫）A6判　カバー　帯

67
嬬恋木乃伊
［嬬恋木乃伊／怨念の宿／情欲の塔／燃えつきた蔵／擬態子宮］
87年8月15日　徳間書店（徳間文庫）Ａ6判　カバー　帯

68
静かな哄笑
［モンパルナスの娼婦／闇の中から／視線／骨の色／裂けた眠り／肉の復活／塩の羊／地獄めぐり］
88年6月20日　光文社（光文社文庫）Ａ6判　カバー　帯

69
大いなる幻影／猟人日記
［大いなる幻影／猟人日記］
97年1月20日　講談社（講談社文庫コレクション大衆文学館）Ａ6判　カバー　帯

70
黄色い吸血鬼
［緋の堕胎／人魚姦図／円卓／変身／疑惑のしるし／蜘蛛の糸／ウルフなんか怖くない／猫パーティ／蟻の声／砂糖菓子の鸚鵡／誘惑者／黄色い吸血鬼］
97年9月20日　出版芸術社（ふしぎ文学館）Ｂ6判　カバー　帯

71
戸川昌子集
［円卓／眠れる森の醜女／闇の中から／黒い餞別］
97年10月20日　リブリオ出版（ポピュラーミステリーワールド5）Ａ5判

※図書館向けの大活字本、セット販売のみ

72
蜘蛛の巣の中で
［視線／闇の中から／骨の色／鴨と葱／傘が開く／二重の罠／蜘蛛の巣の中で］
00年2月1日　青谷舎（女流ミステリー作家シリーズ3）　B6判　カバー　帯

73
戸川昌子
［吹溜り／骨の色／形見わけ／黒い餞別／仮面の性／黄金の指／塩の羊／霊色／嗤う衝立］
08年4月15日　未知谷（昭和の短篇一人一冊集成）　B6判　函

74
緋の堕胎
［緋の堕胎／嗤う衝立／黄色い吸血鬼／降霊のとき／誘惑者／塩の羊／人魚姦図／蜘蛛の巣の中で／ブラック・ハネムーン］
18年10月10日　筑摩書房（ちくま文庫／ミステリ短篇傑作選）　A6判　カバー　帯

75
くらげ色の蜜月
［隕石の焔／鷗が呼ぶ／くらげ色の蜜月／エスカルゴの味／蟻の塔／ウルフなんか怖くない／悪魔のような女／聖女／蟻の声／赤い的／蜘蛛の糸／奇妙な快楽／蝋人形レストラン／情事の絵本］
20年9月24日　竹書房（竹書房文庫）　A6判　カバー　帯
※本書

エッセイ・対談

1　眠れない夜の本　7年7月1日　青春出版社（プレイブックス）
2　生きるのはひとり　74年5月15日　青春出版社
3　戸川昌子ののぞき魔　76年9月5日　KKベストセラーズ
4　女のひき語り　80年3月29日　文化出版局
5　どう燃えて生きるか　81年9月15日　青春出版社
6　落第ママでも子は育つ　86年4月8日　国際文行社
7　女は二つの愛をもっている　87年3月10日　青春出版社
8　ドン・キホーテと口紅　88年10月13日　主婦の友社
9　子どもは天使か小悪魔か　90年7月25日　ファラオ企画
10　人それぞれの道　90年11月30日　ファラオ企画
11　今を自分らしく生きる　91年7月17日　海竜社
12　こんな男はおやめなさい　92年3月31日　文化創作出版
13　還暦離婚　95年3月4日　ネスコ／文藝春秋
14　青い部屋　03年10月30日　NTT出版　※監修
15　人生とは明日のことではなく今日のことである　14年2月25日　海竜社

マンガ原作

1　夜は魔術（いがらしゆみこ・画）　90年2月10日　芳文社・LOVINGコミックス
2　淫花伝1　阿部定　上（上村一夫・画）05年8月30日　K&Bパブリッシャーズ（上村一夫完

全版シリーズ）

3　淫花伝1　阿部定　下（上村一夫・画）05年10月11日　K&Bパブリッシャーズ（上村一夫完全版シリーズ）

4　淫花伝2　高橋お伝（上村一夫・画）05年10月31日　K&Bパブリッシャーズ（上村一夫完全版シリーズ）

5　淫花伝3　本牧お浜（上村一夫・画）05年11月30日　K&Bパブリッシャーズ（上村一夫完全版シリーズ）

〈シグマフォース〉シリーズ⓪
ウバールの悪魔　上下
ジェームズ・ロリンズ／桑田 健［訳］

神の怒りで砂にまみれて消えた都市〈ウバール〉。そこには、世界を崩壊させる大いなる力が眠る……。シリーズ原点の物語！

〈シグマフォース〉シリーズ①
マギの聖骨　上下
ジェームズ・ロリンズ／桑田 健［訳］

マギの聖骨――それは〝生命の根源〟を解き明かす唯一の鍵。全米２００万部突破の大ヒットシリーズ第一弾。

〈シグマフォース〉シリーズ②
ナチの亡霊　上下
ジェームズ・ロリンズ／桑田 健［訳］

ナチの残党が研究を続ける〈釣鐘〉とは何か？　ダーウィンの聖書に記された〈鍵〉を巡って、闇の勢力が動き出す！

〈シグマフォース〉シリーズ③
ユダの覚醒　上下
ジェームズ・ロリンズ／桑田 健［訳］

マルコ・ポーロが死ぬまで語らなかった謎とは……。〈ユダの菌株〉というウィルスが起こす奇病が、人類を滅ぼす⁉

〈シグマフォース〉シリーズ④
ロマの血脈　上下
ジェームズ・ロリンズ／桑田 健［訳］

「世界は燃えてしまう――」〝最後の神託〟は、破滅か救済か？　人類救済の鍵を握る〈デルポイの巫女たちの末裔〉とは？

〈シグマフォース〉シリーズ⑤
ケルトの封印　上下
ジェームズ・ロリンズ／桑田　健［訳］

癒しか、呪いか？　その封印が解かれし時――人類は未来への扉を開くのか？　それとも破滅へ一歩を踏み出すのか……。

〈シグマフォース〉シリーズ⑥
ジェファーソンの密約　上下
ジェームズ・ロリンズ／桑田　健［訳］

光と闇の米建国史――。アメリカ建国の歴史の裏に隠された大いなる謎……人類を滅亡させるのは〈呪い〉か、それとも〈科学〉か？

〈シグマフォース〉シリーズ⑦
ギルドの系譜　上下
ジェームズ・ロリンズ／桑田　健［訳］

最大の秘密とされている〈真の血筋〉に、ついに辿り着く〈シグマフォース〉！　組織の黒幕は果たして誰か？

〈シグマフォース〉シリーズ⑧
チンギスの陵墓　上下
ジェームズ・ロリンズ／桑田　健［訳］

〈神の目〉が映し出した人類の未来、そこには崩壊するアメリカの姿が……「真実」とは何か？「現実」とは何か？

〈シグマフォース〉シリーズ⑨
ダーウィンの警告　上下
ジェームズ・ロリンズ／桑田　健［訳］

南極大陸から〈第六の絶滅〉が、今、始まる……。ダーウィンの過去からの警告が、明らかになるとき、人類絶滅の脅威が迫る！

〈シグマフォース〉シリーズ⑩
イヴの迷宮 上下
ジェームズ・ロリンズ／桑田 健［訳］

〈聖なる母の遺骨〉が示す、人類の叡智の根源とその未来――なぜ人類の知能は急速に発達したのか？ Σ VS中国軍科学技術集団！

〈シグマフォース〉外伝
タッカー&ケイン 黙示録の種子 上下
ジェームズ・ロリンズ／桑田 健［訳］

〝人〟と〝犬〟の種を超えた深い絆で結ばれた元米軍大尉と軍用犬――タッカー&ケイン。〈Σフォース〉の秘密兵器、遂に始動！

〈シグマフォース〉シリーズⓍ
Σ FILES〈シグマフォース〉機密ファイル
ジェームズ・ロリンズ／桑田 健［訳］

セイチャン、タッカー&ケイン、コワルスキのこれまで明かされなかった物語＋Σをより理解できる〈分析ファイル〉を収録！

THE HUNTERS
ルーマニアの財宝列車を奪還せよ 上下
クリス・カズネスキ／桑田 健［訳］

ハンターズ――各分野のエキスパートたち。彼らに下されたミッションは、歴史の闇に消えた財宝列車を手に入れること。

THE HUNTERS
アレクサンダー大王の墓を発掘せよ 上下
クリス・カズネスキ／桑田 健［訳］

その墓に近づく者に禍あれ――今回の財宝探しは最高難易度。地下遺跡で未知なる敵が待ち受ける！ 歴史ミステリ×アクション!!

タイラー・ロックの冒険①
THE ARK 失われたノアの方舟 上下
ボイド・モリソン／阿部清美［訳］

旧約聖書の偉大なミステリー〈ノアの方舟〉伝説に隠された謎を、大胆かつ戦慄する解釈で描く謎と冒険とスリル！

タイラー・ロックの冒険②
THE MIDAS CODE 呪われた黄金の手 上下
ボイド・モリソン／阿部清美［訳］

触ったもの全てを黄金に変える能力を持つとされていた〈ミダス王〉。果たして、それは事実か、単なる伝説か？

タイラー・ロックの冒険③
THE ROSWELL 封印された異星人の遺言 上下
ボイド・モリソン／阿部清美［訳］

人類の未来を脅かすUFO墜落事件！　全米を襲うテロの危機！　その背後にあったのは、1947年のUFO墜落事件——。

タイラー・ロックの冒険④
THE NESSIE 湖底に眠る伝説の巨獣 上下
ボイド・モリソン／阿部清美［訳］

湖底に眠る伝説の生物。その謎が解き明かされる時、ナチスの遺した〈古の武器〉が発動する……。それは、終末の始まりか——。

13番目の石板 上下
アレックス・ミッチェル／森野そら［訳］

『ギルガメシュ叙事詩』には、隠された〈13番目の書板〉があった。そこに書かれていたのは——〝未来を予知する方程式〟。

くらげ色《いろ》の蜜月《みつげつ》
2020年9月24日　初版第一刷発行

著者 ………………………………… 戸川昌子《とがわまさこ》
編者 ………………………………… 日下三蔵《くさかさんぞう》
イラスト ……………………………… SRBGENk
デザイン …………………… 坂野公一《さかのこういち》(welle design)

発行人 ………………………………… 後藤明信
発行所 …………………………… 株式会社竹書房
〒102-0072 東京都千代田区飯田橋2-7-3
電話：03-3264-1576(代表)
03-3234-6383(編集)
http://www.takeshobo.co.jp
印刷所 …………………………… 凸版印刷株式会社

定価はカバーに表示してあります。
乱丁・落丁の場合には竹書房までお問い合わせください。
ISBN978-4-8019-2399-7 C0193
Printed in Japan